广西高校人文社会科学重点研究基地
——广西民族文化保护与传承研究中心资助项目

思想深处的漫溯

钟世华 著

广西民族出版社
Gvangjsih Minzcuz Cuzbanjse

图书在版编目（CIP）数据

思想深处的漫溯 / 钟世华著. -- 南宁 ：广西民族出版社，2025. -- ISBN 978-7-5363-7773-8

I. I206.7

中国国家版本馆CIP数据核字第2025GC9458号

思想深处的漫溯

SIXIANG SHENCHU DE MANSU

钟世华　著

出 版 人：石朝雄
责任编辑：蓝雪玲　陈宇倩
封面设计：刘馨宇
版式设计：文　雯
责任校对：吴　艳　白雨思
责任印制：张东杰
出版发行：广西民族出版社
地址：广西南宁市青秀区桂春路3号　邮编：530028
电话：0771-5523216　传真：0771-5523225
电子邮箱：bws@gxmzbook.com
印　　刷：广西昭泰子隆彩印有限责任公司
规　　格：787毫米×1092毫米　1/16
印　　张：23.5
字　　数：330千字
版　　次：2025年5月第1版
印　　次：2025年5月第1次印刷
书　　号：ISBN 978-7-5363-7773-8
定　　价：88.00元

序 言

◎马兵

钟世华是在八桂大地上成长起来的优秀青年批评家。最近这些年，他一面扎入广西多民族茁壮渊深的传统根脉里，在文学史的视野下，深入探析广西作家在中国当代文学版图中的独特价值；一面关注当下汉语诗坛的重要动向，通过细读、对话、介入，把脉广西诗歌的丰饶生态与发展趋势。因此，他的批评文字既内蕴执着而蓬勃的文化探寻意识，也彰显出纤敏细腻的艺术感受力，这在《思想深处的漫溯》所收录的文章中有很充分的体现。可以说，这本集子是他个人批评实绩的一次集中展示。书中的一些文章我之前便阅读过，还有一些新作是第一次阅读，一路读下来，有三点较深的感触。

其一，钟世华以对壮族作家"民族性"的探讨，对话现当代学界被热议的"地方路径"问题，并给出"民族气质的寻根"这一富有新意的研究角度。

"地方"如何纳入中国现当代文学的进程、如何被文学"现代性"话语整合、如何成为文学史叙事的有机组成部分，是近来被学术界充分讨论的热点话题。"地方路径"视角与区域文学研究最大的区别在于，前者强调的是"地方"这一空间具体参与文学实践的方式，而不是如后者那样落脚在地域元素的风格阐发。如李怡所言："在现代中国文学的学术史上，我们曾经有过的区域文化研究其实还是国家民族的大视角，区域和地方不过是国家民族文学的局部表现；而'地方路径'的提出则是还原'地方'作为历史主体性的意义，名为'地方'，实则深究全局性的民族文化精神嬗变的来源和基础，可谓是以'地方’为方法，以民族文化整体为目的。”钟世华对此有较好的学术自觉，他在分析广西少数民族诗人的创作时，就特别注重对他们历史主体性的发掘，注重对他们参与现代汉诗整体发展所做出的具体实践的分析。比如在本书第一章第一节《广西少数民族诗歌的独特诗学精神》中，钟世华就用了不少篇幅来讨论“多重文化空间的并置”所造就的广西少数民族诗人特别的“对话语境”，以及他们在处理“传统与现代的关系这一普遍性的诗学话题”时的独特方式。他分析了“南宁诗会”“百越境界”“88 新反思”等在广西举行的文学活动与时代文学潮流的关系，并通过对《扬子鳄》《自行车》《漆》《凹地》《麻雀》等诗歌民刊的考察，描绘出广西本土诗歌群体对话外界、介入当代新诗的实践，有力地证明了广西少数民族诗歌“通过主体性的建立、多样写作资源的融合等形式”参与到了具体的“社会历史语境当中”，成为新时期诗歌咏叹调中不容忽视的一个声部。

“民族性”是本书最核心的关键词，也是钟世华所有研究的潜在视域。他在使用“民族性”或以之为方法时，很注意避免将“民族性”作静态和固化的理解，避免在以汉文化为主导的文学史叙事中制造类似“东方主义”式的民族“奇观”。虽然，他也多是在民族风俗、语言文化的意义上来阐释“民族性”，聚焦在由“民族性”衍生而来的“原创性”与“陌生性”，但由于他多采用“内在性”的视角，即力图发掘广西作家民族性书写的内蕴，因而也让其笔下的“民族性”成为一个活化和生长的概念。最直观的一点是，他无意也没有让“民族性”成为“现代性”的对立面，“而是期望通过对广西诗歌写作中所出现的与‘主流’趋同、‘民族性’弱化等问题的审视，为其写作的深入发展做出可行性的探索。这样不仅有助于广西诗歌写作不断保持着自我独立性，而且能够使其获得更为独特的诗学占位”，这种自觉是很可贵的。

其二，钟世华兼具开阔的历史视野和敏锐的审美判断力，在评价诗人时，他既尊重诗人个体的自由和风格，用心体会他们领悟情感、生命、生存的精神求索和审美想象，也尊重他们置身的历史情境，试图触摸时代大潮拨弄下诗人心灵滋长的暗纹。

这些年他一直在做著名壮族诗人韦其麟的研究，书中收录的《〈百鸟衣〉

的经典建构与影响焦虑》《韦其麟叙事诗中“女性形象”的变迁》两节即是这系列研究的两个成果。钟世华发现“女性形象”在韦其麟叙事诗中占据重要地位，为观察其“创作观念与创造策略的演变与调整”提供了一扇重要窗口。通过对《玫瑰花的故事》《百鸟衣》《凤凰歌》《美丽》《寻找太阳的母亲》等诗作的研读，他将韦其麟叙事诗中的女性分为侧重民族性表达的女性、融入现实话语的“革命女性”和“显露主体意识”的女性三类。坦白说，通过纵向对比、提炼核心主旨、归纳中心意象、做归属分类等都不是什么有难度的工作，但钟世华的难得之处在于他并非大而化之地来谈，而是深入到诗人的生命经验中。比如，论及“革命女性”的塑造，钟世华就特别注意到，在“反右”运动中，曾受到批判，被开除了团籍的韦其麟，一度陷入“沉思”，“不知道前路如何，有些怆然”。由此可见，韦其麟在二十世纪五六十年代的诗歌写作全面转向，既有被动因应的无奈，也有主动靠拢的“纠偏”，于是，“原来的民族性表达中的悲剧女性，转变为了现实性表达中的革命女性”，但饶是如此，其“民族性”的认同还是以潜流的方式显现了转变中“未转”的那份坚持。质言之，钟世华的分类是大处着眼，但并不放过小处，尤其关注到了那些无法被大处笼统收编的异质经验，并尝试做出阐释与还原。

在对盘妙彬、吉小吉、韦佐、郭金世、明素盘等诗人作点评时，钟世华从不强作解人，而是抓取诗人词采俊拔的呈现，通过穿幽入仄的读解，引领读者深入这些诗歌的堂奥。我想，钟世华应该是相信特里·伊格尔顿那个著名说法的——“诗是修辞性语言的家园”。因为，他解诗时虽不免主题学的诠释，但时刻注意将主题学等宏大元素与逐字逐句地细读结合，而精微的差别也必然依赖细读的诚恳。比如在谈到广西钦州的诗人明素盘时，他通过对《海边的房子》《一个人的海》《翅》等作品的细读，指出明素盘的抒情诗在疼痛、感伤、孤独和虚无的常见主题背后，“一直都没放弃探寻生命的价值、人的意义，没有放弃人与世界的对话”，在他的读解之下，读者也慢慢领会到，当诗人“‘感伤’的蝉蛹一丝丝地被抽开后，剩下的是‘我’对生命与存在的感悟，呈现出明亮、坚韧的精神质地”。

其三，作为已经有一定影响的学林新秀，钟世华最近这些年始终秉持着孜孜以求之心，虚心向学界前辈和同道求教，广采博纳，勤勉不辍。

本书第四章《深入对话空间》，收录的是钟世华和一些著名学者、诗人的对话。乍读起来，这些对话的主体是他访问对象的作答，但话题能引发深度思考，离不开提问者的学养和问题意识。如识者所论，文学访谈是“发展中的文学新类型”“文学的多义、意外的见识，是对话必须具备的，也是文学研究者、文学史所应看到的，这是多主体互动形成的文学新共同体，是独坐书房的批评研究文章难以达到的”。在与张桃洲、张洁宇等学者的对谈中，钟世华的问题既结合了被访谈者的学术专长，又对准当下诗歌创作与批评的若干症候，这样，对谈双方都避免了浮泛的话题空转，谈出了很多真知灼见。而从访谈对象这里获得的启悟又被他充分吸收内化，很好地带动了他个人的学术拓展。

此外，本书第六章《重构文化视野》部分，讨论少数民族戏剧文化、乡村文化生态等，也显见了他从“民族性”出发，力图延展新的学术空间、开辟个人新学术生长点的努力。

说起来，世华远在广西，我在齐鲁，认识近十年，谋面的机会并不多，但每次见面，他拉住我讨论文学的热诚都颇令我感动。世华嘱我为他这本批评自选集作序，按理应有比我更适合、更熟悉他的师友来写这个序，但被他的热诚感染，我不自量力地应承，拉拉杂杂涂抹几句，但最想说的是，他作为诗人的真诚和热情还是要在他自己的文字中寻找。

马兵，山东大学文学院常务副院长、教授、博士生导师，兼任中国现代文学馆客座研究员、山东评论家协会副主席。主要从事20世纪中国文学史观与新世纪文学热点的教学和研究。出版专著《通向“异”的行旅》《故事，重新开始了》《北村论》等，主编《锋芒文丛》等。曾获泰山文艺奖、《上海文学》奖、万松浦文学奖等。

目录

第一章

守望民族精神

第一节

广西少数民族诗歌的独特诗学精神

作为中国当代少数民族诗歌的重要组成部分，广西少数民族诗歌在发展中逐渐形成了以壮族、侗族、仫佬族等少数民族诗歌为代表的诗学景观，并在当下的汉语诗坛不断耕耘与跋涉着。二十世纪五六十年代，壮族诗人韦其麟的《百鸟衣》、黄青的《红河之歌》、侬易天的《刘三妹》，侗族诗人苗延秀的《大苗山交响曲》以及仫佬族诗人包玉堂的《虹》等广西少数民族诗歌，以其独特的民族特性与地域写作特征为少数民族诗歌的发展贡献了力量。新时期以来，广西少数民族诗歌与中国当代诗歌之间始终保持了“对话”的关系，在呈现出“对话性”的同时又以其独特的诗学精神与文化诉求凸显出重要的价值意义。随着时代语境的不断变化，尤其受制于社会历史环境进入新世纪以来的深刻变革，广西少数民族诗歌原有的“对话性”出现了不可避免的焦虑，主要表现为与“主流”写作的趋同、诗歌民族特性的弱化等现象。整体上说，这种“对话”焦虑一方面因受到了不断衍生出的写作“场域”的影响，另一方面也反映出了少数民族诗歌在自身发展过程中所存在的无法规避的局限性。

一、“对话”语境：多重文化空间的并置

新时期以来，多元化的写作语境使得广西少数民族诗歌写作呈现出更多的

驳杂性，其在多重的文化语境中始终保持着自我与不同写作话语之间的“对话”关系。与此同时，广西少数民族诗人的生存环境、教育程度及文化抉择等因素更增加了其诗歌写作的复杂程度。值得关注的是，二十世纪八十年代以来，随着社会开放程度的不断加深，诸如现代主义、后现代主义、超现实主义等西方文化逐步汇入到中国当代文学的话语空间场中，这很大程度上冲击了广西少数民族诗人原有的诗歌观念，如诗人韦佐在写作中吸收了美国“垮掉的一代”、诺贝尔文学奖获奖作品等文学资源；韦适华对民间文化传统和以欧阳江河、北岛、雷平阳等为代表的中国当代诗歌资源，以及对以米沃什、玛丽·奥利弗等为代表的外国诗歌资源的接纳……这些现象表明，广西少数民族诗歌处于本民族文化、东方文化、西方文化、中国传统文化等多元共生的复杂文化场中，其诗歌写作在多重文化空间中行进。

广西少数民族诗歌首先表现出了独有的地域特性，诗人在写作中纷纷表现出了对“故乡”的坚守。值得肯定的是，不同代际的广西少数民族诗人普遍葆有对故乡生活经历的清晰记忆与成长经历的深刻体验，如刘频的“柳州”、盘妙彬的“梧州”、庞白的“北海”、高瞻的“陆川”、伍迁的“北流”、许雪萍的“西林”、牛依河的“壮乡”等，这些富于广西民族特色的岭南地域成为诗人情感的重要发源地，共同组建成广西诗歌的写作版图。同时，广西诗人也纷纷表达出了“广西”地域之于写作的重要性，如刘春的“桂林的人文地理环境对我的心理和创作有潜移默化的影响”①、韦适华的“这些民族性和地域性的人文景观都是构成我诗歌创作的重要元素和深厚土壤”②、牛依河的“我想我的诗歌不应该停留在自我的小世界里呻吟了事，而是应该回到我民族的本源，

① 雷默、刘春：《访谈：刘春的诗生活》，中国诗歌网，http://www.zgshige.com/sx/496386.shtml，访问日期：2023 年 5 月 29 日。

② 钟世华、韦适华：《坚持就是我诗歌的方向——广西本土诗人韦适华访谈录》，《广西民族师范学院学报》2015 年第 1 期。

应该多关注本民族的文化"[①]等，这些表述充分表明了广西地域对他们诗歌创作的不可或缺性。尽管其中部分诗人由于求学、工作、旅行等原因有着阶段性的"返乡"经历，但"返乡"的意念作为藏匿于心中的精神冲动，并未在人生的转折际遇中隐失。即使"返乡"对于诗人费城来说更多是"痛苦与沮丧"，但这种隐痛给予了其写作的初始资源，"故乡"在其诗歌写作中扮演了启蒙的角色。

中国传统文化是广西少数民族诗歌写作中无法回避的文化空间，这体现在不同代际诗人所面临的共同的文化抉择中，他们以富有个性化的写作解决了如何处理传统与现代的关系这一普遍性的诗学话题。如诗人冯艺以对中国传统文化的重提，表达出自身对文化修养的思考，并通过对"88 新反思"中所提出的"别了，刘三姐""别了，白鸟衣"等口号的批判，表明自身所持的"历史与传统无法割裂"观念；[②]吕小春秋在对古典诗词"典雅美"的解读中表现出对传统文化的热爱，同时也表露出"与传统脱轨，这应该也是现代诗人的一大弊病"的担忧；[③]高瞻将台湾现代诗词的"非凡之美"归功于"对中国古典文化的传承，把中国方块字之美运用到现代诗上"[④]……这些现象表明，广西少数民族诗歌写作并未割裂其与中国传统文化的关系，相反则是在保持本民族文化特性的基础上，广泛地吸收和借鉴了优秀的传统文化，如诗歌中对古典诗词在用典、音韵、意境等层面的借鉴与创造性发挥等，他们在传承中不断找寻

---

①钟世华：《穿越诗的喀斯特 当代广西本土诗人访谈录》，长江文艺出版社，2015，第285页。

②钟世华、冯艺：《以诗歌记忆心灵的自我——广西本土诗人冯艺访谈录》，《广西民族师范学院学报》2015年第2期。

③钟世华：《穿越诗的喀斯特 当代广西本土诗人访谈录》，长江文艺出版社，2015，第181页。

④钟世华：《穿越诗的喀斯特 当代广西本土诗人访谈录》，长江文艺出版社，2015，第162页。

本民族文化与传统文化的契合点，以增强广西诗歌写作的丰富性与多样性。

当然，广西少数民族诗歌写作还面临着新时期以来东西方文化的不断冲击，如俄罗斯文学、拉美魔幻现实主义文学、美国文学、超现实主义文学等西方文学对诗人刘频、韦佐、荣斌等的影响，诗人高瞻、张民等对以泰戈尔为代表的印度文学、以俳句为代表的日本文学等东方文学的接纳与吸收等，这充分展示出东西方文化交织的多元语境影响着广西诗人的写作，并作为复杂的想象共同体交汇于他们的精神结构层。然而，这些诗人在写作中一方面吸收了外来文化所带来的批判、怀疑、反抗等精神，另一方面则自觉保持着他们在民族文化多样性问题上所拥有的缜密的思考态度。虽然大多数诗人在写作初期受制于东西方文化资源的影响，但诗风的形成依凭的是他们不断地写作尝试，包括对诸如地域性减弱、个体性丧失、模式化加剧等瓶颈的逐步摆脱，以及在诗歌语言、思想内容及情感表达等层面的不同程度的调整。

总体来看，广西少数民族诗人在传统文化与现代文化、外来文化与本土文化、乡村文化与城市文化等充满悖论性的文化场中进行写作，他们普遍秉持着兼容并包、兼收并蓄的写作态度，在广泛借鉴的过程中最终完成了自我对生存、命运、死亡等诗学命题的探寻。得益于此，广西少数民族诗歌在多重文化空间交汇下逐渐形成了开放性、包容性的写作特征，并以积极的姿态参与了新时期以来诗歌发展的历史进程。

二、“对话”方式：具体语境中的建构参与

广西少数民族诗歌写作始终立足于中国当代诗歌的历史语境，这在新时期以来的诗歌创作与发展过程中表现得更为明显。一方面，以扬子鳄、自行车、漆、凹地等为代表的广西诗歌社团、群体参与并影响着新时期以来诗歌的建构；另一方面，以《广西文学》《南方文坛》《广西日报》《河池文学》等为代表的期刊、报纸，不仅为广西诗坛提供了诗歌创作的平台，更以其精敏的判断

力与广泛的影响力反映着新时期以来诗歌写作的嬗变过程。无论是出生于二十世纪五六十年代的老一辈诗人，还是七八十年代甚至是九十年代的诗坛新锐，都面临着诸如八十年代诗歌写作的理想主义、九十年代诗歌写作的“边缘化”及新世纪以来诗歌多元化写作语境等诗学问题，这些环境从很大程度上影响着该地区诗人在写作中的普遍诗学参与，他们保持着与外部环境的自觉“对话”关系。

诗人冯艺曾指出，1980 年召开的“南宁诗会”①拉开了新时期诗歌写作“黄金时代”的大幕，不仅确立了开放的诗歌观念与诗学精神，而且回应了朦胧诗所发出的摆脱精神枷锁的呼喊。随后出现的“百越境界”“88 新反思”也是对二十世纪八十年代中期“寻根文学”及八十年代末社会思潮变革的呼应。无论是从对时代思潮的把握，还是从个人诗歌写作的调整上来看，广西少数民族诗歌都充分参与了新时期诗歌的建构，其与诗歌写作的整体环境保持了良好的交流与对话关系。就写作经历而言，广西诗人大都有加入校园文学社、诗歌社的经历，这种现象在“70 后”和“80 后”诗人身上尤为明显，如盘妙彬参加了广西大学映山红文学社，韦适华加入了南宁师专左江潮文学社，费城、牛依河参加了河池师专南楼丹霞文学社等。这些诗人在加入社团组织的同时，也通过自身的诗歌写作行为影响与带动周围热爱诗歌的学生，以此来共同组建诗歌交流平台，扩大诗歌的影响力，并在诗歌写作与对话交流中建构富于张力的“诗歌场”。值得注意的是，田湘、荣斌、林虹、许雪萍等诗人都有在鲁迅文学院高研班的学习经历，诗人荣斌更是将鲁迅文学院在 2014 年 4 月为“桂系五虎”(诗人荣斌、桐雨，散文家透透、瑶鹰，小说家西洛）举办的交流会看成

---

①1980 年 4 月，“全国当代诗歌讨论会”（又称“南宁诗会”）在广西南宁召开，参会人员有来自全国各地的诗人、评论家、编辑、大学教师等，共百余人。会议就“天安门诗歌运动”后几年的诗歌创作状况进行了讨论与交流，主要包括了诗歌写作的“懂与不懂”、对青年诗人近作的评价以及今后新诗的发展道路等方面。参见絮飞:《南宁诗会纪要》,《星星》1980 年第 5 期。

是“广西作家在北京的一次集体亮相”，这些现象集中反映出了广西少数民族诗人在诗歌发展中所选择的“走出去”策略，他们以此参与着当代诗歌的诗学建构。

广西有着多样的民刊，如《扬子鳄》（桂林）、《自行车》（南宁）、《漆》（北流）、《凹地》（北海）、《麻雀》（柳州）等，这些民刊与社团刊物一方面为广西少数民族诗歌写作提供了丰富多元的诗歌发表平台，另一方面也为其与外部诗歌环境的“对话”带来便利，其中尤以《自行车》和《漆》诗刊最为突出。就《自行车》的发展历程来看，它不仅保持着与外界环境的对话关系，而且还通过“新的、冒险的、探索的、实验的，具有强烈现代意识和先锋性的诗歌”等价值宣谕表明自身的先锋性。《自行车》在创刊之时与二十世纪九十年代先锋诗歌的发展保持了步伐的一致，其在1995年至2000年的停刊，也更多地呼应了九十年代中期因社会经济发展所导致的诗歌“边缘化”的写作语境。此外，《自行车》在2001年得以复刊，此次复刊立足于“盘峰诗会”后先锋诗歌的发展语境，其对“地域”“场所”问题的重视，则迎合了新世纪以来诗歌中写作地域性不断加深的写作状况。作为广西诗歌的标志性刊物，《漆》诗刊的演变也与新世纪以来的诗歌发展保持着“对话”的关系。《漆》首先是同人性质的刊物，这体现在“办一个立足于北流的诗歌沙龙，创建一个互相交流诗歌的园地和平台”[①]的创刊宗旨中。尽管刊物主要在内部交流，但诗人伍迁认识到了刊物在封皮设计上有借鉴《〈他们〉十年诗歌选》，这表明了广西诗人眼界的开阔。与此同时，围绕《漆》诗刊所形成的“漆五君子”“漆三角”等诗歌团体在保持自身写作独立性的基础上，也不断加强着与外部环境的联系，诸如社团成员的诗歌作品在《星星》诗刊的发表，以及诗人方为和唐纳、莫蓝合著的《一滴水晶》的出版等。这些现象共同说明了广西少数民族诗歌并非局限

① 伍迁：《漆：1999》，载向卫国主编《南方诗学》第1辑，作家出版社，2010，第189页。

于自我的封闭场，而是更多地表现出其与外部场域的积极互动。这种开放、包容的姿态使得广西诗歌在多元的创作实践过程中，始终保持着对诗歌生存及共同诗学命题的关注，并由此构筑了独特的诗学精神与文化想象。

毋庸置疑的是，广西少数民族诗歌通过主体性的建立、多样写作资源的融合等形式参与到具体社会历史语境当中，并与诗歌发展的大环境展开了积极的“对话”。广西拥有丰富的诗歌资源，这不仅是广西少数民族作家的优势地位的体现，还是“对话”形成的前提。如对“死亡”的体认中，广西诗人大都将其建构在诗歌的“边缘化”处境、“诗人之死”等普遍的诗学问题之上。刘频通过对比西方诗歌所内蕴的“富于的宗教感、仪式感和哲学气息”的死亡与中国诗歌所包含的“表浅、单薄、狭隘”的死亡，得出了“死亡”在中国诗歌中的虚假性①；非亚通过自己对时间、生命的认识及父亲病危、死亡前后的影响建构了诗歌写作的死亡主题，并通过对死亡的思考认识到人生局限，以期获得生活的力量和勇气②；刘春通过海子之死认识到“当今时代更多的是仰慕钢铁的秩序，不再需要古典而温润的心灵”③；许雪萍的“我终于承认，死亡是真的”表达了自身对死亡刺痛感的认识，并通过记录与即将去世的父亲的谈话来揭示死亡的真谛④……这些诗人无论是面对诗学意义层面，抑或是面对现实生存中的死亡时，都能经由内心真实体验的展示来抵达自我对死亡的认知，并通过日常经验的描摹来感知生存的意义。在日常经验书写中，诗人大都会建立诗歌与日常生活之间的自然联系，通过内心情感与自然意象的抒写与营

---

① 钟世华、刘频：《刘频：我是背着石头飞翔的人——广西本土诗人访谈录（之一）》，《广西科技师范学院学报》2016 年第 1 期。

② 钟世华：《非亚：关注人的灵魂与生命状态——广西诗人非亚访谈录》，《河池学院学报》2013 年第 4 期。

③ 刘春：《海子的事》，载张立宪主编《读库 0902》，新星出版社，2009，第 104 页。

④ 钟世华：《许雪萍：写诗是为了内心的幸福——广西诗人访谈录之二》，《梧州学院学报》2013 年第 4 期。

构来描绘萦绕于心的诗歌思绪，由内心出发完成对诗歌题材局限的“突围”。如刘频用“悲悯”系列诗歌表达对生命的尊重，对修养与品德的呼唤；吉小吉通过日常生活“琐碎化”诗歌写作，运用生活场景的拉近与拉远来透视现实的张力；琬琦通过对日常生活场景的瞬间把握来找寻诗歌切入点，书写在场的真实等。这些现象展示出了该地区诗人对现实生活与理想生活之间的深入思考，他们在日常生活哲学的建构中表现出对诗歌本体的认知。

三、“对话”焦虑：民族性的弱化

二十世纪五六十年代，对自我民族性的呈现成为广西少数民族诗歌的突出特征，这也使其在当时的诗坛获得了较高的诗学占位。就叙事长诗的写作而言，韦其麟、包玉堂等诗人始终保持着对民族性的坚守，他们的叙事诗大都植根于“民间故事”与“民间传说”之中。如洪子诚所说，韦其麟的创作“和民族民间诗歌、传说的关系密切。发表于1953年的《玫瑰花的故事》，以及《百鸟衣》《寻找太阳的母亲》《山泉》等，都与民间传说有关”①。而包玉堂的《虹》也是根据“苗族民间传说”写作而成②，这些诗人在写作中对“民歌体”的借鉴，及其所讲述的故事本身均表现出了鲜明的民族特性。除叙事诗外，他们在抒写自然物时，也普遍坚持了对壮族民族文化精神的独特表达。如韦其麟的《平天山传奇》③《红水河边的传说》④等诗歌中，“平天山”“红水河”等广西地域符号凝聚了诗人丰富而多元的内心体验，这不仅是他立足于本民族经验的审慎哲思，而且还在具体的历史阶段中（如太平天国时期、抗日战争时期）承

---

① 洪子诚、刘登翰：《中国当代新诗史》，春风文艺出版社，2022，第100页。

② 由中国作家协会编选的《1956诗选》在收录包玉堂的《虹》时，指明了其“根据苗族民间传说”而写作的事实。参见中国作家协会编《1956诗选》，人民文学出版社，1957，第259页。

③ 韦其麟：《寻找太阳的母亲》，广西民族出版社，1984，第29—37页。

④ 韦其麟：《寻找太阳的母亲》，广西民族出版社，1984，第46—56页。

载着复杂的壮族文化内蕴，并表现出了深沉的民族精神。黄青的《红河之歌》也将“红河”置于壮族的社会历史系统中，韦拔群、红七军等人物或群体成为壮族抗战时期的精神支柱，诗人以叙述的笔法书写出了他们在战斗中所表现出的英勇精神，深刻地表达了诗人的民族情怀与对祖国的热爱。诗句“红河呵，/红水长年流过壮乡，/织染红毯一样的红土层；/这里浸透壮家多少血呀，/上面落叶又积有多深？！”[①]正表现出了诗人对于“红河”的民族性思考，“长年流过壮乡”与“浸透壮家多少血”的“红河”已经融为“壮乡”的一部分，体现出了深厚的民族文化内涵。

与韦其麟、包玉堂等诗人相比，广西少数民族诗人在新时期以来的诗歌写作中表现出了与主流写作趋同、民族性减弱等现象。抛开写作题材（叙事诗、抒情诗、散文诗等）不论，仅就广西诗人在自然意象的选用层面来看，他们诗歌中的“意象”表现出了一定程度上的同构性。不可否认的是，这些意象首先熔铸了诗人深刻的自我体验与社会思考，表现出了他们自身所持有的时代情绪。比如在“铁”的意象使用上，刘频的《生铁》一诗——“愤世嫉俗的铁/在暴雨中，抢回了身上锈蚀的腥味”[②]——尽管只有短短两句，但他通过建立“铁”与反叛性时代情绪（“愤世嫉俗”）之间的对位联系，以及对“铁”在恶劣时代语境里（“在暴雨中”）找寻自我的肯定，表达出了他对合理生存方式的理性哲思；非亚的“我触摸到地铁，那种尖锐的钢铁的冰冷，/那种深深的金属的嚎叫……”[③]尽管主要表达的是他触摸地铁的感受，但诗人不仅将“铁”的两种属性——“冰冷”与“金属”揭示出来，而且通过“尖锐的冰冷”与“金属的嚎叫”再现了时代的冷峻与疼痛感。从根本上说，这种对“时代情

① 黄青：《红河之歌》，载《山河声浪》，漓江出版社，1984，第65页。

② 刘频：《生铁》，载《雷公根笔记》，宁夏人民出版社，2012，第17页。

③ 非亚：《关于地铁》，载《广西当代作家丛书·非亚卷》，漓江出版社，2004，第10页。

绪”的处理一方面有助于他们获得主流写作的最大认同，也更能融入主流的写作系统当中，但这同时容易造成诗人在群体性的“症候”书写中自我独立性的丧失，甚至走向单纯的写作“迎合”。造成此种现象的原因是多样的：一方面，外部世界的发展变化对诗人的写作有着持续的影响，诗人在面对这些影响时普遍表现出了被动的“不适”感，他们并未以主动的心态去完成影响与被影响之间的自我调适；另一方面，部分诗人为了摆脱“影响的焦虑”而有意地制造与现时写作语境之间的“文本疏离”，他们将自我置于理想型的民族文化“想象共同体”中，一味地用“民族性”来对抗“现时性”。这样的写作反而更容易走向写作的“误区”，尤其陷入了“民族”与“现时”的对立式思考空间中。

需要指明的是，笔者并非有意营造广西少数民族诗歌的写作“焦虑”，也并未企图建立起“民族性”与“现时性”之间的二元对立关系，而是期望通过对广西诗歌写作中所出现的与“主流”趋同、“民族性”弱化等问题的审视，为其写作的深入发展做出可行性的探索。这样不仅有助于广西诗歌写作不断保持着自我独立性，而且能够使其获得更为独特的诗学占位。并且从当前的写作来看，广西诗歌已经找到了合理的应对策略，逐步实现着对当前写作困境的突围。如部分诗人在对“大海”意象的呈现上，不仅突出了广西独特的“海洋”特质，而且将“大海”与民族性的思考相互结合，更为鲜明地突显了广西独有的民族特征，诗句“海起伏着，像努力地回忆／海也在回忆中／把江河的名字／——遗忘”[①]中所塑造的凝聚着回忆与遗忘的“大海”意象正体现了这点。类似的还有诗人林虹的“枇杷树”“柚子树”“白鸟”，以及许雪萍笔下新奇而又充满伤痛的“南方的雪”等意象。这些意象不仅展示出了广西少数民族诗歌独有的文化想象，而且使得诗人能够在个体化的写作中不断建构

① 韦佐：《遗忘》，载《初升的太阳照在脸上》，青海人民出版社，2007，第20页。

出新的民族“想象体”。

四、结语

广西诗歌在二十世纪八十年代曾有着“整个广西文坛几乎就是一个广西诗坛”“八十年代的广西文学是一个诗歌的时代”[①]的繁荣景象，广西诗歌始终保持了与外界之间的“对话”关系，它不仅存在于多元并置的文化空间所营构的对话语境中，而且还有着立足于具体语境中的建构参与。随着时代语境的不断变迁，广西诗歌写作逐渐出现了“对话”的焦虑，突出的表征为与主流写作的趋近、民族性的弱化等问题。从本源上说，这些问题正是在其与外界的不断“对话”中产生的。

以何种方式来处理“对话”焦虑问题是当前广西少数民族诗歌写作的主要着力点，这同时是构成“让广西诗歌狼烟四起”“大师级别的诗人、纯粹的诗人出现”等期望实现的前提。当然，这不仅是广西诗歌所面临的写作瓶颈，更是当前诸如诗歌边缘化、诗歌缺乏社会担当等社会现实，向诗人提出的写作身份、写作姿态及写作多样性等问题的“变异”。广西少数民族诗人应在繁复驳杂的时代环境中选择适合自我的写作方式，以期完成对诗学困境的写作突围。

---

① 陈祖君:《南方论丛　两岸诗人论》，广西人民出版社，2004，第210页。

第二节

《百鸟衣》的经典建构与影响焦虑

哈罗德·布鲁姆在《西方正典：伟大作家和不朽作品》一书中将但丁、贝克特等26位经典作家作为研究对象，依次阐释了他们成为经典的特性。从整体上看，“崇高性和代表性”成为布鲁姆遴选作家的重要准则，这种准则一方面关系到了作家自身的文学地位及史学价值，另一方面则使得文学创作之于时代发展的重要作用凸显出来。经典作家，抑或经典作品在其时代通常扮演着重要的角色，不仅影响着人们对文学的接受程度，还影响着彼时社会的认同机制、群体规范的形成。就韦其麟的《百鸟衣》而言，它作为当代少数民族诗歌的经典之作已是不争的事实，尤其对于广西这一民族地区的形象塑造有着重要的作用。然而，经典的建构并非一朝一夕便能完成，其背后隐藏着作家的创作观念以及围绕作品所形成的评价机制、权力关系等诸多内容。厘清这些问题不仅有助于更好地把握作品的经典价值，而且对于社会整体的权力运作、结构关系等内容亦能够形成清醒的认知。尤其就少数民族诗歌而言，经典化的研究能够使其在诗歌发展史的整体脉络中保有强劲的生命力。

一、民族性：少数民族诗歌经典建构的主导因素

少数民族诗歌通常具备鲜明的“民族性”特征，以民间故事、传说为主

体的诗歌创作是其独特的资源优势。需要指明的是，这种创作并不是对已有故事、传说的简单整理或改写，而是必须经由诗人自身的思考、锤炼与想象。这种创作同时回应了布鲁姆对经典原因的阐释，在他看来，作家及作品成为经典的“答案常常在于陌生性（strangeness），这是一种无法同化的原创性，或是一种我们完全认同而不再视为异端的原创性”[①]。由此来看，“原创性”及经由原创而生成的“陌生性”成为经典建构的首要因素。对于少数民族诗歌来说，由“民族性”的再现而生成的“原创性”与“陌生性”是其成为经典的独特优势，韦其麟的《百鸟衣》正具备了这样的特性。

学界关于《百鸟衣》“究竟是韦其麟的整理还是创作”这一问题有着不同的声音。比如肖云儒认为它是韦其麟整理而成的长诗，与其相对的还有公刘整理的长诗《阿诗玛》。[②] 宋尤兴则针对肖云儒的观点提出了质疑，他指出：“《百鸟衣》完完全全不是根据民间原有的长诗整理出来的产物，而是韦其麟以民间故事为题材所创作的一部长诗。”[③] 而洪子诚与刘登翰所著的《中国当代新诗史》谈到了该诗为韦其麟创作而成：“在五六十年代，《百鸟衣》是根据民间传说重新创作的叙事诗中，成就较为突出的一部。”[④] 此外，韦其麟关于写作《百鸟衣》的描述，也从根本上说明了该诗的创作属性。[⑤] 综合来看，笔者认为《百鸟衣》由韦其麟创作而成。虽然该诗的创作原型取自壮族民间故事[⑥]，但韦其麟在创作过程中加入了自身的创造性思维，这使得诗作本身具备了鲜明的壮族

---

① 哈罗德·布鲁姆：《西方正典：伟大作家和不朽作品》，江宁康译，译林出版社，2011，第 2 页。

② 肖云儒：《西部文艺的三次高潮》，《中国文艺家》2000 年第 5 期。

③ 宋尤兴：《韦其麟的长诗〈百鸟衣〉究竟是创作还是整理》，《广西经贸》2000 年第 11 期。

④ 洪子诚、刘登翰：《中国当代新诗史》，春风文艺出版社，2022，第 101 页。

⑤ 韦其麟：《写〈百鸟衣〉的一些感受和体会》，《长江文艺》1955 年第 12 期。

⑥ 民间故事有广义和狭义之分，本文取其广义，即民众口头创作的所有散文体叙事作品，不具体区分神话、传说与民间故事。前引文中保留原表述，不予统一。

特性。

（一）《百鸟衣》在壮族民间故事的基础上生成，带有强烈的壮族特色。韦其麟曾将民间故事定义为“劳动人民口头创作中的一种体裁，通常是以通称的人物、广泛的背景、完整的情节来表现生活的散文叙事作品”。[①]《百鸟衣》中尽管没有“通称人物”，但它有“广泛的背景”与“完整的情节”，因此整体上属于民间故事的再创作。就具体的写作而言，《百鸟衣》更多地符合壮族民间故事中的“幻想成分占主导”的类型[②]，这是因为韦其麟在展现古卡和依娌的人物形象时，掺杂了较多的幻想性因素，如形容古卡力气时的诗句“别人的扁担，/一条用十年。/古卡的扁担，/一年换十条。”“三百斤的大石滚，/十个人才抬得动，/古卡双手一揿，/轻轻地举起像把草。”[③]而依娌由“大公鸡”变化而来的情节设置——“第三个月第三朝呀，/不听见公鸡啼了，/笼子里没有了公鸡，/院子里站着个姑娘”则更带有幻想的色彩。

（二）从故事情节来看，以古卡和依娌为代表的劳动人民，同以土司为代表的封建统治者之间进行了艰苦的斗争，这种斗争立足于壮民族特有的历史实际，同样具备鲜明的壮族色彩。土司制度在广西存在时间较长，其漫长的历史也极大地影响了广西人民的生活。“土司”及依附于其的恶势力在《百鸟衣》中以反面的典型存在，韦其麟借助“蛤蟆”“狗龙蜂”“咪屎虫”等物种，对其进行了极端地丑化，如诗句“土司想着依娌，/口水流了三尺又三寸，/蛤蟆见了天鹅，/睡不着三天又三夜。”“狗龙蜂从粪巢里飞出，/是要把人伤，/土司的狗腿出衙门口，/是要把依娌抢。”“粪堆里的咪屎虫，/满肚子是粪，/衙门里来的狗腿，/句句是接土司的嘴。”这些人物不仅为该诗的情节发展起

---

① 韦其麟：《壮族民间文学概观》，广西人民出版社，1988，第 101 页。

② 韦其麟曾把壮族民间故事分为“幻想成分占主导”与“现实成分占主导”两大类。参见韦其麟：《壮族民间文学概观》，广西人民出版社，1988，第 102 页。

③ 韦其麟：《百鸟衣》，中国青年出版社，1956。书中所引原文皆出于此，不再另注。

到了推动作用，而且其本身是壮族特定历史时期的代表，在突出壮族的“民族性”过程中扮演了重要的角色。

（三）从整体上看，韦其麟在《百鸟衣》中以其深刻的民族自觉诠释了壮族的民间故事，使得原本较为“沉寂”的壮族文化得以更广泛地传播与接受，正如有学者所看到的：“解放初期的广西，在人们眼中，还是偏僻落后之地，但《百鸟衣》的出现，证明了广西并非文学荒地，新中国的少数民族中也不乏精彩的文学作品。叙事诗《百鸟衣》发表后，以其浓厚的民族色彩、地方色彩和神话色彩吸引了大批读者，并引起了全国对广西文化、对壮族文化的重视。”[①] 除对壮族民间故事的创造性诠释外，《百鸟衣》还通过富于民族、地域色彩的抒情艺术，诠释了壮族的“民族性”内涵。梁庭望曾将《百鸟衣》视为壮族反映“政治斗争和战争题材”的重要剧本，这便在很大程度上突出了其鲜明的壮族文化特色。[②] 作为叙事长诗，《百鸟衣》通过民族文化风物的再现、富于民族化的修辞以及诗体形式“变奏”等方面，展示了壮族的文化色彩与广西地域特征。

第一，《百鸟衣》中有着壮族文化风物的集中再现。“百鸟衣”作为长诗的主导意象，不仅作为串联故事的线索，而且带有丰富的文化内蕴，我们从中可以窥见壮族的文化特性。“百鸟衣”尽管在长诗中出现的次数很少，但它的作用不可或缺。从依娌被土司抢走时对古卡的提醒——“古卡呵古卡，/心里别害怕，/你去射一百只鸟做成衣，/等一百天找我到衙门里！”到“百鸟衣”的生成——“一百张雉鸡皮，/张张一样美，/缝成一件衣，/羽光亮闪闪。”再到古卡凭借“百鸟衣”将土司杀死，故事被不断推向高潮，独具壮族特色

---

① 刘伟盛、谢萍、唐睿岚：《韦其麟：用壮族文学织就传世〈百鸟衣〉》，《南宁日报》2007年9月19日。

② 梁庭望：《壮族文化遗产》，载陈理主编《中国少数民族文化遗产集粹》，云南教育出版社，2006，第193页。

的风俗文化也集中传达出来。另外，作为壮族重要文化风物的“珍珠”也得到了鲜明的塑造。《百鸟衣》中，“珍珠”尽管出现于古卡母亲诉说其父亲“外出寻宝”的谎言中，但客观上表现了一种求富的普遍文化心理，他们不仅视“珍珠”为“宝贝”，更将其作为寻求财富的一种寄托。

第二，《百鸟衣》还通过富有民族特色的修辞，表现了浓厚的地域色彩。韦其麟在诗中经常运用一种特殊的比喻方式——以动物喻人，来表达自身的爱与恨，如：

土司想着依娌，/口水流了三尺又三寸，/蛤蟆见了天鹅，/睡不着三天又三夜。

乌鸦叫喳喳，/狗腿两边排，/孔雀拖进了狼巢，/依娌进了衙门口。

老马骝你不识羞，/老马骝你面皮厚……

画眉关在笼子里，/有翼不能飞；/依娌住在衙门里，/有脚不能逃。

恨不得长上翅膀，/像鹰一样飞，/恨不得多生两条腿，/像马一样奔。

这些诗句中，韦其麟针对不同的人物表达了不同的情感，他用“雄鹰”“骏马”“孔雀”“画眉”等动物来比喻勇敢的古卡与美丽的依娌，而描述土司及其“狗腿”时，韦其麟则以“蛤蟆”“乌鸦”“老马骝”等丑陋的动物来形容，这便充分地表达了他的情感倾向。笔者想要强调的是，韦其麟的这种比喻方式与壮族民间文学中“动物故事”所使用的修辞方式相互吻合。因为在他看来，“动物故事”是壮族民间故事的重要构成部分，“按形式来说，是动物故事，而它的内容，绝大多数却是人的故事，反映的是人们对社会生活的种种感受和人与人之间的关系。”[①] 所以，韦其麟在《百鸟衣》中通过大量动物性比喻的运用，在表达自身爱憎的同时，也呈现了鲜明的地域特色。

第三，《百鸟衣》还通过诗体形式的“变奏”，再现了壮族诗歌丰富的形

① 韦其麟：《壮族民间文学概观》，广西人民出版社，1988，第125—126页。

式内蕴。《百鸟衣》尽管以“四行体”为主，但每行的字数并不等同，从而摆脱了单一写作形式的约束。诗中还不时地穿插2行、5行、8行等诗节，甚至采用12行的大节来描述故事情景，这就使得整首诗的形式更为灵活，而不是拘泥于4行的套路之中。从内容上说，这些“变奏”了的行数有不同的侧重，如2行主要描述的是人物之间的对话，5行及更长的行列则将对话与叙述灵活地连接起来，使得叙事与抒情紧密结合。同时，这种诗体形式的“变奏”也赋予诗人情感以更为生动的变化。而在随后创作的《凤凰歌》中，韦其麟较多地囿于“四行七言式”的诗体形式，从而限制了其丰富情感的抒发，使其写作留有一定程度的遗憾。

综合来说，韦其麟的《百鸟衣》以“简洁的诗句”容纳了“深邃的思想内涵和丰富的艺术情趣”[①]，更为重要的是表达了丰富的民族情感，为壮族诗歌留下了一笔宝贵的财富。鲜明的“民族性”使得《百鸟衣》具备了成为经典作品的基本特质，这种特质一方面指向的是其作为壮族诗歌的优秀代表，由此生成了壮族身份及文化的自我认同，诗人依靠着独具壮族特色的诗歌写作，使得作品在当代诗歌中经由“少数民族诗歌”的身份介质获得了较高的诗学地位，尤其形成了以“壮族”为核心的想象共同体，为经典特质的培育做出了贡献。另一方面，《百鸟衣》所再现的“民族性”在与“地域性”的对冲中，营构了一种持续的紧张感，其中缠绕着壮族文化与广西地域之间的内部张力，为作品传播场的建构提供了有效的智力支持。抑或说壮族文化与广西地域通过相互的借重，产生了新的诗学维度，为《百鸟衣》的传播提供了自主的场域空间。《百鸟衣》的经典建构离不开其自身的“民族性”特质，加之外部评价机制的不断助推，使它在少数民族诗歌史，乃至当代诗歌史中最终走向了经典的行列。

---

① 莫奇：《重读〈百鸟衣〉》，《广西民族大学学报》（哲学社会科学版）1979年第3期。

二、评价机制：经典建构的权力运作空间

经典的建构一方面需要作品自身具备成为经典的基本特质，另一方面，围绕作品所形成的评价机制同样不可或缺。正如童庆炳所说的，文学经典建构大体上包括六个要素：文学作品的艺术价值、文学作品的可阐释的空间、意识形态和文化权力变动、文学理论和批评的价值取向、特定时期读者的期待视野、“发现人”（又可称为“赞助人”）。[①] 这便首先阐释了经典建构所需要的本体性要素——作品自身的艺术价值，以及作家的创作规范与意识等。除此之外，外部创作语境与批评生态也在很大程度上影响着作品的经典建构，它在某些特定的时刻对经典建构本身能够产生决定作用，甚至具备着制造“伪经典”的可能性。因此，笔者在呈现《百鸟衣》经典建构的过程中，必然要引入对评价机制所形成的权力运作空间的审视。

《百鸟衣》最初发表于《长江文艺》1955年第6期，鉴于刊物在二十世纪五六十年代的重要影响力，这也集中反映了青年诗人韦其麟在诗歌创作层面的艺术成就。当然，《百鸟衣》的发表与韦其麟作为《长江文艺》通讯员的身份不无关系。该杂志社在1950年的座谈会上，曾提出“广泛征求‘长江文艺通讯员’”的基本要求，此项要求后来成为其所秉持的服务宗旨，尤其对该杂志的通讯员发表作品提供大力支持与帮助。同时，《长江文艺》杂志社还着力于对青年写作者的培养工作。可以说，成为“长江文艺通讯员”的韦其麟获得了发表《百鸟衣》的便利，并且该诗经由《长江文艺》的推介赢得了广泛的赞誉。《人民文学》与《新华月报》均在1955年的第7期全文转载《百鸟衣》。随后，《百鸟衣》被收录于“少数民族文学作品选”“中学课外阅读资料”等丛书中，如节选收录于初级中学课本《文学》第五册（人民教育出版社，

---

① 童庆炳：《文学经典建构诸因素及其关系》，《北京大学学报》（哲学社会科学版）2005年第5期。

1957）、《中国少数民族文学作品选》编辑委员会编的《中国少数民族文学作品选》第三分册（上海文艺出版社，1981）等，全文收录于华东师范大学中文系一九五八级编的《中学课外阅读参考资料》（上海教育出版社，1962）等。同时，《广西经贸》杂志从1999年第6期到2000年第3期，对《百鸟衣》进行了全文的连载。从发行的单行本来看，《百鸟衣》最早于1956年由中国青年出版社出版，此后几经再版，包括人民文学出版社1959年版、内蒙古人民出版社1960年版（蒙古文版）、人民文学出版社1978年版、上海美术出版社1983年版、漓江出版社1998年版等，这也直观地反映出诗作自身的诗学价值与史学意义。

《百鸟衣》自发表后，学界有关它的研究工作随即展开。从整体上看，有关韦其麟的研究在二十世纪五十年代均围绕着《百鸟衣》展开。如陶阳的《读长诗〈百鸟衣〉》（《民间文学》1955年第7期）、李冰的《谈〈百鸟衣〉》（《长江文艺》1955年第10期）、贾芝的《诗篇〈百鸟衣〉》（《文艺报》1956年第1期）、沙鸥的《试谈〈百鸟衣〉的浪漫主义特色》（《长江文艺》1956年第11期）、刘家骥的《论〈百鸟衣〉》（《语文教学通讯》1957年第3、4期合刊）、刘元树的《诗章〈百鸟衣〉》（《语文教学》1957年第9期）等。就具体内容而言，研究者大都立足于作品自身的主题思想、人物形象、语言运用、艺术技巧等层面，较为客观地呈现出了《百鸟衣》的诗学价值。陶阳的《读长诗〈百鸟衣〉》是关于《百鸟衣》的第一篇研究性文章，他认为该诗是“富有人民性和美学价值的诗篇”，主要从人物形象和艺术分析两个层面对该诗进行了论述，一方面指明了诗歌所反映的反封建主题，另一方面强调了作品所展现出的民族特色。[①] 尽管从今天的眼光看，陶文并没有摆脱作家作品论的基调，但作为评论韦其麟诗歌的首篇文章，其在学术层面的开拓意义不容忽视。1956年，苏

① 陶阳：《读长诗〈百鸟衣〉》，《民间文学》1955年第7期。

联《文学报》刊登了奇施柯夫撰写的评论文章《李准和韦其麟》，该文一方面认识到国内文坛对韦其麟的《百鸟衣》及其本人的高度评价："这首长诗，后来《人民文学》和《新华月报》都转载过，刊物上出现过一些评论文字，高度估价了这位青年诗人——僮族的代表人物的作品。居住在中国境内的少数民族中天才的代表人物登上了全国文坛。"[①] 另一方面，奇施柯夫还将韦其麟的《百鸟衣》与内蒙古青年作家玛拉沁夫的作品、彝族的长诗《阿诗玛》以及维吾尔族、藏族等少数民族的童话和传说并置起来，充分肯定了该诗重要的价值与地位。与《玫瑰花的故事》仅被翻译成英文相比，《百鸟衣》不仅被翻译成多国文字，还引起了国外评论界的强烈反响。至此，韦其麟的身份也由诗歌创作的尝试者转为了诗坛名人。随后，贾芝、刘家骥、刘元树、沙鸥等评论家纷纷加入到了对《百鸟衣》的批评与研究当中，不断拓展了该诗作的影响力。

而到了新时期，社会语境不断开放，学界的研究视域、理论方法较之二十世纪五六十年代有着很大的不同，但研究者们对《百鸟衣》依然保持了较大的关注度。正如有学者在二十世纪八十年代中期所看到的："《百鸟衣》是新中国诗歌中比较成功的叙事长诗。从它问世至今已经近三十年了，虽经时间的淘洗，仍然葆有不衰的艺术魅力。尽管今天新诗的审美属性比三十年前更加丰富多彩，但它并不排斥历史上放射过光彩的优秀作品。在时代的天平上，《百鸟衣》自有不容抹煞的认识意义和审美价值，它在新中国诗歌发展史上，应该占据一定地位。"[②] 新时期以来学界对《百鸟衣》的研究维度有了较大的拓展，如莫奇的《重读〈百鸟衣〉》，发表于《广西民族学院学报》（社会科学版）1979年第3期；杨长勋的《神话与再造神话——韦其麟〈百鸟衣〉新评》，发表于

---

① 奇施柯夫：《李准和韦其麟》，杨华译，《长江文艺》1956年第5期。

② 张俊山：《〈百鸟衣〉赏析》，载吴开晋、王传斌主编《当代诗歌名篇赏析》，海峡文艺出版社，1986，第705页。

《广西师院学报》(哲学社会科学版) 1991 年第 4 期);李济中的《〈百鸟衣〉的修辞艺术》,发表于《当代修辞学》1988 年第 4 期;等等。这些研究在挖掘《百鸟衣》自身特质的同时,也为其在当代诗歌发展史上的影响力与地位的保持做出了贡献。

随着影响力的不断扩大,《百鸟衣》逐渐进入了新编写的各类文学史中。在二十世纪六十年代,由广西壮族文学史编辑室与广西师范学院中文系合编的《广西壮族文学·初稿》(广西人民出版社,1961)一书的第四编第二章中,专门列有《长篇叙事诗〈百鸟衣〉》一节。该书将《百鸟衣》作为壮族诗歌的代表,与民歌、长篇小说、传记、戏剧等体裁的作品并论,凸显了它所具备的文学史意义。此外,华中师范学院中国语言文学系编著的《中国当代文学史稿》(科学出版社,1962)、中国科学院文学研究所编的《十年来的新中国文学》(作家出版社,1963)等书中也专节论述了《百鸟衣》。此种现象尽管反映出了《百鸟衣》在二十世纪六十年代的独特价值与意义,但从另外的角度来看,由于其时社会语境的特殊性,加之主流意识形态对于文学史写作的"引导"与"规范",在很大程度上反而限制了《百鸟衣》自身的传播与影响力。而这种局限在二十世纪八十年代以来的语境中得到了解决,以《百鸟衣》作为章节以及评介《百鸟衣》的文章开始进入新时期的文学史及文学类教材中,如张钟著《当代文学概观》(北京大学出版社,1980),冯刚等编写《中国当代文学史初稿·上》(人民文学出版社,1980),华中师范学院编《中国当代文学》(上海文艺出版社,1984),吴重阳著《中国当代民族文学概观》(中央民族学院出版社,1986),雷敢、齐振平主编《中国当代文学》(陕西师范大学出版社,1990),洪子诚、刘登翰著《中国当代新诗史》(人民文学出版社,1993),王庆生主编《中国当代文学史》(高等教育出版社,2003),程光炜著《中国当代诗歌史》(中国人民大学出版社,2003),张健主编《新中国文学史》(北京师范大学出版社,2008),钟进文主编《中国少数民族文学基础教程》(中央民族大学出版社，2011）等。从整体上看，尽管《百鸟衣》的评价机制在不同时期面临着不同的问题，并且在某些阶段还表现出了明显的局限性，但由评价机制所形成的权力运行空间已渐渐建构出来，这便在很大程度上促成了《百鸟衣》迅速地向“经典化”靠拢。

三、经典建构中的影响焦虑

当代诗歌史中存在着诸多诗人被其经典作品所遮蔽的现象，如食指的《相信未来》在写作完成后，逐步被诗界视为朦胧诗的经典之作，许多诗人都谈到了此诗对自身的影响乃至震撼，而这种震撼又在很大程度上加速了该诗的经典化进程。但是随着时间的推移，围绕《相信未来》所建构的经典化的空间逐步形成了一种“影响的焦虑”，这在很大程度上遮蔽了诗评界对食指其他诗作的认识，进而影响了评判的客观性。正如泉子所看到的：“你在 1968 年就写下了《相信未来》《这是四点零八分的北京》《海洋三部曲》《疯狗》这样的诗歌。但作为朦胧诗源头性的诗人，在很长的时间里，你是明显被遮蔽与忽视的……”[①] 可以说，泉子所指出的文学史中存在的“‘必然性’的误读”正指向的是经典的焦虑。又如翟永明曾看到了钟鸣的诗“没有得到足够正确的认识”，“评论者和读者都更多地津津乐道他的《畜界，人界》《旁观者》。而被他称为‘精神的漂流瓶’的他的诗，却没有像他的散文随笔那样被认可，被传播”。她在分析其中原因时指出：“作为中国散文随笔界最重要和最具开创性的人物，他在随笔写作上的成就反而遮蔽了他诗歌的光芒。”[②] 这就是说，钟鸣的随笔所建构出的经典空间对其诗歌造成了影响焦虑，遮蔽了他在诗歌方面的成就，评论界对其诗歌的“正确认知”便随之受到影响。

---

① 食指、泉子：《食指：我更“相信未来”——答泉子问》，《诗探索・理论卷》2007 年第 3 期。

② 翟永明：《旁观者：钟鸣》，载《最委婉的词》，东方出版社，2008，第 171 页。

就《百鸟衣》而言，当代少数民族诗歌史，甚至是当代诗歌史大都将其作为韦其麟的代表作，该诗经典化的建构更加剧了自身的“代表作”性质。而在此种情形影响下的批评与研究往往容易走向舆论化，使得诗歌写作的“精神特质、语词规范、表现内容、主题思想、风格特征等层面大都拘囿在狭小的话语圈范围内”[①]，从而影响了研究者对研究对象的全面认知。因此，即便韦其麟后来陆续创作了多篇叙事诗，以及尝试了不同体裁（抒情诗、散文诗等）、不同风格的诗歌写作，但这也并未真正地改变《百鸟衣》作为韦其麟代表作的事实，由经典化而导致的“影响焦虑”随之形成。洪子诚和刘登翰所著的《中国当代新诗史》在阐述韦其麟的创作时，尽管提到了《玫瑰花的故事》《寻找太阳的母亲》等叙事诗，但作者用笔更多的还是对《百鸟衣》的介绍，该著不仅点到了《百鸟衣》的创作来源，还对诗歌本身的主要情节、艺术方法等内容做了详细梳理，这便在客观上突出了《百鸟衣》的经典地位，也因此影响了读者对韦其麟创作的其他叙事诗的认知。[②] 吴重阳在《中国少数民族现当代文学研究》中不仅介绍了《百鸟衣》的生成过程与主要内容，而且还说道：“《百鸟衣》是 20 世纪 50 年代新中国诗坛的重要收获之一，被誉为‘经过整理和改编的民间创作的珍品’。《百鸟衣》曾被翻译成多种国家文字，在世界上产生广泛的影响。”[③]“重要收获”“珍品”“广泛影响”等词足以表达出论者之于《百鸟衣》的溢美之情，该诗的经典性则不言自明。从《百鸟衣》的评论与研究来看，论者更多地将其置于少数民族叙事长诗——如藏族的《格萨尔王》、彝族的《阿诗玛》、蒙古族的《嘎达梅林》等的写作谱系中进行审视，如高文升等的《〈阿诗玛〉、〈百鸟衣〉等民间叙事诗》（载《中国当代文学史稿　上》，河

① 张凯成：《诗人写作转型的发生及焦虑——以郑小琼为例》，《广西师范学院学报》（哲学社会科学版）2016 年第 3 期。

② 洪子诚、刘登翰：《中国当代新诗史》，春风文艺出版社，2022，第 101 页。

③ 吴重阳：《中国少数民族现当代文学研究》，中央民族大学出版社，2013，第 128 页。

南人民出版社，1989）、刘文田的《〈百鸟衣〉、〈阿诗玛〉、〈格萨尔王传〉等叙事诗》（载《当代中国文学史》，河北大学出版社，1991）、黄子建等的《叙事长诗〈阿诗玛〉和〈百鸟衣〉》（载《中国当代新诗发展史》，成都科技大学出版社，1993）、谭伟平和龙长吟的《重拾与再造：〈百鸟衣〉、〈阿诗玛〉等南方少数民族叙事长诗》（载《现代中国文学教程》，高等教育出版社，2011）等，这便直观地展现出了《百鸟衣》的经典化空间。由此来说，《百鸟衣》不仅成为韦其麟的代表作，更作为少数民族诗歌创作的经典为评论界所熟知。但需要指出的是，《百鸟衣》的经典建构在很大程度上影响了学界对韦其麟的全面认知，他们将目光更多地投入到《百鸟衣》上，而相对忽视了诗人其他方面的创作探索。有个突出的现象，韦其麟进入新时期以来的诗歌写作尽管有着内容与形式的双重“变奏”，但从通常意义上的理解来看，学界仍将其视为“五十年代的少数民族诗人”，作为经典代表作的《百鸟衣》在这一过程中则起到了根本性的作用。据此而言，韦其麟在其写作中无疑遭遇到了由经典化而导致的影响焦虑。

如何摆脱《百鸟衣》的影响焦虑是韦其麟创作过程中必须思考的问题，尽管他的叙事诗创作与多元的探索实践并未撼动《百鸟衣》的经典地位，但这种探索依然在诸多层面呈现了摆脱影响焦虑的可能性。在《百鸟衣》发表后，韦其麟又陆续创作出了《凤凰歌》《寻找太阳的母亲》《莫弋之死》《岑逊的悲歌》等叙事诗，与此同时，他还进行了多维的创作探索，出版有抒情诗集《含羞草》（湖南文艺出版社，1987）、《苦果》（广西民族出版社，1994年），散文诗集《童心集》（漓江出版社，1987）、《依然梦在人间》（广西民族出版社，2008）等。无论从作品所表达的思想内容、语言艺术，还是从作品所展现的民族特质与地域特征来看，韦其麟在新时期的创作较之二十世纪五六十年代呈现出了明显的多元化与丰富性。可以说，韦其麟随后的创作并未囿于叙事诗的写作与民族性表达，他在与时代语境的相互对话中，进行了多元的艺术探索，这些均可视为他摆脱经典作品“影响焦虑”的尝试。

以叙事诗为例，在1964年发表的《凤凰歌》(《长江文艺》1964年第1期)中，尽管韦其麟主要塑造了壮族姑娘达凤的艺术形象，但他将人物放置到了“革命”的语境，将民族性的“小我”拓展到“大我”的民族性之中，极大地拓宽了原有的艺术境界，也使得诗作本身跳出了“民族性”的话语范畴，从而在与革命性、政治性话语的相互交织中建构出多元的写作空间。韦其麟在新时期创作了《寻找太阳的母亲》一诗，尽管该诗的用力点在于凸显壮族英雄代表——“母亲”形象，但他并未局限于壮族自身的民族性书写，而是通过“追日”“移山”等形象的塑造，将对壮族传说的叙述交织于其他民族传说之中，从而摆脱了民族性的专制化空间。此外，韦其麟在二十世纪九十年代还写有一部长篇诗剧《普洛陀，昂起你的头！》，与前述的叙事诗不同，该诗在写作形式层面有了极大的拓宽，这尤其体现在“诗剧”的艺术表达上。可以说，《普洛陀，昂起你的头！》是韦其麟在新的社会语境中所做出的新的尝试，“诗剧”形式的选用也表明了其叙事诗的写作并没有停滞，仍处于不断地探索中。早在二十世纪四十年代，袁可嘉就看到了新诗写作中所出现的“戏剧化”倾向，他将“诗的戏剧化”的第三类倾向看作是“诗剧”，认为诗剧的写作配合了现代诗追求“现实、象征、玄学的综合传统”的主潮，“诗剧给予作者在处理题材时，空间、时间、广度、深度诸方面的自由与弹性都远比其他诗的体裁为多”，同时，“诗剧又利用历史做背景，使作者面对现实时有一不可或缺的透视或距离，使它有象征的功用，不至粘于现实世界，而产生过度的现实写法”。[①] 由此来说，“诗剧”形式的采用一方面使得韦其麟在写作中获得了“空间、时间、广度、深度诸方面的自由与弹性”，拓宽了诗歌的综合表现力；另

① 袁可嘉:《新诗戏剧化》，载《论新诗现代化》，生活·读书·新知三联书店，1988，第28页。

一方面，此种形式帮助韦其麟在处理壮族创世神话故事的同时，也使其在现实世界的书写与揭示中表现出了强烈的批判色彩，在历史与现实的对位联系中建构出了诗学的思辨与张力。

韦其麟摆脱《百鸟衣》“影响焦虑”的另一途径则需要依靠评论家们的批评“自律”，他们不应局限于现有的批评态势，而要以更加积极的姿态挖掘出韦其麟的更多诗作与诗作本身更为多元的艺术价值。从根本上说，评论家们尤其要建构批评的“独立意识”，这不仅是批评的本质所在，更关乎到批评的效力与影响。当然，韦其麟所遇到的“批评问题”并非其自身所独有，这更多地指向了当前批评的现状。就此而言，这种由批评所导致的焦虑成为当前的普遍性问题，问题的解决则需要批评者“独立意识”的养成与建构。

综上所述，韦其麟的《百鸟衣》作为当代少数民族诗歌的经典之作，其自身形成了经典化的空间。经典的建构一方面依赖于作品自身的“民族性”优势，另一方面则与评价机制所内蕴的权力运作空间关系紧密相关。从根本上说，经典建构固然肯定了《百鸟衣》自身的诗学价值与地位，但这同时带来了更大的影响焦虑，限制了评论界对韦其麟诗歌创作认识的客观性与全面性。摆脱经典的“影响焦虑”不仅是韦其麟个体的问题，更为根本的则是问题本身所关乎的诗歌批评在当下的活力与有效性。

第三节

韦其麟叙事诗中“女性形象”的变迁

早在二十世纪五十年代，韦其麟就凭借着其出色的民族性书写与表达赢得了国内诗坛的关注。不仅如此，《百鸟衣》的发表还使其获得了国际性的赞誉，如在苏联评论家奇施柯夫的笔下，韦其麟被冠之以“居住在中国境内的少数民族中天才的代表人物”[①]，这便充分地彰显出了其重要的地位。尽管在随后的社会语境中，韦其麟的创作受到了很大的“限制”，甚至在“文革”时期几乎“失声”，但进入新时期后，开放的写作语境又使其迎来了新的创作高峰。韦其麟始终坚守在诗歌创作的道路上，而“女性形象”的塑造在其叙事诗中占据着重要的地位，这也几乎贯穿了其整个的写作生涯。但因不同时期创作语境的相异，其叙事诗中的女性形象也呈现出了一定的差异性，从而表现了不断变迁的过程。这种变迁一方面反映了韦其麟诗歌创作的具体历史语境的变化，另一方面，我们在某种程度上能够通过这种变迁窥见其创作观念与创作策略的演变与调整。

① 奇施柯夫：《李准和韦其麟》，杨华译，《长江文艺》1956 年第 5 期。

一、民族性表达中的女性形象

初登诗坛的韦其麟将目光更多地放置在了对民间故事、传说的展现上，尽管在詹姆逊看来，“……不管民间故事的起源多么富有个人特色，它从本质上来说永远是缺乏个性的，或者说是集体的”[①]。但韦其麟并不是对“民间故事”的完全照搬，而是在借鉴中加入了创造性因素。如《百鸟衣》取材于壮族民间故事《百鸟衣的故事》(又名《张亚原和龙王女》)，韦其麟不仅将原故事中的主人公——张亚原和龙王女改为了古卡和依娌，而且还加入了自身对故事人物、情节的改造。[②]《玫瑰花的故事》《百鸟衣》等诗篇不仅确立了韦其麟在少数民族诗歌中的地位，而且还自觉地承担起了挖掘壮族文化、展现广西地域景观的责任。陈代云曾看到新中国成立初期少数民族诗人在“民族平等”旗帜下所获得的“身份认同”，他们表现出了强烈的责任感：“一方面，向别的民族展现本民族的文化成为他们的责任；另一方面，构建有民族特色的诗歌则成为他们的理想。”[③]而这种“民族性”的书写也与其时少数民族诗歌创作的整体态势保持一致，正如洪子诚与刘登翰所看到的：“从 50 年代开始，一批少数民族诗人陆续加入当代诗歌创作者的行列。他们在社会环境、生活道路和文化素养上，与汉族青年诗人有共同的地方，但也有他们自身的特点。民族生活变迁和民族民间文化传统，是他们建立创作民族特性的基点。”[④]可以说，韦其麟作为“少数民族青年诗人”，自觉地将创作视野投射到“民族民间文化传统”之中，不断地从民间故事、传说中汲取养分，逐步确立了创作的“民族性”特征，这同时使其叙事诗中的女性形象也带有了较强的民族色彩。

---

① 弗雷德里克·詹姆逊：《语言的牢笼——结构主义及俄国形式主义述评》，钱佼汝译，百花洲文艺出版社，1997，第 24 页。

② 韦其麟：《写〈百鸟衣〉的一些感受和体会》，《长江文艺》1955 年第 12 期。

③ 陈代云：《广西当代诗歌本土经验的想象与构建》，《广西社会科学》2012 年第 2 期。

④ 洪子诚、刘登翰：《中国当代新诗史》，春风文艺出版社，2022，第 98 页。

在《玫瑰花的故事》中，夷娜首先以“出色的舞者和歌手”出现，这一形象本身具备了鲜明的壮族特性。韦其麟曾看到：“广西历来被誉为‘歌海’，说明了壮族人民和各族人民的能歌善唱。唱歌是壮族人民生活中不可缺少的一个组成部分……”[①]“能歌善舞”不仅作为壮族民众的重要标志，更成为他们对民族文化的自觉认同。诗中的夷娜具备了优秀歌手与舞者的基本素质：

她有一双水汪汪的秀眼，

她有清脆甜蜜的嗓音。

她歌唱时高空的黄莺飞下听，

她舞蹈时连小鹿也彳亍不行。[②]

而且她以与尼拉对唱的方式表达了无尽的悲痛之情，当尼拉的歌声“被风儿送到夷娜的卧房”时，夷娜“怀着一腔愁怨”歌唱道：

我的眼睛快要望穿了哟，

——亲爱的尼拉你在哪儿？

我的泪水就要流干了哟，

——亲爱的人儿你在何方？

我的心儿呵已经碎了哟，

亲爱的尼拉哟你哪时才回来？[③]

“望穿之眼”“流干之泪”以及“破碎之心”等描述充分地再现了夷娜对尼拉的思念之情，同时加剧了其内心的悲伤程度。不仅如此，夷娜的歌声还直接导致了故事悲剧的高潮，这是因为当她的“哀伤的歌声”传到尼拉耳中时，后者便不顾一切地奔赴到了夷娜的身边，由此铺开了故事的悲剧性结局。可以

---

① 韦其麟：《壮族民间文学概观》，广西人民出版社，1988，引言第 5 页。

② 韦其麟：《玫瑰花的故事》，《新观察》1953 年第 15 期。

③ 韦其麟：《玫瑰花的故事》，《新观察》1953 年第 15 期。

说，韦其麟将“歌唱”作为壮族文化的承载，在塑造夷娜形象的过程中加入了自身的“民族性”思考，这尤其表现为作者对女性“歌者”形象的强调与渲染。而到了《百鸟衣》中，依娌也被塑造成了一位优秀的歌者，她的这种“歌唱”气质在其作为“公鸡”时就有着直观的显露——尽管只是“喔喔啼”之类的叫声。而由“公鸡”变为美丽的依娌后，女性的“歌者”形象被进一步凸显出来：

帮山的后生多又多，
见了依娌谁不唱歌？
唱就唱来放声唱，
依娌一唱就几箩。

唱歌的后生不知数，
个个没依娌那么多歌，
古卡闻声唱一支，
依娌回头笑得像朵花。

不仅如此，依娌还被韦其麟塑造成勇敢、智慧的壮族女性主人公形象，这对其民族性的表达也起到了关键性作用。韦其麟在谈到创作《百鸟衣》的感受时曾说：“……我把她（指依娌——笔者注）描写成为一个美丽的、勤劳的、聪明的、善良纯洁而又能吃苦耐劳的姑娘。她给古卡家带来不少的欢乐，她对生活有着无限美好的希望和追求，对爱情是那样纯真和坚贞。”[①] 依娌将美丽、勤劳、聪明等形象集于一身。如在面对土司的刁难时，依娌以其过人的智慧将困难一一化解：她以手织“筛箕”来筛清芝麻和绿豆，用“一担清水”来分开黑、白芝麻，即便在应对“一百个公鸡蛋”这一不可能完成的难题时，依

① 韦其麟：《写〈百鸟衣〉的一些感受和体会》，《长江文艺》1955 年第 12 期。

娌也没有自乱阵脚，而是以积极的对话方式将“公鸡下蛋”的悖论推给了土司的“狗腿”，使其诡计最终破灭。在与土司及其代表的恶势力的对抗中充分显示出了依娌的智慧，韦其麟在诗中多次以“聪明的依娌呵”来表达他对女主人公的欣赏之情。但也正因为这种智慧，古卡和依娌招致了更大的灾难——“娘气死了，/依娌被抢走了，/树林里的小鸟吓跑了，/山坡下的人家拆散了。”于是，被拖进衙门的依娌不得不忍受着与古卡的相思之苦，但这灾难并未将她吓倒。依娌在临别之际不仅给了古卡以莫大的抚慰——“乌云遮了天，/风吹云就散，/我们暂分离，/一定再团圆。”而且还主动为古卡献计——“古卡呵古卡，/心里别害怕，/你去射一百只鸟做成衣，/等一百天找我到衙门里！”这些话语充分昭示了依娌的勇敢和坚毅，同时也表现了其所拥有的智慧。即便身陷“狼巢”，依娌依然勇敢地与土司做斗争，她以“这是野兽的巢，/住的是豺狼一窝，/好人不进去，/进去活不了”来回击土司“狗腿”口中的“幸福论”，还通过撕碎金丝衣、摔坏碟盆以及夺剑相逼等行为表达了自身对土司的反抗情绪。

值得强调的是，韦其麟在早期女性形象的塑造中加入了浪漫主义的因子，这不仅使其民族性的表达更为生动与多元，而且也极大地增强了其写作的神话特征。《玫瑰花的故事》中的夷娜尽管是“劳动人家的女儿”，但她与尼拉之间的爱情则超越了原有的生活范畴，从而具备了浪漫的特征。如诗人以浪漫化的笔法描述了两人之间相会的情景：

尼拉和夷娜朝朝相会：
在那清晨的南风吹拂中，
在那落日的光辉抚射下，
在那深山苍松的树荫里，
在那河畔柳林的月影前。
不论是和风吹柳的春天，

不论是鹧鸪清唱的夏日，

不论是野菊遍开的清秋，

不论是北风呼啸的寒冬，

他们时刻都在倾诉着自己的爱情，

他们时刻都在歌唱着自己的幸福。[①]

更多的浪漫化书写则集中在该诗的末尾，尽管这种书写因夷娜与尼拉的相拥“撞向石台”而具备了极大的悲剧性。该诗的结尾写道，夷娜与尼拉死后所留下的鲜血使得石台周围“凸起黄土一堆”，这“黄土”经过日月的沉淀，“忽然长起了一枝有刺的奇花：/殷红的花瓣绿绿的叶，/馥郁郁的花香溢满园”[②]，这种描写极大地增强了该诗的浪漫色彩。“奇花”（玫瑰花）正是夷娜与尼拉之间爱情的结晶，对此意象的描写不仅表达出二者对美好爱情的向往，而且还包含了对以国王和王子为代表的恶势力的愤懑与抗争。而在《百鸟衣》中，依娌的身份本身就带有着浪漫的色彩，她并非普通村庄家的女儿，而是一只美丽的“大公鸡”的化身，尽管诗人在描写其出现时所用笔墨不多——“第三个月第三朝呀，/不听见公鸡啼了，/笼子里没有了公鸡，/院子里站着个姑娘”，但这一情节依然有力地凸显了韦其麟强烈的浪漫化表达。

总体而言，韦其麟早期叙事诗中的女性形象带有鲜明的壮族特征，他在确立自身写作特色的过程中，以浪漫化的笔法塑造了壮族色彩浓厚的女性形象。以《百鸟衣》为代表，韦其麟将自我对民族性的思考融入对“依娌”的再现中，不仅塑造了生动灵韵的壮族女性主人公形象，而且也在当代诗歌女性形象的画卷中留下了浓墨重彩的一笔。

---

① 韦其麟：《玫瑰花的故事》，《新观察》1953年第15期。

② 韦其麟：《玫瑰花的故事》，《新观察》1953年第15期。

二、现实性话语的自觉融入

布迪厄曾把文学看作一个独立的“场域”，它的发生与发展依靠着文学内部场的不断斗争，如他所说，“文学（等）场是一个依据进入者在场中占据的位置……以不同的方式对他们发生作用的场，同时也是一个充满竞争的战斗的场，战斗是为了保存或改变这场的力量。”[①] 但文学并非仅存在着内部场，由政治、经济、文化等外部因素所构筑的外部话语场，也在很大程度上影响着文学自身的发展。在二十世纪五六十年代中国的社会语境中，文学场内部尽管充斥着诸种力量的冲突，但这并非其发展的首要因素。相反由主流意识渗入所造成的文学场与外部话语场之间相互博弈，构成了诗人们创作的阈限，他们在这一变化的外部语境中不断调整着自身的写作策略。如 1950 年 3 月 5 日，《文艺报》曾组织萧三、田间、冯至、袁水拍、彭燕郊等诗人进行了有关诗歌创作的笔谈，在所刊发的笔谈文章中，“诗歌为人民写作”“诗歌对象是工农兵”“诗人必须有正确的写作立场”等问题是谈论的焦点所在。这种笔谈在某种意义上是对当时诗歌写作方向与价值观等方面的纠偏与匡正，“现实性”则成为诗人们所着力强调的写作因素。洪子诚也看到了二十世纪五六十年代诗歌对“写实性”的要求，即把“作者深入生活和注意了现实的真实的反映和人物形象的描绘”，把创造“典型人物”看做（作）是诗的进步的重要征象[②]。

随着主流创作意识影响的不断加深，诸多辩难性因素加入到了少数民族诗人的创作中，“民族性”在此不仅作为少数民族诗歌创作的标志物，甚至在某种程度上成为其确立“民族意识”的必要手段，这使得他们的创作大都饱含着现实主义的姿态，从而表现了“现实性”的特征。对于少数民族诗人而言，

---

① 皮埃尔 · 布迪厄：《艺术的法则：文学场的生成和结构》，刘晖译，中央编译出版社，2001，第 279—280 页。

② 洪子诚：《中国当代文学史》，北京大学出版社，2010，第 58 页。

尽管“民族性”仍作为其自身的话语优势而拥有独特的表现力，但外部社会语境的不断变换成为他们在创作中不得不加以考虑的因素。这种外部语境的影响构成了少数民族诗歌创作无法回避的“他者”，少数民族诗人需要在“自我”与“他者”的对位空间中寻找合适的创作点，因而写作中的“不自主性”也在不断强化。

毋庸置疑的是，韦其麟进入二十世纪六十年代的诗歌创作正面临着主流创作意识的影响，在如此的写作语境中，他调整了原有的民族性观念与写作思维，开始逐步接纳主流话语。因此，韦其麟此时期叙事诗中的女性形象表现出了较多的“现实性”倾向，这首先与他的现实遭际不无关系。韦其麟在 1957 年的反右派斗争中曾受到批判，被开除了团籍，这对他的思想产生了重要的影响，他在一篇文章中写道：“沉思，不知道前路如何，有些怆然。”[①]

韦其麟在大学毕业后，无论是所创作的诗歌（如《牛佬》《歌手》《红水河边的故事》等），还是所写的评论文章中，立足现实的书写、对自身思想的“纠偏”等倾向均鲜明地体现了出来。正如他在 1960 年写的《最重要的是提高政治思想》一文中所说：“过去，我……觉得象自己这样学习写作不久的青年人，加强艺术修养是最重要的，因而对政治思想的提高就没有象对艺术修养的提高那样迫切地提到日程上来。由于有了这种片面的想法和做法，因此几年来，没有写出什么好的作品来……更主要的问题是自己的政治思想水平不高。”[②] 在如此的创作语境下，韦其麟诗中的女性形象也发生了明显变化，具体表现为由“民族性”的表达转向了对“现实性”的趋近，这集中体现在《风

---

① 韦其麟：《纪念与回忆》，广西师范大学出版社，2012，第 121—122 页。

② 韦其麟：《最重要的是提高政治思想》，《红水河》1960 年第 5 期。

凰歌》[①]中对“达凤”这一形象的塑造上。

达凤原本是“贫寒穷苦”的壮家女，经历了阿爹的病死、娘被关进衙门等悲惨的生活——“十五阿爹累病死，/贱得如同一只鸡，/死在财主牛拦（栏）边，/三天三夜无人知。//苦多恨多泪成河，/娘唱一支不平歌，/歌声刺痛财主心，/关在衙门两年多。”[②]财主与乡长则是造成达凤悲惨命运的罪魁祸首。因为对压迫的自觉反抗，达凤与财主、乡长之间不断斗争，这种斗争大都经由“歌唱”的形式表现出来。尽管以“歌唱”作为“武器”使得达凤在与恶势力的斗争中占据了优势的地位，但这种形式本身有其相对的局限性，加之斗争组织与策略的缺乏，斗争命运的失败性便随之呈现出来——达凤因躲避乡长的抓捕而被迫走上了逃难的道路。在随后的情节中，达凤的命运因遇上“游击队”而发生了转折：

鸡仔跌落碎米缸，
落难反是在福中；
达凤投了游击队，
小小泥鳅会变龙。

不是不思旧时伴，
不是不想亲姐妹；
身边几多好同志，
心中常有春风吹。

---

① 韦其麟的《凤凰歌》最初发表于《长江文艺》1964年第1期，后在1979年由广西人民出版社出版单行本，但单行本较之原作有较大的改动，鉴于本文论述时段（二十世纪六十年代）的需要，笔者在此采用的是其最初发表的原作。

② 韦其麟：《凤凰歌》，《长江文艺》1964年第1期。

不是出门忘家乡，

不是离家忘了娘；

天也更高地更宽，

心中有个红太阳。①

“泥鳅变龙”“吹春风”“红太阳”等词直观地描摹了游击队的坚实力量与光辉形象，达凤则在后者的领导下逐步摆脱了“僮家女”的贫苦命运，迅速地走上了革命的道路。在笔者看来，“游击队”产生于现实的革命斗争语境之中，其对达凤成长的促进表现出了鲜明的现实性特征。

当然，达凤在成为革命女性前经历了艰苦的斗争，韦其麟也将自身对“现实性”话语的吸收与借鉴集中地呈现。达凤的“歌唱”在斗争岁月里依旧具备了重要的作用——如“唱得青天面也白，/唱得日头也无光”“莫说枪炮伤得人，/歌声还比大炮凶”，但因敌人力量的强大，她在掩护队伍撤离的过程中被逮捕。面对敌人的无尽折磨，达凤坚守住了革命的秘密，并未向敌人屈服，即便面对被押回村里、吊打亲娘的情景，达凤的革命意志也绝未动摇。“英雄母亲英雄女”“想起革命又返生”等情节进一步凸显了韦其麟在创作中“现实性”思维的融入，如诗句“不怕死，/怕死之人不革命，/前面一个倒落地，/还有千万后来人。”“不怕死，/怕死当初不革命，/就当苏木劈四块/劈碎苏木还红心！”“心有几多话要讲，/报知同志莫悲伤，/只要穷人得翻身，/达凤一死又何妨。//心有几多话要讲，/报给同志莫耽心，/达凤死是革命鬼，/不死就是革命人。”②等。包含着现实性因素的“革命”一词较多地出现在这些诗句中，不仅集中传达了诗人所持有的“现实性”创作观念，而且也为达凤作为革命女性形象的塑造做了充足的铺垫。

① 韦其麟：《凤凰歌》，《长江文艺》1964年第1期。

② 韦其麟：《凤凰歌》，《长江文艺》1964年第1期。

由此观之，韦其麟所塑造的女性形象在二十世纪五十年代后期至二十世纪六十年代的叙事诗中发生了变化，即由原来的民族性表达中的悲剧女性，转变为了现实性表达中的革命女性。“现实性”话语在韦其麟创作中的不断融入，诗人的创作意识也在特定的社会语境中发生了不自觉的“偏转”。尽管如此，这并未遮蔽韦其麟的民族性认同，正如有学者看到的，相比于抒情诗而言，“少数民族的叙事诗更多地保留了少数民族的‘乡土’特色。毕竟，其中的人和事都是有关少数民族自身的”[①]。得益于《凤凰歌》这一叙事诗的优势，韦其麟在女性形象的塑造中依然表达出了自身对“民族性”的坚守，借此表达了强烈的民族认同。这种对“民族性”的坚守同时构成了韦其麟在复杂社会语境中，保持自我创作独立性的主体策略，尽管这里的“民族性”需要依靠他在诸种“他者”文化的辨认与参照中进行发掘。

三、女性主体意识的直观显露

进入新时期后，由于社会语境的渐趋开放，诗坛发生了较大的变化。伴随着对人的价值与主体性地位的关注与挖掘，诗歌创作也逐步由“十七年文学”时期、“文革”时期的政治性话语的渗入转变为“人”的觉醒以及对“人”的主体意识的呈现，以朦胧诗为代表的诗歌创作占据了诗坛的主潮。随着人性及由此引发的人道主义的回归，加之新的审美价值与原则的确立，此时期诗歌中的“人”不再是政治的“附属物”，而是具备了独立的个体思想与生命意识，主体性更多地作为“人”的权利被强调。此时期的创作同时构成了对前期（主要指二十世纪五六十年代）创作的反思，因为在后者的创作中，“诗人专注于表现社会生活中的政治现实，或者从政治的层面来表现普遍性的社会情感。相

---

① 张国亮：《论十七年少数民族诗歌的乡土生存》，载张炯、白烨主编《中国当代文学研究2006卷》，河北教育出版社，2006，第291页。

对地对于人类现实生活更广阔的领域和个人情感世界更丰富的体验，则往往被忽略或受排挤。”[①] 这就意味着，个人的主体意识融构于由“政治现实”“社会情感”所凝构的集体观念之中，“个体性”无论以何种形式凸显均会受到诗评界的批判。就广西诗歌而言，尽管其在新时期初针对朦胧诗这股新潮的创作并未给予及时的回应，甚至表现出了某种程度的对立——“面对蓬勃生长的青年诗歌创作，广西的一些评论家与当时国内大多数批评家一样，扮演了与青年诗歌写作潮流相悖的角色，漠视甚至打压新生的‘朦胧诗’，由此可见广西文学界的保守程度”[②]。但广西诗歌依然呈现了新的特质，突出地表现为对人的主体意识的关注与凸显。

韦其麟进入新时期后的诗歌也发生了新的变化，在重新获得写作的“权利”后，他的诗歌创作又迎来了新的高峰。就女性形象的塑造而言，此时期的韦其麟在富于“民族性”的再现中，自觉地将目光投向女性的主体意识，《寻找太阳的母亲》《四月，桃金娘花开了》《歌神》《美丽》等诗歌均以女性的主体意识为观察对象，在女性形象的再次变迁中凸显了新的写作特质。这种变迁是韦其麟在新的社会语境的前提下，对自身诗歌创作的又一次深入思考，他在表达人的主体性的同时，使得女性的主体意识得以确立。就此而言，无论是创作初期，还是二十世纪六十年代的诗歌创作中，韦其麟都将女性形象置于民间神话、传说以及政治化语境当中，女性作为诗人民族性、政治性表达的媒介物而存在，其描摹、歌颂的主体在于故事本身，而非女性主体。韦其麟新时期的叙事诗创作则以女性作为表现的重心——这同时回应了他所提出的“妇女英雄形象在壮族民间传说中占有明显的突出的地位”[③] 的观点，故事的讲述、

---

① 雷锐主编《壮族文学现代化的历程》，民族出版社，2008，第 285 页。

② 刘春：《广西诗歌：在波峰与波谷之间——关于新时期广西现代诗创作的 10 个问题》，《南方文坛》2011 年第 1 期。

③ 韦其麟：《壮族民间文学概观》，广西人民出版社，1988，第 99 页。

情节的再现等均围绕着女性主体而展开，在突出女性主体意识的过程中完成了女性形象的“新变”。

在《四月，桃金娘花开了》一诗中，桃金娘“开遍了壮家的山山岭岭”，诗人借此来比喻“姑娘”为着革命事业而不惜牺牲自我的崇高精神。诗的开篇除了对桃金娘花的景观再现外，也有着对故事主人公——“姑娘”的描摹：

姑娘站在高高的山上，
手持长矛注视着远方；
身后一片灿烂的彩霞，
脚下一轮如血的夕阳。
姑娘站在高高的山上，
手持长矛注视着远方；
义军的山头谁敢冒犯？
姑娘的长矛闪着青光！①

站在高山上并且手持长矛的“姑娘”望着远方，眼神中透露着无比的坚毅之感，“灿烂的彩霞”与“如血的夕阳”将姑娘细腻而美丽的内心与坚定的革命意志形象地诠释出来，也为其最后的英勇牺牲做了铺垫。需要指出的是，《凤凰歌》中尽管也有着对“达凤”这一革命女性形象的塑造，但诗中的“她”熔铸于革命的潮流之中，该诗重点突出的是个体在革命事业中的成长过程。而韦其麟此时期的女性形象则具备了更多的主体性，《四月，桃金娘花开了》中的“姑娘”为帮助“义军”的战士们脱离困境，不惜以自身的鲜血作为“奶汁”来“滋养伤员”——“姑娘从腰间抽出尖刀，/雪亮的尖刀划过胸前，/胸脯的鲜血泉水般喷溅，/溅落在荒草青青的山巅。/狂暴的风雨突然地来了，/

① 韦其麟：《四月，桃金娘花开了》，载《寻找太阳的母亲》，广西民族出版社，1984，第115—116页。

狂暴的风雨洗刷着人间！”尽管“姑娘”仍旧投身革命事业，但她也成了革命的主体，表现出更大的主动性。在韦其麟看来：“桃金娘（亦名逃军粮）是壮族地区到处可见的一种普通而美丽的小灌木，春天它以满树满树粉红的繁花打扮着壮族的山山岭岭，夏日又献出一树树甜蜜的紫色的果子。壮族人民对桃金娘非常熟悉而又亲切……”① 这同时昭示了“桃金娘”之于壮族人民的特殊作用，也表明韦其麟的创作继续走在展现壮族文化的道路上。

“姑娘”的形象还出现在《美丽》一诗中，韦其麟再现了她为乡亲摆脱“灾难”而牺牲自我的崇高精神。“姑娘”本来拥有着极为美丽的容貌，这种美丽“象（像）黎明初升的朝阳，/给大地的一切带来温暖，/给大地的一切带来鲜亮，/带来感奋，带来希冀，/带来热情，带来向往……”，但这种美丽遭到了土司的怨恨，土司请来“巫公”“仙婆”使其变为了给村庄和人们带来灾难的“罪魁”“祸首”“恶鬼”与“元凶”，她在误解中被迫走向了孤独。即便如此，她仍心系着村庄人们的幸福，在独自承受人们误解的同时，吞下了“拯救乡亲于灾难”的“黑果”，同时也是“牺牲美丽形体”与“泯灭美丽容光”的“黑果”。于是，“姑娘”为拯救人民而牺牲了自身的美丽，这一行动受到了人们的永久怀念。类似的描写还表现在《歌神》一诗中，该诗以壮家歌神的“她”为描写对象，“她”为了给人间歌唱，为了给乡亲带来幸福，而拒绝了天帝和诸神的“邀请”，最终落入了悲惨的境地——“残暴的雷神挥舞鞭子，/她身上遍布了创伤；/冷酷的风神呼着寒风，/她全身结满了冷霜”。即便如此，“她依然挺立把头高昂”，以此表达出内心的抗争之情，而女性自身的主体意识也得到了有力的凸显。

韦其麟新时期的叙事诗中，女性甚至作为民族的“原生力”而存在，这尤其体现在《寻找太阳的母亲》中对“母亲”这一形象的塑造上。诗中的这

---

① 韦其麟：《壮族民间文学概观》，广西人民出版社，1988，第94页。

位“年轻的孕妇”，为满足乡亲们“对光明的殷切的渴求”“对温暖的深沉的想望”，兀自走向了寻找太阳的路途。此种举动与夸父同质，但又有所超越，因为作为孕妇的她说：“让我去吧，我知道/我也走不到那遥远的地方，/而当我死去，还有我的儿子/继续我的道路，走向太阳。”由此，诗中的“她”还融入了愚公形象。韦其麟以其出色的创作实践与丰富的艺术想象力，营构了独具壮族特色的“逐日神话”，使得富于创造性的“母亲”形象扎根广西。

整体上说，进入新时期后，韦其麟在叙事诗中所塑造的这些女性形象完成了对前期女性形象的超越，正如马维廷对他的评价：“如果前期诗作中诗人呼唤和极力褒扬的是民族解放和民族尊严，那么近期创作中诗人渴求的便是民族自强和民族崛起了。民族的真正解放和民族尊严的真正获得显然是建立在民族自强和民族崛起的基础上的，诗人所表现的追求可以说已是对民族精神的深层掘进了。”[①]这种由“民族解放和民族尊严”向“民族自强和民族崛起”的迈进，正内蕴于韦其麟对女性主体意识的挖掘与呈现中。

综上所述，女性形象在韦其麟不同时期的叙事诗创作中呈现出了不断变迁的过程，由最初民族性表达中的悲剧女性，转向了现实性表达中的革命女性，在新时期则呈现为对女性主体意识的凸显。这一系列的变迁过程呈现出的是韦其麟在不同社会语境下写作观念与创作意识的变化，同时也表现出了其创作策略的不断调整，而这一切最终则指向了他对诗歌创作的坚守。正是凭借着这种持续的坚守，韦其麟在漫长的创作生涯中始终保持了创作的活力，在取得丰硕成果的同时，也以其坚持不懈的创作给予后来者极大的精神砥砺。

---

① 马维廷：《探索者的足迹——论韦其麟叙事诗创作》，《广西师院学报》（哲学社会科学版）1986年第4期。

第四节

陆地创作的文学地图与精神世界

作为中华人民共和国最初的一批建设者，陆地曾担任中共梧州市委宣传部部长，中共广西省委宣传部秘书长、副部长，多次兼任全国政协、全国文联委员，广西首届人民代表，广西首任作家协会主席，中国作家协会理事等。离休后，兼任中国作家协会理事、顾问、名誉委员，广西文联名誉主席等。然而当年逾古稀的老人回首自己的一生时，却在自传中写下了“半个世纪沧桑潮汐，一介书生风雨苦旅”[1]这样简朴的概述。从“陈克惠”到“陈寒梅”，再到“陆地”，正如其首次习作的小说《从春到秋》所预示的箴言：春天开荒、播种，经受锻炼，秋天便得到收获。鲁艺给予陆地文学的启蒙，沈阳带来了陆地耕耘后的最佳年成，广西成为陆地文学总结与反馈的栖息地。这份文学地图也对应着其一生的沉浮。自1939年文学起步，至1989年后基本搁笔，陆地的文学生涯三起三落。《落伍者》《叶红》《故人》三部短篇小说每每在文学的规范之外给予陆地生活的重创，也见证了陆地对自身文学精神的坚守。可以说，在文学创作与意识形态的缝隙中，陆地以执拗的对“真”的追求，渲染了属于自己的书生本色。

---

① 陆地：《直言真情话平生——陆地自传》，广西美术出版社，2004，第7页。

一、温情与真实的“落伍者”

鲁艺作为二十世纪四十年代的文艺中心，鲁艺学人无疑是率先受到《在延安文艺座谈会上的讲话》滋养的文艺者，同时也理所当然被“讲话”所影响。《落伍者》既是陆地在鲁艺的成名作，又是导致其在这一时期受到批判的第一部作品。《落伍者》最初在文艺界抗敌协会延安分会会刊《谷雨》第四期发表，取材部队生活，通过刻画老张头这一与集体格格不入的“落伍者”形象，表达了对小人物悲剧命运的怜悯，同时给个人主义者提供警示。《落伍者》情节简明连贯，清新自然，尽管主人公老张头颇具负面色彩，陆地却并未简单地将其勾勒为反面人物，而是在细节的观察与情绪的捕捉中，呈现人物本身的复杂性。小说开篇以细腻的笔触营造了郁达夫式的抒情场景：“西北的初秋，吃罢晚饭，太阳就落山了；随处都显得萧索、静穆，高空偶然掠过南归雁阵的唳声，村庄笼罩着银灰色的烟霭。”① 在一片祥和欢娱的劳动氛围中，老张头像稻草人一样寂寞地枯坐，愈显悲哀。身为教员的“我”既观察着老张头的离群索居，又目睹着部队其他人对老张头鲜明的爱憎。“我”的直观印象是：“他，一贯如此：对周围生活的事，对待别人，要是跟他个人没发生直接的切身关系的话，那，天塌下来他也只当帽子戴，不闻不问，日子过得死水一般平静。可是，谁要是触犯他一根毫毛，他可就会像弹簧似的，连蹦带跳，咆哮如雷。”②“我”的感受与部队的感受取得了一致。然而，随着“我”与老张头的接近，“我”发现了他冷漠的目光与皱纹之下隐藏的空虚、寂寞、悲哀，也体察到了他特殊的自信与开朗。老张头这一形象作为被否定者，也具有被侮辱与被损害的多重身份。作者对老张头始终葆有的温情使老张头这一形象避免了漫画化的缺陷。

---

① 陆地：《落伍者》，载《浪漫的诱惑》，花城出版社，2002，第 19 页。

② 陆地：《落伍者》，载《浪漫的诱惑》，花城出版社，2002，第 23 页。

更为重要的是，在温情描写之外，这部小说也隐含了“自我改造”的主题。小说随着老张头的掉队走向尾声，“我”对司号员发出疑问：“老张掉队了，你不难过？”[①] 坚守温情立场的“我”，所期望的答案显然是肯定的，司号员冷静坚决的否定却使人感到惊讶。奇怪的是，“我”并未因小说此前贯穿的温情立场而对司号员进行批判，反而将批判的矛盾对准了自身：“原来我还没有司号员那样健康的感情啊！”[②] 由此，“我”的悲哀与遗憾被指认为“不健康”，“我”的自我改造意识也借此凸显。不得不承认，这种“不健康”的转折稍显突兀。于是，在“健康的感情”与温情、怜悯的矛盾中，《落伍者》并没有在“健康情绪”的篝火中结束，反而在“我”所臆想的幻影中，留下了绵长悲哀的身影。小说的温情视角被接续，既使老张头这一形象趋于复杂，又使作为叙事者的“我”的感受变得真实。

《落伍者》在延安发表后，因其充斥的“哀其不幸，怒其不争”的温情，与丁玲《我在霞村的时候》、马加《间隔》、方纪《意识以外》、叶克《科长病了》、朱寨《厂长捉猪去了》等小说一同受到批判，被贴上“小资”的标签。陆地在自传中，提及《落伍者》受批判的经历，深感无奈：“严文井读《落伍者》‘……在百团大战火线下，每天夜间都拿前线我军胜利的神奇故事装饰我的梦’这句时，不禁脱口‘啊’一声：‘你认为我军的胜利是不真的吗？’旁边的杨思仲接口武断：‘反战！托派观点！’连声斥责，叫我惊愕发愣，哑口难辩。”[③] 1942年6月25日《解放日报》发表程钧昌《评〈落伍者〉》一文，指责其描写得“不真实”：“作者创造这个人物，企图表现下面的主题：那‘被旧日生活斥绝过，而对于新生活都失掉了信心的人’，终于也只能被新生活所‘斥绝’……

---

① 陆地：《落伍者》，载《浪漫的诱惑》，花城出版社，2002，第32页。

② 陆地：《落伍者》，载《浪漫的诱惑》，花城出版社，2002，第32页。

③ 陆地：《直言真情话平生——陆地自传》，广西美术出版社，2004，第42页。

我们的作者肯定了八路军对于这个伙伕没有一点儿影响和改变，抹煞了八路军对于人的教育和感化的伟大力量，甚至这伙伕的浅见可以不发生任何动摇，没有一点内心斗争，这又否认了在不同环境中人的发展的趋向。”[①] 断章取义的文本解读，扭曲原意的主旨批评，使《落伍者》面目全非。其后，1942 年 7 月 15 日《解放日报》发表陆地的反批评文章《关于〈落伍者〉——自我批评，并答程钧昌同志》，对程钧昌的观点一一进行反驳：“在革命进军的途中，也时时有人退伍，有人落荒，有人颓唐，有人叛变，然而只要无碍于行进，则愈到后来，这队伍也就愈成为纯粹，精锐的队伍了。（鲁迅）”[②] 这是最早在党报发表的反批评文章，足见陆地的魄力。然而，这篇反批评文章并未使《落伍者》摘掉标签。

从整体上看，陆地此时期面对“批判”的态度较为“激烈”，这与“批判”本身所包含的臆断性不无关系，即这种“批判”更多处在“制造性”的“意识装置”之中，相对忽略了小说自身的文本内蕴。陆地的态度一方面表现出了他在创作中所坚持的“本真”精神，另一方面则使其与主流文坛之间相互“疏离”。而此一时期文学批评的权威性与作品本身的温情色彩，使陆地在其后的“延安整风”中沦落为抢救对象，并在某种程度上影响了他随后的文学创作。一个突出的现象是，他将原有的与主流文坛的“疏离”姿态，逐步调整为了形式上的“对接”与情感层面的“靠近”，《叶红》便是其中的代表。

二、“革命与恋爱”的情感架构

1945 年，陆地抵达沈阳，接手《东北日报》的副刊编辑工作。受东北局

---

① 程钧昌：《评〈落伍者〉》，载蒙书翰编《中国当代文学研究资料　陆地研究专集》，漓江出版社，1985，第 168—170 页。

② 陆地：《关于〈落伍者〉——自我批评，并答程钧昌同志》，载蒙书翰编《中国当代文学研究资料　陆地研究专集》，漓江出版社，1985，第 70—71 页。

宣传部凯丰部长嘱托，东北女作家白朗向陆地传达了当前建设东北文学的需求："副刊文章，不必硬搬关里老区那套工农兵文艺老谱，见报的诗、散文、小说，都注重于能为东北青年乐于接受，启发引诱他们情愿跟我们一道走就可以了。"[①]《叶红》应运而生。在陆地众多的回忆文章与小说创作中，《叶红》不仅出现频率繁多，且最为详细，可见《叶红》对陆地一生影响之深远。短篇小说《叶红》承续了《落伍者》的主题，阐释个人与集体的关系。不同于《落伍者》的悲剧故事，《叶红》讲述了名为"叶红"的青年女性由个人走向集体，与工农大众结合，最终成为革命女性的蜕变历程。对于初入革命队伍的将门之女，文中如此描述："同学们有的用'带露水的蔷薇'来形容她的美貌，有的用'(《）前夜'(》）里的伊林娜来比她的性格，有的也说她像探春；有的呢，居然说，假如她是男子，那一定跟武松一样可爱。另外有的人嘴里不讲，心里却'偷偷地'爱着她。学美术的要求画她的肖像。"[②] 面对这样一位朝气蓬勃、鲜活美丽的女性，"我"却对叶红进行了否定，由此暗示了叶红思想转变的发生。几年后，名为叶红的"她"消失了，叶红化身为房东婆婆口中有能耐的媳妇林同志，成长为真正的革命女性。《叶红》发表后，在青年学生群中成为热门话题。一封来自"一个寂寞无告的学生新云"的信证实了"叶红"在当年的火热："尊敬的老师：你可知道，当年《叶红》曾是那样拨亮一个少女天真憧憬的烛光，使她铭心难忘！如今见报上大名，不禁激起怀旧之波……"[③]

总体来看，《叶红》是一个林道静式的知识分子成长的故事。其在青年学生群体中引发的轩然大波直接源于"蜕变"这一革命叙事的号召力，更重要的，却是潜藏于革命故事之中的情感表达。不同于"革命＋恋爱"的简单粗

---

① 陆地：《认识严文井》，《南方文坛》2006 年第 6 期。

② 陆地：《叶红》，载《浪漫的诱惑》，花城出版社，2002，第 195 页。

③ 陆地：《我的文学生涯》，载中国人民政治协商会议、广西壮族自治区委员会、文史资料委员会编《难忘的历程》，广西人民出版社，2002，第 420 页。

暴，陆地设计的是一个代表“革命”的男性作为教育者影响并改变“恋爱”女性，使其“改邪归正”的故事。但是，女性的恋爱并非完全不存在。陆地试图说明的是，只有青年女性成长为革命女性时，恋爱才可能并臻于完美。“叶红”对“我”的爱意在革命与恋爱的矛盾中宣告结束，“林同志”的爱情却令人艳羡：“最后，她说，她跟一个在地方上做群众工作的同志结婚了。现在是 × 县县委书记。他们的结合，说起来是个偶然机会，但细想起来，又好像是前世‘姻缘’，这所说姻缘就是两人的思想、工作、性格都合得来。在生活上是一对夫妻，在工作上又是两个战友。”① 此外，还需要注意的是小说开篇提及的“凤鸣”这一女性形象。“我”将“凤飞”（叶红）的照片误认为是凤鸣，借由凤鸣之口知晓了凤飞的故事。在“我”与叶红的对话中，凤鸣的境遇只有寥寥几笔，一带而过：“她可够苦啦，做了人家的姨太太！去年九月，快离开延安时候，接到她一封信，说是她嫉妒我，说是她后悔没有到延安来。”② 与其将凤鸣与叶红的结局看作两位女性的对照书写，不如将凤鸣视为叶红的某个侧面。作者假设的是未接受革命洗礼的叶红所代表的另一种命运走向，即事业与爱情双双受挫。以显在的革命视角来看，叶红的完美蜕变源于：“她经过‘延安整风’学习，曾经认真把过去许多糊涂思想都清算了一番，特别是学习了毛主席《在延安文艺座谈会上的讲话》以后，自己怎样来干革命工作，怎样去为工农兵服务，这些问题才得到比较明确认识。”③ 这一解释尽管迎合了主流意识形态，但是叶红蜕变的这关键的“几年”却出现了叙事空白，革命话语不足以勾连起故事的前后架构。相较而言，《叶红》潜在的爱情书写反而支撑了小说叙事的合理性。在时代主潮之中，陆地依然坚持了创

---

① 陆地：《叶红》，载《浪漫的诱惑》，花城出版社，2002，第 202 页。

② 陆地：《叶红》，载《浪漫的诱惑》，花城出版社，2002，第 201 页。

③ 陆地：《叶红》，载《浪漫的诱惑》，花城出版社，2002，第 201 页。

作的主体性。

《叶红》的“被批判”与其受欢迎来得同样猛烈。这一时期苏联日丹诺夫的理论模式被引入中国，社会主义、现实主义成为文艺界进行作品评价的标尺。自由主义、唯心主义、资产阶级思想等“判决结果”被扣到二十世纪四十年代末众多的文学作品上。在回忆中，陆地用了“木秀于林，风必摧之”简单概括了《叶红》的命运。《叶红》既使陆地在东北文坛大放异彩，又带来了其一生的命运转折。这或许是陆地多次提及《叶红》的原因。在陆地看来，刘白羽别有用心地将《叶红》视为左科琴式小资产者的情调，成为东北首届文代大会上的攻击目标。这一事件也使得陆地失去了到北平参与第一次文代会的珍贵机会。个人恩怨或许是《叶红》受到批判的直接原因，但这不足以成为《叶红》在千万作品中被挑选出来的有力证据。不难发现，《叶红》本身对真情的坚守，对革命与恋爱辩证关系的考量才是其受到批判的根本原因。

可以看出，学界对《叶红》的批判较之《落伍者》而言，更多地处于文本创作形态的维度，陆地的回应也相应地控制在了“文本”范畴之内，并在创作中逐步确立了自我的主体性。而随着外部语境的不断变化，尤其当文学创作的评价标准更为统一与固定时，陆地并未放弃对于真情、人性等要素的坚守，但这恰恰构成其时主流文学创作的“悖反性”因素，《故人》便是这样的代表。

三、“故人”的人性深度

中华人民共和国成立后，陆地回到故土广西，离文从政。但是他的文学功力并未因此而消散，《故人》便是有力的证明。相较于陆地前一时期的文学创作，《故人》在叙事艺术上无疑更加成熟。

《故人》是其创作第一部长篇小说《美丽的南方》前的试刀之作，描写了旧社会中自由主义者黎尊民的悲剧命运。故事以“我”与“故人”黎尊民在梧州码头的偶遇为起点，在“我”与黎尊民各自的追忆中结构全篇。作为叙事者的“我”，首先讲述了黎尊民与其女友李冰如掩护“我”离开梧州的故事，其后，“我”又在黎尊民的讲述中知晓了“我”离开后的“他们”的离别故事。两个离别故事，因“我”与黎尊民在故事原点的偶遇被重新架构在一起。第一个离别故事，因“我”投奔革命而充满欣喜；第二个离别故事，却是因“背离”革命而导致人生与爱情的双重悲剧。这个悲剧持续到“我”与故人的重逢，在强烈的人事对比中，故人的命运愈见坎坷。然而，陆地并未将《故人》处理成一个布满阴霾的故事，在小说的结尾，故人的生活出现了一抹光亮：“我看这样吧，你这两天把你过去的经历写份自传。我帮你交到有关部门去审查看，我们国家正要建设社会主义，你原来学的建筑现在正是用得上了。”[①] 这不是一个简单的报恩情节，而是代表了新中国对一批“故人”的救赎与接受。随着这抹光亮的出现，“新的一天”开始了。这种艺术的象征意味深长，它从根本上解构了《故人》先前的悲剧走向。对于黎尊民这一人物形象，陆地坚守了他一贯的辩证立场，没有抹杀黎尊民“善”的一面，而是在人性的曲折中给予了人物最大的体贴。

尽管故事在“我”与黎尊民的追忆中展开，但我们各自的回忆中还存在着“李冰如”这一女性形象。对“我”而言，李冰如与黎尊民同为故人，对黎尊民而言，李冰如也具有故人之意。在李冰如的身上，“我”与黎尊民的故人身份实现了交叉。活在记忆中的李冰如，尽管没有发声的权力，却成为《故人》中最具温度的人物形象。“我”对黎尊民的印象停留于“走方步的脚”，而李冰如却更具血肉：脉脉含情的眼，灵活热烈的眼，妩媚端庄的仪态，婀娜娉婷的丽影，一举一动都符合着世人对女性的美好想象。李冰如出身豪门，却向往革命，忠于爱情，自尊又倔强。在医院初遇、码头送别、逃离家庭、重庆同居几个场景中，李冰如展示了性格的不同侧面，娇嗔、惊惧、傲慢、无奈、

① 陆地：《故人》，载《浪漫的诱惑》，花城出版社，2002，第236页。

痛苦，充斥了李冰如的一举一动。在“故人”的故事中，相较于“我”或黎尊民，李冰如才是故事的主角，她的不同选择在实质上推动了故事的发展。李冰如这一形象有着子君的倔强，又有娜拉的决绝，有陈白露的孤独，也隐藏着鸣凤的坚贞，她是走向新时代的女性，也是旧时代中的被湮没者。人性的复杂交织于李冰如的生命历程中，她经历了女孩的单纯、女性的悲苦，也目睹并被迫编织进战乱时代中的人性之网。在《“故人”何在？——创作余谈》一文中，陆地提及一则趣事：“听说有些年轻姑娘读到李冰如给黎尊民的遗书时居然失声哭了……”[①] 足见李冰如这一形象的深入人心。

与《落伍者》《叶红》一样，《故人》依旧难逃被批判的厄运。在“文革”的波浪中，这次批判比陆地此前经受的更为严重。1966 年 6 月，《广西日报》发表文军的批判文章，指责陆地美化李冰如的精神世界，宣扬腐朽的资产阶级世界观。[②]“文革”结束后，《广西日报》发表评论文章《拨乱反正话〈故人〉》，编者按指出：“今天本报发表梁超然同志的文章，正是为了拨乱反正，恢复事物的本来面目，并借此表明强加于陆地同志的一切诬蔑不实之词均应推倒……”[③] 从《故人》的发表到受批判，再到平反，作为文学作品的《故人》让位于作为政治武器的《故人》，陆地没有像当年的《落伍者》批判一样，写出反批评的文章，也没有像《叶红》一样，悲叹于人事复杂。在《文坛来去》中，他只写下短短一句“深深读懂‘冤枉’二字的悲哀”[④] 作为对《故人》批判的回应。

---

① 陆地：《“故人”何在？——创作余谈》，载蒙书翰编《中国当代文学研究资料　陆地研究专集》，漓江出版社，1985，第 81 页。

② 文军：《〈故人〉是一株反党反社会主义的大毒草》，载蒙书翰编《中国当代文学研究资料　陆地研究专集》，漓江出版社，1985，第 373 页。

③ 梁超然：《拨乱反正话〈故人〉》，载蒙书翰编《中国当代文学研究资料　陆地研究专集》，漓江出版社，1985，第 252 页。

④ 陆地：《直言真情话平生——陆地自传》，广西美术出版社，2004，第 156 页。

四、文学创作与“真”的追求

三部短篇小说，带来了陆地人生的三起三落。当文学的山雨呼啸而来，陆地的作品为何总是首当其冲？“或许，正因为陆地的这些作品都在某种程度上无意或有意悖离当时政治话语限制和主流意识形态支配下文学主潮的齐声共鸣，发出另类的声音，表达真情实感，难能可贵，这才引起读者的强烈反响和文坛的注意，也正是由于这种原因，这些作品在产生轰动之后又厄运难逃，致使陆地在人生道路上多次付出沉重的代价。”[①] 接二连三的批判，是陆地之幸还是不幸？

在回首一生时，陆地深知文学创作与政治的关系，却在文学与政治的夹缝中执拗地坚守着对“真”的追求。这种对“真”的追求不仅存在于《落伍者》《叶红》《故人》几部作品中，也贯穿了陆地一生的文学书写。他热爱鲁迅，以鲁迅杂文为警钟，以批判的目光看待生活，以鲁迅为师，以鲁迅的睿智冷静为掌舵的指南；他曾倾心郁达夫，有着郁达夫的细腻与多情，也有着郁达夫对于人性幽暗处的体贴与观照。冷峻严肃的生活态度与敏感多愁的文学情怀在陆地身上交融。对于生活与文学的独特把握，使陆地善于书写转瞬即逝的人性火花，客观看待历史进程中的颠簸与曲折。

他紧随时代，关注农民生活，却意外地发现了底层干部的腐败，勇敢地质问干部与群众的关系，揭示潜藏于激昂时代背后的权力乱象（《乡间》）；书写“文革”中知识分子的悲剧命运，用人性的显微镜透视黑暗背后的善良与隐忍（《牙科大夫》）；捕捉苦难时代的温情，以文学之名扫去沉寂心间的灰尘，反思文学的意义，在生命的谷底寻找曙光（《一顶草帽》《一段苏木》）；描摹小人物与大时代的摩擦，在心理的错位与追逐中，以欣然的幽默点醒众人新生的到来

① 温存超：《执着的追求与真情的书写——论陆地的小说创作》，《南方文坛》2010 年第 2 期。

(《钱》)；对比过去与现在，以还乡者的视角看生活的转变、人的转变，在惊喜与振奋中畅想未来（《还乡》）。作为时代观察者，陆地以文学之笔反映生活的一鳞半爪，记录岁月的痕迹、新旧的变迁；作为生活于时代中的人，陆地以性格的沉稳与敏锐、率真与执拗，在历史的幽微处执灯前行。在《创作余谈》中，他总结一生的创作经验，教育文学青年深入生活，储备素材，他深知文艺在根本上是为政治服务，却反对为了宣传而凭空虚构。他以真情话说平生，以真实为尺度丈量中国文学的土地，以“真”的追求叩响人性的鼓声。

作为广西文学的标杆、历史的见证人，陆地因其丰富的人生经历与独特的文学个性而被重视。陆地的文学作品为广西文学批评提供着不竭的动力，贯穿陆地一生的珍贵经验也为当下文坛提供着触摸历史的可能性。正是因为这种可能，学界在陆地创作初期便开始了对他的批评与研究，并在历史的发展与时代的变迁中始终保持着研究的热度。而这一方面为陆地文学价值与史学意义的确立提供了支撑，另一方面则为广西当代文学版图的建构做出了相应的贡献。

五、结语

1942 年 4 月《落伍者》问世后，陆地一跃成为文坛新秀，学界对陆地的研究批评也由此开始。尽管近年来的陆地研究还远达不到二十世纪八十年代的火热程度，却比二十世纪八十年代的相关研究更具新意，展示了陆地研究的多重维度。

然而，纵观几十年来的陆地研究，其依然不够充分，陆地本人也未得到应有的重视。一方面，陆地研究多局限于广西学界，对于广西以外的学人来说，陆地仍然处于“被遗忘者”的尴尬位置；另一方面，虽然陆地作为“鲁艺七才子”之一，是延安文人的重要成员，但对其文学历史的挖掘并不充分。在身为作家陆地的这一身份之外，陆地的史料价值的呈现存在欠缺。从现有史料来看，为研究提供基础的资料大都源于陆地的自述、自传等，潘荣才的《陆地传》（辽宁民族出版社，1997）尽管以“他者”的视域提供了“一种忠实的、可靠的记录”（韦其麟语），但相对于陆地丰富多元的创作历程而言，目前学界关于他的史料整理与挖掘工作是远远不够的。或因史料的零散与缺失，陆地与延安文人、陆地与鲁艺、陆地与《东北日报》等值得探讨的话题都未曾深入展开。

作为现当代文学不可忽视的重要作家之一，陆地的文学精神为陆地研究提供着无形的动力。晚年的陆地，回望自己半个世纪的创作生涯，挥笔写下《无悔当初》：“回首平生实践，深知文学创作之所以取得成功，真正令人产生同感、共鸣的社会效应，秘诀在于：必须写出真挚的人情，体现入微的世故。换句话讲，就是要真能刻画、塑造活生生的典型人物个性，淋漓尽致地渲染喜怒哀乐、悲欢离合的人世真情。”① 真实、真情、人性贯穿了陆地文学创作的一生。对“真”的精神追求使陆地的一生颇为坎坷，却也使他的文学印迹化为了历史的宝藏、生活的真谛。陆地孜孜坚守的文学精神，使得陆地研究愈显价值与必要。

① 陆地：《直言真情话平生——陆地自传》，广西美术出版社，2004，第 182 页。

第五节

文学精神与历史理性

对文学精神的强调早已成为现当代诗歌创作中不可或缺的一部分，尽管它在某些时期因社会历史因素的影响而变得模糊，但整体上并未中断。新时期以来，开放的社会语境造就了诗人们积极的精神姿态，他们在诗歌写作中表现出了自觉的启蒙精神与担当意识，如二十世纪八十年代诗人对于人之价值的重塑，以及所表现出来的社会改造思想与责任意识等。在这样的背景下，骆一禾的诗歌创作呈现出了重要的诗学价值，这不仅是因为他的写作契合了其时充满激情与理想的写作形态，更为重要的是其诗歌所昭示的文学精神与历史理性。

从具体的写作来看，骆一禾的诗并非对文学精神进行直观解读与宣扬，而是蕴含在他由“诗歌心象”转换而成的“黄昏”意象之中。不论是在中国古典文学还是西方文学中，“黄昏”都是作者传达情感和思想的重要意象。在骆一禾看来，“诗歌心象守卫着、环绕着和蕴含着那最使我们触动的心灵部分，只有当艺术思维活动和它们发生切磋和砥砺的时候，一个诗人才有可能是无与伦比的。我们之间的不同，也是由于诗歌心象的不同而成，我们几乎都各自据有某种独特的诗歌心象，从而将占有的相同语汇转变为不同的语流和语境，使一份词汇表、一种语言学符号成为有构造的诗歌语言。而这个造型过程是各具质地的”[1]。在中国古典和西方文学中，“黄昏”大多都是作为一个整体意象呈现的，如马致远的《天净沙·秋思》和波德莱尔的《黄昏》等。在《天净沙·秋思》中，作者借助黄昏背景下的种种意象，传达秋天黄昏下的悲凉和“断肠人在天涯”的悲怆，这是中国古典审美中常见的借助意象来抒情的表达方式。在波德莱尔的《黄昏》中，作者则侧重借助黄昏这一意象，通过丰富的联想和想象，传达出在时代洪流下，巴黎不可避免地走向堕落和颓废的命运，作者通过“黄昏”意象传递对现实的反思和批判，进而表达对现实的审美关切，“其中的精髓在于强调出时代背景下即当时发达资本主义时代中人的价值和尊严被无情地践踏，人们的困境无时无刻不侵扰着人类的灵魂，诗中表现的是人与环境、人与社会、人与人之间的不相容”[2]。这表现出西方诗歌借助意象表达现实的典型特征。在骆一禾的诗歌中，作者则在融贯中西的基础上，同时力避走出这种窠臼，着重通过黄昏中的“色彩”来传情达意。他围绕着“黄昏”意象的建构，探究意象背后生成的生命诗学；形成了以“红色”为主导，多元色彩并置的“色彩群”；同时，透视“黄昏”色彩的展现，作者集中表现出了鲜明的文学精神与深刻的历史理性。

一、“黄昏”：特殊的思维

在骆一禾的诗学理念中，“黄昏”占据着重要的位置。比如在那篇比较著名的诗论《春天》中，尽管骆一禾的描摹对象为饱含着生命与激情的春天，但他依然感受到了孤独的“黄昏”——“我坐到黄昏，也感到了黄昏。罗莎·卢森堡坐牢的时候，总是苦不过黄昏去，要向正对着窗子的天空，去寻找一片粉红的云。”[3] 在他的观念中，“对黄昏易逝的感受包含着人对时间的觉察，是生

---

① 骆一禾：《火光》，载张玞编《骆一禾诗全编》，上海三联书店，1997，第 849 页。

② 沈国荣：《波德莱尔〈黄昏〉叙事手法研究》，《名作欣赏》2011 年第 17 期。

③ 骆一禾：《春天》，载张玞编《骆一禾诗全编》，上海三联书店，1997，第 825 页。

之春天的感受，活力的衰退概与时间敏感的丧失共在。将茬口朝向春天，以苦涩的香气触动黄昏……能这样感受，处身心于鲜活的恐惧之中，较之玄思者苍雄的推理，更为深沉。”[①] 这便表明，黄昏不仅能与“春天”进行对话，而且还在与“时间”的相互同构中获得充足的思考力，这种思考比之“玄思者”更为“深沉”。可以看出，“黄昏”不再仅仅作为时间层面的“暮晚”时分，而且构成了骆一禾所持有的特殊的思维方式。于是，我们就不难理解骆一禾在观看二十世纪的人类文明时，为何更多地着眼于对“文明解体”现象的思考。当然，骆一禾并没有执着于“解体”的悲伤情怀，而是将目光投向了“解体”所带来的勃勃生机上。正如他所看到的：“我们需要以这种超出于阴柔之美和阳刚之美那种种区分的、完整的人性去获得这样一个确认：世代的建筑物是建筑在有血有肉的个体身上的，除去个体之外，没有任何一种东西真正死去过：红蜂在死前预先把卵子产生螟蛉身上；一个文明在解体前，往往有一个外部战群来占领它造成一个亚种。”[②] 从这段话可以看出，当某种文明处在“黄昏”阶段时，虽然面临着“解体”，但这种“解体”并非消亡，而是存在着“再生”的可能性，即文明的“生机”。而这种生机也是“黄昏”的生机，自然就意味着骆一禾思想中的“黄昏”并非消亡，而是包含着某种“不确定性”，正是这种“不确定性”使得骆一禾的写作充满了诸多的可能。

当然，骆一禾的“黄昏”思维并非凭空产生，他的这种思维与二十世纪八十年代中期以后诗歌发展的整体趋向关系密切。从时间上看，二十世纪八十年代中后期大致处在整个二十世纪的“黄昏”阶段，诗人们面对这一特殊的时段大都表现出了深刻的焦虑感。这种焦虑在表面上看是由“世纪末”所导致的时间焦虑，然而就深层次来说，它指向的是一种诗歌写作的内在焦虑。众

① 骆一禾：《春天》，载张玞编《骆一禾诗全编》，上海三联书店，1997，第 825 页。

② 骆一禾：《美神》，载张玞编《骆一禾诗全编》，上海三联书店，1997，第 838 页。

所周知，朦胧诗打破了当代以来诗歌写作的固有思维，但到了后期（即“黄昏期”），朦胧诗在写作中所呈现的焦虑感愈加凸显。于是，以海子、骆一禾等为代表的“第三代诗人”重新开始了写作的探索。

“第三代诗人”大多有着对于“传统”的思考，这种思考也成为其在写作中所坚守的基本理念。比如在海子看来，“传统”尽管有着时间层面的“黄昏期”，但与人类文明相互同构的“传统”自身具备着持续发展的可能性，这与前文中骆一禾所理解的“文明解体”问题形成了深刻的对话。海子认为，包括埃及金字塔、中国敦煌莫高窟、印度史诗、荷马史诗等艺术在内的“传统”构成了无可替代的“伟大的人类精神”，“他们作为一些精神的内容（而不是材料）甚至高出于他们的艺术成就之上……这是人类的集体回忆或造型”①。正是由“传统”所塑造的“伟大精神”支撑着人类文明在不断前进。接着，海子还试图借助“幻象”来激活处在危机中的“黄昏”的诗歌：“这就是像一根火柱立于黄昏之国，立于死亡灭绝的秋天，那火柱除了滚滚火光和火光的景象之外空无所有——这就是落日的景色，这就是众神的黄昏。这就是幻象。”②在海子的观念中，“史诗性”思维是接续诗歌“黄昏”的理想思维，他也为此付出了行动，创作了长诗《河流》《传说》《但是水、水》等，不断地激活诗人们内心中对于传统的理解与朝向。就此来看，坚持“史诗性写作”的石光华③、宋渠和宋炜④等诗人，也在努力完成着与诗歌“黄昏”的对抗。从这里的分析可以看出，“黄昏”在以海子、骆一禾等为代表的“第三代诗人”的思想中，

---

① 海子：《诗学：一份提纲》，载西川编《海子诗全编》，上海三联书店，1997，第 900 页。

② 海子：《诗学：一份提纲》，载西川编《海子诗全编》，上海三联书店，1997，第 904 页。

③ 石光华在《摘自给友人的一封信（代序）》一文中表达了对“史诗性作品”的渴望与追求。可参见老木编《青年诗人谈诗》，北京大学五四文学社，1985，第 172 页。

④ 宋渠和宋炜在《这是一个需要史诗的时代》一文中则直言了“这是一个需要史诗的时代”。可参见老木编《青年诗人谈诗》，北京大学五四文学社，1985，第 179—180 页。

不再仅仅作为自然与世界的对应物，而是构成了其诗歌写作的“思维方式”。他们认为，“黄昏”是行动性的，带有旺盛的生命力。这些诗人之中又以骆一禾最为典型，他所写作的“黄昏”系列诗歌便体现了这点。笔者在此将主要审视骆一禾在一些短诗中建构的“黄昏”思维，据此可以观察到其“黄昏”思维的形成历程。

在早期的写作中，骆一禾所认识到的“黄昏”带有较强的遮蔽性，尚不具备生成力。如诗句“积雪　晚霞　苹果花／时令一个个过去／黄昏浮在树梢／我怎么找不到／那片草地？”[①]（《草地》）中，浮在树梢的“黄昏”不仅表明了“时令”的逐步逝去，而且更重要的是将“我”的光线遮住，使“我”无法完成寻找的过程。又如诗句“晚霞里闪耀着／殷红的痛苦／也许不会／倒反而更可能／让我一再地解说自己的颜色／直到倒下／并且变得苍白”（《星（二）》）中，以“晚霞”为主体的“黄昏”带来的只是“殷红的痛苦”，面对这种“黄昏”，“我”无力辩解，只能以“倒下”来结束这场可怕的事件。

到了二十世纪八十年代中期前后，“黄昏”不再被一味地看作是时间或季节的附属物，而是具备了更多的生成性特质。如诗句“那拾穗者／移动在黄昏里的背影／成了我的美感／我看到一些苗条的铁／长满了田野／她们的手／疲倦得长成了土地”（《平原》）中，“黄昏”作为一种观察的背景而存在，“我”在“黄昏”中不仅观看到了“拾穗者移动的背影”，而且还看到了“长满了田野”的“苗条的铁”，这便从视觉与想象层面充分再现出了“黄昏”的生成性。再如诗句“我猜想你在公园里抖落烟龙的时候／也一定看到了邻近的屋子／与那万有的黄昏／固体像水一样洒在那里／都是无语的情人”（《日球》）正无限地扩大了“黄昏”的力量，使其具备了“万有”的可能性。此种语境下，“黄昏”

---

① 张玞编《骆一禾诗全编》，上海三联书店，1997。（文中所引用的骆一禾诗歌如无特别标注，均出自此书，为避繁复，后文不再一一标注。）

不仅具有“洒在那里”的能力，而且其内在的生成性特质也得以呈现。特别是在《落日》一诗中，骆一禾尽管并未直接写作“黄昏”，但“落日”的现象以及行为本身正与“黄昏”同构。该诗开篇“在日落时分/那日出之时散去的又复追逐/常有人间的鬼魅/悄啮着影子”描摹出了“落日时分”的背景，而全诗的写作正是在这一背景中进行。由此可以看出，“落日时分”所象征的“黄昏”形成了全诗的结构，容纳了鬼魅、幽灵、鸟群、扁蟹、甲贝、红蜂等对象物以及它们各自的行为方式。“我”最终无法抵挡“落日滚滚”的“黄昏”——“这落日滚滚奔驰/扫过苍茫/把万里之外的望眼映照出来/自桥洞之下俯视着/我似乎陷落在这嘹亮的巨体中”，从而不得不与之达成心灵意义上的和解——“这生活的迅皙与真如/我满怀着它/站立在大地的旷声中/高压变电的火花成串地掉落在宁静的四周”，“黄昏”的生成力也据此诞生。从时间上看，骆一禾以“黄昏”为题的系列诗歌正是在二十世纪八十年代中期前后写作而成的，这种写作与其诗学思想中存在的“黄昏”思维方式构成了逻辑上的对话关系。正是凭借着这种特殊的“黄昏”思维，骆一禾的诗歌呈现出强烈的“黄昏”色彩，进而通过“黄昏”色彩的塑造，为文学精神的诠释创造了可能性。

二、“红色”：隐喻的空间

骆一禾笔下的黄昏首先呈现为“红色”，这与通常意义上的“黄昏”并无不同。“色彩产生的是情感经验”[①]，在色彩的话语谱系中，红色有其独特的情感和精神取向。有论者指出：“见了赤，常联想到火光，鲜血，及酷暑的烈日……由前者感到的是暧昧与热烈，由次者感得的是危险，由后者感到的是

---

① 鲁道夫·阿恩海姆：《艺术与视知觉》，滕守尧、朱疆源译，四川人民出版社，1998，第455页。

恐怖，在另一方面又有英武，威严的精神……”[①] 在此基础上，骆一禾将“红色”的黄昏与生存、生命直接联系起来，这黄昏之“红”同时是生命的血液之“红”，他借此诠释了文学精神的独特内涵。

写于 1984 年的《大黄昏》(即《黄昏（一）》)[②] 收录在长诗《世界的血》第三章中，骆一禾以自我的生存隐喻解读着“红色”的黄昏。该诗的开篇以“红马儿”“青麦子”等意象再现出了黄昏的景观，尤其就“红马儿”而言，它的“红”由充斥全身的血液组成，“河水沾湿了红马儿的嘴唇”一句，有力地表现出了由血液凝构的“红色”所内蕴的生存之力。在随后的写作中，骆一禾以“燃烧”的黄昏重构了“红色”的引力，诗句“这黄昏让我们烧着了／红月亮／流着太阳的血／红月亮把山顶举起来”集中呈现出了黄昏的加速度——它连接了“红月亮”与“太阳的血”，不仅完成了黑夜与白天的内在转换，而且也使得生存与死亡趋于同质。与此同时，这种“燃烧”指向了骆一禾对文学精神的吸纳，正如他所说的：“仿佛在燃烧之中，我看到历史挥动他幽暗的翅膀掠过了许多世纪，那些生者与死者的鬼魂，拉长了自己的身体，拉长了满身的水滴，手捧着他们的千条火焰，迈着永生的步子，挨次汹涌地走过我的身体、我的思致、我的面颊：李白、陶渊明、叶芝、惠特曼、瓦雷里……”[③] 可以看出，以李白、陶渊明、叶芝、惠特曼、瓦雷里等诗人为代表的文学精神为骆一禾提供了强大的创造力，而这一行为的完成则依靠着“燃烧”的力量。

这种带有生存隐喻的“红色”也蕴含于《黄昏（二）》中。骆一禾首先以“鲜血”开启诗篇，直观地呈现出了黄昏的“红色”属性。如诗句“我常常走来看望你／鲜血流遍全身／我已经带有了许多往事／万有的黄昏　记得我

---

① 史岩：《绘画的理论与实际》，商务印书馆，1935，第 171 页。

②《黄昏》（二）的注释下写道：“黄昏（一）见《世界的血》”，载张玞编《骆一禾诗全编》，上海三联书店，1997，第 166 页。

③ 骆一禾：《美神》，载张玞编《骆一禾诗全编》，上海三联书店，1997，第 836 页。

吗 / 你的双手触摸着我的眼睛”所展示的，“黄昏”具备了神明之力——“万有”，“我”则以朝圣者的姿态来“看望”黄昏，这种姿态因为“流遍全身”的“鲜血”，直接隐喻了生命的力量。接下来的写作中，黄昏的“红色”得到了进一步的诠释——“大风隆隆驶过 / 平原震动 / 胸怀漫天飘洒 / 大团的流火如云”，这如云的“大团流火”远非朝霞所能胜任，这也直接昭示出它只有在黄昏中才能出现的可能性。据此来看，“流火”的自然之红与“我”的鲜血之红完成了生存意义上的对接，这便加深了黄昏本有的“红色”属性。于是，“我”欣然接受了由血液凝构的“红色”之“大黄昏”的摧毁，也感动于黄昏的“坦荡”。

骆一禾的诗歌《黄昏（四）》可以看作一首赠别诗，赠予的对象是故去的友人赵仕仁，这同时使得该诗与生存、死亡之间产生了诗学的关联。全诗游走于黄昏的背景中，极具感伤气氛与生存悲痛感。诗句“洼地是一片鲜明的血红色 / 淋漓着漫天的霰子”首先诠释出了黄昏的色彩——“鲜明的血红色”，黄昏的血液凝构成了红色，使得处在黄昏中的洼地笼罩于鲜艳的血红中，全诗的悲凉氛围由此得以建构。诗人感受到亡友带来的巨大悲痛——“你在那个世界 / 那个我叫它兄弟的低矮的山冈 / 你看到你自己 / 要用人类的镜子”，在“两个世界”的阻隔中寻找着友人的影子。接下来，诗人写到了“我知道　那是雪　那是雪中的雪”，由此完成了对“雪”之本色的超越——由白色转而为生命之色，因为“一个穿棉的男孩儿 / 在雪地上堆他躺着的母亲”，这“雪中之雪”也可以理解为“雪中之血”，一种穿透雪白之色的红色之血。

值得肯定的是，在《黄昏（四）》中，骆一禾完成了对黄昏的命名——“大黄昏 / 你那一滴滴的汗 / 你那一滴滴的血”，命名的实现依靠的是“汗”与“血”的自我凝构。此时的“黄昏”集聚了生存的原力，在深入骨髓的生命红色中昭示了悲痛的根源。诗人最终以绘画的方式结束了全诗的写作——“就在这浩荡的泥流中 / 依旧明艳着 / 我用你那白纸为这黄昏所画的 / 一件明艳的衣服”，原本接近于暮晚的黄昏再次“明艳”了，这种“明艳”得益于我为黄昏所画的“一件明艳的衣服”，“明艳”的背后则凝聚的是“生存/死亡”的隐喻空间。骆一禾以“红色”超越了红色，用生命的血液超脱了黄昏带来的死亡引力，而这最终表达出的是其内心所隐藏着的文学精神。

三、“色彩群”：历史的理性

在二十世纪八十年代的诗歌写作中，由于理想主义的盛行，诗人们更多地注重诗歌所传达出的宏大思想，相应地缺乏了对“历史理性”的关怀。但“历史理性”作为“中国当代文学的精神价值”中的重要一环，深度参与了当代文学精神的建构。[①] 因此，“历史理性”的缺失势必会造成诗歌创作自身的价值缺憾。“对色彩反应的典型特征，是观察者的被动性和经验的直接性”[②]，而“对颜色的喜好有可能与某些重要的社会因素和个性因素有关”[③]。就此来看，骆一禾在对“黄昏”色彩的描绘中所坚守的历史理性，则显示出了其难能可贵之处，这同时可以看作是他对于其时诗歌写作的有意“纠偏”。骆一禾诗中的黄昏并非由单一的“红色”构成，在《大黄昏》《黄昏（四）》等诗歌中，黄昏本有的“红色”发生了一系列的变构，由此也折射出了其所持有的历史理性。

《大黄昏》一诗的开篇主要再现了各种生命体在黄昏中所显示的蓬勃生命力。如诗句“河水沾湿了红马儿的嘴唇/青麦子地里/飘着露水/失传的歌子还没有唱起来”中，“马”“麦子”等生命体都有其固定的色彩域——

---

① 童庆炳：《中国当代文学的精神价值取向》，《学术月刊》2002年第2期。

② 鲁道夫·阿恩海姆：《艺术与视知觉》，滕守尧、朱疆源译，四川人民出版社，1998，第455页。

③ 鲁道夫·阿恩海姆：《艺术与视知觉》，滕守尧、朱疆源译，四川人民出版社，1998，第471页。

“红”“青”等，“红马儿”充盈着的是生命的血液，“青麦子”则给人以生命的铺张与翻滚感，这里的“红色”与“青色”均带有着朝气蓬勃的生命感。而到了第三节，原有的“红色”“青色”转为“白色”，由此也传达出了季节的更替，体现出了诗人行走的时间之长。诗句“弥漫江岸的水淞/还在结成/白茫茫的树挂/在这些树木的年轮里/刻着一个春耕的人/没有光泽的寂静的低洼地”中，“白茫茫的树挂”由“弥漫江岸的水淞”结成，这同时是诗人经历艰苦跋涉后的内心集聚。透过“树木的年轮”，透过物理时间所凝构成的巨大的心理压强，诗人看到了一位孤独、寂寥的“春耕者”。骆一禾深受斯宾格勒“文明之秋”思想的影响，在他看来，“这种文明之秋，也许正在远东华夏文明中进行。诗人正企图通过史诗去涵括本民族的精神及历史，殊不知大树已朽，乡土中国带着自身的沉疴，从基本构造上，已很难对世界环境作出有力的回应”①。在此意义上，骆一禾诗中的“春耕者”正与失去光泽的、寂静的“低洼地”形成对比，表现出了他对于逐渐“解体与衰亡”的华夏历史文明的坚守。

随着写作的行进，黄昏的“红色”再次凸显，其所蕴含的生命力量得到了全部的喷发。如果说诗句“这黄昏/为女儿们/铺下一条绿石子的河”通过运用缓和、柔弱的节奏，描绘出了“黄昏”的生命朝向，那么“这黄昏让我们烧着了/红月亮/流着太阳的血/红月亮把山顶举起来”，则以暴烈、急迫的速度喷涌出了“黄昏”强大的生命力。此处的“黄昏”不仅与“火”同构，其产生的力量足以使我们燃烧起来，而且，它还与“流着太阳的血”的“红月亮”形成了对位的联系，极尽了“黄昏”的红色暴力感。这种暴力通过“红月亮”的意象主体表现出来，“红月亮”举起山顶正隐喻了黄昏的惊人力量，这种力量能够冲破一切生命的阻滞，以巨大的生存力完成对红色、对血

① 骆一禾：《水上的弦子》，载张玞编《骆一禾诗全编》，上海三联书店，1997，第829页。

液、对生命的深刻诠释。骆一禾在此还宣告了他对由生命之血构筑的“红月亮”的沉重的记忆，如他所言：“我感受吾人正生活于大黄昏之中，所做的乃是红月亮流着太阳的血，是春之五月的血……但活泼泼的生命正属我身，这也是我们所能依凭的唯一的东西。”[1] 诗人在“巨大的死”与“弱者的生”所构建的悖论中，不断砥砺着“活泼泼的生命”。至此，“红色”具备了巨大的精神势能，代表了一种喷薄的生命的力量，诗人的感情也处在一种不可遏制的爆裂与升腾之中。

诗的末尾“而那些/洁白坚硬的河流上/飘洒着绿色的五月”，诗人收束与节制了原有的喷发式情感，此处的色彩则由开始的“血红”经由“洁白”抵达了一种生命的“绿色”。骆一禾对“黄昏”的追逐也以“绿色的五月”宣告，这是在极大的精神冲击之后的巨大平静，是在非理性情感之后的清醒，再现出了深刻的历史理性。与此同时，骆一禾在追逐“黄昏”的过程中还呈现出了一种思维理性，即西渡所看到的“日神”精神：“骆一禾的博大胸怀，精神上的自信和对世界的信心，清明的意识和雄强的意志；他反复写作同一首诗的方式，对形象和语言的雕凿，对诗歌结构的精心安排，都是日神精神的体现。”[2] 骆一禾的诗表现出了与海子的“反理性”的酒神精神的不同。还需强调的是，诗句中的“洁白坚硬的河流”与“绿色的五月”正构成了一种力的反叛，“绿色”最终冲破了坚硬的河流，带来更多的是一种对未来与生存的希望。骆一禾在自己心中将海子定位为“冲击极限”，而这首《大黄昏》又何尝不是其追逐“黄昏”、追逐诗歌、追逐生命过程中的自我写照呢？这种自我写照恰如其分地呈现出了他对历史理性的思考。

不仅是《大黄昏》，骆一禾在《黄昏（三）》中也有着“红色”的变构。此

---

① 骆一禾：《水上的弦子》，载张玞编《骆一禾诗全编》，上海三联书店，1997，第830页。

② 西渡：《圣书上卷与圣书下卷——骆一禾、海子诗歌的同与异》，《文学评论》2012年第6期。

诗中的“黄昏”带有极强的刺痛感，因为“大黄昏/刺伤我眼睛的眼睛/也刺伤我辽阔的心灵”。通常来说，黄昏并不刺眼，尤其就作为暖色调的“红色”而言，它更不具备刺眼的能力。诗人在此变构了原有的“红色”，而使其内隐于“大块的白云光线”“晴空”“大海”“乡村”“葵花”“白布”等色彩结构体中。骆一禾将刺痛融于混杂的色彩，使得趋于繁复的情感得以展现。诗的末尾“澄澈的北海火光凛冽/横布着百川的河口上激流滚滚”则将混杂的色彩归于一体——火光之“红”，此时的黄昏尽管不再刺伤“我”的“眼睛”与“心灵”，但它的力量已穿透了自然，转而抵达了灵魂的神秘之地。

总之，骆一禾在“黄昏”思维的指引下，集中塑造出了“黄昏”的色彩。这种色彩以红色为主体，并在由血液凝构的“红色”中，表征出了他所坚守的文学精神。与此同时，他的诗还通过“红色”的色彩变构，塑造出了丰富驳杂的色彩群，由此折射出深刻的历史理性。可以说，骆一禾借助红色及由红色变构而成的“色彩群”，建构出了“大黄昏”的主体意象，他借此走在创造伟大“诗歌共时体”的诗学道路上，这也是作者对中国古典和西方诗歌中“黄昏”思维的突破和发展。

第六节

美丽广西的“行走”哲学

冯艺是一位擅长多元写作的少数民族诗人。在近些年的诗歌写作中，冯艺一方面延续了他在《朱红色的沉思》《桂海苍茫》《红土黑衣——一个壮族人的家乡行走》等散文诗集、散文集中所建构的“行走”哲学，以地理学的视角呈现了广西一幅幅历史与现实相互交织的人物画卷及自然、人文景观；另一方面，他还延续了创作散文、散文诗时期的写作策略，将历史人物及自然、人文景观与家国命运、地域情怀紧密结合，生动地再现了他富于民族性的哲思。

冯艺的创作取得了较高的成就，学界对此也有着深入的研究，杨非飞、刘铁群、白崇人、黄伟林等学者则分别从忧患意识、沉思姿态等层面，对冯艺的散文创作进行了细致观察和深入剖析。但这些成果较多地集中在对其散文、随笔等的考察上，而对冯艺诗歌创作尚存在着较大的研究空间。文学地理学研究方法通过将地理空间置入“时间维度”之中，不断还原文学的本来面目，在“时间 / 空间”“文学 / 地理”等因素的纠葛与交织中，探索了一条多元、立体的研究途径。由于广西的历史人物与自然、人文景观构成了冯艺诗歌写作的两种向度，其诗歌的写作空间也在民族性、地域性的思考中不断延展。

一、“行走”姿态：文化时空与日常的心灵感应

“空间”在文学地理学的研究中有着重要的地位，如杨义所说：“探讨文学和地理关系，它的本质意义……就在于回到时间在空间中运行和展开的现场，关注人在地理空间中是怎么样以生存智慧和审美想象的方式来完成自己的生命的表达，物质的空间是怎么样转化为精神的空间。”[①]这就从方法论意义上强调了“空间”的重要性，并使其具有了综合性的研究维度。冯艺在写作散文、诗歌时经常采用“行走”的姿态，这种“行走”不仅有助于他在写作中建构出独特的空间意识，而且使他能够以更为复杂的情感体验与深刻的生存哲思来书写历史人物、自然与人文景观。

冯艺在二十世纪八十年代初期以诗歌写作走上文坛，由于青年写作身份与理想主义在当时的盛行，他的诗歌常伴有强烈的抒情色彩，集中展示了个体充满激情的心理图景。从总体上看，冯艺此时的创作尚沉浸于“小我”的写作空间之中，一些诗作也不免带着那个年代的痕迹，较多的是对青春的歌唱，抑或对个人小情感的抒发。而后，冯艺转向了散文诗的写作，“我似乎感到，在新的时代新的现实面前，散文诗更适合表达我的新感受。”[②]此时的冯艺以散文诗的写作形式，逐步实现了自我心理与具体社会历史语境的对接。而在1990年出版的散文诗集《朱红色的沉思》中，冯艺一方面坚持了对诗歌意象与语言的体验性探索，另一方面注重总结人生旅程中的点滴经历，以此凝结成极具个性特征的艺术形象。此阶段的冯艺已基本摆脱了早期由对个人化世界的直观揭露所导致的写作的“单一化”，转而走向了对民族、历史、时代以及生命存在的个体化沉思。值得强调的是，冯艺在《朱红色的沉思》中开始了“行

---

① 杨义：《文学地理学的渊源与视境》，《文学评论》2012年第4期。

② 钟世华、冯艺：《以诗歌记忆心灵的自我——广西本土诗人冯艺访谈录》，《广西民族师范学院学报》2015年第2期。

走”哲学的自觉建构，这主要体现在其诗作所凝构的“旅人—乡土”的意象组合中。[①]

当然，与散文诗相比，冯艺的“行走”哲学更为鲜明地体现在其随后的散文创作中。在散文创作初期，冯艺就以“行走”的姿态，开始了对人文历史、民族文化、生命存在等主题的沉思，“坚守精神的向度，一只脚站在往事如烟的历史尘埃上，捡拾一片片被遗忘的文明碎片；另一只脚又牢牢立足于现实，通过与历史人物的对话和对在野文明的寻找，揭示其内在的意义及对现实的影响，为不断发展变化着的现实生活提供一种丰富的精神滋补和文化的价值参照”[②]。冯艺在散文集《桂海苍茫》中以“旅行家”的视角行走在广西的大地上，借此抵达对广西民族地区历史、文化、经济等层面的深刻思考，真切地实践着自我的“行走”哲学。而在后面的诗歌创作中，冯艺一方面延续了其近年来所坚持的“行走”哲学，另一方面还以其深刻的民族自觉与复杂的情感体验，洞察了广西地域的历史人物与自然、人文景观。这种“行走”哲学使得冯艺在处理“民族文化—主流文化”“广西—全国”等关系时，获得了更大的主动性：“冯艺在面对主流文化和外来文化的侵袭时表现出来的强烈的壮民族文化身份意识……是在力图保持自己独特的民族性和文化特性的同时，对壮民族文化特性进行深入反思。”[③]

可以说，冯艺在诗歌写作中坚持着自我的“行走”姿态，这种姿态通过“出发”“抵达”“行走”“去”等动词性语汇直观地呈现出来。诗人漫游于美丽

---

① 白崇人：《它敲击着我们的心——读冯艺的〈朱红色的沉思〉》，《民族文学研究》1996年第2期。

② 陈剑晖：《让诗性穿透历史的苍茫——评冯艺的人文地理笔记》，《当代文坛》2008年第5期。

③ 胡国威：《“边缘”的表达——论冯艺的散文创作与文化身份》，《广西师范学院学报》（哲学社会科学版）2016年第4期。

的世间，在“行走”中完成了与“世界万物”的诗学“相遇”，并窥探到了内心深处的“自我”。与此同时，冯艺还在诗中实践了个人化的生存哲学，如他所说：“《相见》中的一首首诗，包含着自然、社会、历史、文化和现实人生，包含着真诚与谦卑、苦难与幽暗、悲凉与爱，以及我内敛的顽强并以此来喟叹我骨子里不灭的炽热和虚空。”[①] 整体而言，冯艺不仅能够在多元的艺术形式中行走自如、游刃有余，而且还以更为成熟的笔法来处理历史与日常之间的辩证哲学，并形成了一种富于学理性的沉思。得益于这种“行走”哲学，冯艺在诗歌写作中更为从容地实践了文学地理学的写作意识，并通过思考历史与日常的辩证关系，实现了二者之间的相互抵达。

二、“行走”身份：历史“自我”与“他者”的心灵感触

“历史”是冯艺重要的写作维度，他在诗中“遇见”了诸多的历史人物，寄寓了驳杂、多元的内心情感，这些情感共同交织成了一幅饱含着历史沧桑与时代际遇的诗学地理图景。黄伟林曾将“对自身民族重要历史人物的实事求是的认识和评价”作为广西少数民族作家“文化自觉”的重要组成部分[②]，冯艺在诗中通过书写广西的历史人物，如《飘落的红叶》中的广西第一位状元赵观文，《最后的儒家》中的梁漱溟，《灿烂收场》中的唐景崧等，深刻地表达了他对广西地域及壮族文化的自觉认同，同时也表现了其对家国命运的深刻忧思。

首先，冯艺笔下的历史人物大都与其时的家国命运紧密联系起来，他以深刻的现实主义笔法描摹了一部风格独特的历史图景。冯艺不仅注意到了人物所处的具体历史语境，而且还致力于将人物事迹客观地呈现出来。值得肯定的是，他所书写的人物都是真实存在的，其体悟也是建立在具体史实基础上，因

① 冯艺：《相见》，广西人民出版社，2016，第 233—234 页。

② 黄伟林：《论新世纪广西多民族文学》，《中国现代文学研究丛刊》2012 年第 7 期。

此其诗中所抒发的感情说服力强，也更能使读者与之产生共鸣。如《黑旗猎猎》一诗中，冯艺讲述了在家国危亡之际挺身而出的英雄刘永福的故事。诗人首先描写了人物所处的社会环境，如诗句“一个生命／从北部湾升起／被命运刺痛／眼睛／风雨飘摇中”“而此时苍茫大地／大烟灯下／已满是／骨瘦如柴／沉重鼾声”[①]等。尽管环境如此恶劣，但刘永福刚直、清醒，他以一把挥动的“黑旗”驰骋在保家卫国的战场上，接连在抗法、抗倭等战争中取得了胜利。诗中这面飘动的“黑旗”正象征了刘永福为民族和家国利益而勇敢无畏、奋争到底的战斗精神；“黑旗”也与“钦江”“三宣堂”等广西地域紧密地连接起来，二者实现了诗学意义的同构。而在《好一个柳州仔》中，冯艺主要塑造了英勇抗击日军的“柳州仔”形象。尽管知晓“敌众我寡／以卵击石”的危难处境，但柳州仔“一身正气／如凌厉的风／喷射愤怒光芒／尖刀般犀利／利索血性／万人一心／怀决死之志／以血肉／荐轩辕／与桂林共存亡”，面对如此的豪情壮志，诗人不得不借助于焚烧“时间和疼痛”的烈酒来表明心迹：“我不再挥霍／时间和疼痛的句子／今夜我要喝一杯／这杯酒　给／满是敬重的／月光”，这“月光”正暗藏了柳州仔英勇无畏的牺牲精神。

冯艺在诗中不仅关注着作为讲述对象的“大历史”，而且还对“大历史”中的“小历史”保持了兴趣，以独特的眼光挖掘出了“作为讲述的”历史中的被淹没者。如《幕后英雄》一诗中，尽管冯艺以较大的篇幅描写了镇南关大捷的盛况及冯子材等英雄人物，但这些都是为了烘托作为注脚的幕后英雄李秉衡。诗中强调了“幕后英雄”的存在价值，即李秉衡在家国危亡之际怀有深沉的内心焦虑，他收拾贪生怕死的残局、整军核饷、和将安民、推举老帅冯子材等，从而为推动战争胜利做出了突出的贡献。但李秉衡却被讲述着的“世

---

① 冯艺：《相见》，广西人民出版社，2016。（文中所引用的冯艺诗歌如无特别标注，均出自此书，为避繁复，后文不再一一标注。）

界史书”埋没，诗人为此发出了深刻的召唤：“一个被遗忘者/年轻按察使/李秉衡/应该被/高高地景仰/歌唱”。冯艺在诗中完成了由“历史讲述的年代”走向“讲述历史的年代”的叙述，他意在说明“无名”人物在历史发展进程中并非无足轻重，而是历史的重要组成部分，我们要铭记这些“幕后英雄”。

其次，冯艺笔下的人物寄托了他对广西地域的深厚情感，表达出了其壮族身份的文化诉求。冯艺诗中的这些人物尽管属于不同时代、不同社会，但他们中的大多数人有着共同的纽带——美丽广西，诗人借此表达了他对广西地域与壮族文化的身份认同。他在诗中有着对“广西”的不断强调，如诗句“从神话中排列出/一张广西/厚重的名片”（《最后的儒家》）等。学者陈金文指出：“一部作品内容的民族化或区域化程度是与作者对本民族、本地域民族生活的理解深度成正比的。对于一个民族或区域的历史文化、生存状况体验愈深，他笔下的艺术造型也就愈洋溢着独特的区域或民族气息。”[①]冯艺对于壮族历史文化和广西地域的生存状况有着极为深刻的体认，“广西”已经作为一种心灵印记深深地扎根于他的精神世界中，无论行至何处，他都惦念着内心深处的这片沃土。为此，他崇敬于为着家乡教育事业而不懈奋斗的梁漱溟，骄傲于为祖国戍守边疆的刘永福，自豪于参加《四库全书》编撰工作的唯一广西人冯敏昌……对广西历史人物的追怀也直观地呈现了他的壮族文化身份。

当然，冯艺的民族情感并不狭隘，他的写作也跳出了“小我”式的吟咏，歌唱与赞颂了其他民族和地域的人物，这表现了其所持有的“地理”意识的开放性与包容性。如在对屈原、周敦颐、徐霞客等“非广西”人物的事迹与精神的描写中，冯艺亦投入了巨大的感情，诗句“或许那部《离骚》/就是你

① 陈金文：《黄佩华小说中的文学地理世界》，《广西民族大学学报》（哲学社会科学版）2014年第2期。

最钟情的 / 离离原上草 / 最生动的言辞 / 此刻　从我心上 / 缓缓移过”(《想起屈原》) 等便有力地说明了这点。黄伟林在谈到广西少数民族作家如何处理自身文化与“他者”文化的关系时指出：“许多广西多民族作家意识到，不仅要对自身的文化传统有深入的认识，也应该对其他民族、对这个时代的多元文化有深入的认识。”[①] 冯艺的写作汇入了广西少数民族作家自觉的意识潮流，他以多元的民族性书写消融着“自我”与“他者”之间的身份焦虑，其笔下的多民族文化在保持各自特性的前提下完成了相互交汇，建构了结构复杂而秩序井然的民族身份认同与文化体悟的情感共同体。

三、“行走”体验：土地深沉与壮美的心灵感悟

除与历史人物的“相遇”外，“行走”中的冯艺遇见更多的则是广西地域的自然、人文景观，这就使其写作带有了鲜明的文学地理学印记。他不仅有双捕捉沿途景观的眼睛，而且还能够对眼前的风景，尤其是对广西地域景观进行独具个性的价值体认。冯艺在和笔者的一篇访谈中谈道：“广西的历史文化影响着我的心灵的感受力，这本诗集（指《相见》）是与我相遇的广西历史文化和自然景观，其中出现的风景画和风俗画，均有现实的关怀，这些对我影响很大。”[②] 由此看来，广西的自然、人文景观及其所承载的历史文化深刻地影响了冯艺的“心灵感受力”，他在这种复杂情感的召唤下，表现了对广西景观的地域性思考。

首先，冯艺诗中的景观承载了广西悠久、丰富的历史文化。他的诗歌中不时回荡着广西地域的独特景观，如湘江（源头）、榕湖、桂江、左江、圣堂山、

---

① 黄伟林：《论新世纪广西多民族文学》，《中国现代文学研究丛刊》2012 年第 7 期。

② 钟世华、冯艺：《以诗歌记忆心灵的自我——广西本土诗人冯艺访谈录》，《广西民族师范学院学报》2015 年第 2 期。

海棠桥等。冯艺并非仅停留于对外在景观的直观描写，而且看到了其背后所暗藏的丰富多元的历史面貌，表达了他对壮族文化的深厚情感。如《海棠桥》一诗中，他将“海棠桥”与“一个孤独词人”（秦观）直接联系起来。该诗描写了“他”在由海棠花的开、落所熔铸的时间，以及海棠桥所架构的空间中“以酒作伴/触景生情/写下/醉乡广大”“治学尚文/唤醒边疆/沉睡的词眼”，“他”的词句不仅唤醒了“沉睡的词眼”，更唤醒的是海棠桥及其所代表的横州文化。而《去宜州》中的“宜州”则与黄庭坚建立了文化意义上的同构性，黄庭坚所代表的宋诗写作无疑给宜州增添了无尽的文化气息。因此，诗人在诗中不断强调着对“宜州”的接近——“去吧　去宜州/在他灵魂的墓前/亲切而温暖”“朋友/我要去宜州”。

此外，广西的自然景观还与抗日战争的历史语境紧密地结合起来。在诗歌《1938桂林几个场景》中，冯艺通过叙述抗战时期巴金、茅盾、郭沫若、夏衍、胡风、田汉等“逃亡文人”，在“还没失陷的桂林”中的“七星岩”“丽泽门外”“新世界大剧院”等地集聚的场景，真切地再现了“桂林”之于中国现代文学的独特贡献——“两千多逃亡文人/一群火烈鸟/抵达桂林/抵达大地/最深处的痛/寻找通向自己/身心的脉管”，而这一特殊的精神际遇值得人们永远铭记。除桂林外，湘江、三海岩等自然景观也成为抗战时期广西人民的精神纽带。如“无法想象/这样险要的地方/数万红军/曾经战斗在这里”（《湘江的苦难》）等诗句中，冯艺一方面叙述了这些自然景观在抗战时期的独特地位，另一方面也以其深沉的情感，生动地描绘了广西及其他地域的人民同仇敌忾、驱赶日寇、保卫家乡的英雄壮举。除自然景观外，作为人文景观的“坭兴陶”则承载了广西钦州的历史文化。诗中的“坭兴陶”是一位从容的老人，“紫烟日照/在他身上涂抹/古色古香/记忆/融诗　画　书/于一体”。“他”不仅给“钦顺之地”带来了历史的神秘与厚重，更重要的是带给钦州以文化的自尊感。而《梧州的骑楼》中的“骑楼”则记载着孙逸仙、王亚樵、李济深等仁人志士为革命事业而不懈奋斗的悲怆事迹，诗人在历史与现实的交汇中，体味着“诗意的怀想”。

其次，冯艺将广西的景观与现实体认联系起来，借此表达了对生存遭际的深度忧思。如《海角亭》中，诗人将由“海角亭”联想到的历史与当前的现实想象并置了起来，“与海角亭／并肩站立／万里瞻天／至少还有想象／声韵直逼／历史深处／我感到／一派黄昏的时光”，在深厚历史与生存现实的瞬间交感中，体悟到了深刻的内涵。冯艺在《静静的黄姚》一诗中则完成了对黄姚数百年历史的怀想，他将“她的过去”与“我的现在”交汇于现实生存体验中，以致最终萌发了让黄姚古镇永存下去的深沉期许，“我真的很希望／这个古镇／绵绵地／流传下去／不能让／这世间之美／衰落比绽放／还快”。而在《三角梅》中，冯艺主要描述了三角梅的开放与谢落，尤其对落花场景有着真挚的描摹：“花谢了／曾有人为之流泪／可是　落花／是芬芳的浩大出场／那是最后／归属／绽放的姿态／宛如事物的本质”。诗人意在指出，不要一味地沉浸于落花带来的悲郁气氛中，只要曾经用心体悟过了花开时的温馨灿烂，现实生活就能充满无尽色彩。

最后，冯艺描写广西的地域景观，寄寓的是深厚的怀乡之情，并表达了深沉的民族情感。《三月》一诗中，冯艺将他对家乡的思念寄托于烟雨三月的“红木棉”中，由红木棉所构筑的“湿润的春歌”代表了诗人内心深处挥之不去的思乡情。而当“红棉已落”，它所留下的“红色糯米饭”则在新的精神维度中安抚着离乡的“小伙儿”。《左江》一诗中，诗人一开始便营造了思乡的情感氛围，而“那黝黝的生命／在故乡河的脉流中／渐红”则代表了寻找新生的可能性。不仅如此，冯艺的诗中还有着对“乡情”的直接描摹，如《万福山》中，诗句“山　离我很远／不知该怎样接近／扯伤我的心思／山　离我已近／带着淡淡／乡情／在圣境中／将心放逐”直接将诗人内心深处的乡情和盘托出，而当体味这种淡淡的乡情时，诗人内心感受到了无尽的幸福。《白水塘》中，诗人开篇写道“越是远离故土/越是情系故乡/越是身处遥远异域/越是时时叩问自己/割舍不掉的乡愁/与流在血管里/记忆/我的前辈/我的白水塘”，这便将由“远离故土”与“身处异域”的处境所凝结的乡愁直观地呈现出来，“白水塘”则成为乡愁的载体，这乡愁融进了“我”的“血管”，永远挥之不去。

综上所述，冯艺在其诗歌写作中建构了鲜明的文学地理学空间，他的诗以“行走”的姿态，在与美丽广西、美丽世界中的历史人物、自然及人文景观的深情“相见”中，完成了对相互交织着的历史与现实的生存哲思。值得注意的是，“相见”的写作方式通常表现为写作语境与视域的单一性，并容易造成写作内容与形式的同质化，但冯艺依然凭着丰富的生活阅历与多元的生存体验巧妙地避开了这点，他将自我的真挚情感投诸独特的诗学观察之中，经由多元的写作技艺与个人化的诗歌语言，建构了颇具历史感与现实性的“行走”哲学。

第七节

用诗歌触摸灵魂
——吉小吉诗歌简论

在广西北流这个小城，活跃着一个“漆”诗歌群体，包括吉小吉、朱山坡、谢夷珊、陈琦、琬琦、伍迁、陈前总、方为等诗人，他们的口号是：“在我们的目光中/漆即是诗/我们无法为生活镀金/但可以给生活上漆。”“漆”诗群形成了北流诗坛上一道独特的风景线，所办诗刊《漆》被誉为“中国诗坛黑皮书”。“70”后的诗人吉小吉（笔名虫儿）是“漆”诗群的中坚力量之一，他试图用自己的诗作，触摸生命的灵魂。

吉小吉的诗歌内容具有关注生活、贴近生活的特点。其诗形式自由随意，短小精悍；语言朴实，既有情感的抒发，也有理性的思考。吉小吉说：“以前我曾经把诗写得很空灵、很华美，追求一种意境上的美感，刻意去营造一种语词亮丽的氛围。可是，后来我慢慢发现，诗歌的直接、爽脆更能打动人，更能让人直达事物的本质，进入事物的内核。”① 所以，“质朴、原本、真诚”就逐渐成为他写诗的“六字原则”。吉小吉的诗歌创作，从表面上看，是一种“浅度写作”，但实际上秉承着深入浅出的写作风格。吉小吉以对“神性写作”“玄

① 虫儿：《虫儿的诗 · 虫儿与诗歌有关的几段话》，《广西文学》2003 年第 9 期。

学写作”的反叛精神执着于诗歌创作，这种反叛精神使他的诗走向民间、走向大众读者，显现出丰富的民间话语力量。

一、情感张力：穿透现实的朴拙

诗歌与现实一直紧密相连，直击现实就成了现代诗人聚焦的应然主题，许多优秀的诗歌也是因其穿透现实的力量而焕发生命，当然，不同的诗人，因其生活背景、思考深度以及价值取向的差异，其对现实的描摹和剖析会各有侧重。吉小吉说：“诗歌的生命应该是人的情感所赋予的。真诚的情感就是诗的血液。”[①] 其诗歌中穿透现实的力量，更多的就是源于其诗中倾注的情感血液，使得朴拙的日常生活有了一种欲罢不能的张力。在吉小吉的情感诗中，有表现亲情的诗作，如《写给81岁病重的父亲（三首）》《吉进铨》《覃连珍》等；有表现爱情的诗作，如《一不小心》表现了爱情的悄然而至及时光飞逝，《旅行》把思念造成的失眠比作一场漫长的旅行，《圭江大桥》记录了爱情的足迹，《对视》表现的是触电般的爱情感觉，《拥吻》与《流水》表现了情爱的热烈与缠绵，《花朵》描写情爱的诱惑与思念的伤感，《喜欢每一场雨》描写爱情的甜蜜与浓烈，历久弥新。除此之外，《泪水贴近幸福》则表现了一种近乡情更怯的恋乡之情。这里重点解读一下诗人写父亲的一首诗——《吉进铨》：

吉进铨是我的父亲／他五十二岁那年／我才出生。从我记事起／他就是一个头发花白的老头／早上，扛着木锹／或者铁铲出门／傍晚，背着犁耙／赶着黄牛回家／他潜入水里／堵塞水库漏水的窦洞／也爬上屋顶／修盖漏雨的瓦片／几间泥土瓦房／是父亲，唯一留给／我们兄弟姐妹的财产／父亲曾用沙土和石灰／把它粉刷一新／这让他异常高兴，拼命地／抽水烟筒／父亲高兴的时候／就

---

① 吉小吉：《情感是诗歌内在的血液》，载钟世华《穿越诗的喀斯特 当代广西本土诗人访谈录》，长江文艺出版社，2015，第204页。

爱抽水烟筒/烦恼的时候，也抽/他最欣慰的，是我能认字/常常默默地站在一旁/入神地看我读书，或者练字/有一次，我写下/“吉进铨”三个大字/拿给他看，他却一脸茫然/他不知道，那就是他的名字/直到二〇〇六年正月初五离开这个世界/父亲也没有认识半个汉字[①]

这首诗最显著的语言特点就是口语化，非常朴实，就像是把日常语言分成诗行。这样写诗似乎很简单，但其中的情感却非常深沉浓郁，使读者不由得想起自己的父母。为什么如此简单的一首诗会产生如此动人的艺术效果？首先，作者用白描手法和生活细节来展现父亲的人生：头发花白，整天与木锹、铁铲、犁耙、黄牛为伴，一生最大的财产是几间泥土瓦房，高兴与烦恼的时候都爱抽水烟筒，虽然自己不认识字，却喜欢看儿子读书写字。这样一个勤劳、朴实、能干、不善言谈的父亲形象如画面一样展现在读者眼前。其次，作者采用了返璞归真的艺术手法，在看似平静朴拙的客观叙事中融入了对父亲深沉的爱。这种爱，不著一字，却尽得风流。正是这种最简单的表达技巧，带来了最真实动人的情感效果。同样，写母亲的《覃连珍》一诗也是采用朴实的叙述风格，突出母亲不识字的特点，母亲虽然不识字，却懂得做人的道理：“做好人才能写好字。”母亲的影响与儿子的坚定在诗中交相辉映。

丰富细腻的情感成为诗人表现人生的重要基础。吉小吉有一首小诗《经过孝感》：“汽车，经过孝感/像有什么，将我，轻轻/抽打了一下。我/蓦然想起，父亲/他，卧病在床/我，身在异乡/一个地名，其中/一个字，就一个字/就令我，心灵震动、不安/并且，愧疚、无奈”[②]。这首诗突出了“一个字”，却没有明确说出这个字。诗人含蓄表达的关于“孝”的复杂情感，恐怕很多人都有切身体会。震动、不安、愧疚、无奈是现代人面对忠孝不能两全时

---

① 吉小吉：《吉进铨》，《文学界》2013年总第183期。

② 虫儿：《经过孝感（外二首）》，《诗歌月刊》2003年第10期。

的普遍心态。人生的一次普通经历，也是心灵的一次悸动，作者用诗的语言记录下来了，给读者以震动和启迪。

诗人张洪波在《细节中的质朴的虫儿》一文中曾经指出："在虫儿的诗中，有一个关键词，也是他常常要使用的，那就是'我'。诗人不是一个旁观者，他必须在他的诗歌中，就像他就在生活中一样，这个'我'是不能随意溜掉的。"① 正是"我"的参与，让读者直接触摸到了吉小吉作为诗人的情感世界与真实人生，并直观地了解了他对这个世界的观察与思考。

孔子曾说："小子何莫学夫《诗》？《诗》可以兴，可以观，可以群，可以怨。"孔子诗学所提出的"兴观群怨"说系统地阐释了"诗"的社会作用和文学对现实的影响，同时也揭示了文学的教化作用。作为一个真实的个体，每一个人都拥有个体独特的生存轨迹以及生活体验。诗歌创作在某种程度上就是自我意识彰显的结果，诗歌的抒情性不排斥自我，而是顺理成章地选择了自我，因此，吉小吉的诗歌是极具个性化抒情意蕴的。唯其富于个性，才能显出新奇，才能让他人由司空见惯的平凡之中感受到不平凡，从而进一步感受到其质朴话语背后蕴含的浓郁真情。情感的真挚就在于随物赋性，将自己真挚的情感融会于所要叙述的人物和事物之中，达到物我相宜、情景互融的境地。

二、哲理沉思：抵达生活的内在

中国哲学强调"知行合一"的原则。这种"知行合一"的原则也体现在诗歌文本中，即诗人的思想和日常生活实践是统一的。诗人纵是思考人生意义、体味生命价值等宏观命题，并不是直入主题，而是从日常生活细节出发，先在身心经验上切己体察，当获得某种体悟后，通过简单的语言让哲理流淌在字里行间，其中深意，由读者去体验和领悟。吉小吉的诗歌在阐述其哲理沉思

① 张洪波：《细节中的质朴的虫儿》，《广西文学》2003年第9期。

时，正是通过日常的细节来书写生活的内在。先来看吉小吉以《声音》命名的一首诗：

从粗糙的海碗边沿传来/甚至，把我从梦中惊醒/那巨大的声音/是一口把天吃下去的声音/天，有时候也很小/一个大一点的瓦碗/就能把它端在手上/天色常常是灰暗的/间或也有阳光和白云/我，常常在地坪上/出神地看着手中的天/看着手中的阳光和白云/舍不得端到嘴边/但，从地里使牛回来的父亲一仰首/天就被吃下去了/还从大海碗的边沿/发出一声长长的巨响/后来我慢慢懂得，这个世界上/没有哪一种声音/比饥饿的声音，更响①

俗语称："民以食为天。"诗中把食物比作"手中的天"，夸大了父亲吃东西的声音，因为这不是一般的声音，而是饥饿的声音。这种声音可以"把我从梦中惊醒"——足见影响之深，刺激之痛！有过饥饿的体会与经历，才会有如此深沉的思考。就像莫言写《四十一炮》，也是表达饥饿的影响与感受。作为农民的儿子，吉小吉深知生活的艰难，在叙述人生的苦难时，作者选取了一个特别的视角——父亲吃饭的声音，这无疑是新颖别致的，体现了诗人敏感细腻又善于深思的特点。

再看这首《寒风》：

我要将那些人们忘记关上的窗门/猛烈地摇个不停/直到摇碎所有的玻璃/我要他们都蜷缩在/被袄里，暖气里，不敢出来，做缩头乌龟//这还远远不够，对那些胆敢跑出来的/路上的行人，我要撕裂他们的脸皮/还要用劲甩出一万条鞭子，狠狠抽打/让这些人感到彻骨的疼痛，并且/连挂在脑袋两侧的耳朵/也不知道是否还在那里//我要天下所有的人，都像重视春天一样/重视冬天，真真正正懂得我的存在②

---

① 虫儿:《声音》,《绿风》2005年第1期。

② 虫儿:《寒风》,《诗歌月刊》2003年第10期。

这首诗最关键的思想集中在第三节“我要天下所有的人，都像重视春天一样/重视冬天，真真正正懂得我的存在”，这是在表现一种倔强的力量和向上的精神。可以想象，吉小吉作为普通农民的儿子，在人生道路上肯定会遇到很多坎坷，就像《人生》中的高加林，就像生活中的莫言以及莫言小说中的人物。这里可以把寒风看作是作者的自比，作者借寒风巧妙地展现自己的力量与愤怒，也在表达自己的不屈与倔强。这首诗在修辞上的成功无疑提高了诗歌的艺术感染力。与莫言洋洋洒洒的狂欢叙事不同，吉小吉通过寥寥数语，表达了内心的感受与思考，体现了诗歌短小精悍的优势。不过，吉小吉此类比较激愤的诗歌较少，他的批判更多体现的是冷静与从容。比如在作品《九姑》中，就没有激烈的批判，只是在平静的诗句中，用事实说话，其震撼人心的理性力量似乎不亚于呼天抢地的声讨与批判。

诗歌是诗人精神还乡的过程。在现实的物质时代愈发显示出诗歌所构筑的精神世界特有的高尚与珍贵。从情感上来讲，乡情更是人们寻求精神归宿的重要方式，诗人对童年故乡的记忆或许已然支离破碎，但随着时光的淘洗，能沉淀在记忆中的这些片段早已渗入骨髓，成为灵魂中不可分割的一部分。唯物辩证法认为，普遍联系的根本内容，就是事物内部和事物之间的矛盾双方的联系。吉小吉所作的大量散发着浓郁南方乡村气息的乡土诗歌既源于乡村生活，又为现代生活所观照，诗人并非只站在单一的乡土视角来观察和体会现实生活，他的乡土诗歌也非简单反映本乡的风土民情，从他的诗歌中读者可以深切感受到个体生命对外在世界的探索。从乡村走向城市又从城市走向乡村，几番离开与出发，既在其中又在其外，这正是一个现代人的生命直觉和理性思考彼此交汇甚至相互冲撞的心路历程。因而，相对于以往的乡土诗，吉小吉的部分反映乡土情怀的诗歌蕴含着更深的回眸思考，具有新的美学特征。

三、忧患意识：触摸生命的沉重

“忧患意识”是诗歌创作中的永恒母题，也是诗歌文本中具有普遍意义的人文精神。很自然，诗人吉小吉同样具有强烈现实感的时代忧患意识，在他的诗歌中体现出中华传统文化深层所特有的人文精神。吉小吉不是一个封闭在自我世界里的诗人，他对社会现实的关注表现在他的很多诗作中。如关注生态平衡、环保问题的诗作《歌声即将被人枪杀》《一只小鸟是不是在路边安睡》《那棵树》《触摸疼痛》等；关注家乡与留守儿童的组诗《孤独与渴望》，其中《旮旯村的守候》是表现美好的山村图景，《早晨的山坡》含蓄地揭示了一个失学儿童的孤独与渴望，《九弟》与《稻草人》表达了留守儿童对外出打工父母的思念与渴望，《三妹》表现了洪水带来的失去亲人的灾难，《民政叔叔要来》《新房子》表现了社会对孤儿的关心与帮助等；《愿望》《洪水》《看地震搜救新闻》《嫩小的手掌》《红书包》《列队的书包》《我想听一听大街上嘈杂的声音》等诗则是表现海啸、洪水、地震、“非典”等灾难带给人们的影响，尤其是《嫩小的手掌》，如画面一样把灾难定格在人们头脑中；《莫名其妙的恐惧》则是关注伪劣产品给生活带来的意外与不幸。正如荣光启所说：“……虫儿（吉小吉）的诗则是在社会、民生的层面关注当代人的生存状态。虫儿有杜甫一样的忧患之心，也常常发出屈原一样的叹息。他常常从家庭的境遇、亲人们的遭际出发，表现出对当下中国的底层民众的深切关怀。”①

先解读一下吉小吉的生态诗《歌声即将被人枪杀》：

歌唱着的小鸟，在枝头上/歌唱着。它们，用翅膀/征服天空，以飞翔/实现理想。可是，献给人类的/歌声，此刻，正被一杆枪/瞄准。歌唱着的小鸟/为什么还不展翅飞翔，快快飞翔/你们，那一点点宝贵的鲜血/撼醒不了，

① 荣光启：《“自由”年代的诗群崛起：当代广西诗歌》，《南方文坛》2008年第5期。

睁一只眼 / 闭一只眼的人类。真的不能 / 你们飞呀，赶快飞呀 / 怎么还在平静地歌唱，直到 / 把最后的歌声，送给 / 枪杀自己的人①

诗中“睁一只眼 / 闭一只眼的人类”可谓一语双关，既是形象的射击动作，又是表现人类对社会、对环境不认真负责的态度。小鸟的可爱与无辜，人类的无知与残忍，二者形成鲜明对比。作者态度明确，同情与控诉并存，让读者深受触动。

如果说《歌声即将被人枪杀》写得比较冷静，感情较为节制，那么再来看《触摸疼痛》：

一片树林倒下 / 一群小鸟流浪在天空 // 一座大山被剥去衣裳 / 一块块疤痕裸露无遗 / 一片树林正不复存在 / 一只小鸟永远失去了歌唱 // 一个现代化的下午 / 一柄电锯夺去了它们的家园 / 一个个树桩连着树桩 / 一幅幅年轮图连着年轮图 / 一座大山默默流血 / 一顷良田被旱魔袭击 / 一片农作物在烈日下枯萎 / 一条大河在干涸中哭泣 // 一天天失去鸟语的日子 / 一个诗人触摸着胸口的疼痛 / 一首诗歌放声嚎啕②

这首诗无疑在感情上表现得更加激烈，甚至到了撕心裂肺呐喊的程度。“一天天失去鸟语的日子 / 一个诗人触摸着胸口的疼痛 / 一首诗歌放声嚎啕”。无知而又残忍的人类啊，为什么不知道善待养育我们的大自然呢？谭旭东说过：“虫儿的诗充满忧患意识，如《触摸疼痛》是真正的焦虑性文本，是对诗歌现实与社会现实的真正的触摸，‘一片树林倒下 / 一群小鸟流浪在天空’，这样的诗句令人深思。”③

唐代元白诗派的创作主张“文章合时而著，诗歌合事而作”，意即创作文

① 虫儿：《歌声即将被人枪杀》，《诗选刊》2001 年第 12 期。

② 吉小吉：《触摸疼痛》，《中国国土资源报》2003 年 5 月 19 日。

③ 谭五昌、徐妍、王晓生、谭旭东：《广西诗歌现状四人谈》，《广西文学》2003 年第 1 期。

章要符合当时的时代，要体现社会和时代的要求，诗歌也要缘事而发，讲求写实。诗歌是对现实世界的文学反映，与周围世界有千丝万缕的联系，因此应该是积极参与和贴近社会的。离开了社会环境，诗歌也就成了无源之水，无本之木，失去了其强大的生命力。

在吉小吉的作品中不乏反映社会生活的现实主义诗歌，无论是地震救灾、环境保护，还是商品质量安全、留守儿童问题，都进入了诗人的创作视野。以诗歌的形式焕发出新的力量，这就是诗人的社会责任感。作为社会中的一分子，任何公民都不能忽视自己肩负的责任，诗人吉小吉则以文字的形式践行着自己的社会责任，他的社会写实诗歌触角细腻，质朴良善，充满了宝贵的正能量。

四、情怀如诗：守望心灵的澄明

诗人的情怀决定了诗歌的质地。心灵澄明，笔下的语言也会清澈如水、美感十足且趣味盎然。吉小吉的诗歌注重内心的袒露，大胆抒发真情，把诗触向人的日常生活，把目光投向大自然的灵动，表现了诗人对人性、对生活、对自然的“真善美”的执着追求。吉小吉对待生活的态度可以从他的很多表现生活细节的诗歌中展现出来，比如《欢迎春天》表现的是一种欢快地迎接春天的心情，《我和春天打了个照面》诗意地展现了生活的美好，在《轻风掀卷云纱的声音（组诗）》中，《远眺》描写静之美，《山间》有一种世外桃源的美感，《瀑布》带来的是一种“激越，清澈，澄明”的净化心灵的美感，《听绿》用通感的手法描写自然之美，《蝉鸣》以比拟的手法咏赞了知了的热情、乡亲的勤劳，充满了对生活的热爱。即使是让人焦虑与烦躁的等待这种感觉，诗人也有极其形象的描述：“21 时、22 时、23 时 / 要来的人，会在 / 一个什么样的时刻 / 出现？一本，新到的 /《人民文学》，张开 / 又合上了它的 / 嘴巴。如此反反复复 / 它，已经无话可说 / 我，也无话可说。”（《等待》）诗人还有很多表现童趣的诗歌，如《爆米花》是单纯的童趣，《萤火虫》一诗中既表现了儿童的快乐与幻想，也有关注生态问题的思考："现在，夜晚的星光 / 越来越少了。"吉小吉的生活诗有一些容易引起读者的共鸣，有些则带有明显的个人化特点，如《天南地北（组诗）》。不过，其中的《秦淮河，我是被挤到这里的》不仅现实色彩浓郁，而且不乏幽默感。正如李秀珊所说："虫儿的诗是另一种截然不同的风格：睿智、机敏、亲切，要赞美的举重若轻，要批评的幽默宽容，十足表现了那种从容安详的心境。"[①]

来欣赏一下吉小吉的《郊外》[②]：

黄昏。小鸟还在 / 小鸟们的悦耳笑语还在 / 微风走过来，告诉我 / 附近村庄的炊烟还在 / 野花们都还在 / 野花们就要把小路拦住了 / 但没把我的脚步拦住 / 而路边的牛粪还在 / 粪壳虫忙碌着。粪壳虫还在 / 这时有一头牛在喊我 / 一头牛在大声喊我。它喊我回到 / 一种遥远、熟悉而亲切的生活 / 这时夕阳照着我。这时夕阳还在 / 我摸摸胸口 / 我暗地里庆幸 / 我童年的心跳，还在

这首诗连用八个"还在"，语言优美、诗情浓郁、趣味盎然，一反吉小吉诗歌口语化造成的朴实感，有种浪漫而富有情趣的绚丽感。童年的心跳应该是一个诗人必备的要素，愿我们每个人都能保留童年的心跳。

林语堂先生认为，诗歌教会了中国人一种生活观念，通过谚语和诗卷深切地渗入社会，让人们在诗歌中发现了灵感和活跃的情绪，同时还给予他们一种悲天悯人的意识，使他们对大自然寄予无限的深情，并用一种艺术的眼光来看待人生，在这个意义上应该把诗歌称作中国人的宗教。[③]吉小吉的生活诗也是这样，充满了艺术的美感，折射出诗人内心世界的丰富与绚丽。

---

① 李秀珊：《诗潮寄语》，《诗潮》2000 年第 96 期。

② 吉小吉：《郊外》，《青年文学》2004 年第 7 期。

③ 于丹：《唤醒心中的诗意（代序）》，载《重温最美古诗词》，北京联合出版公司，2014，第 10—11 页。

作为文学之母的诗歌，它是文学中的文学，任何时代都需要诗歌。诗歌不仅是一种文化传承的文学方式，更是时间积累的一种精神，一种信仰。吉小吉的诗歌质朴而不张扬，率性的抒写背后让读者感受到了情感的细腻、哲理的深沉、现实的悲悯以及人生的况味。吉小吉为生活而歌的人生态度，昭示着人们脚下坚实的大地，既是诗人创作的灵感之源，也是诗意地栖居其上的灵魂之所。

第二章

绘制思想图景

第一节

时空意识下的新时代朗诵诗

中国诗歌历来有着朗诵的传统，古典诗歌尤其注重吟诵。虽然现代诗歌相较于古典诗歌表现出对“押韵”现象的反抗，但至二十世纪二十年代中后期，现代诗人们又呈现了对于节奏、韵律等诗歌形式的重视，这为诗歌朗诵的发展创造了条件。到了抗战时期，朗诵诗得到集中发展，诗人们不仅重视诗歌的节奏、音韵，而且还借助朗诵形式唤起民众的抗战意识，以此凸显了朗诵诗的时代意义。直到今天，这种由朗诵诗所激起的民族意识仍存留在大众的记忆之中，成为非常宝贵的精神财富。总体上看，朗诵诗有着丰富的发展历史，其中最主要是受时代与社会因素的影响。而在深入学习贯彻习近平新时代中国特色社会主义思想的大背景下，如何更好地书写朗诵诗，发挥其广泛的传播效力，成为朗诵诗写作者所需集中思考的问题。石才夫的诗集《新时代颂——石才夫朗诵诗选》[①]（以下简称《新时代颂》）正为我们提供了朗诵诗的写作范例，诗人在时间意识与空间意识的交汇中谱写了新时代的美丽华章。

《新时代颂》中所收录的朗诵诗很好地把握了时代主题，从中确立起诗歌

① 石才夫:《新时代颂——石才夫朗诵诗选》，广西民族出版社，2021。（文中所引用的石才夫诗歌如无特别标注，均出自此书，为避繁复，后文不再一一列出。）

的社会意义。石才夫在思考时代主题的基础上形成了一种独特的空间意识，并在空间意识的指引下，摆脱了一般性的简单歌颂，使之蕴含着细腻的个人情感。如诗歌《新时代颂》积极回应了习近平新时代中国特色社会主义思想，该诗以“这个秋天注定不平常 / 新时代的钟声正式敲响”开启篇章，同时也奠定了全诗的写作基调——对新时代繁荣昌盛景观的歌颂。接下来，诗人用“崭新、伟大、美丽”等词汇来描摹新时代的社会状态，丰富了其所包罗的时代内涵。诗歌《在您的百年风华里，有我骄傲的盛开》意在阐释个人与集体之间的深刻关联，抒发诗人对中国共产党百年风华的赞美之情。诗句“城市里还没有那么多汽车 / 骑着自行车上班的人 / 仿佛一个家就在后座 / 往前踩，就是幸福未来”正通过“自行车”这一隐喻，书写出了当前时代的城市空间。“自行车”将“后座”与家庭连接起来，同时连接的是民众对于“幸福未来”的期盼。诗歌《千秋百年——献给中国共产党成立 100 周年》中所选取的不同时间节点——1921 年、1949 年、1978 年、1997 年、1999 年、2008 年、2012 年、2017 年、2021 年，显然也经过了个人化的思考，这些时间既是民族国家的历史节点，又是个人感情的凝结点。特别是在 2021 年 7 月 1 日这一建党百年的伟大时刻，诗人的感情喷薄而出，通过引用习近平总书记“七一”重要讲话中的“中国共产党立志于中华民族千秋伟业 / 百年恰是风华正茂”，来诉说自身对于中国共产党百年风华的崇敬与赞颂。《放歌少年》从整体上呈现了诗人的“少年心态”，同时也寓意作为“少年”的中华人民共和国具有蓬勃的生机与青春的活力。诗句“少年强，则中国强”回应了梁启超先生百年前的《少年中国说》，形成历史空间层面的对话，并在这种对话中找寻到了现实性的指导意义。不同的社会历史空间构成了石才夫不同的观察点，他站在历史发展的特殊时期，集中透视了社会时代的发展状况。

另外，《新时代颂》中的朗诵诗还有着对于大众团结奋斗路程的深刻描写。以《逆流成河——写在庚子春节》为例，该诗将目光投向全国人民抗击新冠肺炎疫情现场，歌颂了共克时艰的伟大行动。在庚子春节，随着“一场寒流”的入侵，使得“本来该团聚的/被迫分离/本来该举杯欢庆的/不得不戴上口罩遮住口鼻”，这无疑带来空间的压抑与恐惧感。但华夏儿女选择“逆流而上”，勇敢地与病毒做斗争，描摹出了一幅幅感人的画卷。因为“这个世界上/没有任何力量能阻挡/我们的脚步”，因为“我们有迎难而上的勇气/有愈挫愈勇的秉性/虽九死而不悔/历千劫而长生”，所以我们有着无畏艰难、战胜一切的信心，这种信心能够唤起个体的生命力，促使他们为社会发展与时代进步而奋斗。

除了基于时代主题的空间意识的建构，《新时代颂》中的朗诵诗还经常回望历史，以此来呈现特殊的时间意识。如诗歌《黄姚四意》通过追溯人文景观的历史，表达了自身的历史情怀。诗句“我要把你带上/最好是在小巷的拐角/遇上，那些花啊草啊/都是熟悉的/眼角眉梢/没有长亭短亭/只剩夕阳古道/大榕树下那座鸳鸯桥”中，作为个体的“我”有着细腻的情感，关注“小巷”“花草”“夕阳”等古典物象，由此生成了无限的怅惘与追怀。贯穿《我写下的每一个字都是星火》一诗的是诗人对中华民族悠久历史的回想（如“结绳记事”“韦编三绝”等），诗人借用古典诗词营造出了鲜明的古典意蕴——“黄鹤楼头/白云千载空悠悠/大江东去/沉舟侧畔千帆过”。在诗句“我写下的每一个字都是星火/我要燃一片荒原/照亮故土山河/我要撕一角夜空/为这个春天留下传说/我要为你写一首诗/书写白衣飘飘的身影/歌唱凌寒怒放的花朵”中，诗人以“我要……”的形式发出自我的声音，表达了其对历史的深沉怀念，以至于不得不把所有的情感融合到“一首诗”之内，其中既有“白衣飘飘的身影”，又有“凌寒怒放的花朵”，以此呈现了个体的真挚感念。此外，《您还在——悼袁隆平》《一滴水回到河流——悼黄文秀》《芳华路上——致敬张华同志》等诗歌主要表达了诗人对现时代人物的怀念。袁隆平、黄文秀、张华等人物无疑都是新时代建设的奉献者，同时作为“榜样”的力量留存在人们的记忆中。这种记忆并非一般性的历史感怀，而是有着现实的指导意义，能够引导我们为建设更美好的生活而不懈奋斗。

还需注意的是，语言的节奏、韵律对于朗诵有着重要的意义，朗诵诗则更加注重诗歌节奏、韵律等的建构。《新时代颂》中所收录的诗篇在多种场合都被朗诵过（如广西电视台春节联欢晚会、广西公安武警春节文艺晚会等），其关于节奏、韵律的要求自然要多于一般性的诗歌。比如《忠诚颂》中的“an”韵、《因为有你》中的“ang”“ao”韵、《加油　广西》中的“i”“ü”韵等，这些韵律形成独特的表达方式，诠释了深沉的情感。

历史上，朗诵诗曾为中华民族的抗战事业做出过重要贡献，在今天，特别是中国特色社会主义事业建设的当下，如何在与现实社会的结合中发挥朗诵诗的传播效力，需要每一位写作者仔细思考。石才夫的《新时代颂》正好提供了一种借鉴，其中所包含的立足于时空意识基础上的观察，促进了当下朗诵诗的新探索。《新时代颂》中还有让读者通过“二维码”来欣赏诗歌朗诵的尝试，相较于以往的朗诵诗集有所突破，表明今天的朗诵诗不再囿于传统的传播形式，而是能够自觉地与新媒体相结合，借助新的传播方式来展现新的时代意义。

第二节

从山野上到大海边

如何评价壮族诗人韦佐的诗歌？我想，用“自然”一词再适合不过了。可以引用韦佐在诗集《那是祖国的白鹭》序言中所写的一段话：“只要不刻意而为之的，皆为自然，或已是自然的一小部分。我所记下的那些分行的文字，只是希望它让自己能进一步地接近自然。自然才是真正的诸神，诸神才是永恒光阴的一部分。”①

在这里，指向诗歌的“自然”，其实有两层意思：

一是自然之诗。二十世纪六十年代末，韦佐出生于广西河池市一个偏僻的壮族村落，他从小便在被山丘和树木围绕的环境之中长大。这让他对自然怀有一种与生俱来的亲近感，“山川草木之心”早早便烙入其灵魂之中。这同样体现在其诗歌写作之中，对自然生命的尊敬与热爱一直都是其诗歌的重要底色。

二是诗之自然，即诗歌的“随心不刻意”。对韦佐来说，诗歌写作一定是“从心出发的”，是对灵魂深处的体悟的记录。因此，韦佐诗中的“自然”便是与其生命相融合的，而诗意正是从这种人与自然的契合中产生。当然不管是“自然之诗”还是“诗之自然”，其实都是韦佐对自我生命的诗意述说，是

---

① 韦佐:《只不过是记录（代序）》，载《那是祖国的白鹭》，团结出版社，2020，序言第4页。

在自我生命轨道中对诗意栖息地不断追寻的结果。韦佐又是从山野上来到大海边生活的诗人，依山的河池与靠海的防城港是他生命中最重要的两座城市。前者是生他养育他的故乡，后者则是他成家并且生活了25个年头的城市。那么，生活过的“山”与生活着的“海”，便顺理成章地成为他诗意想象的指向空间，同时又是他行走或栖居于山水的诗意记录。

翻开《那是祖国的白鹭》，便可以发现“山”是其诗意表达最重要的意象之一。意象是主观情感与客观物象的复合体，是被选定的物象经过诗人提炼以及重新组合，从而形成表现其内心情感世界的语言形象。不同的诗人由于不同的思维视角以及生命经历，在其诗歌创作中会逐渐形成特定的意象系列。这些意象不一定都是独特的，它甚至可能是随处可见的，但经过长时间的创作磨合，它们是最适合呈现诗人精神世界与完成艺术审美追求的意象。

从小生活在山区，韦佐对养育了他的“山”具有一种特殊的情感。“山”是他生命的起点，因此，即使离开了山地，来到海边的城市生活，韦佐在诗歌中依旧表现出了对山中生活的深深怀念与牵挂：“仿佛耳鸣。秋蝉的回声消散在黄叶背面/未到入夜时分/大山探出的流水声提前浮动星光的凉意//我依然迟缓于一把镰刀/和一株稻子弯腰的速度”[①]（《山中叙事（三首）· 之一　斜阳颂》），大山的“流水声”“秋蝉声”以及“星光的凉意”共同营造了一种闲适缓慢的山中生活气氛。读这样的诗句无疑是舒服的，韦佐记忆中的山中生活随着诗意的情感缓缓地铺展开来。在这里，人与自然是和谐的。当然，这里的“山”则无须去分辨到底是河池的还是防城港的，因为防城港有海，也有十万大山。

“就在初夏时节去选定一座/向阳的斜坡/坡前有一条小河/河水童话一样

---

① 韦佐：《那是祖国的白鹭》，团结出版社，2020。（文中所引用的韦佐诗歌如无特别标注，均出自此书，为避繁复，后文不再一一列出。）

唱着山歌 // 当然，坡度尽可能小 / 而连接人间的 / 最好是一条林荫小道 // 我会童年一样赤手空拳 / 风一样路过树梢 // 最好，在夜里赤足奔跑 / 也不会踩痛月色”（《在向阳的山坡》），这是诗人对生命的回看，童年的美好记忆化成一座向阳的斜坡，充满了生机。不得不说，自韦佐离开河池，“山”便成为诗人回望故乡的象征，通过对“山”的诗意想象来完成对故乡的再建构以及心灵家园的再回归。

对于韦佐而言，是山中的乡土塑造了他的生命与世界观，因此他的诗歌是具有泥土气息的：“还是喜欢微小的、足够一家几口给养的菜园子 / 环绕着飞鸟和溪流不息的声响 / 像在昼夜洗濯 / 每一棵菜都是干净的 / 如似初生婴儿和他的灵魂 // 这个时节，流萤早已熄灭 / 一株无人采撷的柿子 / 正在透熟 / 像一串串红灯笼，在映照 / 又像最后一杆旗帜，在坚守”（《山中叙事（三首）· 之三　菜园子》），在自然中生长的生命是干净的，蔬菜、柿子、飞鸟都是诗人灵魂的归宿，诗人将初生婴儿与灵魂并置在一块，正是对自我的审视——不管离家多远，他永远都是山里的孩子，灵魂是属于土地的。

当然，韦佐笔下的山，不只是故乡的，也有他乡的山，那是祖国大好河山的“山”。比如，“不仅是苍山 / 只要是名副其实地青翠着 / 水，就一定会走到苍山上去 // 从树叶的脉络里 / 从草尖上 / 从阳光镶着金边的白云间 // 随后，再沿着老树的根须 / 沿着静脉般逶迤的溪壑 / 一一汇集到苍山脚下 / 再回到洱海的中央”（《人在大理（组诗）· 之一　水会走到苍山上去的》），这是云南大理的山。水怎么会往高处走呢？显然，这不是在纯粹写山，写乡愁之类，而是在写生态和自然生命之循环，乃至生命哲理一般的存在和发现。以静写动，再以动写静。山水如有生命般相依相存。

如果说“山”意象的构建是韦佐回望故乡去寻求诗意栖息的结果，那么“海”意象则是诗人立足于现阶段生活去构建诗意空间的重要载体。由于是在山野上成长，所以对于韦佐而言，诗意就在于自然，就像是一棵自然生长的树，一道溪流，一声鸟鸣。总之，诗意是一个很天然的事物，是自然景观。

韦佐笔下的河流或可视作山与海之间的一种“过渡”。比如“四驱吉普车也赶不上河流的速度／哪怕是称不上名流的一条钦江//……被水声摩挲了千万遍的卵石／那都是一路慢行的微小山峦//……不是我去得太迟／而是因为卵石一样的人生／无法返回／一条河的上游，和岁月的上游”（《钦江带去慢行的微小山峦》），这里所描摹的不只表面的山水，而是借自然山水寄寓着某种人生——所有生命终将被河流一样的岁月裹挟而去，轻淡自如而不见悲切。诗人笔下的某种哲思，不露痕迹地隐含在客观的诗性叙述之中。

从大山走向大海，生活的环境变化让“海”成为韦佐新的诗意空间：“一直走下去，到阳光垂直车顶时／将会抵达海边那片红树林//草垛和村庄一一退去／让人想起遥远的童年”（《窗外是甜蜜的》），草垛和村庄退去之后，便是海，退去的村庄对应的是离去的遥远童年，那么海则是即将到达眼前的风景。在这里空间的变化其实还暗含着一条时间线的跳跃，从现实跳到童年，再由童年跳回现实，但不管时空怎么变化，诗人都在做同样的一件事，就是企图去寻求自然的诗意空间。当然，相对于“山”的生命象征，“海”在韦佐的诗歌中更多渲染着一种现实生活中的感伤情绪。

的确，在城市生活，人与土地的割裂会让人产生一种生命焦虑，表现为一种渺小与迷茫：“紧贴沙滩。大海蹑手蹑足地溃退／就像狂欢过后极度的疲惫//木麻黄的影子丈量着黄昏的岸线／但那只是微小的一段／是百分之一／万分之一//……此时此刻，大海就像往事般沉默／沉默之中，千万只赤足正无声走过”（《看海的目光坦坦荡荡》）。面对广阔无边的大海，人狂欢后的疲惫只会被放大，这是一种感伤情绪的释放。“并不是任何坚韧的事物都能自持／就像汪洋中一片浮木／身不由己／就像一抔沙泥无法逆流而上//……海浪起伏着／就像抚拍它不可回复的忧伤”（《大海抚拍石头的忧伤》），离开家乡之后，陷入一种漂泊状态，就像一根漂浮在大海之上的浮木，身不由己。可以说，漂泊感是所有离乡之人都必将经受的，对于韦佐来说更是如此，漂泊不定的灵魂只能由起伏不定的“海”来安抚。但韦佐没有被这种感伤的情绪所淹没：“眼下是西湾，防城江入海口 / 也是每一天落日在此 / 最后挽留 // 潮水时刻进退 / 像彻底放弃 / 又像在执着地坚守 //……复读这片江海 / 我心中漫上这些词语—— / 一个叫‘来去自如’/ 另一个叫‘覆水能收’”(《眼下那片江海》)，同样是写潮水，但是在这里已经不只是退去之后的疲惫与忧伤，潮水有退就有涨，这是自然法则，生活同样也是如此，是放弃或者坚守其实就在一念之间，而在诗人眼中，海水是“来去自如”的，这表现了诗人一种豁达的心境。

总的来说，韦佐善于从自然空间中去挖掘诗意，并融入个人的生命体验，从而赋予丰富、独特的象征意蕴与情感价值。不管是对“山”(故乡）的回望还是对“海”(现实）的审视，不管是对和谐生命的追寻还是对自我迷茫与渺小的感知，都是诗人在自我生命轨道中对诗意述说的追求，是一种从心出发的对灵魂的体悟。

第三节

《青枫树》：亲情、故乡与民族三重奏

《青枫树》是仡佬族诗人郭金世的首部诗集，共收录了160首写给父亲的诗歌。我们在每一首诗中都能感受到诗人对父亲难以割舍的爱，这份爱不仅来自他对父亲的养育之恩的感激，更来自对父亲身上所展现出来的坚韧隐忍品质的崇敬，如诗人在《青枫树》后记所言："这组诗歌里就不仅仅有我的爱与被爱，更重要的是其中还蕴含父亲的坚强与责任。"父亲一辈子都坚守在仡佬族寨子，因此写父亲自然也是写故乡，诗人对父亲的思念融于对故乡自然的深情抒写之中——诗集运用了大量地域性特色的意象，还原了父亲坚守了一辈子的故乡的样貌，表露出一种难以言表的真情。当然，对于少数民族来说，故乡不仅是一个地域性的存在，更是他们精神文化的依托，是一个融入地域、血缘、文化信仰、风俗习惯的共同体。因此当我们翻阅《青枫树》时，也能在一首首诗中感受到强烈的民族意识。可以说，亲情、故乡与民族的三重奏共同构成了这部诗集独特的艺术特质，展现出了令人动容的情感力量。如作家李浩所说，父亲这一角色身上有着巨大的、复杂的背负，"他不仅仅是在我们生活中最先出现的那个男人，还因为他具有象征性，象征历史、政治、权威、力量、责任，象征经验，面对生活的态度，象征我们生活中需要正视无法回避的坚固存在”[1]。对于郭金世而言，父亲同样也是他无法回避的存在。虽然父亲只是仡佬族寨子里一个普通的农民，但他一直是诗人精神世界的象征，是青枫树般的存在，象征着爱、坚强与责任。

在这部诗集中，我们认识到的“仡佬父亲”首先是爱的化身，充满仁慈之爱——“我的年龄步步生长，其实是你 / 用汗水摞起来，越长越高”（《许愿的三月开始繁忙起来》）[2]，父亲用汗水养育了诗人，起早贪黑地劳作，诗人看在眼里，从中懂得如何爱与被爱，“细数你镶嵌在山梁上的脚印 / 渐渐向你靠近，还有那只祝福你的山羊 / 从此我们之间得到了爱与被爱的许诺”（《遗嘱延长了我们紧握的日子》）。当然，父亲的爱并不只限于亲人，它是发自灵魂的，即使对过路人也有着无比的热情，“你只是人们视线终端的过客 / 你对那些从未谋面的人挥手致意 / 然后把梦想留给随风翻滚的苞谷花”（《邀约一场大雪来看森林之海》），“你在世的时候喜欢把房子建在三岔路口 / 广交一些熟悉抑或陌生的路人 / 一瓢清甜的山泉水，一支水烟筒”（《泪珠滴碎额头上的皱纹》）。这种爱是不计回报的，其根本是对生命的敬爱，以及对养育了自己的土地所表现出来的感恩，“你总是感恩生活的赋予，那片金黄的 / 苞谷地丰满无比，包括挫折与失败的折腾 / 你都认为是自己生活不可或缺的部分”（《匍匐在干裂的墙壁上》）。感恩是父亲对待生活的态度，使其一生坚守在仡佬山寨，像青枫树一样守护着家园，“守望太阳河的孤独人 / 苞谷地生长的无限希望”（《太阳河的守护人》），这里的守护意味着一份沉甸甸的责任。

在诗人眼中，父亲还拥有着青枫树般的品质——代表着生命的坚强与生活的担当，这种品质一直影响着诗人：“你曾经说过，活着就要坚强 / 像你果敢

---

① 李浩：《被塑造的父亲》，载《在我头顶的星辰》，江苏凤凰文艺出版社，2018，第 260 页。

② 郭金世：《青枫树》，青海人民出版社，2020。（文中所引用的郭金世诗歌如无特别标注，均出自此书，为避繁复，后文不再一一列出。）

而悄然地消逝 / 在太阳河畔耸立着 / 一棵挺拔的青枫树”（《思念依然在青枫树上如雪花般绽放》）。像一棵青枫树一样挺拔坚强，既是父亲的教诲，也是诗人的生命信仰：“所有营养慰藉一棵憨厚老实的青枫树 / 如此坚韧，从我端起酒碗的那个冬天 / 甚至未来，我必须永远呵护着它”（《在酒碗里种养一棵青枫树》），父亲走了，但是父亲那种精神依旧保留着，所以诗人才宣称要永远守护呵护那棵青枫树，其深层的意思在于守护住那份坚韧。可以说，父亲的逝去让诗人意识到父子之间精神上传承的重要，既然自己无法像父亲一样去守护家乡，那么至少要守护住父亲那份青枫树般的品质，“我也和你一样坚强 / 手指尖的苞谷也坚强 / 稳稳地站立在土地上 / 跳动生命的狂欢”（《指尖上坚强的苞谷》）。这样一种信念的传承，让已逝去的父亲依旧成为诗人生命中难以割舍的一部分，“你守望你的田野，我坚持我的祈祷 / 目光聚焦香烛燃烧的三月 / 灰烬的散去，保存无法割断的亲情”（《心灵依靠香烛牵线搭桥》）。

父亲一生都坚守在桂西北，写父亲自然也是写故乡。正如勒韦尔迪所说：“诗歌不仅仅是才智的表演。诗人写诗不是为了消遣，也不是给某些读者解闷。诗人的心灵充满着忧虑，他挂虑着那些不顾一切阻碍，把他的心灵与外部的可感世界联系起来的依赖关系。”[①] 对于年少便离开仡佬寨，外出求学并定居于城市的郭金世来说，他与父亲的关系便是他的心灵与故乡的依赖关系，如今父亲的逝去使这种关系失衡了，诗人便对故乡产生了一种焦虑感，这种焦虑迫使他去重新审视与抒写自己的故乡。

诗人把对父亲的思念融入故乡生活这一诗学原点上，同时蕴含在他对故乡的深情抒写之中——“生长在半山腰的寨子，起初的三间茅草屋 / 已经装点记忆，如今八栋砖混楼房 / 被一群鸡鸭牛羊围得团团转，腊肉挂满火炕 / 这一切

① 彼埃尔 · 勒韦尔迪：《关于诗的思考》，载王忠琪等译《法国作家论文学》，人民文学出版社，1979，第 135 页。

让你酒意甚浓，四季与太阳河共眠”（《忆当年》），从茅草屋到砖混楼房，诗人写出了故乡仡佬寨的变化，这是老一辈的心血与事业，而今父亲逝去了，寨子如同一个巨大的记忆盒，承载着诗人与父亲的种种联系，因此我们可以在诗中读到大量的故乡意象，如青㭎树、仡佬寨、苞谷酒、太阳河等等，这些意象的营造抒发了诗人与故土不可割断的情愫。可以看出，诗人对故乡进行了重构，重新绘制了自己的精神故乡。“只是青㭎树下停留的夙愿，让雪花飘荡/在石头城上空一览你的躯壳，那一夜/你的灵魂轻盈地匍匐着，观察仡佬寨的动静/那只大黄一直闭目养神，守候喜欢走夜路的你”（《时间演化冬天的风光》），故乡在这里已不是景观生活记忆的简单再现，而成为一个象征——灵魂的归属地，诗人无数次写到逝去父亲的灵魂在故乡的归途之中，“你的情绪也开始烦躁，抓起一把雪花/砸向我的胸口，一阵冰凉冰凉的痛//快到了，很快就到家了/所有的森林、泥土以及所有的空气/和情绪都舒缓下来，风也没有了”（《回家之路》），这里的灵魂在归家途中是烦躁的，只有到了家之后才得到安息。其实诗人在此借逝去之人写存在之人，表明永远走在归家路上的是那些离家的游子，他们回望故乡却感到一种焦虑，这里的回望本身代表着一种逝去与缺席。

对故乡的焦虑暗含着诗人对身份变迁的焦虑。定居城市，身处多元文化的大环境中，无疑在某种程度上遮蔽了郭金世的民族身份，透露出的是都市文化对仡佬族文化的冲击。由于现实中自我的文化身份被掩盖，郭金世在诗歌中不得不一再强调自我的仡佬族身份：“我想，我可以苟且在陌生的城市/孤独地生活到孤独地离开的那一天/然而，孤独的心永远在寨子的夜空涤荡/穿越千山万水回到安葬灵魂的森林”（《孤独的蚂蚁保存瘦小的时光》）。诗人虽在城市，但滋养着仡佬族文化的土地就如精神胎记一样深深地刻在他的灵魂中，诗人强调城市是陌生的，虽身处城市，但灵魂却“在寨子的夜空涤荡”，这是对仡佬族身份的高度认同。正如诗人霍俊明所说的：“‘出生地’对于少数民族诗人而言已不只是单纯的地理概念，而是精神坐标和命运的胎记。”[1]不管物理距离拉开了多远，诗人与精神母体的距离从来没有拉远过。因此，诗人在《青㭎树》这部诗集中融入了许多民族元素：“三月如期而至，欣然呈现在我们面前/香烛此刻倾巢出动，布满圩日的场景/等待祭祀者精心挑选，并安放各个山头”（《心灵依靠香烛牵线搭桥》），“布谷鸟发现我在三月的青㭎树下祭祀/香烛点燃满地祭品，向你低头叩首”（《时光无法碾碎的照片》），此处对“三月三祭奠”“祭树传统”等风俗的细致描写，正昭示了仡佬族的祖先崇拜，以及讲究落叶归根的民族心理积淀，这也决定了诗人的诗歌写作具有浓厚的根性品质。诗人将父亲、故乡与整个族群都比作青㭎树，树木之根已经深扎入土地，成为诗人的精神依托：“一棵黄昏途中修炼的青㭎树/坚若磐石，没有随风飘摇/每当苞谷酒陶醉我的时候/这棵青㭎树就会让我闭嘴/掏空酒碗里的仡佬话堵住胸口……我的阅历、婚姻以及女儿出生的时辰/全部依附青㭎树的根须或者皮毛”（《在酒碗里种养一棵青㭎树》），青㭎树既投射出了父亲的影子——“每当苞谷酒陶醉我的时候/这棵青㭎树就会让我闭嘴”，又承载了诗人对故乡与母族文化的深深眷恋。

综上所述，对于郭金世而言，亲情、故乡与民族是互相连接的，父亲在诗人心目中背负了巨大的意义，其与象征着爱与坚韧的青㭎树品质相互同构。对青㭎树品质的书写不仅构成了诗人的生活信仰，同时也承载了诗人深层意识里的族群记忆。诗人无比敬爱一生坚守故土的父亲，这使其诗歌在流溢出浓厚故土情结的同时，展现出了鲜明的民族意识。可以说，郭金世对父亲的思念，以及对故土与族群记忆的回望并未表现为漂浮的情绪书写，相反地却呈现出了亲情、故乡与民族的三重奏，这使得整部诗集不仅在情感上真挚热烈，而且内容上不失庄重，给读者一种朴素干净的质感。

---

① 霍俊明：《“少即是多”：作为可能性的少数民族诗歌》，《民族文学》（汉文版）2020年第1期。

第四节

《我和我的河流皆爱你》：灵魂之诗与思索者姿态

明素盘的诗就像她的笔名，明了、朴素，仿佛那些撒在碧玉盘里的珍珠，晶莹透彻，总让人有一种莫名的亲切感。她的诗不故弄玄虚，语言干净，并且情感饱满，在如今热衷于追求“先锋”与“修辞”的诗歌大环境中，强调情感的“真至”反而是明素盘诗歌可贵的品质。《我和我的河流皆爱你》（长江文艺出版社，2021）集结了明素盘创作的诗歌150余首，这些诗歌以短诗为主，且都具有较强的抒情色彩。

明素盘的诗意来自生活，来自她对生活的诗性感知，小到“尘埃”“小草”，大到“天空”“大地”，都藏有她的欢喜与悲哀，真实与自然。明素盘从不规避这些情感，“我走过安静和陌生的词 / 被植入身体的 / 还有一部分的天空和水 / 没有痕迹地放置了 // 我遇见更多时候的我 / 像只小虫的挣扎 / 风吹过 / 我有大欢喜，也有小悲哀 / 逐渐爱上尘埃、小草、蚂蚁和树根……”[①]（《我悄悄地走过大地》）。在她的诗歌中，抒情主体总是在场的，情感是表达的核心，不论是谈论“爱”“生命的疼痛”，还是谈论“虚无”，都是从“自我”出

---

① 明素盘：《我和我的河流皆爱你》，长江文艺出版社，2021。（文中所引用的明素盘诗歌如无特别标注，均出自此书，为避繁复，后文不再一一列出。）

发，从“我”的世界中的“冷”与“热”出发，确证“自我”的存在。但这些情感不是被她一股脑地注入诗中——利用意象的堆砌呈爆炸式的增长。明素盘的用词是干净的，没有太多晦涩的词，诗歌中的意象多来自“情感”的提纯，这让她的抒情更像是流动的溪水，灵动而又清澈：“远山和树木是被唤醒的身体/它们和我一起，安静/不动声色，裸露在抖动的光斑里/折叠、舒展，被光包围/……现在，我在光里/我是光的一部分”（《经过红河州时》），“远山”“树木”“光”是再寻常不过的意象，但因为寻常，所以它们带有“明确性”。意象的“明确性”与诗歌中此时“我”的安静心境是契合的，“我”与“物”成为一体，“我”成为“光”的一部分。读这样的诗歌，很容易便被带入诗人的情感节奏之中。

虽然说在诗歌中过多地抒情是危险的，但这并不是说诗歌不能抒情，恰恰相反，诗歌的抒情性一直以来都是诗歌创作所讨论的重点，不管是朦胧诗指向“崇高”的积极主动的抒情，还是后来第三代诗人高举“反崇高”“反英雄”的冷抒情，其实都离不开讨论“诗歌如何抒情、抒怎么样的情”这个问题。即使是主张“反抒情”，“反”的也不是抒情本身，而是对“泛滥抒情”的修正。正如梁实秋所说的：“‘抒情主义’的自身并无什么坏处，我们要考察情感的质是否纯正，及其量是否有度。”① 从这一点看，相对于“反抒情”，走“抒情”的路子，其实反而是危险的，因为诗人要时刻保持警惕，避免情感泛滥。情感的泛滥与失控只会让诗性遭到屏蔽，为此早在二十世纪四十年代，穆旦便提出了“新的抒情”——“有理性地鼓舞着人们去争取那个光明的一种东西”②。在穆旦看来，抒情不应该止于悲伤与哀怨，应该指向的是“光明”。当然，“光

① 梁实秋：《现代中国文学之浪漫的趋势》，《中国现代文学研究丛刊》1987 年第 2 期。

② 穆旦：《慰劳信集（书评）——从〈鱼目集〉说起》，《中国现代文学研究丛刊》1999 年第 3 期。

明”在这里不具有宗教意味，而是来自一种对生命的肯定，一种精神层面的建构。

读明素盘的抒情诗，我常常能够感受到这种“光明”的指向。虽然《我和我的河流皆爱你》中的诗歌以感伤的抒情居多，现代人的孤独、失爱甚至是虚无意识一直都是她诗歌书写的主题，但明素盘在创作中并非空洞地抒发情绪，她在疼痛之余，一直都没放弃探寻生命的价值、人的意义，没有放弃人与世界的对话。所以读她的诗虽会感伤但不绝望，虽感到人的渺小但不卑微，疼痛的背后往往展现的是更为明亮、坚韧的精神指向：“一个人的时候，喜欢与大海对望／像某种空虚被折断的防线／沉湎于浪与涛的映像之间……／此时，你不能忽略心底的忧伤／光从看不见的地方延伸／哦，那些渴望／你会察觉，走近它时／它才会成为你想要的样子”（《海边的房子》）。明素盘一直生活在海滨城市——广西钦州，或许是长期与大海“对望”，让她具有了一种孤独意识，一种面对“辽阔”而产生的生命之渺小的感悟。这种情感是“忧伤”的，但是她又不拒绝，甚至“喜欢”与大海对望，因为“光”正是从这片看不到底的“辽阔”中延伸而来的。确实，生命大部分时候是孤独渺小的，但是明素盘依旧肯定生命的意义。在她看来，生命的光明（意义）不来自外部世界，而取决于自身的追求，只要去接近光，光便会成为你想要的样子。所以明素盘选择去拥抱大海，去赞美生命：“很多事物无法进入／大海只收容鱼、月光、鸟影……／……是什么直抵人心／他经历过的漫长仍在继续／他不能拒绝，在／一个人的海里呼吸、聆听／并赞美生命”（《一个人的海》）。大海对人具有“排斥性”，人不被大海所“收容”，明素盘在诗中借此来表达人的“孤独”状态，正如美国作家卡森·麦卡勒斯所认为的：“在现代社会中每个人在精神上都是独立和孤独的，不管她多么渴望并努力与他人发生联系都没有用。”[①]“大海”在这里便成为这种精神隔阂的投射，但明素盘又没有像卡森·麦卡勒斯一样陷入一种悲剧逻辑之中，人与人之间的隔阂并不能阻止她去享受生命、赞美生命。在此，人实现“存在”不再是依靠外在的“收容”，而是转向依靠内在的精神自足。所以诗人写道，即使大海不收容“他”，“他”也不会拒绝大海，甚至是可以在“一个人的海里呼吸、聆听 / 并赞美生命”，这种指向内在精神构建的诗歌虽感伤，但是不消极，反而展现了一种向往着“光明”的积极信念。

敏感的诗人持有这样一份信念，虽总是被感伤的情绪所困，但从不停止思索，诗中的“我”既是一位“抒情者”，也是一位“思索者”：“潮湿的夜里 / 青苔与石头彼此慰藉 / 我听见一些呼吸，在沉寂的天空 / 穿过更黑的视野，是石头 / 在落日的怀里痛哭 / 两手空空 / 告诉我——/ 什么是真实与存在 / 信仰中，是否曾有渴望 / 在炽热的爱里生出翅”（《翅》）。如果青苔与石头拥有意识会怎么样？在诗人看来，它们也会被“存在的意义”所困扰。思考存在问题是痛苦的，可“我”依旧选择继续追问“痛哭”的石头——是否在“炽热的爱里生出翅”，这样的追问或许不会得到回应，但正如海德格尔所强调的：“所有的追问都是寻求。任何寻求都得接受所寻求之物事先对它的引导……”[②]在“我”追问之时，心中“存在的意义”早已有了指向——爱的存在，爱成为生命的指引。从总体看，这首诗的感情基调是感伤的，但是在抒情主体的不断追问与思索下，这种感伤情绪又在不断地做减法，最后“感伤”的蝉蛹一丝丝地被抽开后，剩下的是“我”对生命与存在的感悟，呈现出明亮、坚韧的精

---

①《从拉康的欲望学说看〈心是孤独的猎手〉中“孤独”这一主题》，https://www.wenmi.com/article/pzow07044zka.html，访问日期：2024 年 1 月 12 日。

② 海德格尔：《人，诗意地安居：海德格尔语要》，郜元宝译，上海远东出版社，2011，第 3 页。

神质地。

对于明素盘而言，写诗是“忠实于内心的”，是“灵魂之诗”。在诗歌创作中，明素盘总是遵循内心的情感，去抒发自我，但同时又保持着思索者的姿态，去重新认知这个世界。正如她本人所言：“我尽量地让我的诗达到一种知性或智性的自然状态，缓缓抒情，它们既是矛盾的，又是统一的整体。”[①] 追求知性与抒情的统一是明素盘的诗歌理想，这种理想追求，使得《我和我的河流皆爱你》里的诗歌除给予读者感动之外，更引导着读者进行一种生命的思索，诗人在诗意中寻求到自我的精神信仰，这样的“我”即使是位于黑暗，也依旧可以召唤光芒：“许多原始的声音不停召唤 / 暗处的光芒，简单而柔软”(《安静的湖》)。

① 转引自丘文桥：《诗歌写作嫁接魂灵谱系的表现——析明素盘诗集〈我和我的河流皆爱你〉》，《金田》2021 年第 C1 期。

第五节

在静默与低调中的闪耀

——《一个人的地理诗学——广西“80后”“90后”诗人二十五家》[①]编选札记

蓦然回首，作为“80后”的自己，一晃就快奔四十了。我们“80后”这代人，最早的一批已年过四十。四十不惑，编选这样一本诗选，可能是对逝去时光的追忆、怀念，抑或是内心深处坚守的一种情怀，个中原因此刻的我说不清也道不明。或许可以说，编选这样的选本，对我来说，本身就是一种冒险吧，毕竟要从广西众多的“80后”“90后”诗人中去选取25人，其中难度可见一斑。之前我也有想过每人都选一两首，然后汇编成一本，但回头一想，《广西文学》每两年都以专刊的方式推出“广西诗歌双年展”诗歌专号，更多的新锐诗人也逐渐浮出水面，如果我再编这样的选本感觉意义不大。但以“多少家”的方式来编选一本广西“80后”“90后”的诗歌选本，好像还不曾有过。这些年，虽然我自己很少写诗，但一直“在场”，对于广西青年诗人的写作，相对来说还是比较熟悉的。而且既然是选本，其中体现更多的就是个人

---

① 钟世华:《一个人的地理诗学——广西“80后”“90后”诗人二十五家》，长江文艺出版社，2023。

的立场和眼光了，我也不例外，在选择上纯粹基于自己的兴趣。于是，之前的难题也就迎刃而解了。

于是，纸上就跃然出现了这些名字：陈前总、牛依河、陆辉艳、余洁玉、苦楝树、徐季冬、李双鱼、费城、侯珏、晨田、唐允、安乔子、陈振波、卢悦宁、六指、李路平、覃才、李道芝、卢鑫婕、隆莺舞、高寒、李富庭、陈坤浩、覃东院、祁十木……他们当中有经验丰富的老面孔，也有刚出茅庐的新手，实力固然不说，其实我更看重的是他们的低调和潜力，因为他们一直在默默坚持，他们也坚定地走向未来的诗路，不像我，走着走着，就停下来了。写这本书的初心，其实也正如2015年我在《穿越诗的喀斯特 当代广西本土诗人访谈录》后记中所写的那样："仰望星空，一颗星星还能闪耀多久？我选的这些诗人还能走多远？还有这本小书，在经过时间的沉淀后是否还有它存在的意义和价值？这些，我都不知道。但我还是满怀诗意地期待！"①

陈前总的诗致力于呈现丰富的精神世界，他的呈现并非直白地描摹，而是通过书写河流、屋顶、月亮、望远镜等中介物，来表达其对精神空间的深入探索，并在探索的过程中思考生存、命运、现实等问题。陈前总的诗多次触及"梦境"，这同时可以作为读者进入其诗歌的一把神秘的钥匙。诗中的梦既是冲突的，又是可调和的，他在对立性的"梦境"中绘织了多样的语言空间。

牛依河的诗在对日常生活的观察中生成，朝向的是诗性意义上的"土地"与"河流"，比如他通过书写包含着多重身份的父亲（屠夫、父亲、丈夫等），让我们感受到了生存的艰辛与不易，而田野、庄稼、牛羊等日常景观又带给我们一种生活的安宁。可以看到，牛依河绝非止于对生活的平淡白描，而是先将自身所观察到的现实生活隐藏起来，经由内心的思考与斟酌，重新创造了个人

① 钟世华：《穿越诗的喀斯特 当代广西本土诗人访谈录》，长江文艺出版社，2015，第336页。

化的生活景观。牛依河的诗中还透露了一种中年化的隐忧，这种隐忧既诠释了面对生存现实的压力，又指向了对诗歌写作本身的考量。

陆辉艳的诗如一幕幕生活剪影，灵动地闪现在读者的阅读视野之中。其中既有对木匠一生的传记式书写，又有对驯鹿、灰雁、壁虎等动物的细致观察，朴实的文字表露出其所思考的生活、命运等问题。陆辉艳的诗中还有对于现实景观的细致观察，透过早晨出现的空空的上尧码头、充满着蓝色和喜悦的洛古河岸、承载着每一位行人的更望湖等景观，我们可以观看到其诗中隐秘的精神世界。这些景观又构成了生活剪影的一部分，为其所描绘的现实增添了别样的色彩。

余洁玉对诗歌写作本身进行思考，其诗歌带有较多的“元诗”意味。她把写诗当作“纸上挖煤”，认为需要“使出斧凿刀劈的本领”，才能呈现诗歌中的真实自我。她也因此赞美沃尔科特的诗作，认为他的文字是“结出浪花的词语”，这些词语能带给诗人深深的安慰。余洁玉诗歌写作的另一朝向是对乡村问题的忧思，与充满着谷类、禽类、兽类、人类的乡村相比，她更喜欢闲置的乡村，由此表明其对宁谧清净的热爱，乃至较为迷恋充满诗性的晚年状态，因为“这一生，唯有晚年，才能如此洁净/像一场迟到的雪花，漫天飞扬”。2017年于她来说是个分水岭，也就是出版第一本诗集以后，她的诗歌发生了很大的变化，之前是比较向往纯诗的艺术境界，之后开始回归日常生活和真实的个人生命体验。

苦楝树的诗在追求先锋、风格或者自我突破的同时，更擅长和热衷对旧事物的书写，比如父亲留下的“破旧的折子”、正在改造中的“旧物”、布满“蜘蛛”与“残月”的“旧房子”等。虽然从时间上看，旧事物通常含有不可避免的怀想与思念，但苦楝树并未落入一般性的怀念式写作的陷阱，他试图通过这些旧事物来挖掘内心中隐匿着的精神空间，最终抵达其对生存、自我等问题的思考。“父亲”与“母亲”多次出现在苦楝树的诗中，与其所向往的旧事物之间形成了深刻的对话。

徐季冬的诗歌存在着“元诗性”的表达空间，与余洁玉对诗歌写作过程的思考相比，徐季冬将更多的精力放在表达类型的呈现上。此种境况下，诗歌与“防空警报”“春天”“四月”“六点钟”等元素自觉地连接起来，展示出了徐季冬对诗歌写作的多维思考。此外，徐季冬还将写作的视野投向钓鱼、榕树等日常行为或事物之上，暗含了他对诗歌写作与日常生活的隐喻表达。

李双鱼的诗作大多较为短小，但这并不影响其表达内容的丰富性。比如《蛇》一诗所描写的“我”与“记忆中的祖母”的回环缠绕，《元宵节》一诗经由对月亮的仰望所展示的人生荒凉的思考等。李双鱼试图通过简短的篇幅讲述深刻的日常味道，这种日常包含了乡村与城市的双重维度，并把乡村生活的描摹与城市生存的批判紧密地连接起来，于乡村与城市的空白之处不断探索出诗歌写作的幽深通道。

费城的诗歌充满思想性与哲理性，其诗中形态各异的石头暗含了“沉默不语”的思想，这石头又可以被时光扔出，能够将诗人带到高处，使其不断抵达异乡。费城对流水的书写也涵括在哲理性的思考中，这里的“流水”同样也有着多重样态，包括“无声的水流”“清浅的河水”“低处的流水”等，不同的样态正包含着流水所隐藏的多重哲理，以至于最终能够使诗人与思想中的自我相遇，渐趋创造出崭新的写作空间。

侯珏的诗歌似乎充斥着一种不可多得的排列语势，无论是《八十年代》中的“那时候……”，还是《回到原来的地方》中的“让……回到……”，抑或是《夜歌》中的“是……”，这种语势或句式，代表一种表达性的结构，从一到三的发散式、辐射式思维，围绕一个原点核心向外划定范围，让诗歌写作的思绪奔跑起来，在反复强调、增添抒情层次的同时，也在很大程度上增加了表达的力度，最后于结尾处实现主题的回收、结晶，这凸显了诗人对时间与空间问题的深刻思考。

晨田的写作表现了鲜明的叙事意味，其诗歌为读者展示了一幕幕可观可叹的生活风景，其中包含着他所怀想的“旧梦旅馆”“厨房里的诗意”“熟悉的城市夜晚”等诸种内容。由于将较多精力放在叙事形态的塑造上，晨田的语言更显平实与朴素之感，也因此更容易使读者进入到他所展示的诗歌世界之内。而在诗的末尾，晨田通常将所叙之事升华为生存哲理，不仅对其所叙之事做出逻辑性的总结，而且也让读者在朴实的文字中体味到了他所思考的特殊的人生命运与生存际遇。

唐允的诗中，作为抒情结构的“我”从不缺席，这也内在地反映出了其诗歌所蕴含的自我之思。与自我进行对话的既有“街灯”“郊外”“夜空”等日常空间，也有“母亲”“伙伴”“金茨”等重要人物，这便增加了抒情结构的“我”的表达维度，使其不再是平面化的自我展示，而是具备着立体性的自我剖析，并且通过这种剖析，来使自我通达“更远的地方”，正如诗人所强调的，“我想像风一样远行，不再抱有任何愿望”。

安乔子似乎喜欢在生活的“低处”寻找诗意，“低低的蘑菇”“低飞的白鹭”“低处的自我”等意象便成为其诗歌的常客，也因此带给读者一种阅读的亲近感。这里的“低”显然不是卑微，而是充满蓄力感，尤其当面对现实生活时更能显出无尽的力量，因为“每一次低飞，都能让我听见万物的浅吟低唱”。这种“低处”的视角更容易使诗人看到生存的本质，虽然表面上是一种“低的姿态”，但其内心则被直接“托起”，所代表的正是诗人内心中隐藏的“轻的部分”。

陈振波在诗中常常设置一种时间层面的对话关系，“过去 / 现在”“昨晚 / 今天”等对立性表达便占据了其抒情的主要空间，而抒情的主体则是在梦中不断游走的“我”。于是，“我”在隧道、洞口等空间中体味着时间的对立感，也与时间意义上的“另一个我”进行对话，因为“在记忆的链条里，我是我之外的 / 另一个。我是一阵风之外的，另一阵风”。缘于这种对话，诗中的

“我”得以成长，这种成长不仅在时间层面，更重要的是表现了精神层面的自我超越。

卢悦宁试图在她的诗中呈现一种在快速发展的当下相对稀缺的“慢”节奏，同时，她也在寻找着一片心灵的栖息空间。她的诗中充斥了“时光”“青春”等美好的易逝之物，而“慢”节奏恰好能够使人短暂地停留、反复地流连，并由此使人感受到生活的温度。卢悦宁诗中的“慢”不需要过多修辞，她让这种“慢”自然而然地流露于诗行之间。她的诗中往往还掺有某种劝慰，这或许是人们面对生活时必不可少的，也是当下时代需要的一种心态。

六指的诗游走于现实与虚无之间的狭窄通道中，虽然可供观察的空间显得逼仄，但其诗歌写作的内容十分丰富。其中既有对于祖母、彰武路等过去时光的描述，也有对于雨雪、秋风等现实风景的遐想，以此达到对生存、命运的思考。从深层次上看，六指的思考有着特定的对象物，比如大雪、秋风等，他以叙事的姿态来解读这些对象物所包含的复杂感知，尤其注重生命的体悟与书写。六指在进行诗学叙事的同时，更为深刻地抵达了事件本身所包含的无限力量。

李路平善于在轻盈的日常生活中寻找诗意的空间，尤其喜爱“未完成的午后”“尘世里的美好”“善良的蜗牛”等日常景观。面对复杂多变的现实，他的心态是温和的，不断去接近内心中所隐秘的精神世界，既表现出了对现实的亲近，又隐约浮现出了一种不自觉的疏离，于细微的情感再现中描绘出了别样的人生境遇。由于内心朝向日常，所以李路平在语言表达上较多运用平常之语，这种平常并非平淡，而是在不断地体味与磨炼中所锻造出来的真实之言。

覃才的诗歌意在铸造“郊区”的景观，“郊区”的身份自然是通过作为“他者”的“城市”得到确立，因为在诗人的观念中，城市是“没有本质”的，也因此缺少了生命的温度。城市巨大的破坏力，正不断地蚕食着郊区，这种力量使得夏日的夜晚都显得十分冰凉。因此，覃才想逃离城市，时常希望自己是一个“野蛮人”，并以“野蛮人”的身份来承担城市带来的负荷，来摆脱城市带来的威胁。就此来说，诗歌中的覃才是孤寂的，其在现实意义上的理想或许正包含在清冷的街巷与兀自流动的河水中。

李道芝的诗善于在繁杂的日常生活场景中寻找心灵上的安宁，倾向于对精神层面之洁净的追逐。“小镇”“河流”“故乡”“马匹”等日常之物不断闪现在李道芝的诗行之中，这便自然地抛置了现代化城市所制造的种种喧嚣与不安，给人的内心以深深的慰藉之感。李道芝在日常中审视自我，同时也审视众生，以此找寻着诗歌写作中最为温柔的部分，表达着自身幽静而细腻的情感。

卢鑫婕的诗散发着女性独有的灵动，或许是本身作为女性诗人，她的诗歌在抒情达意时较多地选用了柔和的语调。在诗中，她“等待樱桃”，又“等一场春雨”，这种“等待”既诠释了时间上的绵延，又不乏情感上的跃动。即便“银河倾泻”，诗人也可以在流逝的时光中抓住内心所蕴藏的温存，去驶向“远无所见的远方”。卢鑫婕的诗呈现了较为深刻的思想性，虽然“两百年了，老樟树依然张口不言”，但当晚钟敲响，深藏着的生命之哲理又何须一一解读。

隆莺舞的诗歌透露出了现实生活中的异化之痛，正是在这种异化状态中，“走路”“父亲”“房子”等日常元素都浸染上实验的意味。现实中的人也不再自然存在，而成为被规训与异化的主体，或变成怪癖，或成为“稻草”，这种状态正表明了现实的荒诞性。在异化意识的影响下，隆莺舞的诗充满了现实的批判性，这种批判并非在概念意义之上，而是存在于日常生活的细节之中，因此更容易引起读者的共鸣。

高寒诗歌写作的两极是广西文化与历史感，他站在灵感的船上抛出两个锚爪，在读者的心上留有波澜。高寒有意识地塑构地域色彩饱满的身份，在民族元素强烈的诗歌意象中重回“花山”，试图找到一种身份认同。高寒笔下的历史充满了生命的跃动感，随着时间的推移不断产生新的形态。诗人“在虚实之间”，想起自己正坐在“历史的房梁上写诗”，为诗歌写作增添了更加丰富的空间。

李富庭的诗中经常出现“雨”的意象，进而带给读者一种“潮湿”的阅读感，因为“整个南方都在下雨”，因为“当我们谈论‘水’这个名词/一条大河就从眼前流过”。他不仅书写现实之雨，而且还经由雨的观看表达自身对于生存哲理的思考。除“雨”之外，“围墙”“火车”“禾苗”等日常意象也得到了集中再现，表明其诗歌写作对于日常情感的朝向，以及对当下现实的某种批判。比如这“围墙”正是人们自己铸造起来的，并由此产生了心灵的隔阂与离析。

陈坤浩的诗歌充满着思想的神秘感，这种神秘在现实生活中生成，并为现实生活本身注入了某种难以解开的密码。就此而言，陈坤浩的诗歌表达更多的处在超验的层面，“家族”“梦”“秩序”等带有神话元素的意象的塑构便是这种超验写作的最好证词。尤其在那篇包含多重人称主体的《夜不眠手记》中，陈坤浩从“无眠”的本体语境出发，游走在纷繁多样的精神世界，但又不陷于虚空乏味，自我生活现场的介入，让其完成了神秘思想与现实之间的紧张交汇。

覃东院的诗歌不断朝向“爱”的书写，这或许源于其细腻的女性情感。在这种情感的指引下，覃东院的诗中常常出现“飞鸟”“老屋”“阳光”“雨水”等舒缓性的意象，给读者一种审美上的愉悦之感。覃东院诗中的“爱”与抒情主体“我”之间是紧密连接的，这一抒情主体始终存在，甚至成为一种抒情性的结构空间。从深层次上看，这里的抒情主体既是现实之中的“自我”，也是精神意义上的“超我”，所以带有无法预测的神秘以及持续发散的张力，并特别地熔铸成了一种超验性的表达。

祁十木的诗歌充满隐喻感，这种隐喻正包含在他所塑造的个人化的意象上，比如借助“蜂巢”来反思复杂的生存和命运，借助“伊斯玛仪的孤岛”

来思考荒诞的现实生活等。缘于意识上的隐喻性，他的诗歌语言较多选用抽象的表达。但这种抽象并非概念化的阐释，而是建构在口语化的叙事方式之上，也因此与现实生存之间建立了普泛的关联，以此来寻求诗歌写作内部的张力。于祁十木而言，诗歌写作不再是事件或情感的直观展现，而是通过抒情性的结构来完成对写作本体的超越。

感谢这些熟悉而陌生的面孔，他们之中有些我也未曾谋面，纯粹是读完诗歌后再向他们约的稿。特别感谢他们的欣然赐稿，正因为有了这些作品，这个选本才得以呈现。同时也感谢那些没被我选上的诗人，这些遗憾和遗漏，为我编写下一本诗选提供了动力。

从《穿越诗的喀斯特 当代广西本土诗人访谈录》(2015)到《广西诗歌地理》(2017)，从《文学桂军研究资料丛书·韦其麟研究》(2019)到这本《一个人的地理诗学——广西“80后”“90后”诗人二十五家》(2023)，这些年，我似乎已走上了一条“不归路”——诗和远方。非常感谢眼前的“苟且”，感谢那些为了让我能为诗歌做点小事而默默站在背后的人们，此刻的我唯有感谢之话语。在《一个人的地理诗学——广西“80后”“90后”诗人二十五家》编选过程中，感谢未曾谋面的夏汉老师欣然为这本书撰写序言，他的“万言”细读为这本书增色添彩不少；感谢首都师范大学博士生导师张桃洲教授，山东大学副研究员、青年评论家王东东撰写的推荐语；感谢胡宝清先生、刘书田先生等为这本书的出版提供热心帮助；感谢广西颖川文化研究会会长陈世锦、研究室主任陈学璞教授的支持和鼓励；感谢郑春、贺仲明、张洁宇、马兵、颜同林、容本镇、张燕玲、李建平、唐春烨、冯艳冰、丘晓兰、刘频、韦佐、吉小吉、梁晓阳等老师对这本书提出宝贵的意见和建议；感谢“90后”张凯成的加入，为编选添砖加瓦；感谢诗人牛依河设计精美的封面和版式；感谢南宁师范大学为这本书的出版提供资金支持。最后，感谢一路走来所有给予我关心和帮助的老师和朋友们。

行文至此，夏至已至。此刻，我所在的壮美广西，又是一年果香时。收获的季节里，树上挂满果实，沉甸甸的，金灿灿的，乍一看，多像这25位诗人的诗作呀，只是它们不在枝头上，而在书里，想“品尝”的读者，欢迎打开这本书。本土的“桂味”，即使仍有点淡淡的涩味，又何尝不可呢？

第六节

古典之“慢”的生存重力
——盘妙彬组诗《清风与明月，无法选一》赏析

盘妙彬的诗通常蕴含丰富的古典韵味，他在快节奏的现实生存中试图抵达古典的“慢”。在组诗《清风与明月，无法选一》中，他将自身所追求的古典意蕴与现代生存之间达到了奇妙的平衡，在由“火车时代”之“快”中追逐“写信年代”的“慢”。凭借着对“快”与“慢”的对位思考，盘妙彬不断地探求着自我的生存重力。

一、“历史”的占位

盘妙彬的组诗《清风与明月，无法选一》首先营构了古典的意蕴空间，具象的“历史”在其诗中获得了较多的诗学占位。如《在湘子庙街无事》《坐火车无数，到过的地方无数》《山上，山下》等诗歌中，作为朝代的“历史”直接出现于诗句之中，并由此承载了复杂的诗学情感。“历史”的融入使得盘妙彬在诗中建构出古典性的抒情空间，为其对古典之“慢”的追求做好了铺垫。

在《坐火车无数，到过的地方无数》一诗中，盘妙彬以“我”的主体姿态叙写着内心的“历史”，诗句“我预订了小镇的唐朝，宋代，明清，民国”表达了“我”试图靠近小镇“历史”的主动性，其中暗含了诗人复杂的精神际遇。一方面小镇的“历史”可通过现代化的“预订”方式而不断接近；另一

方面“预订”本身代表了朝向未来的时间向度，历史、现在与未来三者在此凝构成相互纠结与悖谬的抒情空间。当然“历史”在盘妙彬的诗中并非简单的存在，而是具备了更深层次的结构功能，如诗句“我四十四岁/走在落叶的树下，很唐朝”（《在湘子庙街无事》）正以“我”的能动体认将“唐朝”本身做了“历史化”处理，“唐朝”在此已抛去了一般意义上的历史含义，而成为诗人内隐于心的情感载体，其本身具备了新的能指内涵，在所指与能指的功能置换中拥有更多的诗学表现力。类似的表达还出现在“树下睡着的人/有时候会睡过魏晋”（《山上，山下》）一句中，作为历史朝代的“魏晋”具备了结构功能，诗人借此建构了自我复杂的精神世界。“历史”一方面代表着“睡着的人”的筑梦空间，另一方面则承接着现实中不可得的理想生存状态。

盘妙彬的诗中，历史与现实构成了统一的抒情结构体，二者在相互的背离与缠绕中完成了对诗旨的探寻。如《在湘子庙街无事》中，诗句“在长安，朱雀门内，湘子庙街，梧桐的中年很法国”与“我四十四岁/走在落叶的树下，很唐朝”组合成对位性的结构空间，“很法国”与“很唐朝”分别指代了诗人不同的心境。同时盘妙彬在自我心境的表达中完成了写作视角的转变——由对历史的“现实化”观看与对自我的“历史化”体察转入了“被看”的心理状态，心态的置换使得诗人摆脱了程式化的情感再现，转而走向了富于能动性的抒情表达。

二、“时间”的分割

对“历史”的显在书写构筑了盘妙彬诗中的古典意蕴，诗人借此表达了自我对古典之“慢”的追求。与此同时，他在诗中还以对“时间”的线性分割与多维拉伸，稳固自身对古典“慢”的执着叙写，并试图以潜在的生存重力抵抗漂浮着的时代之“快”。

《坐火车无数，到过的地方无数》中，盘妙彬将作为时间的一般意义上的

“一周”拆分为“星期一，星期二，星期三，星期四，星期五，星期六，星期日”，如此具体的时间分割表达出了诗人“部分之和大于整体”的哲性思考。“一周”本有的时间维度在诗中被横向地拉伸，诗人的写作空间得到极大的扩展，诗歌表达的包容力也由此增强。“到过的地方无数，最后我在小镇终老/身体里的七个房间住满了清风和白云，它们是/星期一，星期二，星期三，星期四，星期五，星期六，星期日”中，盘妙彬以“七个房间”分别承载了形态各异的“七天”，其诗学追求在此也变得更为具体，住满了“清风和白云”的“七个房间”有其各自的特殊性，这在很大程度上拓展了诗歌的表现空间。与此同时，“星期一，星期二，星期三，星期四，星期五，星期六，星期日”一句在诗中多次出现，诗人以极具镜头感的“闪现”建构起自我的诗歌写作。在《山楂树开花》这首诗中，盘妙彬以自我的时间体验分割着既定的时间概念，诗句“爱在今天，明天，第五天，以后的时间交给佛”通过对时间的具体分割超越具体的线性的时间，诗人对“爱”的诠释也最终得以走向佛学的表达，诗歌境界由此得以提升。

盘妙彬在诗中以自我对时间之“慢”的思考维系着生存的滞重，这种思考建构于其对现时代之“快”的复杂感悟中。如“一列火车在天边开过来，开过去/时代的铁皮一闪一闪”(《安之蓝岭》)中，“火车”是工业时代的产物，是时代提速的标志，穿梭性非常强。诗人将“火车”与“时代”并置在一块，便给人一种时间快速穿梭的冲击感——“时代铁皮”在“天边”不断地“开过来，开过去”。“来”“去”的频率随着时间的绵延而不断加快，这便直接影响到了诗人对具体“年代”的准确判断，使得判断本身走向了无法摆脱的模糊。“升起的月亮追车尾，那车尾门开着，又有栏杆/一个模糊的人坐于其内并且跟着年代拐了弯”(《年代不详》)，月亮具有“永恒”的意义，时间在“永恒”的月亮面前是停滞的，因此古人常常驻足望月抒情，但是在诗人的诗句中，月亮与时间与人却是割裂的，列车上的人望着月亮，还来不及抒情，便已拐了弯，成为一道模糊的身影。可以说在这快速的时代列车中，只有月亮是清晰的，人与时间都成了一个模糊的符号。这正传达出诗人之于生活年代自身的“模糊”思索，他希望自身能够走向“写信年代”之中，并以“少年”的姿态发出了对“世界尽头”的眺望。盘妙彬之所以努力摆脱时代之“快”，是因为他对“快”本身有着“胆怯”的审视——“一棵全身洁白的山楂树／在旁边看着，它眼中流露出胆怯，时光过得快”(《山区苍茫，住着菩萨》)，诗人以“山楂树”之于“时光之快”的“胆怯”叙写出自我对时代之快所葆有的审慎的距离。

三、“远方”的追逐

如果把对“时间”的分割视作盘妙彬在时间层面的“慢”之体认，那么对“远方”的追逐则集中呈现了诗人之于“慢”的空间层面的自我探寻。“远方”是古代诗歌中最常见的意象之一，从字面看指的是不在近处，空间上相对遥远的地方。在交通不便的时代，空间上的难以抵达让“远方”带上了神秘的意味，成为人们留有想象空间、寄托美好的指向。然而在网络信息时代，信息技术让人与人的联系突破了空间限制，“远方”貌似已经逝去，人们不再做“远方”的梦。在盘妙彬看来这是危险的，于是在这快速的时代列车中，诗人依旧执着地追逐着“远方”。“远方”在此中作为诗人内心的“乌有之地”，承载着巨大的精神家园。盘妙彬的诗表达了自我对“漫长的旅行”的喜爱，“没有浮云的日子，我想过出一次远门／空着双手，身无一物”(《远在远方》)通过“我”对“远方”的追逐寄托了诗人内心挥之不去的情感重力，即使“空着双手，身无一物”，“我”也无法放弃对“出一次远门”的持续幻想和对“远方”的执着追求。

“远方”在盘妙彬的诗中并非单维地呈现，而是拥有了多重的空间维度。“叶子跟着树往上，到了梢头／绿草跟着风，去了天涯／我从云端下来，唯一向下”（《我血管里的鱼》）中，“往上”“天涯”“向下”作为不同的空间指向，通往的是不同时空维度的“远方”，由此也表现了诗人对“远方”的富含张力的思辨性。“远方”在此摆脱了单维的线性，转而走向了立体化的空间结构场。而在《小白船》一诗中，盘妙彬通过诗句“我喜欢它出海的日子，或者去了别的地方／它可能上天，也可能在一滴雨里，不再出来”表达了“远方”的多重可能性，“上天”“一滴雨里”等方位体现了诗人复杂的内心思绪。此外盘妙彬诗中的“远方”还脱离了一般性的空间指认，表现了诗人对未来的执着追寻，而《将来有一天》也集中呈现了诗人之于“远方”的时间体认。盘妙彬通过“将来有一天，坐在棉田看日出，棉花开／风吹来远方又远方／你的发梢碰到我的耳”书写着“远方”的轻盈，但这种轻盈随即被“你的发梢”进行缩减，而走入了悖论性的抒情空间中。就整首诗而言，诗人的写作视角由“你”逐步转向了“我”，抒情的主体性不断增加，由此更为有力地再现出了诗人对“远方”的深刻体察。盘妙彬对“远方”的追逐代表了他对古典之“慢”的自我体认，生存的重力则在感性的体认中不断加深，他对生存本真的理性思考最终呈现出来。因此，诗人经由时间与空间的双重探索，完成了对古典之“慢”的自我建构。

综上来看，盘妙彬在组诗《清风与明月，无法选一》中不断地抵达古典之“慢”，借此再现出自身对“慢”之哲学的理性审思，并以此抵御时代之“快”。盘妙彬始终追寻带有古典意蕴的“历史”，这种“历史”经由“时间”的分割与“远方”的追逐得以自我延伸，也由此建构了“慢”的诗学。换个角度说，组诗《清风与明月，无法选一》多采用阻滞、绵长的诗句来构建全篇，这使得诗人紧张的思绪得以缓和，在“缓慢”的情感书写中通达生存的重力。

第七节

“漆”：向北流抑或一路向南

与“漆”诗歌沙龙（以下简称“漆”）的相识，记不清是先认识“漆”里的诗人，还是先认识《漆》诗刊这本“黑皮书”了，黑得让人望不到暮色的苍白。但是，相识的时间我还是记得的——2003年。相识的20年时光，一晃便也过去了。

我从2003年开始写诗，当时正值诗歌论坛兴起之时，仅仅“乐趣园”就有上千家诗歌论坛。我也是在那个时候和岩树、江玉郎等几个广西诗人朋友，共同主持一个论坛——广西诗人在线，我们3人担任版主，还在全国“招兵买马”，网罗人才担任轮值版主。那是一段激情燃烧的岁月，每天都想写诗，而且一写完就想发到论坛上，看看有没有人回复，有没有人表扬之类的。如果其他人发的帖子实在太多，也会变换各种“马甲”，直接给自己“灌水”置顶，以便让自己的诗不至于那么快就沉下去……而如今，不知是时光老去了，还是激情慢慢消逝了，已无当年的那种冲动了。

那个年代，也正是民刊盛行之时，有时我一个星期会接连收到十几本民刊，《漆》诗刊也正是此时诞生的。我收到的第一本《漆》是第几期，现在已经忘得一干二净，只知道是个黑漆漆的小本子……后来，因为诗，我认识了“漆”；因为“漆”，我结识了一群诗友……

那时，我们没有像现在这么方便，人手一部手机，只要按一下号码就能通话。我记得那时诗友之间几乎都是用 QQ 联系，彼此也不认识。此种情形像极了翟永明《在古代》中所描述的：“……青山严格地存在，/当绿水醉倒在他的脚下，/我们只不过抱一抱拳，彼此/就知道后会有期。”而我和吉广海也是这个时候认识的，他的笔名很有意思，一会儿是虫儿，一会儿是吉小吉。我和他打过电话，聊过诗歌，也时不时聊聊人生。当时好像还有过一种冲动，想跑到北流和他一起开作文培训班，而后由于种种原因，最终还是没有去成。

直到 2006 年，我应邀到南宁参加由广西作家协会、《南方文坛》杂志社和“漆”联合举办的第二届广西青年诗会，才陆续见到了陈琦、朱山坡、吉小吉、天鸟、伍迁、李京东等诗人，也借助这个平台认识了非亚、刘频等诗人，彼此之间一见如故。我记得当晚还有诗歌朗诵会，“漆”的同仁也表演了一个节目，至今印象还比较深刻。天鸟朗诵了吉小吉的《生活》，方为、陈前总和琬琦也一起表演了节目。而我和岩树的见面，则推到了 2013 年。而江玉郎，直到去参加“漆”成立 20 周年庆祝活动时才与他谋上一面。

“漆”是一个团体，是一个紧密团结、集体冲锋的团体，这种效应也让“漆”诗人群的诗作在一些大刊和名刊上遍地开花。包括《人民文学》《诗刊》《诗歌月刊》《作品》等等，都留下了“漆”群体中那些诗人的名字，以及“漆”这一响当当的牌子。例如“漆五君”（朱山坡、吉小吉、伍迁、谢夷珊、陈琦）、“漆三角”（陈前总、琬琦、方为）……他们每一个人都像刷了一层漆似的闪着光泽，在“70 后”“80 后”诗人中站稳了脚跟。诗的写作其实也需要一种氛围，良好的交流和切磋能让大家不断进步。随后，一些散兵游勇和一些原来不怎么写诗的，也陆续加入了“漆”，如高作余、湖南锈才、马路、安乔子、夕夏、陈振波、普缘阁等，不断为“漆”注入新鲜的血液和活力。“漆”在这 20 年中默默地成长，有些人离开了，但诗仍在；有些人离开了，心却未曾远去……这些年不变的，仍是那份兄弟姐妹般的情感，和一颗不老的热爱诗歌的心。

当下诗坛门派林立。但幸运的是，“漆”只是一帮写诗的朋友发起的一个沙龙，没有号称什么门派，也没有人争着当啥盟主，更谈不上所谓的诗歌教主了，更多的只是大家各自耕耘的一片特别的土地，风格各异、“剑法”各异，你有你的“倚天屠龙”，我有我的“凌波微步”。

例如，朱山坡的诗中始终贯穿着冷静的叙事和日常的戏谑，他通常以“我”作为主体来写作诗歌，这使其既能够对诗歌内部世界进行自我窥探，又能不断抵达对诗歌写作本身的外部观察，他作诗和写小说一样漂亮，现场感十足。吉小吉的诗充满着穿透现实的朴拙情感张力，以及朝向真实生活的哲理沉思，同时还不乏触摸沉重生命的忧患意识，以此昭示着脚下这片坚实的大地，既是其创作的灵感之源，也是大众诗意地栖居其上的灵魂之所。陈琦的诗中不仅有着翩翩起舞的蝴蝶，还充满着具备个人化特性的风花雪月，总体上表现出了对春天的向往，以及对美丽生命的深沉歌赞。琬琦擅长从那些司空见惯的日常捕捉独特的人生体验，在给人细碎情感的同时，又教人如何去安置驳杂的日常体验与漫长的人生旅程，《晾衣服》的经历，或者《洗头》，都是一次诗意的旅行。安乔子的诗对于故乡与亲情有种特别的执念，乃至于用自身的全部情感似乎都无法将其完全表达出来，这种执念只能寄居在其幽静却又不失灵敏的诗行中，如《父亲内心的石头》《一根麻绳上的蚂蚁》，寥寥几笔，真挚的情感，跃然纸上。当然还有真名柔、笔名刚的天鸟，这也构成了其诗歌写作中双重的精神张力，既能看到平静文字中的舒缓情感，又能感受到其娴熟的手艺，就像一只鸟，时而上天，时而下地，生命体验、个人情感，始终保持一种飞翔的姿态。岩树也是一个写诗高手，他早期的诗带有一种特殊的精神姿势，尤其展现出了其对复杂人性的情感体验与深刻挖掘，虽已与他阔别多年，但他的《登华山之巅 论一论农业》仍是我很喜欢的一首诗。至于梁晓阳，我更喜欢他的散文，《捡骨记》细腻的情感、细节的描写、流动的线条，有无尽的暖流在心田缓缓流过，也有无尽的冷风扑面而来，和爱遇见，与痛共鸣……

“漆”举办了一系列的大型活动，比如第一届至第三届广西青年诗会、中国华南青年诗歌研讨会等。“漆”诗人齐心协力，从北流出发，让越来越多的诗歌走出广西，走向全国……

这些年，虽然很少写关于《漆》、关于“漆”诗人的文字，但其实一直在关注着他们的写作，心中牵挂着这些从北流走出来，带着些“巫性”的文字。比如在2015年，我在写作《穿越诗的喀斯特 当代广西本土诗人访谈录》的时候，就选了吉小吉、伍迁和琬琦。2016年，《南方文坛》第2期刊发了我写吉小吉的一篇诗歌论。2017年，我在主编《广西诗歌地理》的时候，在“玉林篇”选用了玉林诗人写玉林的诗，一共11首诗。另外我也曾邀请暨南大学教授、博士生导师贺仲明，中国人民大学教授、博士生导师张洁宇，首都师范大学教授、博士生导师张桃洲等学者到北流进行文学交流，让更多的名家了解和关注北流作家的创作。我还邀请了梁晓阳和吉小吉到南宁师范大学举办文学讲座，把写作的经验传递给更多热爱文学的学生……

冬天里，“漆”就像一把火把，激情地燃烧，温暖我们。对我而言，“漆”不仅仅是一本刊物和一群诗人，同时也是我的私人空间以及亲密的好友，我的内心中始终留有属于“漆”的一片空地。冬天来了，春天还会远吗？在蛋镇，一匹匹白马扶住阳光，出塞了……铜鼓阵阵，布谷声声，向北流，抑或一直向南……

第八节

以个人与现实的对话描绘共有精神家园

——“岜莱诗会”2021 年度诗人述评

在生活节奏逐渐加快的当下，原本完整的生存现实和共有家园也在逐步碎片化，如何从个人的体验出发，来书写碎片化的现实和共有的家园，也成为诗人所需思考的重要问题。“岜莱诗会”2021 年度诗人评选活动所选出的 10 位入围诗人，无疑都在用个人化的日常观察与精神体验，丈量多姿多彩的共有精神家园。抒情与叙述主体“我”在他们的诗歌中均呈现了“在场”的状态，这种“在场”使其从自我与现实家园的深刻对话中，找到了创作的主线，进而塑造多样的情感世界，恰如牛依河在“尘埃”中看到的尘世百态、丘文桥自“狮子”中望见的孤独心境、安乔子从日常中体悟的村庄现实，以及雅北在星象中观察的精神象征……正因为自我的“在场”，所以诗人们对现实家园的书写，就不再是虚无缥缈的赞颂或批判，而能把目光聚焦在具体的日常家园物象上，并经由具体情感的抒写，创造独特的共同体意识和诗歌表达空间。

在李道芝、罗添、唐允三位“年度新人”的写作中，家园、亲情、记忆成为他们关注的焦点，这些情感或命题虽然古已有之，但诗人们立足于自我的精神体验，在日常生活与灵魂世界的交汇中探寻个人化的表达空间。李道芝在异乡中回望家园，组诗《那些山像我的亲人》充满了对故乡大山的深厚情感，他从中寻找到的是苗族群众的朴素情感和苗族的风土人情；罗添《未名之名》则执着于对母亲日常生存状态，以及母亲与“我”之间交流方式的书写，其中既有母亲的辛勤劳作，又包含了她对“我”的诸多教诲，母亲愈发严格，“我”就愈加成长；唐允《安然看花的人是幸福的》注视着“回忆”的内容，其中包含了旧时的生活、少年时的姐姐、河流的气息以及全部的虚幻，这些“回忆”并非只是记忆本身，而是在与现实的纠缠中生发出别样的情感。

庞白、韦汉权、陆辉艳这三位“年度诗人”亦将写作的目光投向家园与日常，但他们的情感更为深沉，也更能带给读者多元的现实思考。庞白的诗依旧是浓浓的“海味”，组诗《风帆》将视野投向大海中航行的船帆上，这显然与其生存的海滨环境相关，因为诗人在这里只需轻轻抬一下头，就能望见不远处的港口以及自由荡漾的船舶。在“风帆”的感召下，水手、波浪、机舱、甲板等事物便迫不及待地跳跃在诗行中，营构出了一种自由的、灵动的空间。诗人徜徉其中，观察到了寂静的“上弦月”和寂静的“你”，生活也成了“抬头的瞬间”所能感受到的“湖水的波纹”，一切都显得无拘无束。海洋的另一面意味着无根的飘荡，正如诗人所描写的“世上很多地方曾爱过人安过家”的水手，尽管他们的阅历和情感丰富，但终究无法抵挡“飓风”带来的心灵的不安，以及止不住的波浪激起的漂泊不定的家园，满目望到的是黑暗、苍凉与无望。这似乎正回应了在趋于碎片化的现实世界中，个体该如何存在的问题，尽管在追寻自由的过程中要付出一些代价，但唯有自由才使我们的生存显得真实。

韦汉权的三首诗虽然并非采用组诗的形式，但其中有一根清晰可循的绳线，能够将它们有机地串联起来，这根绳线就是“家园”。《最后的瓦檐》和《来去的路》主要描写的是故乡的亲情，其中的主角是父亲、母亲、叔叔、伯伯等长辈，他们带给“我”对故乡生存习惯与淳朴情感的追忆。尽管“我们”后来进入“灯亮前的小城”，似乎远离了原始的故乡，但依然固执地点燃“中心广场的篝火”，试图完成与故乡之间的精神对话。而当“父亲”无法返回时，“我”的心中充满了害怕与恐惧，但这并不意味着被动地接受命运的安排，即便故乡在不断缩小，“我”依然固执地寻找着“来去的路”。《三月三》则将视点聚焦在故乡的壮族文化风俗上，这是一个由篝火、桃花和歌圩构成的绚丽多彩的世界，其间的“他”与“她”诉说着美好的爱情故事，能让我们在逐渐加速的世界中体悟原始生命的美丽与动人。

陆辉艳的组诗《闪电》善于从细微的日常事物中发掘生存世界的味道，诸如一张蜘蛛网、一道闪电、几根瓜蒌等日常之物，都能恰如其分地进入到她的视野中。这些事物当然不是琐屑，而是饱含着她对于生存、命运以及亲情等问题的哲思。因此，一张蜘蛛网和一道闪电便蕴含着“想象之外”的隐秘世界，以及父亲那随着年龄增长而更为艰苦的命运；几根瓜蒌则饱藏着母亲对“裂开的砖墙”的极度隐忧，使其不得不“用水泥一遍遍涂刷”，但终究无力改变“旧墙”的命运。除了父母，陆辉艳的诗中还有雪山、小镇以及“打铁的人”等元素，共同交织成复杂的心灵空间。她拒斥虚无缥缈的世界，努力把自身的情感寄寓在具体之物上，引人深思。

除了诗歌的“在场”状态和家园气象，邕莱评谭也从未缺席。诗人黄鹏一直是“邕莱诗会”重要的谋划者、积极的推动者和热情的参与者，不但在《天津文学》《山东文学》等刊物发表诗作，还先后撰写了两篇长篇鸿文，对邕莱诗人诗作进行了总结梳理，对“邕莱诗会”未来的发展提出了很好的设想，彰显着情怀。

青年评论家钟世华先后在《文艺报》《中国艺术报》等全国重点报刊上发表了4篇以“邕莱诗会”诗人为研究对象的评论文章，对他们的作品进行了多维度的观察与多方位研究。这些评论对宣传和推介邕莱诗人起到了积极的推动作用。

总体而言，“邕莱诗会”2021年度获奖诗人均能在个人与现实的深刻对话中，精准地捕捉到诗歌写作的“所需之物”，这也正是诗歌在当下趋于同质化写作中所应不断探索的创造性空间。

第三章

走进文本现场

第一节

空间拓展、思辨意识与综合性文本细读

乡土小说自诞生之日起，便以其对乡土历史的真挚书写与乡土现实的直观揭露，在中国现当代文学史上获得了重要的占位空间。伴随着乡土小说的不断发展，有关乡土小说的研究呈现出了繁荣的态势，但这种繁荣并不能掩盖其所遇到的困境问题。时至今日，乡土小说的研究困境愈发明显。究其原因，一方面是由于已有的研究成果丰富，几乎触及了全部的研究空间；另一方面，近些年来的研究中出现了思维的同质化，如城乡对立、苦难叙述、底层书写等标签被频繁使用，使得乡土小说乃至乡土文学的研究处于“静态”之中。因此，如何在现有的研究基础上进行新的探索，如何探寻新的、有效的研究路径，成为摆在每一位乡土小说研究者面前的首要问题。就此而言，贺仲明等著的《乡村伦理与乡土书写——20世纪90年代以来的乡土小说研究》(人民出版社，2017，以下简称《乡村伦理》)一书，既有着对当前研究弊病的纠偏，又展现了对已有研究的超越，在很大程度上突破了乡土小说的研究困境。

一

《乡村伦理》一书选择“乡村伦理与乡土书写”作为具体的研究角度，从研究本位上厘清了其存在的“中国语境”，即从中国的本土实际出发，来研究

20世纪90年代以来的乡土小说写作状况。贺仲明在阐释乡村伦理的定义时指出："在乡村社会中，维持乡村社会正常运行，为村民们提供精神和信仰意义，同时也作为乡村人际关系基础的，就是乡村伦理。换句话说，在中国乡村社会里，伦理在一定程度上承担着宗教的功能。"[①]这一论述在明确"乡村伦理"概念的同时，更显示出了以此为内核来进行乡土小说研究的重要意义。一方面，乡土小说的写作正是在接受"乡村伦理"影响的前提下，进行着对社会现象、乡村发展状况、乡村人民生存状况等问题的书写，从"乡村伦理"角度入手的研究，能够更为有力地体察出中国乡土小说写作的内质；另一方面，"乡村伦理"不仅维系着乡村社会的日常生存，更为乡村人民提供了强有力的"精神和信仰"。由此来看，以"乡村伦理"为视角来进入乡土小说写作的研究，有助于更好地把握30余年（自1990年至今）乡村社会发展的特殊状况，进而为乡村的思想、文化建设提供某种程度的参照与借鉴。因为在缺乏"宗教信仰"的前提下，"乡村伦理"能够主动地承载起乡村社会的"精神信仰"，使其不至于陷入"精神真空"的状态。在"乡村伦理"这一"中国语境"的指引下，《乡村伦理》一书在理论运用层面也表现了"中国化"的特征。与当前学界动辄挪用、移植西方理论的研究套路不同，该书尽管也运用了女性主义、后殖民主义、后现代主义等西方理论，但对这些理论并非简单地套用某种框架，而是均由研究对象所处的社会历史语境中生发出来，从而避免了西方理论的工具化和模式化。如在女性主义理论的使用上，该书并不是一味地局限于西蒙·波伏娃的性别理论范畴，而是将其作为判断女性乡土作家持有的"女性意识"的理论基点，并在比照中国传统文化观念中性别意识的基础上，建构了颇具"中国特征"的女性主义理论。值得肯定的是，正是由于该理论的

① 如无特别标注，本文所引语句均出自贺仲明等：《乡村伦理与乡土书写——20世纪90年代以来的乡土小说研究》，人民出版社，2017。

使用涵括于“乡土女性意识”的范畴中，才使得该书能够在考量自五四时期开始的新文学女性主义创作历程的基础上，提出女性乡土小说对于女性主义写作的重要意义——“从某种程度而言，女性作家乡土小说对女性‘性’意识书写的情感化与含蓄化，也是对女性主义写作疲态的缓解。”换个角度说，该书之所以选择对女性乡土小说的写作进行审视，一方面，是为了呈现乡村社会伦理变迁对于乡土小说的差异性影响，女作家的性别意识使其在保持写作独特性上具备优势；另一方面，更重要的是，这种审视同时构成了对传统意义上乡村伦理的批判性反思，即在“男权书写”的权力话语之外，还建构了女性书写的话语空间，以改变固有的“他者”视域，这同时也回应了女性主义理论的某种诉求。

就具体的内涵来看，身份、性别、地域、文化等因素深入参与了乡土伦理的内在构成，它以土地伦理与人际关系为基础，形成了复杂的精神空间。因此，在乡土伦理影响下的乡土小说写作便形成了复杂的关联域，构建了作家身份、性别制度、地域文化等多元的写作空间。借此出发，《乡村伦理》一书展开了对身份差异下的“进城乡土小说”、女性乡土作家、西部乡土写作等内容的细致考辨，由此构建了庞大的研究体系。如在“进城乡土小说”作家的研究中，该书着眼于乡村伦理变迁与“进城乡土小说”写作之间的紧密联系，对作家身份进行了细致划分，主要包括“农裔打工作家”“农裔城籍作家”“城裔城籍作家”三类。不同的身份蕴含着作家对于乡村伦理变迁的不同体验，也决定了他们在写作经验、心理状态、生存状况等层面的不同，这同时是造成其在具体写作中内在差异的根源——“农裔打工作家”致力于对“边缘处境”的疼痛审思，“农裔城籍作家”侧重于展示乡村与城市之间“两栖者”的境遇，而“城裔城籍作家”则在某种程度上开辟了乡土小说的“城市”视角。从本质上看，对差异性身份的分析不仅构成了研究“进城乡土小说”多样性的主体，而且也能够体察这种差异性在具体写作中的叙述潜力。

除身份差异的研究外，该书还集中审视了乡村伦理变迁下的“西部乡土小说”状况。由于地域、文化上的特殊性，加之多元的民族文化背景，西部乡土小说写作展现了独特的地域风景与民族文化内涵，而该书也将研究的侧重点放在了对其再现的地域伦理、民族特质等西部符号的挖掘与呈现上。如较之于乡土小说一般性的“苦难”书写，郭文斌所建构的诗性乡村伦理、石舒清所展现的民族尊严等内容，突出地展示了西部乡土小说书写“苦难”的独特性，对这一独特性的挖掘则成为研究的关键。

二

在乡村伦理这一基础性的研究空间内，《乡村伦理》一书建构了精准的时间维度，副标题“20世纪90年代以来的乡土小说研究”即清晰地体现了这一点。贺仲明在书中明确交代了选择“20世纪90年代以来”这一时间范畴的原因，即“这时期的乡村伦理变迁远胜于之前的任何时期，乡村伦理变迁的巨大波澜既极大地影响到乡村社会的生活、文化面貌，也对乡土作家及其创作构成了前所未有的冲击”。这种典型时期的选择突出地再现出了研究者自身所具备的思辨意识，因为20世纪90年代以来的中国社会发生了深度转型，这种转型持续到当下，由之带来了一系列的社会问题。随着城乡差距、农民工、留守村等问题的不断凸显，加之政治、经济、文化等诸多因素的相互扭结，转型本身形成了复杂的结构体，此境遇下的乡土写作同样呈现了多元的面貌，这便为乡土小说的研究提供了有力的平台。正如贺仲明在《乡村伦理》的后记中所谈到的，该书所涉及的问题极为复杂：“乡土、农民、进城务工者、作家、作品，文学、伦理学、社会学，多个层面的问题都相互关联，多个学科的知识都有关涉。”

贺仲明曾探讨过乡土小说写作的困境，他认为“中国乡土小说对现代性持有迎应和批判两种态度，并具体表现为改变乡村和守望乡村两种主题类型”，并将产生这种困境的原因归结于“中国乡村变革的现实”“作家的现代性思想”以及“现代性自身悖论”[①]。笔者看来，乡土小说的写作困境与乡土小说研究的困境相互同构。由于“现代性”因素的内在影响，以及对特定时期社会历史语境的忽视，传统的研究中存在着非此即彼、二元对立的思维模式，笼统地将乡土小说进行“迎应 / 批判”式的总结，极大地框囿了研究视域。而《乡村伦理》一书对于“20 世纪 90 年代以来”社会语境的强调，即从根本上抛置了传统研究中的弊病，在深刻捕捉乡村伦理变迁的基础上，以乡村伦理变迁与乡土小说历史之间的紧密关系——“每当乡村社会的伦理文化经受较大冲击和变化时，乡土小说的伦理书写会达到高峰，书写内容也有较大的变异。”并以此为重要抓手，深入而细致地考察了此一时期乡土小说的写作状况，并关注到了不同身份、性别、地域、文化影响下乡土小说的差异性。同时，该书并非将“20 世纪 90 年代以来”这一时期视为笼统的整体，而是在兼顾社会历史语境内在变化的基础上，对该时期进行了细致的阶段划分。贺仲明在书中将“20 世纪 90 年代至当前”这 30 余年的历史，划分为“20 世纪 90 年代初期”“2000 年左右”“2005 年左右”等几个清晰的节点，相应出现了“乡村伦理的总体积极书写”“乡村伦理书写面貌的转换”“乡村伦理颓败的书写”等写作样态，这些写作背后隐藏的是社会、乡村在变革过程中的阶段性变化。

与乡土小说的传统研究相比，由于着眼于“20 世纪 90 年代以来”这一时段，《乡村伦理》一书在研究对象的选择上也表现出了深刻的独特性。尽管书中涉及贾平凹、韩少功、王安忆等著名乡土小说作家的写作状况，但更为突出的是其对“70 后”作家乡土写作的关注。该书认为，较之部分著名乡土小说作家撤离乡土题材，以及年轻作家对于乡土小说创作关注度的不足来说，“70

---

① 贺仲明：《论中国乡土小说的现代性困境》，《南京大学学报》（哲学 · 人文科学 · 社会科学版）2008 年第 5 期。

后”作家有其独特的优势所在，甚至会逐步成为“中国文学的主力”。“70后”作家由于自身成长经历的特殊性，其乡土小说写作较之前辈作家展现出了显著的差异。一个突出的现象是，由于乡村改革极大地冲击了传统的乡村伦理，使得“70后”作家的“乡村记忆”大都处于不稳定与模糊的状态中，这种状态通过他们的小说创作集中呈现出来。因此，对“70后”乡土小说作家的研究，不仅能够清晰地捕捉乡村伦理变迁下的乡土小说创作状况，而且也能够为当前乡村社会的思想、文化建设提供可行性建议。

此外，《乡村伦理》一书在关注20世纪90年代以来乡土小说写作中“变化”因素的同时，也洞察了其中“不变”的因素——“乡土精神”。在贺仲明看来，“乡土精神”是“乡土写作”最本质的核心[①]，而这一精神的引入能够为乡土小说创作“注入新的血液”。这同时反映了该书对乡土文学未来发展的期许，即立足于乡土精神层面的价值重构，因为“在现代社会中，在汹涌而至的物质文化面前，乡土精神的价值并没有失去，它的反抗和批判精神是其他文化所不能取代和拥有的”。

三

贺仲明在一篇访谈中，曾谈及了他对乡村伦理在近年来所遭破坏的忧虑：“近年来乡村社会的伦理生态遭到极大破坏，在很多地方甚至是毁灭性的。网络上流传几份乡村伦理调查报告，有些问题确实触目惊心，如农村老人的赡养问题、人际关系问题。”这种忧虑可以视为他选择“乡村伦理与乡土写作”这一论题的背景，但他同时看到“这些问题很重要，也很复杂，文学是务虚的，在当前乡村文化建设中，它能够起的作用是有限的。但是文学能较多地反

① 贺仲明：《乡土精神：乡土文学的未来灵魂》，《时代文学》（上半月）2011年第9期。

映乡村伦理方面的问题，揭示某些现象，具有参考意义”[1]。这即表明，文学固然能够承担乡村伦理建设的责任，但由于其本身的学科特性以及在社会中的“边缘性”占位，这种承担有其必然的限度所在。而《乡村伦理》一书也清醒地认识到了这点：“文学只能是表现、展示，通过曲折而间接的方式，引起人们的关注，从而对社会现实产生某些影响。所以，对乡土小说与现实乡村伦理的建设，显然不能给予过多、过于急切的要求，也不能期待作家们提出非常有针对性的、具有现实建设性的思想。”因此，该书在研究方法的选择上尽管以“文学与社会学的结合”为主体，但这种结合在一定的限度之内。以社会学的知识为基础，但也仅仅将其作为研究背景，其研究主体仍然是对20世纪90年代以来乡土小说写作的文学分析。

《乡村伦理》一书在具体的研究中运用了立足于文学本体的“文本细读”方法，“以创作为中心，以大量的乡土小说作家和作品为研究对象”。此种方法首先有其“文学”的本体属性——“文学的评判只能在文学内部，而不能在文学之外进行”。同时，这种“细读”也避免了先入为主、概念统摄的研究弊病。正如王爱松在评论贺仲明著《一种文学与一个阶层：中国新文学与农民关系研究》（人民出版社，2008）一书时所指出的，贺仲明具有“尊重文学史客观存在的审慎态度”，能够在明确自身研究范围的基础上，“确立起了一种特定文学文本与世界、与作家、与读者的动态关系，进而在这种动态关系网络中探讨了一些典型的创作现象与问题，并对这些创作现象与问题做出了别开生面的解释”[2]。

此外，需特别强调的是，《乡村伦理》一书对于“文本细读”的使用并非

---

① 贺仲明、李伟：《乡土精神的坚守与文学审美的深化——暨南大学文学院博士生导师贺仲明教授访谈》，《广西师范学院学报》（哲学社会科学版）2017年第1期。

② 王爱松：《新文学与农民：一个不尽的话题——评贺仲明〈一种文学与一个阶层〉》，《中国现代文学研究丛刊》2009年第6期。

局限在固有的文本形式之中。从本质上看，作为新批评的重要概念，“文本细读”在确立其研究范式的同时，也暴露了诸如过度拘泥于“文本”“形式”、忽视外部语境等层面的弊病，保罗·德曼、韦勒克等人均针对“文本细读”的局限性提出了批评与建议。而《乡村伦理》一书正突破了单维的“形式主义”壁垒，以“综合性文本细读”的姿态，在文学的“内部研究”过程中加入了历史语境、文化制度、作家心理等“外部研究”意识，使二者形成了相互渗透乃至包容的状态。该书完成了社会学问题的文学维度转换，在窥探当前社会中出现的乡村伦理问题的基础上，于“文学”的语境完成了对乡土小说写作的细读与研究。该书认为，乡村伦理变迁深刻地影响了20世纪90年代以来的乡土小说写作，但这种变迁并非孤立的，而是与“整个乡村社会的变化”相互一致。由于乡村社会本身是一个由政治、经济、文化等诸多因素所组成的复杂结构体，那么其影响下的乡村伦理变迁便呈现出了多元的空间。而“综合性文本细读”的方法不仅能够有力地窥探乡村伦理的内部构成，而且在呈现乡土小说写作多样性的过程中也表现出了极大的优势。

尽管文学承担社会建设的责任相对有限，但这并不意味着文学研究本身之于社会一无是处。《乡村伦理》一书在对待此问题时，充分认识到了“乡村伦理变化”与“乡土小说写作”之间的“互动”关系，在意识到文学承担限度的同时，也强调了文学自身的重要作用：“文学主要承担的作用是对物质世界的反抗，是呈现精神、情感和美的世界的价值意义。”这从根本上澄清了其消极性的姿态，通过积极的文学研究，为乡村伦理建设提供可资借鉴的范式。在此意义上，该书所运用的“综合性文本细读”不仅有其文学意义，更重要的是为乡村伦理建设提供了现实参考。与此同时，该书所选择的“细读”文本，也体现了其所具备的精敏辨识力。典型文本不仅决定了其研究问题的效力，而且也极大地提升了研究本身之于社会建设的作用。

贺仲明在《乡村伦理》的后记中谈到，他在做此项研究之前，曾试图跳出“乡土文学研究”的领域，“但也许是情缘未尽的缘故吧，最终我还是自觉不自觉地选择了乡土文学与乡村伦理变迁这个话题……”这看似轻松的表述，背后却隐藏着他对于乡土文学研究的巨大热忱，同时也体现出了他在该领域孜孜求索的姿态，也正如他在一篇文章中谈到的：“独立地以文学视野审视生活，应该就可以实现自己的目标，达到自己的高度。”① 因此，我们有理由相信，《乡村伦理》绝非贺仲明“乡土文学研究”的终点，对于“乡土精神”的执着坚守会促使他在该道路上持续精进，对此，我们期待着。

---

① 贺仲明：《地域性：超越城乡书写的文学品质》，《广西师范学院学报》（哲学社会科学版）2017 年第 1 期。

第二节

《有我之境》：构建文学桂军研究的当下景观

在近些年的文学研究中，随着以地域为主导的史料整理、作品选集等活动的不断兴起，与之相应的地域文学研究也逐渐获得了学界的认可与青睐。而与全国其他地域文学的研究相比，学界有关文学桂军的研究相对处于“弱势”地位，这似乎与其在近些年来的蓬勃发展之间形成了内在的悖论。现有的文学桂军研究尽管在某种程度上勾勒了其主体构成、写作特质、文化内涵等因素，但在研究视野与理念思维层面仍具有着较大的可开掘空间。因此，如何以创新性的思维来探究文学桂军的生成与发展，尤其是挖掘与呈现近些年来文学桂军创作的成绩与问题，成为当前文学桂军研究亟待解决的问题。

张燕玲的《有我之境》（作家出版社，2018）尽管不能看作是对文学桂军生成与发展状况的研究专著，但其中所触及的文学桂军在近些年来的发展形态，以及所蕴含的精敏的批评思维，的确在很大程度上为文学桂军的研究起到了极大的助推作用，并成为学界窥探文学桂军当前发展状况的一面镜子。仅就篇幅而言，在该书4辑76篇文章中，专门研究文学桂军的文章有近30篇，所涉及的作家队伍包括林白、东西、鬼子、李冯、朱山坡、李约热、光盘、纪尘、杨映川、黄佩华、王勇英等。从地域的角度来说，作为广西人的张燕玲在该书中正是以“内面的人”的视角，集中展示了文学桂军在当下的发展状况，她尤其通过对其创作中所凸显的广西的地域、民族、文化等要素的剖析与观察，构建了文学桂军研究的当下景观。

笔者看来，该书对于文学桂军研究的贡献首先在于其对青年作家的挖掘与呈现上，这是以往的有关文学桂军的研究性著作所较少碰触的领域。如在《文学变局中的广西少数民族青年作家》一文中，作家将目光聚集在文学桂军中少数民族青年作家（包括李约热、光盘、杨仕芳、纪尘、严风华、黄土路等）的创作上，通过对其饱含着现实与梦境的民族书写、蕴含着向内与向外的女性写作以及富于本土化与现代性的多样写作的观察，有力地再现了这些少数民族青年作家在近些年来的创作成绩。《以精神穿越写作——关于广西的青年作家》一文则将焦点投射在文学桂军的“青年小说家群体”和“青年诗歌群”上，作者在细读创作文本以及分析作家写作姿态、思想观念、艺术手法等的过程中，塑构了文学桂军中青年作家的基本形象。《平实的收获——2004 年广西青年文学扫描》一文则以 2004 年广西文坛的观察为契机，在分析这些作家们的代表性创作文本的基础上，展现了文学桂军中“70 年代生”作家群的整体面貌。可以说，对文学桂军中青年作家的观察与研究不仅成为《有我之境》一书的最大特色，同时也为今后的文学桂军研究做出了方向上的指引。值得一提的是，对青年作家的关注与张燕玲作为《南方文坛》杂志的主编有很大的关系，她在书中也多次强调了这一内在的关联，如她指出“《南方文坛》对广西的文艺现象特别是对广西青年作家的推介是全方位的”，而以东西、鬼子、朱山坡等为代表的文学桂军中青年作家在近些年创作成绩的取得，则是对此关系的有力诠释。

其次，与文学桂军中青年作家的关注相对应，张燕玲在书中还集中审视了其中的女性作家群体，而其女性身份则在该审视中起到了关键性的作用。如《在漫游中狂想——林白的〈致一九七五〉》中，作者发现，作为文学桂军女性作家代表人物的林白近年来的创作突破了其早期的“私人化”写作，进而走向了“渗透着他人生活的众多的个人生活”的创作方式，这既是对新时期以来女性写作在突破自我方面的重要贡献，同时也为文学桂军中女性作家在精神焦虑困顿年代的写作提供了一种可能性。而在《玫瑰花开——广西女作家札记》一文中，作者抛弃了刻板的分析姿势，以感性的心态和札记的笔法，描摹出了杨映川、黄咏梅、凌洁、纪尘等女性作家近年来小说写作的基本形态，在作者看来，“这真的是一群不一样的女性，她们挣扎在生活的深处，然后平静，再挣扎再平静，并以性灵记下这些生命的痛苦和快乐。‘尽管绝望，仍然守望’，这是女性作家们的坚定姿态，超越年龄，超越种族，超越地域”。这番话既熔铸了作者独特的女性意识，同时又表现了作者对文学桂军发展状况的深刻关怀。

最后，该书具备着强烈的地域色彩，以地域的视角凸显出了文学桂军的创作实绩，这集中体现在该书对一些作家群的观察上。在《风生水起——广西环北部湾作家群作品札记》《从“鬼门关”出发——崛起的玉林作家群》《山里山外——〈都安作家群作品选〉札记》等文章中，“广西环北部湾作家群”“玉林作家群”“都安作家群”等文学桂军中的代表性作家群体进入了张燕玲的批评视野，她一方面聚焦于地域性文学创作与研究的本体作用，集中谈论了这些群体对于文学桂军发展的重要意义；另一方面则立足于民族性、文化性的视角，指出了这些作家在地域景观的呈现、根性写作等方面的突出贡献，而作家们则通过饱含民族性与文化性的写作，获得了自我的身份认同与文化认同，并最终确立起了文学桂军在当下发展的独特景观。当然，张燕玲在此并非孤立地看待文学桂军，而是借助海南、广东、四川等其他地域文学的观察，以深刻的对话方式与开放的眼光，将文学桂军放置在了全国文学的发展版图之中，在呈现其在近些年来发展实绩的同时，有效地确立了文学桂军的独特性。

综合观之，张燕玲在《有我之境》中以其深刻的地域情感、文化自觉及身份意识，突出地展现了文学桂军在当下发展的基本面貌，而她在书中所表现出来的精敏的批评思维与深刻的问题意识，则在某种程度上纠正了当前批评中所存在的诸种弊病。毋庸置疑的是，《有我之境》是学界在探究文学桂军近年来发展状况过程中的一部力作，它为不断兴起的地域文学研究提供了有力参照。

第三节

少数民族文学发展现场的观察与反思

今天我们在理解任何一种文学发展史时，似乎更为关注的是时间层面的“过去”，相对忽略了历史的“现场感”，而文学发展史正是由一幕幕发生中的现场事件构成的，其在文学发展史形成的过程中亦起到十分关键的作用。在认识少数民族文学发展状况的过程中，我们或许可以借助一些少数民族文学史来获取相关的知识，但这之中不可避免地受到既有价值判断的影响，因为少数民族文学史本身是被讲述和被建构的对象，所以我们也应该走进少数民族文学的发展现场，去关注生成中的历史。石一宁的《民族文学：现场与思考》（作家出版社，2020）一书即观察与反思了当下少数民族文学的发展现场，其中既有着对少数民族文学发展环境的理解，又有着对少数民族小说、散文、诗歌以及影视、戏剧等文本的细读，由此形成其对少数民族文学发展现状的思考。可以说，石一宁的“现场观察”在为少数民族文学创作提供范式依据的同时，某种程度上也拓展了文学史写作的新思路，即更加注重“现场感”的呈现，以“读者姿态”参与到少数民族文学史的写作中。

一

《民族文学：现场与思考》一书立足于建构少数民族文学的“发生史”，

这里的“发生史”并非指的是其最初产生的历史，而是强调一种正在“发生中”的状态。在石一宁看来，构成这一“发生史”的主要背景即丝路文学的时代语境。笔者早在 2017 年和石一宁有过一次较为深入的对话，在对话中，石一宁就把丝路文学看作是“中国少数民族文学新的发展机遇”①，认识到自 2013 年提出的“一带一路”倡议为中国当下的少数民族文学乃至中国当代文学提供了重要平台。该观点在《民族文学：现场与思考》中有进一步强调：“发展和繁荣丝路文学，给丝路地域的少数民族文学带来的机遇是不言而喻的。丝路文学固然各地域、各民族的作家都可以创作，然而，最了解、最熟悉和亲历亲受丝路地域历史文化与现实生活的，莫过于身处该地域的少数民族作家，丝路文学创作，应更多地寄望于他们……我们有理由相信，丝路文学的勃兴，使少数民族文学面临着一个巨大的发展机遇。”②这段话不仅再次肯定了丝路文学带来的发展机遇，而且指明了把握机遇的关键要素，即身处该地域的少数民族作家的创作。

石一宁在该书中针对丝路文学的概念进行了学理层面的辨认，尽管认为“什么是丝路文学”本身是“大哉问”的问题，但他依然根据自我体悟，对丝路文学做出恰当的理解：“丝路文学至少有两种含义，一是丝绸之路沿线国家和地区的文学，另一是题材涉及丝绸之路的文学。”并阐释了将丝路文学定义为“题材涉及丝绸之路的文学”的科学性。从地域的角度来看，虽然丝绸之路沿线国家和地区的文学创作十分丰富，但其中也不同程度地削弱了中国少数民族文学的价值与意义，因此石一宁对概念的“窄化”理解，更有利于确立中国少数民族文学创作与研究的主体性。

---

① 石一宁、钟世华：《丝路文学：中国少数民族文学新的发展机遇——〈民族文学〉主编、编审石一宁访谈录》，《广西师范学院学报》（哲学社会科学版）2017 年第 4 期。

② 如无特别说明，本文所引语句均出自石一宁：《民族文学：现场与思考》，作家出版社，2020。

在丝路文学的时代背景下，如何开拓少数民族文学发展的新道路，是《民族文学：现场与思考》一书写作的着力点。需要强调的是，丝路文学作为当前少数民族文学的重要现场，虽然为其发展提供了多元的场域空间，但也仅限于此，少数民族文学的发展还需寻找合适的路径。石一宁认为，从原有的“拿来主义”向当下提出的中华文化“走出去”战略的转型，正可以作为丝路文学背景下少数民族文学发展的重要路径之一，这就需要更多的少数民族作家能够拥有世界眼光，去创作具有世界传播效力的作品。另外，处理好中国少数民族文学的“文化间性”问题，也成为其发展过程中的关键因素。石一宁看到，中国少数民族文学所遇到的问题最主要的是民族身份的确立，即在世界民族的大背景下如何更好地去建构自我身份。

在少数民族文学发展历史上，外国文学无疑对中国少数民族文学产生过重要的影响，比如满族作家老舍在赴英留学期间受到西方文学（特别是狄更斯）的熏陶，使其作品产生了“幽默的风格”与“质朴洗练的语言”；苗族作家沈从文描写的各种小人物的悲喜命运，闪烁着俄国作家屠格涅夫的影子……而在当下，意大利诗人莱奥帕尔迪与俄国诗人普希金之于彝族诗人吉狄马加，土耳其作家帕慕克的《我的名字叫红》之于回族作家冶生福的《马尔撒和扎西才让》，均在写作观念、思维方式与创作手法等层面产生了重要的影响。但相较于20世纪初期的“拿来主义”，此时期的域外影响并非被动地接受，其中包含更多的是主动的“拿来”，以及在“拿来”基础上“走出去”思维的培育。这同时触及中国少数民族文学在全球化时代背景下所面临的“坚守与开放”的挑战，即“如何保持文化的多样性与差异性，同时要改变对外国文化的单向接受现状，而以开放的姿态与整个中国文学一起走向世界，真正实现文化间性的完整意义……”这要求中国少数民族文学在对“现当代世界文学思潮、流派、风格和手法充分吸纳和借鉴的基础上进行新的创造”。因此，在丝路文学这一新的时代背景下，中国少数民族作家能够更好地确立其美学自觉，通过运用具有民族性与现代性的创作视野，去建构自我的民族身份。

当然，与汉文创作相比，少数民族文学有其特殊的语言方式，民族语言文字的建设因此不可或缺。《民族文学：现场与思考》一书着眼于少数民族语言文字的传承与发展，通过对少数民族文字版的《民族文学》刊物的解读，呈现了少数民族“母语”对保存民族文明、传播民族文化的重要意义。同时，对“母语”的重视也是实现中国当代文学“走出去”的重要渠道，比如就蒙古族、哈萨克族和朝鲜族而言，其本身地理位置的特殊性，使得少数民族文字版的《民族文学》具有国际刊物的性质，因为它可以辐射周边国家，拓展杂志社的国际传播渠道。可以说，重视少数民族的“母语”，能够为中国少数民族文学与世界各民族文学之间建立对话与交流的平台，这种在平等基础上的对话与交流，为中国文学“走出去”做出了积极的探索。

二

在以往的少数民族文学创作中，许多少数民族作家关注到本民族的历史，借助历史书写来呈现其对现实的反思。这种历史书写在当下少数民族文学创作中同样存在，但因所处时代语境的不同，当下的历史书写呈现出不同的向度，同时也形成了与前人的对话。石一宁的《民族文学：现场与思考》观察到当下少数民族作家笔下所再现的民族历史，由于这些作品均是近几年出现的小说、诗歌等文体，因此可以说是基于少数民族文学发展现场的观察与呈现。历史学家卜正民在谈论其明史研究时曾指出，历史研究“就像在疾驰的火车上看窗外风景一样。沿途景物似乎在快速改变，但实际上它们并没有因为我们的经过而变得不同，真正发生变化的是我们在车轨上的位置及其相应的视角”，研究者“只要确保从火车窗户里看到的面容不只有你自己就行”[①]。因此，石一宁对少数民族文学创作中的历史书写的观察，正从当下时代所提供的视角出发，呈现出历史书写的多样性，这同时是以“读者姿态”参与少数民族文学史写作的重要尝试。

尽管该书谈及的作家大多书写了本民族的历史，但由于思考方式及所处地域的不同，一些少数民族作家在展现民族历史的过程中表现出内在的差异，这也丰富了少数民族作家在历史书写层面的向度。比如阿来的小说《瞻对：两百年康巴传奇》（《人民文学》2013 年第 8 期）忠实地记录与书写了康巴瞻对地区（今四川省甘孜藏族自治州新龙县）两百多年发展变迁的历史，呈现了该地区曾经发生的历史事件。在石一宁看来，“历史叙述需要历史主义的态度，也需要一种超越历史的当代意识和当代立场”，阿来的写作正立足于由当前社会语境所生成的“当代意识和当代立场”之中。与阿来对真实历史的展现不同，阿云嘎的小说《满巴扎仓》（《人民文学》2013 年第 12 期）所着力表达的是一种“历史虚构”，作品中的“满巴扎仓”以超然世外的寺院形象，包容了“爱 / 恨、情 / 仇、信仰 / 堕落、忠诚 / 叛变、善良 / 邪恶”等因素，其本身成为一个复杂与多元的“小社会”。石一宁认为该作品的价值“不在于它在多大程度上契合历史真实，而在于它的文化思考和文化意义”。羊子的长诗《汶川羌》（四川文艺出版社，2010）主要回顾了羌族的历史，但这种回顾不是历史事件的简单再现，而是充分运用了虚化、象征的手法，其中提到的“羊”“神鼓”“羌笛”“岷江”“草场”等元素正指代悠久的民族历史。石一宁据此认为《汶川羌》这部长诗，“是叙述历史和感觉、体验历史的结合”。颇为有趣的是，上述内容中的“历史真实”与“历史虚构”正构成一种矛盾的结构体，通过

① 卜正民：《中文新版序》，载《纵乐的困惑——明代的商业与文化》，方骏、王秀丽、罗天佑译，广西师范大学出版社，2016，序言第 xix 页。

真实与虚构的冲突制造出了少数民族历史的复杂性。但也正是在这种复杂性的再现中，二者之间又有着相互融合的可能性。特别是就我们今天所看到的“历史”来说，其本身是一种叙述，充满着不确定性，也带有某种虚构的成分，这同时向我们所理解的“历史”提出追问。

除了追溯作为传统的“大历史”，当下少数民族文学创作中还有对临近发生的“小历史”的再现，这集中体现在作家对“文革”的书写上。比如王华的小说《陈洎水的救赎之路》（《民族文学》2017 年第 1 期）即把目光聚焦在主人公陈洎水对“文革”期间自己所犯错误后的救赎行为上，“他的救赎之路也似乎望不到尽头，然而这是一个底层小人物所能想到的忏悔和自救方式”。石一宁看到，虽然陈洎水的救赎与忏悔本身仍然是自私的，但与某些“只停留在语言层次的所谓忏悔”相比，陈洎水的境界已接近崇高。谷运龙的小说《灿若桃花》（人民文学出版社，2013）以“文革”及改革开放时期作为时代背景，重点关注由特殊时代所引发的羌族地区的“震荡、碰撞和剧变”，借此呈现了当代的历史和现实。虽然在反映民族性以及塑造民族身份意识的过程中，传统意义上的民族历史有其本体优势，但这种包含着当代性与当下性的“小历史”同样值得关注，我们可以通过对“小历史”的观看，使之与民族的传统历史之间形成对话，从而更好地去书写民族历史。换言之，对“小历史”的观看也能反映出当前写作与传统写作之间的差异，因为这里的“小历史”融合了当前社会的真实语境，更容易再现出民族地区人民的生产生活方式，同时也能窥见新的时代背景下民族性的变迁过程。

无论是真实历史还是虚构历史，无论是“大历史”还是“小历史”，其中都包含着对少数民族历史的书写与表达。《民族文学：现场与思考》一书在观察少数民族作家所书写的民族历史的过程中，并非简单地重述其写作内容，而是通过关注历史书写来引发历史反思。因为既往的历史已真实发生，我们今天无力去改变，真正需要做的是对已有历史的思考，从中吸取历史的教训，抑或找寻到可供借鉴的历史经验，这也是本文接下来所要重点论述的内容。

三

少数民族作家在书写民族历史的过程中，通常包含着对历史本身的反思，这在《民族文学：现场与思考》一书中有着集中的体现。比如前文提到的阿来小说《瞻对：两百年康巴传奇》并非对历史的简单改写，而是在尊重历史事实的基础上，针对历史做出其自身的理解和评判。这种理解和评判包含着作者的价值观与思想观，并由此表达出对历史的批判与反思。

《民族文学：现场与思考》一书所观察到的历史反思有着多种类型，首先表现在基于人性的历史思考上。玛拉沁夫的小说《爱，在夏夜里燃烧》（《民族文学》1985 年第 8 期）在讲述 1961 年内蒙古大青山区烈士村历史事件的过程中就包含着人性的反思，呈现了其中所蕴含的“人性辩证法”。石一宁在分析该作品时引用了马克思、恩格斯、帕思卡尔等哲学家的“人的理论”，指出“人的进化，人性的升华与完善，永远在路上，永远是现在进行时。而是否具备反思的能力，时刻考验着人性，鉴别着人性的真伪”。哈斯乌拉的小说《两匹马的草原》（内蒙古教育出版社，1994）同样将视点放在“历史中的人之命运”上，表达了其对草原生活中的人性的挖掘和探索。石一宁认为哈斯乌拉是“一位描写人性的高手”，其主要通过描写人物内心纠结着的生存需求、情感欲望、道德束缚等因素，展现出复杂的人性，并探索了人性与历史之间的深刻关联。光盘的小说《英雄水雷》（漓江出版社，2014）则在对“小历史”的书写中，呈现了“美好人性”的实现过程。作品中的“人性”亦是相对复杂的概念，其本身与“动物性”对立，但在特定的历史时期又与“动物性”之间产生纠葛。当然，人性并非完全处在复杂的状态中，林万里的散文集《长路当歌》（广西民族出版社，2010）就致力于对人性之美的展现，赞颂了世界上无处不在的美好心灵，其作品充满浓厚的诗意与快感，彰显了美的独特价值。当然，林万里笔下的人性并未与历史进行交流，这或许从侧面解释了为什么历史中的人性大多复杂的原因。

其次，《民族文学：现场与思考》一书所关注的作品还有着基于历史层面的文化反思。比如该书从吉狄马加的长诗《我，雪豹……》中，看到了其对民族历史与文化之关系的思考："民族历史和文化是我们每一个人生命中最重要的文化基因，作为一个民族的作家和诗人，我们有责任和义务去延续民族的历史和文化……"该诗借助"雪豹"的视角，集中传达出一种强烈的生命意识和生态意识。而在对雨燕小说《盐大路》（作家出版社，2014）的分析中，石一宁也呈现了历史小说的文化意义。他认为作者有意识地将《盐大路》写成"文化小说"，抑或赋予作品一种深厚的文化内涵和意蕴。于是，历史与文化之间便生成一种内在的关联，这使得该作品在回溯历史的同时，也散发着文化的魅力。从另外的角度看，石一宁试图借助少数民族作家的历史反思，来反思少数民族文学的创作，这种反思更为鲜明地呈现了其对少数民族文学发展现场的观察与思考。

此外，石一宁在书中还特别提到了少数民族作家（特别是年轻作家）在创作中的局限性。他在阅读与分析这些作品时，并非一味地表达赏识，而是大多在结尾处指明了作品本身存在的问题，包括艺术美感提炼的不足、人物形象塑造的不完整、历史与现实关系处理的不恰当、语言节奏与音调的固化等，为这些作家今后的创作提出建议。这同时展示了石一宁所坚持的文学批评观，在他看来，"红包评论"使批评质变为一味地表扬，科学沦落为毫无原则地吹捧，由此造成批评的失语现象，这对文学批评的发展非常不利。因此，批评家要坚守住自身的立场和底线，文学批评要做到"入木三分"。

总体上说，《民族文学：现场与思考》既表现出石一宁在当前社会语境中对少数民族文学发展现场的细致观察，又包含着其在观察基础上对少数民族文学创作现状的深刻反思，由此呈现了其多元的少数民族文学观，以及写作少数民族文学史的尝试。与此同时，该书也为当下少数民族文学创作提供了可供参考的范式。

第四节

壮族文学的坚守与展望

在21世纪已走过20余年的当下，回顾和总结20世纪的壮族文学历程，探讨新世纪20年来壮族文学的新发展，对壮族文学发展史来说意义重大。容本镇、张淑云等著的《壮族文学二十年——文学地理学视域下新世纪壮族文学转型研究（2000—2020）》（以下简称《壮族文学二十年》）由人民文学出版社出版。这部著作是作者申报的广西哲学社会科学规划重点课题“文学地理学视域下新世纪壮族文学转型研究”的最终成果。这一研究成果，无疑是壮族文学研究的重要收获，为当代壮族文学的发展和壮族作家的培育提供了可供参照的样本。

一

容本镇作为广西文艺评论家协会主席，始终关注着广西文艺评论事业的发展，特别是在壮族作家作品的研究上不遗余力。新世纪以来，由于全球化进程的加快，多元文化格局的呈现，壮族文学的发展也显现出许多新的特质。进入新世纪，壮族文学延续20世纪90年代中后期的繁荣，在我国改革开放持续深入推进、国内外市场经济和信息科技高速发展的冲击下，文学被边缘化的说法在舆论界此起彼伏，壮族作家面临新的抉择和转型。怎样转换身份、转变审美、超越地域、书写民族、拓展文学发展空间，是新世纪壮族文学的时代课题。这也促使容本镇重点关注新世纪以来的壮族文学的发展，并把这一问题作为一项重点课题进行了持续多年的研究。

《壮族文学二十年》正是从新世纪的壮族文学转型发展入手，运用跨学科的研究方法，以文学地理学为理论支撑，在作家文化身份、文学审美精神、地理空间等诸多与文学相关联的语境中，再现和还原了20世纪壮族文学的发展，深入探讨新世纪壮族文学在广西乃至中国文学环境中所表现出来的与众不同的气度、风格与特征。

20世纪的壮族文学经历了从近代文学过渡到现代文学的阶段，新文学脱胎于旧有的民间文学。在这个阶段诞生的一批新式文人群体或新知识分子，接受新的文艺思想，运用新的文学形式，结合时代主题的变化需要，崛起并逐渐走向专业化创作的道路。《壮族文学二十年》在对20世纪壮族文学发展的梳理中，不仅仅关注作家创作本身，还关注壮族文学的自然地理背景、文化特征。广西的地理对于壮族文学具有不可忽略的意义，广西的自然地理、文化地理都是壮族文学研究中的重要因素。随着经济社会的发展和时代的变迁，广西的壮族作家几乎都经历了从“走出”到“还乡”的地理空间的转移和精神空间的回归。在文学地理学视域下研究解读壮族作家创作的发生发展，能使壮族文学呈现出别样的审美范式。

进入新世纪以来，壮族文学创作人才辈出、成绩突出，《壮族文学二十年》充分挖掘作家创作实绩，展现了一个多维、立体的壮族文学世界。冯艺、凡一平、黄佩华、韦俊海、石一宁、石才夫、牙韩彰、严风华、黄神彪、蒙飞、李约热、黄土路、黄鹏、大朵、龙歌、荣斌、钟日胜、周龙、谢树强、李荣军、潘莹宇、黄少崇等作家，来自各行各业，他们始终保持着旺盛的创造力，在文学创作中不断进取。以出生于20世纪70—80年代为主体的壮族女作家也在悄然崛起，为广西文坛及少数民族文学注入了新鲜血液。陶丽群、李明媚、许雪萍、潘小楼、韦静波、梁志玲、黄芳、罗南、覃秋林、廖莲婷、刘永娟等一批壮族女作家的创作令人刮目相看，她们充分发挥女作家自身的写作优势，同时结合社会转型期纷繁复杂的现实生活和时代发展大潮，把关注女性命运与探讨社会发展相结合作为自己的创作使命。这些作家构成新世纪壮族文学创作队伍鲜活的生命力，《壮族文学二十年》对他们的创作进行了细致地梳理与深入地挖掘。他们在家乡完成或开启了对异乡的想象，又在异乡强烈地怀念着故乡故土，絮絮不停地讲述着家乡的故事。这种与本民族文化血脉和精神传统无法割舍的情感与情结，成为壮族作家开放意识的催化剂和创作转型的驱动力。

二

《壮族文学二十年》为壮族文学研究提供了自己的思索和见解。作者在研究新世纪壮族文学的转型过程中，注重多角度、全方位地构建新世纪壮族文学的风貌，通过对作家创作文本的挖掘，全面而清晰地展现出 2000 年以来壮族作家的创作历程。著作总结了壮族文学创作在新世纪表现出的转型特征：主体身份的转换、审美精神的嬗变、地理空间的扩大、创作体裁的拓展。书中这样描述这一转型：“随着社会变革和转型的持续深化，壮族文学也呈现出新的发展态势，过去所强调的‘民族性’不再作为壮族作家所唯一或重点关心的方面。他们热爱和关注着本民族的同时，也以广博的胸襟和开放姿态，把目光投向了整个中华民族和整个世界，他们视自己的民族为人类命运共同体的有机组成部分。创作题材的选择和人物形象塑造方面的突破，可以说是壮族作家‘文学当随时代’的结果。他们从传统少数民族题材，转向底层叙事与边缘关注，尤其是关切城镇化时代的农村命运、不同文化碰撞时的心理与情感，交织着感伤与希望、残酷与温情、失落与憧憬。壮族作家们表现丰富的生活体验和感受，带有明显的转型指向。”[①] 正是壮族文学所具有的这样独特的转型特征，凸显了其在当代文学发展中的价值所在。

《壮族文学二十年》的突出特色和主要建树是运用文学地理学的视角和方法，对新世纪壮族文学的转型、壮族作家的地理分布、西部地理景观对壮族文学的影响、多民族人口地理与壮族文学的多元性等问题进行深入而系统的研究，进一步拓展壮族文学研究的视野。壮族作家注重传承本民族文化的根脉渊源，但他们的创作没有囿于本土题材或本民族文化题材，他们以开放的心态和开阔的视野，把目光投向更广阔的世界，善于吸收和借鉴异域文化来滋养、丰富和发展自己，为壮族文学的繁荣发展注入新的活力与色彩。冯艺的散文集《逝水流痕》有专门记录国外风土人情的游记，钟日胜的《非洲小城的中国医生》《卢旺达往事》等对非洲国家迥异的文化特性进行了探究和思考，蒙飞的《泰国·温润的微笑》《边境画廊》《侗人歌谣》等描写了我国侗族及东南亚国家的民族风情，徐仲杰、黄粲兮、韦俊海的《上海小开》描写了20世纪30年代末上海的繁华景象，等等。可以看出，《壮族文学二十年》这部著作从跨文化、跨族际、跨地域三个向度探讨壮族文学在新世纪所实现的深刻的转型。研究视野宏阔与细微兼得，既有对文学地理学理论兴起与发展的梳理，也有对小说、散文、诗歌等体裁作品的个案研究。从理论探讨到个案研究，描画出一幅新世纪壮族文学发展景观，为壮族文学研究打开了新的视野，展现了壮族文学批评在当代文学研究领域内的批评实绩。

“文学地理学是研究文学与地理环境之间相互作用所形成的文学事象的分布、变迁及其地域差异的科学。”[②] 可以说，“文学地理学”作为跨学科的研究方法，拓展了文学研究的新空间。从文学地理学视域研究壮族文学，《壮族文

① 容本镇、张淑云等：《壮族文学二十年——文学地理学视域下新世纪壮族文学转型研究（2000—2020）》，人民文学出版社，2021，第65页。

② 曾大兴：《文学地理学概论》，商务印书馆，2017，第1页。

学二十年》的价值远远超越了文学研究本身，还表现出地理学研究的文学文本转向，从而开掘文学地理学的实践价值，进一步促进文学地理学的发展。这部著作最为可贵的地方在于，回顾和总结新世纪壮族文学转型发展的成就，分析和探讨其发展轨迹，对推动壮族文学的繁荣发展有重要的借鉴作用与启示意义。

一个时代有一个时代的文学，壮族文学在新的世纪里出现转型，成功与否、成效如何，值得我们去研究梳理，这对推动今后的民族文学创作、促进多民族文学发展繁荣，有重要的借鉴与启示意义。基于新时代的文化语境，这部著作既考察了壮族作家创作所根植的文化土壤，又紧紧把握时代脉搏，朝向当下的新时代语境精准分析了壮族文学创作的转型特征。当代壮族文学以前所未有的规模和声势汇入了中国当代文学发展的主流，成为文坛一抹亮丽的风景线。在《壮族文学二十年》中，作者通过详细的案例分析，不仅让读者看到了新世纪壮族文学在当下语境下的复杂性，也让我们清晰地感受到了壮族文学独特的审美特征。

《壮族文学二十年》正视壮族文学发展所面临的问题，并努力探索突破发展瓶颈的路径，对壮族文学的未来发展提出了对策建议，即实现新世纪壮族文学的转型发展，必须在“坚守”中“创新”：坚守乡土根脉，创新文学品格；坚守民族特质，创新表现内容；坚守人文精神，创新表现形式；坚守现实生活，创新写作观念；坚守资源优势，创新文学机制。这不仅对研究当代壮族文学的发展走向具有重要的现实意义，而且对当下中国的地域文学研究以及多民族文学研究具有重要的借鉴价值，同时为经济欠发达地区作家的培育提供了一种路径。正如著名学者陈学璞所言：“本书从文学地理学的新视角，观照2000—2020年的壮族文学，着眼于新世纪壮族文学转型，展示了新世纪壮族作家作品蔚为大观的新景象，提出了进一步繁荣发展当代壮族文学的设想和建议，值得一读。”[①]

---

① 陈学璞：《用“两创”理念研究壮族文学的创新性成果——评〈壮族文学二十年〉》，《当代广西》2022年第9期。

第五节

《我的动物故事》：动物故事与地域文化的抒情空间

在当下的创作中，有关动物的故事进入到诸多作家的写作视野之中，对动物故事的书写构成了文学创作的重要维度。由于生长环境、日常习性等因素的差异，不同地域的动物呈现出了内在的差别，也因此蕴含了纷繁多样的地域文化空间。梁思奇的《我的动物故事》即从地域文化的角度出发，通过讲述作者与诸种动物之间的有趣故事，集中建构出了广西地域文化的抒情空间。这种抒情空间一方面指向的是作者在描摹多元地域景观的过程中，所再现出的深厚地域情感；另一方面，作者通过表达自身对故乡（尤其是“孩提时代的故乡”）的怀想，诉说出了深刻的乡土情结；与此同时，作者还在与诸种动物的交流中再现了日常的观察，经由日常的哲思表达了他对广西地域的独特情感。

一、风土人情：地域景观的描摹

俗话说，一方水土养一方人。由于地理环境、气候条件、自然物候等因素的差异，不同地域形成了不同的文化空间，多样的文学风貌也由此产生。可以说，地域因素对于文学创作有着重要的影响。从某种程度上说，对地域因素的强调是文学研究的一个基本面向，它构成了文本特色化的基本条件，作家往往凭借其作品中所构建的令人遐想的地理空间而获得读者的青睐。在英国学者迈克·克朗看来："文学作品不只是简单地对地理景观进行深情的描写，也提供了认识世界的不同方法，揭示了一个包含地理意义、地理经历和地理知识的广泛领域。"①也就是说，文学作品对地理景观的书写不仅生动地再现了多样的风土人情，而且还包含着丰富的地方性知识。这种地方性知识支撑着作者地域情感的表达和自我主体性的构建。基于此，梁思奇的《我的动物故事》对广西地域景观的描摹不可谓不特别。

结合文本来看，《我的动物故事》所选取的写作角度十分独特，它并非把广西秀美的湖光山色作为书写对象，而是以广西特有的动物为写作核心，如饭碗虫、菩萨鱼、塘角鱼等。可以说，这些动物无论从名称还是从其特定的文化寓意来说，都受到了广西地域文化的深刻影响。比如，作者在《我的动物故事》中写到关于"饭碗虫"和"菩萨鱼"的回忆。从作者的描述中可见，"饭碗虫"和"菩萨鱼"并不是严格意义上的动物名称，而是当地的一种通俗说法。所以作者坦言："我原来一直不知道饭碗虫的大名，但知道了也没用，说它的大名，许多捉过饭碗虫的人，根本对不上号。一种物件的名字很奇妙，叫习惯了再叫别的，似乎说的是另外的东西。"②显然，对于作者而言，关于"饭碗虫"的记忆无疑是奇妙的，它充当了作者回忆童年生活的中介物，我们从文章的温情描述中便可体会到作者对这些动物所拥有的特殊情感，而这种特殊情感就包含在那些奇妙的名称当中。不管是"饭碗虫"还是"菩萨鱼"，这些奇怪的称呼无不体现出本地人对动物的特殊观察方式以及特殊的情感体认。再比如，作者写到了"塘角鱼"，这种鱼生活于水塘的角落，看似平凡却带给作者无尽的童年乐趣。尤其是回忆起的那次捉鱼的惨痛教训，更是妙趣横生。当

---

① 迈克·克朗：《文化地理学》，杨淑华、宋慧敏译，南京大学出版社，2003，第72页。

② 如无特别说明，本文所引语句均出自梁思奇：《我的动物故事》，广西师范大学出版社，2020。

作者用手去按住塘角鱼时，“不料中了它的‘暗器’，被它的‘角’扎到右手掌肉嘟嘟的地方，疼倒还好，只是‘腌竹笋炒胡椒——酸加麻’”。从中可见，作者将自己的切身体会描写得尤为风趣。文中“暗器”的比喻不仅将“塘角鱼”的鲜活之态表现得很传神，更是写出了童年的那份天真烂漫。值得一提的是，作者这样形容疼痛感：“腌竹笋炒胡椒——酸加麻”，这种另类的表达巧妙地借用了味蕾的感官体验，从侧面写被塘角鱼的“暗器”所击中的那种瞬间感受，这不可谓不新奇。结合上述内容来看，这些具有地方色彩的动物，自然而然地构成了作者童年记忆的底色，它们不但给作者提供了丰富的写作素材，也给作者带来了精神上的宽慰。

除此之外，作者书写的很多动物承载着广西特有的文化寓意，这些动物被壮族人民赋予了独特的情感内容。比如，作者写到了“雷公养的‘狗’”，也就是蜥蜴。通俗地讲，蜥蜴就是四脚蛇，它拥有像鸡爪一样的脚。与众不同的是，在壮族地区，壮民对蜥蜴的认知仍带有神话色彩，认为蜥蜴是壮族神话中雷公的宠物，于是“雷公狗”一说便流传开来。文中写道：“被‘雷公狗’咬着雷响才松口的说法很耸人听闻，我想大半是因为蜥蜴的样子很像传说中的龙，《易经》里说‘云从龙，风从虎’，人们认为龙管着风雨雷电，于是把对大自然的敬畏移植到这长相奇特的动物上。”众所周知，“雷公”在壮族神话中扮演着重要的角色，很多神话故事都与其相关。因而“雷公狗”的叫法显然具备了壮族神话传说的元素，这使得蜥蜴的故事变得怪诞离奇，进而吸引读者的眼球。如果说在作者印象中有着鸡爪一样脚的“雷公狗”是壮族鸟图腾文化的一种体现的话，那么其中所写的《童年鸟事》则完全是作者童年关于鸟之回忆的合集。对此，作者提及了自己的梦想：“我小时候曾日里夜里梦想变成一只鸟，把自己感觉每天不爽的原因，归咎于不能像鸟一样拥有一双翅膀，要是那样，自己想去哪儿就去哪儿，特别是每天扑楞楞一下子就能从家里飞到学校了。”[1]这是作者童年内心中真实的渴望，也是广西地域文化所编织出的美丽遐想。不可否认，壮族人民有着十分独特的鸟图腾文化，广西也有着“羽民之国”的雅称。因此，作者对于鸟的书写，无疑是广西地域文化的浓缩，它是对民族心理的深层把握，更是对地域文化的诗意操演。

当然，在《我的动物故事》当中，梁思奇把动物当作抒情核心对象的同时，也十分注意对广西地域景观的描摹。一方面，“桂东南”有着令人迷醉的自然景观以及人文景观，这些景观勾勒出作者内心中的精神世界，与作者笔下的千奇百怪的动物对举，共同拓展着作者的生命容量；另一方面，作者也提到了人类学家吉尔兹所提到的很多地方性知识，如其中提到的“趁圩”“煨”等，这些地方性知识在一定程度上也参与到地域性文化空间的构建中来。从作者的描述中，我们不难发现，在“桂东南”这片土地上，池塘、稻田、牛栏等处处可见，这些略带潮湿的地方构成了南方写作的基础，它们都是广西地域景观最为典型的代表，这也从侧面反映出广西稻作文化区的经济生产方式。换言之，亚热带季风气候的广西十分潮湿，为稻田提供了良好的生长条件，而这些稻田又是很多有趣动物的日常栖居住所。在这一点上，作者写泥鳅时自然也离不开稻田了。“耘田时也能捉到泥鳅。这时候的田野是最美的。浅浅的田水浸着刚扎根返青的秧苗，清澄澄的照影如镜，倒映着蓝天白云，秧苗在徐徐的轻风中抖动，像无数的小人在跳舞。”文中的这段话显然给我们临摹了一幅桂东南稻田的风景图画，在这幅画中，农人的劳作与稻田中茁壮生长的秧苗将广西的地域之美描绘得活灵活现，令人神往。与此同时，作者总在不经意间透露出有关广西饮食方面的知识。比如作者十分钟爱“泥鳅粥”，书中详细写出了做“泥鳅粥”的过程，展现了广西地域文化的一个侧影。由此可见，作者在书写动物故事的同时，不仅增添了很多地域性的风土人情的描写，而且也补充了广

---

① 这篇小文原拟收入梁思奇著的《我的动物故事》，后因版面问题，临时撤下了。

西特殊的地方性知识，这便使得《我的动物故事》拥有了不同寻常的审美趣味，更让本书孕育了美妙的文化空间。

二、浓烈乡愁：乡土情结的诉说

显而易见的是，《我的动物故事》凸显出了强烈的地域性，这种地域性使每则故事都拥有浓烈的地方韵味。这种原乡写作的韵味并不是现代文明所给予的，而是原汁原味的真实所产生的一种乡土氛围。在这方面，梁思奇可谓是新时代“乡愁”的言说者，他并没有选择都市的种种诱惑作为切入点，而是将回忆的线索从时间之源上回溯，从城市回归乡村，或者说从文明的桎梏和生硬回归到原始的粗糙和自然。

首先，《我的动物故事》在很多地方所使用的语言并不是文雅的书面语，而是日常生活中的乡间俚语。这种乡间俚语虽然有时候读起来会稍显粗俗，但能够带给人们某种亲切感，使得作者的童年时代与现时代能够正常接轨，丝毫没有语言上的隔阂，进而体认到了乡土生活的那份纯真和质朴。比如，作者是这样写自家黄狗的狭义之举的：“一条狗害怕不害怕，一眼就能看出来，勇敢的狗面对强敌环伺，尾巴一定是竖着的，像一面旗子，像在示意对方‘有种就放马过来’。”很明显，“有种就放马过来”是日常生活中经常出现的俗语。可以说，正是这句俗语，把黄狗护主的英勇气概表现得甚是到位。在《灵魂出窍的牛》中，作者的俗语运用显得愈发熟练：“我们旋风一般从家里跑出去，站在远处看田里水牛‘度（duó）角’——村人把牛打架叫作‘度角’——一较牛角的长短。不知道什么原因，一群牛与另一群牛碰到一起，总有一对像前世的冤家，远远地昂着头怒目而视，这边的说：‘你瞅我？’那边的说：‘我就瞅你咋的？’两边互不服气，迎面冲过去，噼里啪啦‘度’起角来。”这里不光有“度角”这样的地方性词汇，还有拟人化的对话碰撞。毫无疑问，文中乡间对话的安排，不但把握了牛这种动物的脾气，也烘托出了广西人民耿直的地域性格。另外，作者还经常使用一些传统的、耳熟能详的民间民谣，来增强故事的可读性，使故事保持纯正的民间状态，不至于那么生涩与刻板。比如《蚊声如雷》中的童谣：“灰烟飞上天，变蚊子；/灰烟飞上岭，变绞芒；/灰烟飞落水，变蚂蟥；/生生死死吃人王。”再比如文中出现的那首经典的校园歌曲《捉泥鳅》：“池塘里水满了/雨也停了/田边的稀泥里到处是泥鳅/天天我等着你/等着你捉泥鳅/大哥哥好不好/咱们去捉泥鳅”。从这些清丽的民谣可以看出，梁思奇的《我的动物故事》确实拥有浓厚的乡土气息，正是这股乡土气息为本书注入了新鲜的活力，把回忆性的文字盘活，并在此基础上重新还原，或者说焕发自然生命的本真，以及原先未被文明所侵蚀的粗砺的色泽。

其次，作者多次表达了他对“孩提时代”生活的怀念，以及对祖父、祖母、父亲等亲人的怀想，这构成了作者内心中最为真挚的“乡土情结”，尤其表达了对故乡的朴素情感。不难发现，作者所写的很多关于动物的回忆都是与亲人直接相关的。作者写动物时，总是很自然地牵出很多童年时的人间真情，这些情感本是作者内心当中最柔软的所在，却在作者笔下的动物故事中得到了最完整的展开。在《人人一颗蝼蚁心》当中，作者就对童年时代的父亲讲故事的印象尤为深刻：“我喜欢农谚是因为父亲讲三国，诸葛亮知道三日内必有大雾，用草船‘借’了曹操十万支箭。父亲说很多人都认为诸葛亮神机妙算，上知天时，其实很多动物就有预知天气的本事，蚂蚁在下雨前就懂得急忙搬家筑窦。”巧妙的是，作者由蚂蚁搬家联想到父亲小时候讲三国故事的场景，蚂蚁的神机妙算在作者看来就像三国故事当中的诸葛亮，而诸葛亮的神奇之所以能够镌刻在作者的脑海中，很大程度上就是因为父亲口述传统的影响。当然，儿时的记忆中还有祖母的身影，在作者的脑海中，祖母也是与动物相联系的：“我祖母‘定格’在我脑子里的形象，就是戴着老花眼镜，把簸箕搁在腿上，低头捡拾豆子里蠕动的蛆，丢到地上。按理说，这些吃豆子长大的蛆含有高蛋白，也许还有氨基酸什么的，从营养来说没有问题，主要是恶心。”在作者的温情叙述中，祖母低头安详的样子让人心头一暖。于是，蛆这种令人厌恶的东西便成了点燃作者炙热情感的导火索，当作者把重点移到祖母身上时，蛆也就变得不那么讨厌了，相反作者是通过它去感受祖母的那份慈爱与关怀。同样，祖父也是与一种不起眼的动物密切相关的："说到与蚊子的战斗，印象最深的战场是在祖父的床上。每天晚上八九点钟，祖父坐在床边抽着水烟筒与人聊天，我端着煤油灯在蚊帐里搜索蚊子。"蚊子可谓是夏天最常见的动物了，作者由蚊子想到了祖父的床，进而想到祖父吸烟时与别人侃侃而谈的场景。由上可见，尽管蚂蚁、蛆以及蚊子都是一些渺小的，甚至是对人造成很大困扰的动物，但这些动物无不牵连着作者对儿时亲人的无法遮掩的想念之情。直接地说，这种感人至深的情感是作者乡土情结的具体外化，或者说它也是乡土情结的外在表征。

还需指出的是，梁思奇在《我的动物故事》中有更深层次的思考。也就是说，作者注意到了一个很尖锐的问题，即乡土性与现代性的对立矛盾。不可否认，随着工业化进程的加快，城市建设也逐渐向乡土世界扩展。在新时代经济发展的大背景下，工业文明逐渐取代了农耕文明的位置，与此同时，人们也渐渐地告别了那种只适合于乡土社会的生活方式。在这一点上，梁思奇的思考是深入的，他揭示了乡土与当前的现代化、城市化进程之间所存在的内在冲突，并以此提醒我们要坚守内心的净土。正如梁思奇在书中序言所说的："在工业化、城镇化急风暴雨的'现象'后面，农耕文明仍在支配着我们的思想。"这就是说，现代化的新事物、新现象并没有完全剔除传统农耕思想的残留，如作者提到的豪华别墅旁的漂亮花圃变成了菜地，现代的大学校园里有改头换面的土地庙。这些无不说明了这样的问题，即现代社会如何对待及处理农耕文明所剩余的东西？当然，这只是现实问题浅显的表层，问题的实质在于，现代化要求人们的思想转变，让农耕文明中的一些不适应城市生活的思想观念退出城市的舞台。从另外的角度来看，城市文明也滋生了很多新问题，面对不同的诱惑，现代社会的人们早已放弃了农耕生活的道德准则和真挚情感，当物质的欲望充斥一切的时候，人就会变得越来越功利化、利益化、个体化，人与人之间也会变得异常陌生。对此，梁思奇写《我的动物故事》就是要再现儿时乡村中的那些温情场面，把乡土社会中那些真挚的情感留存下来，来补充城市生活的空虚。《我的动物故事》充斥着大量的乡土元素，那些乡间俚语、乡间民谣、亲情故事，无不彰显出作者内心当中浓烈的乡土情结，尤其表达了对故乡的朴素情感。

三、共同记忆：日常情感的再现

梁思奇在讲述动物故事的过程中，表达了自身对于日常生活的体悟与感念，而由于这种记忆是在广西地域中生成的，因此也就带有了特殊的地域文化记忆，进而能够实现作者对唤醒读者“共同记忆”的某种期待。

首先，在写作《我的动物故事》的过程中，梁思奇总是选取日常生活中的一些平凡的瞬间，以此来把握日常生活中的点点滴滴，把记忆落到生活的实处，在日常生活当中提炼睿智和哲思。在再现儿时日常情感的同时，作者从儿时的幼拙与稚嫩中走出，转而运用现年龄阶段的思考方式，来体味年龄变化的人生乐趣。比如写到蟋蟀时，作者的言谈之中总是充满着暮年的感慨：“秋风乍起，叶黄欲落，气象萧索，蟋蟀的叫声入耳入心。这些大自然的精灵，在秋风乍起的清寂中，在自己生命黄昏将至之际，奉献给人们快乐，真有一些‘桑榆虽晚，为霞满天’的情怀。有人玩物丧志甚至丧国，这并不是蟋蟀们的错。”毋庸置疑，蟋蟀鸣叫之时，总会引起人们心灵的震撼。秋风萧瑟、叶子枯黄之际，蟋蟀的叫声总是凄凉的，这是生命进入黄昏的象征，预示着即将步入暮年的人生阶段。由此，作者进一步联想到古代王朝的兴衰，使文章拥有了一种沉重的历史感。可以说，这样由古及今的思考均是作者在日常生活中的观察所形成。另外，作者还经常进行对比，用儿时的记忆来反衬现时代的一些现象，如萤火虫本是一种特别有诗意的虫子，可是经过时代的发展，早已不再是诗人托物言志的对象了，而是明码标价的商品，它为现时代的那些不纯的爱情标注价格。因此，作者慨叹道：“据说现在一些地方也纷纷放飞萤火虫，萤火虫更成了年轻人生日、情人节网购馈赠的礼物，价格不菲。只是不知道在一片熙攘热闹中，人们是否还能体会到昔日的乡愁，而那些‘温馨、浪漫，充满童趣’的萤火虫，又能否经得起这样的折腾。”这显然是作者通过萤火虫的对照，来反讽现时代物欲化的畸形。

结合上述内容来看，记忆可作为我们这个时代的参照物，它是具体的，有着具体的空间和时间内涵。如果说时间在作者那里被定格于童年的话，那么记忆的空间则与广西地域有着密切的关系。扬·阿斯曼认为：“回忆形象需要一个特定的空间使其被物质化，需要一个特定的时间使其被现时化，所以回忆形象在空间和时间上总是具体的，但这种具体并不总意味着地理或历史意义上的具体，且集体记忆会在具体时空中促发一些结晶点。”[①]可见，时空并不是虚构的、非实质性的，而是真实存在的、具体的、可把握的。从这个角度来看，《我的动物故事》不光涉及个人的交往记忆，它更多地指向了集体共有的地域文化记忆。比如说抓“雷公狗”去卖钱，就是作者那代人的集体记忆。“断了尾巴的‘雷公狗’一文不值。我们捉‘雷公狗’并不是贪玩，是拿到供销社卖，记得才一毛多钱一条。‘雷公狗’可以用来泡药酒，但如果尾巴断了就成了废品，据说没有功效了。”由于当年的物质条件远没有现在这么丰富，因此像“雷公狗”这种小活物就成了孩子们拿去卖钱的好东西。这里，“供销社”无疑是那一代人的集体记忆中最难忘的事物，它是计划经济时代的产物，更是那个时代的印证。

---

① 扬·阿斯曼：《文化记忆：早期高级文化中的文字、回忆和政治身份》，金寿福、黄晓晨译，北京大学出版社，2015，第 31 页。

显而易见的是，这些记忆来源于普通的日常行为，也包含着很多日常情感，如回忆蟋蟀时的暮年之慨叹，如关于萤火虫的现实对比，等等，都体现了作者的情感取向。在这些记忆中，作者总是隐微地流露出对童年情感的怀念之情，进而由个体过渡到集体，从私人性的交往记忆中走出来，把集体性的回忆也放到了写作的重要位置上来。在此基础上，文本为地域文化的动物记忆和时代集体性特殊记忆的混合提供了新的形式，让它们得以保存，以便我们对其进行回顾。

四、和谐理念：时代转型的哲思

自理性主义哲学兴起以来，“我思故我在”成为人类认识世界的首要原则。在这一思想的基础上，人逐渐确立了人的主体性，并从自然的世界中分化出来，获得了独立的、区别于自然界的完整人格，或者说完成了人与自然的主动分割。在黑格尔看来，自然美也是理念显现的一种方式，他指出：“但是由于理念还只是在直接的感性形式里存在，有生命的自然事物之所以美，既不是为它本身，也不是由它本身为着要显现美而创造出来的。自然美只是为其他对象而美，这就是说，为我们，为审美的意识而美。”[①] 从黑格尔的话里可以看出，自然作为人的审美客体，它是以人的审美需要而存在的，同时形成了一种人类中心意识。这种人类中心意识带来的结果是，人肆意地将自然当作征服的对象，从而造成了生态失衡、物种灭绝等重大影响。

为此，梁思奇在《我的动物故事》中对人类的行径进行了深刻反思。首先，作者意识到生态多样性（或者说物种多样性）对我们所赖以生存的地球家园的重要价值。在这点上，《我的动物故事》承认了所有生物的平等地位，并给予它们最真切、最真诚的关注。针对这一问题，作者写道：“除了写到鸟、

① 黑格尔：《美学》第一卷，朱光潜译，商务印书馆，1984，第 160 页。

鱼、狗、牛等人们熟知的禽畜，还写到了老鼠、苍蝇、蚊子……在人们的观念中，它们都是如假包换的害虫。对它们的讲述，并不是我善恶不分，是非不明。我觉得从某种意义上说，它们的存在恰恰是人类得以存在的前提。生态多样性是大自然的根本特征。”也就是说，《我的动物故事》所挑选的写作对象并没有局限于那些拥有丰富文化寓意的动物，而是扩大了视野，将一些平常毫不起眼的甚至让人觉得很厌恶的动物也囊括其中。作者承认老鼠、苍蝇、蚊子、蜈蚣、蜘蛛等动物的生存地位，恢复它们在日常生活中的“合法席位”，赋予它们在记忆中所应当占有的位置。比如，在常人看来，蜘蛛可能是令人恐惧的生物，它面目狰狞，且具有一定的攻击性。可在作者的笔下，蜘蛛则呈现出另一番样态：“我小时候经常做的事就是看蝇虎捕苍蝇，过程比一部大片还精彩：它在墙上爬来爬去，就像老虎在森林里巡游，发现苍蝇之后，它不会直接扑上去，而是停下来，像在盘算什么，然后掉头绕到苍蝇的侧面……”这是蜘蛛捕食时的精彩描写，谨慎的蜘蛛有着娴熟的捕食技巧，它被作者说成老虎，从作者绘声绘色的描述中，读者仿佛能想象出蜘蛛小心的步态，在一步步地逼近中彰显出猎手的老练与成熟。同样，苍蝇在动物故事中也并非恶心的、让人避而远之的虫子，而更像是作者儿时的玩伴，与作者进行着智力上的斗争：“我把苍蝇拍握在手里，像黑旋风李逵身怀利器，杀心陡起。”作者自况为《水浒传》中的李逵，把自己当作了苍蝇的有力对手。可以说，苍蝇、蜈蚣之类的动物，也是作者内心中的一份柔软，它们包含着作者很深的情愫，也体现出作者对所有动物的包容态度。不管是什么动物，在《我的动物故事》中都有“出场”的机会，这是难能可贵的。

梁思奇将思考进一步延伸，并认识到经济社会的发展和对动物生存家园的侵占给动物所带来的极大伤害。在这一点上，作者清醒地认识到人类中心意识是一种极端错误的观念。古人依靠天意吃饭，因此能够与自然界和平共处，相得益彰，对自然界始终保持一颗敬畏之心与感恩之心，而不是一味地索取。可见，自我意识确立以来，人总是把自然界当成随意索取的对象，任意地开采自然资源，任意地捕杀动物。于是，作者指出："工业革命的伟力，刺激了人们战天斗地的雄心壮志，一度树立了战胜自然、征服自然的观念，但'道法自然'，自然同时是一种规律，谁违背了它就会受到惩罚。雾霾、赤潮、台风、火灾、地震、泥石流……人类从自然灾害中认识到了自己的狂妄与冒失，对自然有了新的认识，提出了要尊重自然、保护自然，与自然相和谐。人类正从农业文明、游牧文明过渡到工业文明、信息文明，正向着'人类命运共同体'的生态文明过渡。"梁思奇认识到随着科技进步，人类固然可以利用自然资源来造福自身，但大自然中仍有人类需要去遵循的法则，它仍在支配着大道的运转，所谓的道法自然就是这个道理。这是道家的思想的显现，但也说出了现时代的真理。因此，在地球家园中，人类并不能以万物的主宰者身份自居，而是要对各种动物保持尊重，承认它们的合法"居住权"，与它们共同生存于地球这一共同家园之中。虽然在几次工业革命开展之后，人类社会已经在很大程度上从农耕文明过渡到工业文明和信息文明，但那些在农耕文明中所形成的自然观念仍需我们重新认识。

总的来说，梁思奇的《我的动物故事》是关于时代转型的哲思，它否认了"人类中心意识"的合理性，进而在承认生物多样性的基础上，提倡一种人与自然平等和谐的理念，这无疑对我们现时代的发展具有重要的意义。它警醒着我们，告诫我们要尊重自然、保护自然，并与自然和谐相处。

第六节

阅读教学的范式转型：审美体验的视角

——评《审美体验视域下语文阅读教学研究》

阅读教学向何处去？这是一个有关阅读教学本体问题的思考，一直以来，阅读教学在方法论方面研究较多，但对阅读教学的本体问题探讨甚少。杨进红博士的《审美体验视域下语文阅读教学研究》一书，就是从追问“阅读教学是什么”入手，从审美体验的视角切入阅读教学的内部，探讨阅读教学本体思考、文本解读、对话过程、课堂实践等本质问题，为阅读教学的理论研讨和实践探究提供了一个新的范式。本书作者借鉴、吸纳了现代阅读理论的成果，从现代哲学解释学、接受美学等角度去认识“阅读”的内涵，着重探讨了如下几个重要的问题：

一、回归本体的阅读教学

阅读教学的本体思考，其实就是回答一个基本的问题：阅读是什么？对“阅读”内涵的理解不一样，其所持的阅读教学观也是迥异的。我国古代的解读理论强调“以意逆志”“诗无达诂”的原则，这是对读者主动参与作品意义建构的一种尊重。西方现象学则把阅读看作是文本与读者的理解和交往，这种双主体的关系阐明阅读是一个主体间性的过程。本书作者通过梳理有关“阅读”的本体理解，认为不管从什么角度去认识“阅读”，有些共性的东西是大家都认同的，如阅读过程离不开围绕作者、读者、文本三者来进行解释。

回答了“阅读是什么”后，接着要回答的就是“阅读教学是什么”。而要回答“阅读教学是什么”，显然和我们的“阅读教学要达成什么目标”有着内在关联。阅读教学要培养什么样的人？这是一个根本性的定位问题，而阅读教学的权威定位，一般由国家颁布的课程标准予以明确，如语文课程标准就提到，尊重学生的多元解读，珍视学生独特的阅读体验，引导学生用心灵去感悟、体验和表达等阅读理念。而要达成这样的阅读目标，传统阅读教学那种师传生受的知识教化模式显然难以实现。阅读活动，究其实质来说，应该是读者和文本之间的一种情感沟通。要实现这种情感沟通，需要读者进入文本，与文本的情感和生命融为一体，在此基础上生发对文本的理解以及进行意义建构。这个过程不是简单的认知的过程，而是一个审美的过程、体验的过程。

二、追求意义生成的审美解读

阅读教学离不开对文本的解读，传统阅读教学的焦点更多的是关注文本信息，即学生的阅读活动就是去寻找文本“说了什么”。这是以知识的客观性作为认识论基础来指导阅读教学的。本书作者没有否认传统认识论的价值和意义，但阅读教学如果仅止步于知识获取层面，那么阅读的价值和功能是难以完全发挥出来的，特别是其审美功能、创造功能等。缺乏了读者的主动参与，文本只是一个静态的存在，作家的作品也只是一堆没有生命力的语言符号。作品的魅力正是因读者的参与体验，其潜藏的意义才能被唤醒和激活。

解释学、接受美学都十分强调文本意义生成过程中的读者作用，认为作品之所以有价值，就是因为读者参与其中，唤醒了静态文本潜藏的鲜活意义。如果文本只去追索其原意，文本就只能是一个封闭的世界，而通过读者的体验和创造，文本的空白和未定性便得以丰富和填充，其审美价值和社会意义才有可能被激发出来。所以，文本的审美解读就是追求文本的意义生成和建构。强调读者对文本的意义建构，阅读教学中就必须解决一个教师关心的问题：不同的读者，对同一文本肯定有不同的认识和看法，那么谁的观点才是权威的、正确的？换句话说，文本解读有没有一个标准？是不是随便怎么解释都行？本书作者提出，追求作品的客观意义与读者建构、生成意义并不矛盾，这二者可以进行统一，读者的意义生成使作品的价值、生命得以激活，凸显了阅读活动的主体能动性；同时，阅读过程在对话与交流中，还是一个不断进行检验、调整和修正的过程，这个调整的过程，可以促使读者的认识不断抵近文本的真义，彰显文本的真理。

三、实现多重互动的审美过程

语文课程标准提到，阅读教学是学生、教师、教科书编者、文本之间的多重对话，是思想碰撞和心灵交流的动态过程。对话教学作为一种基本理念与阅读教学有机结合起来，改变了传统阅读教学那种教师单向灌输、学生被动接受知识的学习过程。阅读教学的对话过程注重教师、学生、文本之间的多重互动沟通，阅读教学的本质就是教师与学生、教师与文本、学生与文本、学生与学生之间的对话式沟通交流，它彰显了阅读教学审美体验的本质，注重生命主体间的言语与精神的融合。

阅读教学的多重对话，其特征体现为三个方面。其一，这是一个“分享—创造”的过程。阅读体验是一种心灵对话的活动，这种对话一方面体现为教师和学生在阅读过程中相互分享经验和智慧，另一方面师生和文本、作者也共同分享着审美经验，这种相互分享的过程不但给阅读主体带来生命愉悦和精神享受，同时也是提升自我境界，进行意义创造的一个过程。其二，这是一个“理解—体验”的过程。要达成“理解”，主体之间就是一个交流的过程，读者、文本、作者都是对话的主体，读者能够理解作者，是因为二者有着共同的审美结构，能够理解对方创造出来的作品；读者能够理解文本，是因为文本所传达的就是人类共同的审美经验，能够从中发现一个“全新的我”。其三，这是一个“唤醒—建构”的过程。阅读活动不是一个个体占领另一个个体，而是各个主体之间的相互唤醒。阅读教学也是如此，教师的教学活动不是把知识硬塞给学生就完成了阅读教学任务，阅读教学本质上应该是一个唤醒心灵的对话过程，课堂教学就是为了去更新学生的感知和认识，去打开学生尘封的思维，让学生以审美的眼光去阅读世界。

四、达成视域融合的课堂实践

当然，不管理论如何建构和创新发展，最终都要落脚在实践环节。审美体验阅读教学也是如此，阅读教学过程的完成，需要教师、学生共同参与而实现。审美体验的阅读教学强调多主体的对话，因而，教师在阅读教学中发挥什么作用，学生在阅读学习过程中扮演什么角色，这是需要明确的。阅读教学要充分关注到教师和学生两个维度，所以，阅读教学审美体验的实践，必须寻求多主体之间的一种视域融合。具体而言，阅读教学中这种视域融合包括三个方面：

一是学生与文本形成视域融合。文本解读强调意义建构，这种意义建构不是生发与文本无关的信息，意义建构首先应该进入文本世界，去体验、感悟文本的情感、思想及审美价值，这个过程就是“文本的世界”与“我的世界”都相互敞开，从而让读者与文本达成一种情感与理智互相渗透的视域融合。所以，阅读教学不只是传授一些知识和技巧就够了，还需要引领学生进入文本的审美世界，去和文本开展心灵的交流，与文本达成一种精神的默契。二是教师和学生形成视域融合。教师和学生是一种平等的对话关系，阅读教学中，教师不掌握绝对的话语霸权，不是权威的管制角色，阅读教学应该是师生的一种精神的交流和心灵沟通，通过师生的互动和交流，使各种观点汇聚和融合，从而使各自的理解视域获得扩展和创新。三是学生与学生形成视域融合。新课程倡导合作、探究、自主的学习方式，其中的合作探究，就是一个相互学习、相互合作、相互分享的过程。阅读过程通过与他人交流体验与心得，与他人分享自己的思考和智慧，可以不断拓展自己的理解视域，从而建构更有价值的意义世界。

本书作者从理论和实践两个维度探讨了审美体验视域下的语文阅读教学研究，阐明阅读教学乃是智能、情感和精神的三位一体活动。其理论意义在于，现代哲学解释学、接受美学等文艺理论对阅读教学有着深刻的影响，阅读教学只有变革及创新自己的理论体系，才能在范式转型中找到属于自己的重要位置。如本书所言，阅读教学实质上是对审美体验的一种内在需求，是一种精神的需要。其实践意义在于，阅读课堂的有效性追求，首先应回到阅读教学的原点来思考，突破知识本位阅读观所带来的局限性，着眼于人的主体性和建构性，才能让阅读教学真正焕发生命力，让教师和学生都能在教学中得到发展、得到提升。

第四章

深入对话空间

第一节

坚持诗学本位，拓展研究路径
——对话张桃洲

钟世华： 张老师好，感谢您接受我的采访，您早年也是先写诗，尔后才转入新诗研究和批评的。在您看来“诗”究竟是什么？或者说，您认为诗的根是什么？

张桃洲： 人们常说，每个人年轻的时候都是诗人。我从中学时开始习诗，当时与同学办诗社、印刊物，写诗的热情一直延续到大学毕业，参加工作后诗歌产量渐渐减少，及至后来攻读硕士和博士学位，转入了系统的理论学习和诗学研究、批评，虽未完全终止诗歌创作，但也是偶一为之的事情了。现在想来，从蹒跚地踏入写诗之路，到如今成为“专业”诗学研究者，30年过去了，将兴趣发展为一种职业，或者说把爱好与职业融合在一起，不知幸耶、不幸耶？

在纷繁的“诗”的定义面前，我们似乎不必再多说什么。诗关乎心灵的渴求，诗能够抒情言志，诗通向的是美的感受……这些关于诗的基本预设想必会为大多数人所认可。事实上，一个人对诗的理解不应该是一成不变的，其诗观会随着阅历的增长、境遇的变迁等因素而发生改变。

对我而言，如果说年少时对诗的喜爱主要源于所阅读的书籍、青春期的特定意绪和对词语的“敏感”，那么当这种创作的热忱慢慢转化为研究的动力之后，对诗的见解——什么是诗、何为好诗或坏诗、诗的意义和功能等，就有了不小的变化。

当然，早年对于诗的某些趣味或偏好，仍然会“顽固”地发生作用，特别是在研究之外对诗进行个人判断或取舍时，甚至会不经意地“介入”研究过程，影响论题的向度乃至行文风格。比如，我对偏于内敛的精神性诗歌的倾心，研究中对诗歌语言、形式的重视，不能说与学生时代读冯至、昌耀、骆一禾的作品及朦胧诗所受的陶冶没有关系。

近年来我对诗的看法趋于稳定。我为自己的一本诗学论集取名《语言与存在》，意在表明我仍认为诗的根本在于语言。不过，这里所说的语言不是一种单纯的、孤立的工具性要素，而是蕴藉着历史、世界、心智等丰富内涵的综合体，是与存在紧密联系在一起的。“语言与存在”是诗的根基，也是诗所应完成的使命，我以之作为透视新诗历史和文本的切入点，将自身对现代人生存状况、文化处境的关切隐含于新诗语言的分析之中，多从语言层面来探讨新诗所包含的“存在”主题。正如诗人海子所言：“诗歌是一场烈火，而不是修辞练习。”诗不止是纸上的语言符号，而更包含了真切的生命体验。不仅如此，我还觉得诗与“时代的审视者”同构，它作为时代的反思性力量，对其所处的时代始终持有反省或审视的态度。虽不能极端地说诗应该承担起“时代的批评者”的角色，但它应该以足够的清醒姿态来“看护”自身所处的时代。

钟世华：“看护”这个富有诗意的表述，我特别喜欢。据我了解，您多年来在诗歌研究中践行文本细读方法，坚持从文本出发，深度解读一首诗的涵义与价值，例如对王家新、臧棣、朱朱、西渡等重要诗人的个案研究。那么，面对诗歌文本，您觉得应靠什么来解读？可靠的途径在哪里？

张桃洲：谢谢你的细致观察。由于受早年阅读和习诗趣味的影响，我的诗学研究一开始就偏向于从本体的角度探入诗歌。当然，还有后来求学过程中受到的外来理论滋养（如英美新批评、符号学、语言学诗学等）与理论风尚熏染（20世纪80年代以来的审美主义、本体论和自律性观念），也对我产生了极大的影响。特别是英美新批评倡导的文本细读，为我提供了从本体角度进行诗歌研究的有效路径，具有方法上的启示意义。

实际上，文本细读是20世纪80年代中国诗歌本体研究的有机构成要素，不少研究者取得了令人瞩目的成果。已故诗评家陈超先生是这方面的杰出先行者，他有一段表述我深表认同："批评家可以采用任何有效的理论进行批评运作。但有没有对文本的'细读'这个起点是不一样的。"[①] 文本细读既是我诗歌研究的"起点"，又是贯穿我所有诗歌研究的理论方法。同很多重视并实践文本细读的研究者一样，我最初在研究中运用的细读主要着眼于诗歌文本的内部结构，从字词、行句、段落等文本"要件"入手，分析其构造层次和特征。我对一些诗歌现象和诗人个案的论述，大都立足于这样的文本细读。这其实就是相对封闭、自足的诗歌语言形式研究。通过反省我逐渐认识到，诗歌的主题意蕴并不单单从文本自身就能获得透彻解释，即使是诗歌的结构和形式特征，其生成机制也非仅靠词句和行段分析就能完全说明的。近年来，受到姜涛等研究者的文学社会学思路的启发，我尝试着改变文本细读策略，"在文本分析中重新引入历史语境、制度策略、文化心理等'外部因素'，并将新诗文本与这些'外部因素'的关系，从一种依附、对峙或反抗的格局，调整为穿越、渗透乃至包容的情势，讨论种种'外部因素'渗入新诗文本中的复杂印迹，及其对新诗文本样态与体式形成过程的塑造和影响"[②]。这可以说是一种内外兼顾、融会贯通的研究方法，不同于以往简单地从政治经济维度切入诗歌的路数。

---

① 陈超、许仁：《"愚人志"或"偏见书"——诗论家陈超访谈录》，《山花》1998年第9期。

② 张桃洲：《如何重返新诗本体研究？——从〈中国现代诗歌意象论〉谈起》，《首都师范大学学报》（社会科学版）2009年第5期。

钟世华： 您很早就从“话语”的角度介入新诗研究与批评，并提出了“新诗话语”这个概念，对百年新诗历史和现象进行了深入的剖析。这个概念不仅是您对新诗历史和现象的一种深度总结，而且对于新诗研究本身也极具启发性。请您详细谈谈“新诗话语”提出的缘起、主要观点及意义。

张桃洲： 20世纪90年代后期，我在南京大学师从叶子铭、朱寿桐二位先生攻读博士学位时，研究兴趣主要集中于新诗语言方面。当时确定论文选题时，我已意识到这种研究路数的片面与不足，觉得如果要深入阐述新诗史上的某些现象和问题，就必须拓宽思路、调整方法，于是提出了“新诗话语”的概念：“所谓‘新诗话语’，就是将新诗本体和历史看作一种‘话语’，其中包含两个最基本的要素——语言和语境。”我认为，语言、语境等多种因素的相互作用极大地制约了新诗的生成和发展，“新诗话语”的探讨包括：“处于现代性境遇中的中国诗人，如何运用给定的语言（即现代汉语）和言说空间，将自身的现代经验付诸现代表达？换言之，现代汉语如何被诗人们用来将自己的经验转化为诗歌？语言和经验如何在诗人们的倾力熔铸下而获具现代的诗形？”[①] 不过遗憾的是，以“新诗话语研究”为题的毕业论文尽管按期完稿并顺利通过答辩，但论题与自己的最初构想有些差距，其中存在着许多有待深化和完善的地方。

现在不难看出，我所提出的“新诗话语”，其理论来源主要是巴赫金、雅各布森（“六要素”）、本维尼斯特、乌斯宾斯基（“视点”）、福柯（“知识考古学”）等人的相关论述，其中尤以巴赫金的启发最大。巴赫金的“话语”由三个基本要素构成，分别是言说者、言说行为（内容）和言说的倾听者。新诗的言说由现代中国诗人运用特别的语词样式（新诗文本）来完成，其中的文本

---

① 张桃洲：《“同质”背景下的“异质”探求——试谈新诗研究的拓展》，《中国现代文学研究丛刊》2014年第10期。

指向的是他们同世界和自我之间的对话，这同时解释了新诗作为一种话语的原因。在此不妨扩展开巴赫金的“三要素说”：一是谁在说……二是在说些什么……三是用什么样的语言说……四是在什么样的条件下说……五是面向谁说……而“新诗话语”的研究就是要对这些相关因素予以探讨。[①] 我在探讨新诗历史和现象时借用“话语”概念，试图将问题意识与鲁迅式的关于汉语表达和书写的现代性困境（“当我沉默着的时候，我觉得充实；我将开口，同时感到空虚。”《野草》）建立联系。

当然，在探究“新诗话语”时，我没有复述或重新厘定常识性的“话语”概念，而试图将新诗史上一些有价值的议题提炼出来。本人一向情有独钟的语言问题本是题中应有之义。然而，随着“话语”研究的推进，语言自身的内在限度越发明显。

尽管在语言基础之上的“新诗话语”是一种本体的自觉，其中包括了语音、词汇、结构等语言学分析，但这极易落入将新诗话语研究视为技巧或形式分析的“陷阱”，由此也压缩了其本身的研究空间。解志熙先生曾在点评我的论文《现代汉语的诗性空间——论 20 世纪新诗语言问题》时指出：“或许新诗的语言问题是一个不可能单在‘诗的语言’范围来论说的问题。”[②] 由此，“新诗话语”的另一要素——语境的重要性进一步得到凸显。语境的作用毋庸置疑，作为历史过程与具体文本的“新诗话语”，正是在多重的语境中生成意义，并为我们所理解。这里的语境包括了话语的内部语境（上下文）、外部语境（政治、经济、宗教、科学、文化、出版、教育、传播 / 接受）和由社团、流派、论争等因素构成的文学体制。“新诗话语”受到这些场域及场域的相互

---

① 张桃洲：《话语的新诗观——对一种研究范式的探索》，《首都师范大学学报》（社会科学版）2005 年第 6 期。

② 解志熙：《张桃洲〈现代汉语的诗性空间——论 20 世纪中国新诗语言问题〉获奖评语》，《中国现代文学研究丛刊》2003 年第 3 期。

关系的隐性/显性、深度/浅度、直接/间接的影响。进一步说，语境在强化现代汉语对新诗的制约过程中所扮演的角色极为重要，它的介入使得语言的局限性呈现出来，新诗的双重困境由语言和语境共同造成。我的研究旨在将语境以及由它造成的新诗复杂性呈现出来，布迪厄的“场域”、尼采的“谱系学”(经福柯阐发后)、柄谷行人的“起源”等理论为研究提供了理论依据。较之前些年的偏于新诗语言的研究而言，我将把有关新诗语境的研究作为今后新诗研究的重点之一。

钟世华：除了“新诗话语”，在您的研究领域中，新诗格律也是您持续关注的焦点问题之一，相关成果是您的专著《声音的意味：20世纪新诗格律探索》，该书对新诗格律问题作出了全面的梳理与反省。那么，在您看来，在当下重新讨论“新诗格律问题”的意义何在？对未来新诗创作的启示何在？

张桃洲：新诗格律的确是我多年来着力探究的议题之一，陆陆续续推出一些成果，最后结集为《声音的意味》出版。相关研究其实是伴随着新诗语言研究而展开的，某种意义上是新诗语言研究深化和细化的结果。

10多年前我提出“新诗话语”，是为了在广度上拓展新诗语言研究的视域，同时我也考虑对新诗语言研究的特质进行深度的或更为具体的阐释，格律的议题出现在我的视野之中，尽管议题并不新鲜，但从已有的研究成果来看，对它的讨论并不充分。现代汉语的特性离不开新诗格律的建构作用，对现代汉语特性的理解与对新诗格律实质的辨析呈现出双向互动的关系：一方面，新诗格律的建立很大程度上由现代汉语的某些特征所规约；另一方面，对现代汉语特性的不断丰富的认知又通过新诗格律的生成/演化规律得以实现。现代汉语的多重限制使得新诗格律趋于内敛（“内在化”），这是二者之间最鲜明的联系。我以上述观点为基本论证思路申请的国家社会科学基金项目“20世纪新诗格律问题研究”意外获得批准，这促使我在其后较长的时间中，将以格律为切入点的新诗语言 / 形式的再探讨作为主要关注点，并为此下了很大的功夫。我的有关新诗语言的研究在这些宏观 / 微观（个案）的探讨中逐步深化，研究也深入到了新诗语言的细微层面，包括词汇、句法、语调、节奏等内容。

迄今为止，对新诗与现代汉语之间关系的最为深度的探究，在很大程度上得益于围绕新诗格律自身的思考，它的严密、系统的理论承传性得以显现，这也为新诗诗学建设和创作实践积累了值得珍视的历史经验。从更宽泛的角度讲，传统（古典）/ 现代、本土 / 西方、自由 / 规范等一系列相互纠葛与扭结的命题正是在新诗格律问题中勾连起来，新诗格律既有相对完整的历史和理论沿革，又对创作实践具有一定的指导意义，还关涉新诗的未来发展与建构。

纵观 20 世纪新诗格律的种种探索——不管是理论探讨还是创作实践，抑或是学术研究——主要显出两种倾向：一种是将格律视为诗歌的外部音响特征，着眼于对诗歌的音步、韵脚、平仄、建行乃至句段的斟酌与试验，这种探讨从早期的陆志韦、闻一多、朱湘等人的部分实践延续到当前的某些理论著述中；另一种是以格律的内在化趋向为依据，诗歌的内在节奏 / 旋律的经营得以重视。仅仅注重诗歌的外部音响，其缺陷有目共睹，即在于忽视了现代汉语的特性对新诗格律的基础性作用。实际上，一首诗的声音构成，或许不是由字数的多少、句子的长短，而是由它的语词组合方式，也就是它的句法所决定的。由于新诗语言在词汇、句法等方面的制约，新诗的外在声音已经变得不太重要，这也使得某种固定的、可供模仿因袭的新诗格律难以实现。从现代汉语的特性来说，一种较为明智的寻求新诗格律的方式可能是：抛弃格律富于形式化的外在音响，转而深入声音的内在层面（譬如“语调”）进行探究。因此，与其试图提出一劳永逸的格律方案，不如从实践出发探索现代汉语之于诗的可能性。在我看来，新诗或许永远也无法达到古典诗律中的格律“固定”化，但追求形式的努力不能放弃，这种追求始终要在保持现代意识的前提下进行。但愿这些理论分析对未来新诗创作有所启发。

钟世华：20世纪90年代之后，新诗热潮不断减退，诗歌格局多元共生。您曾编选过《中国新诗总系（1989—2000）》，也撰写过多篇关于90年代诗歌的论文。90年代最重要的诗歌事件之一就是“知识分子写作”与“民间写作”的论争，您以批评家的眼光，对于他们各自的理论主张如何评价？还有，怎样看待有关90年代诗歌的“先锋”“个人化写作”等关键词？

张桃洲：虽然有一阵关于20世纪90年代诗歌的讨论非常多，一些判断似乎已成定论，但仍须对其中的某些问题进行重新梳理和辨析。人们主要从两个层面认定90年代诗歌：时间（年代）意义和诗学性质。即便在今天，不同人眼中的90年代诗歌也是不大一样的，其间隐含的诗学观念的分歧难以消弭。

在我看来，90年代的所谓“知识分子写作”与“民间写作”之争，实则表征着中国当代诗歌观念的巨大分歧。这两个似是而非的概念背后，隐藏的是当代诗学对话中所存有的错置的理论认知与含混的命名方式。“知识分子写作”概念包含着复杂的困境意识，指责者将其与“西方化”“技术主义至上”等命题混为一谈，这就直接遮蔽了其诗学内涵的全貌。对于概念的倡导者与诠释者来说，他们也并未认识到概念自身的悖论性及其所再现的尴尬命运：一方面，“知识分子”所具备的自立精神、批判立场、介入维度及自我担当意识，正是通过“知识分子写作”得以集中呈现；另一方面，90年代诗歌边缘化的社会现实造成了诗人的身份危机，抽空了“知识分子写作”本有的“知识分子”实质，直接导致其退回词语内部的“毫不妥协”“坚持”的姿态丧失了合法性。同样的错置与悖论也出现在“民间写作”的概念之中，其所持的“民间”价值尺度相应地缩减。“民间”话语正是在90年代的精英文化/通俗文化更迭背景中浮现的，而随之出现的“去政治意识形态”高涨和庙堂文化权威丧失的现象，使得知识分子将自身的价值寄托与理想载体放置在“民间”之中。“民间”的复杂性被在如此状态下提出“民间写作”的诗人所剥离开来，他们也忽视了“民间写作”/“知识分子写作”对抗本身的“体制性”。从实际情形来看，倡导者们所理解的“民间写作”无不抽象化，这也使得其所存在的历史语境被无端悬置。

值得寻味的是，论争双方都试图将“边缘”“独立”“批判”等价值观念寓于各自代表的概念（“知识分子写作”“民间写作”）之中，双方在“边缘”地位、写作“独立性”即写作“批判”色彩的认同中趋于一致……这样，“论争双方在观念、思维方式上的趋同性及由此导致的某些论断的无效，很大程度上被忽视了，从而来不及对诗艺的难度、诗学困境作更深入的省思。比如，被论争双方视为‘法宝’的‘叙事’‘口语’，二者诗艺理路的趋近实则大于它们之间的分歧，而这种趋近所共有的缺陷（语言的封闭性、缺乏对现实生活的超越性），遏制了90年代诗歌对更高的‘历史想象力’(陈超语）的铸造”①。90年代诗歌中的其他概念如“先锋”“个人化”等，大概也要进行类似的辨析。

钟世华：创作与批评是文学的两翼。眼下的所谓诗歌批评确实存在太多不尽如人意之处，比如批评标准的模糊、社会责任感的缺失、恭维多于指出缺点、批评家热衷于参加各种活动等。那么，您如何看待诗人与诗歌批评之间的关系？您认为二者的良性关系应如何建立？或者说怎样的诗歌批评才是有效的？同时，也请谈谈您所秉持的批评标准和立场。

张桃洲：你所列举的当前诗歌批评的“不尽如人意之处”诚然如此。关于诗人与诗歌批评之间的关系，是一个聚讼纷纭的话题。在一般人印象中，二者似乎总处于一种错位的状态，至少在一些诗人眼里，当前诗歌批评远远滞后于诗歌创作，且没能很好地阐释很多诗人的“呕心沥血”之作，没有全面关注一些“有影响”“有分量”的诗人，更谈不上总结他们的“成就”……因此，

---

① 张桃洲：《众语杂生与未竟的转型：1990年代诗歌综论》，《长沙理工大学学报》(社会科学版）2010年第6期。

诗歌批评在活跃的诗歌创作面前完全失职了。这里面其实夹杂着不少根深蒂固的误解，他们把批评看作了诗歌创作的“附庸”。

之所以出现这样的误解，一个很重要的原因在于对批评属性的误解。人们总以为，批评就是发表意见，说好与坏、答是与否；他们要么过高地寄希望于批评，期盼批评能够充当整肃诗坛的“巡逻兵”，要么错误地将批评混同于某种道德判断，怂恿一些批评家占据道德制高点摇旗呐喊，让他们兼具诗坛立法者和布道者的角色。事实上，批评尤其是诗歌批评的内涵和具体实践要复杂得多。我很认同李长之的一番话：“批评是一门专门之学，它需要各种辅助的知识，它有它特有的课题。如果不承认这种学术性，以为‘入门’‘讲话’的智识已足，再时时刻刻拿文学以外的标语口号来作为尺度硬填硬量的话，文学批评也不会产生。”① 显然，不能把批评当作是率性、简单的评判，也不能将其仅仅用作吹捧或攻讦的手段。批评可能出现的深刻见解正是人们对批评本身的期待，但这种见解并非产生于表态、宣讲、说辞。在我看来，批评应致力于对历史、文本的细致体察与发掘之中，批评家的学识、修养、判断力与趣味缺一不可。诗歌批评更是如此。这些，正是我一直坚持的关于诗歌批评的理念。

简洁地说，诗歌批评并非诗歌创作的次一等的衍生品，而是一种独具匠心的创造。当下诗歌批评应摆正其与诗歌创作之间的关系，要保持自身与诗歌创作在位置上的对等性、对称性。借用陈超先生的话来讲，这种对等/对称指向的是批评的“自立”，即诗歌批评能够自己立着、立起来，这样才能与诗歌创作形成互相砥砺、互相促进的格局，成为后者的建构性力量。我最心仪的批评家本雅明为汉语诗歌批评树立了榜样，他的批评文字不仅富于洞见，而且饱含写作的文体意识，在启迪心智的同时也给人带来阅读的愉悦感。当然，诗人批

---

① 李长之、张长天、陈思和：《产生批评文学的条件》，载《李长之批评文集》，珠海出版社，1998，第 377 页。

评家艾略特、希尼、布罗茨基等，也是可供借鉴的典范。

钟世华：对于新诗研究的拓展，您有一篇文章《“同质”背景下的“异质”的探求——试谈新诗研究的拓展》作过富于启发性的探讨。那么，作为一名新诗研究者兼诗人，您对“同质化”这个问题是怎么看的，可否作进一步地阐述？

张桃洲：这里所说的“同质”主要针对两个方面而言：一是诗歌创作的趋同性，二是诗歌研究的重复无效。毋庸讳言，正是20世纪90年代以来社会文化的急剧变迁加速了这种“同质化”局面的形成。20世纪90年代之后的世俗化浪潮，曾经给那些乐观主义者带来多样性、多元化的幻觉，但很快他们发现自己被卷入了一个整齐划一的“拟像”（波德里亚语）的世界。在诗歌创作领域，表面上的标新立异、任意发挥、各自为营、歧见丛生等状况，掩盖了创作者分享一个扁平化诗歌场域的真实处境，让他们置身其间而浑然不觉。

由于这些年的感同身受，我觉得新诗研究的“同质化”倾向似乎更为严重。相较于其他文类的研究，新诗研究有着相互更迭的美学，趋向于不断转变的问题疆域：在古今中外之类的较为宏观的命题之外，新诗的内外之别、分歧的自律与他律、龃龉的个体与集体、扭结的审美与政治等，便作为新诗研究中不断出现的主要议题挥之不去。同时，经由“异化”后的议题会在几乎等量的时间间隔中，以不同面貌呈现出来，引起或大或小的徒劳无益的论争。当前的新诗研究和批评除你前述的那些问题之外，其弊端还存在于两方面：一是新诗研究者自身的缺陷，他们在研究耐心丧失、重新提问能力缺乏的前提下，不断制造出粗制滥造、重复无效的成果；二是错置新诗研究与其存在的外部环境，许多研究者没有认识到，研究观念与范式在历史语境得以确立，其自身呈现出阶段性的特征，随着历史语境的变迁以及存在条件的变化，研究观念与范式的效力也会逐渐丧失，人们对诗歌的言说方式在社会文化语境的迁移中被迫转变。这些是需要研究者共同努力去克服的。

钟世华：您曾指出“在当下，新诗研究同诗歌创作一样，面临着某种更为艰难、错杂的处境”[①]，能具体谈谈是什么样的处境吗？您认为在如此情境中，新诗研究应如何调整方式，保持应有的活力呢？

张桃洲：当我认为当前诗歌与研究面临更为艰难、错杂的处境时，我是考虑到了最近20多年中国诗歌的总体走向的。20世纪90年代初以后，诗歌遭遇的显著变化就是所谓“边缘化”，亦即诗歌在整个社会文化中的功能和位置发生了转变，诗歌失去了其曾有过的社会文化影响力，它不再被外界所瞩目，在社会文化的建构中表现出较强的无力感，开始变得若即若离甚至无关紧要。这种变化对诗歌界而言造成了两方面后果：一是“边缘化”使得一些诗人产生了巨大的失落感，并由此滋生了莫名的焦虑，内心郁结着重返社会文化中心的冲动；二是20世纪80年代中期之后的种种诗学观念分歧，越发剧烈而显豁（分歧的一次集中爆发就是20世纪90年代末的“盘峰论争”）。进入21世纪以后，社会文化更加趋向于碎片化、无序化，而诗界的分化格局没有任何改观，同时出现了一些值得留意的现象。近十年来的诗歌发展路径较之20世纪90年代甚至更早时期已变得暧昧不明、模糊不清，在含混的诗学观念与立场、相互渗透的诗歌诉求与声音中，诗学问题本身失去了焦点与效力，其自身的发展前景也趋于黯淡。随着网络等新媒体的介入，各种“恶搞”和自我炒作等更是加剧了诗歌局面的混杂与混乱。

当然，目前诗界的实际状况的繁复程度远甚于上面的描述。我曾在一篇短文中提出，中国诗歌“陷入了一种没有压力、而压力又无处不在的‘无物之

---

① 张桃洲：《“同质”背景下的“异质”探求——试谈新诗研究的拓展》，《中国现代文学研究丛刊》2014年第10期。

阵’中，一时找不到将自身撑起来的支点，某种精神的空洞、无力感压迫着诗歌的热忱，销蚀着写作的创造力”“在与驳杂无序的社会语境的紧张摩擦过程中，诗歌写作面临的不再是诗意的全面跌落，也不复是理想主义所陷入的无物之阵，而是文化创造力的分崩离析”[①]。这“无物之阵”，就是诸多环绕于诗歌周围的无形的“庞然大物”。不仅诗歌遭受着那些“庞然大物”的挤压，诗歌研究同样如此。那些“庞然大物”在某段时间可能受制于意识形态，或者其他东西，但这在当前变为诸多事项，譬如媒体上的舆论、某些趋同性的观点，甚至研究对象的身份、名气……这些因素如同空气一般存在于研究者周围，直接影响与干扰了研究的进行。

我想，今后新诗研究倘若要有所突破、保持应有活力的话，首先，应该抵制这种“庞然大物”，要“冲出重围”，与之保持必要的距离，对之采取拒斥、摒弃和消解的态度。其次，重新思考新诗研究的定位，追问新诗研究何为，亦即需要做什么、能够做什么。在我看来，新诗研究应该与诗歌创作一道，参与到对时代的反思和审视之中，彰显其与社会文化互动和对话的姿态。应该坚持纯正的诗学立场，有勇气做出独立的学术判断。只有这样，才能谈得上通过深化和拓展去开辟新诗研究的新途。最后，未来的新诗研究需要从原有的封闭格局中跳出来，不再孤立地看待新诗历史与文本，而是以更广阔的视野、更综合的角度，将新诗纳入时代语境的各种动态关系中考察。也许，新诗研究的活力有赖于激发或赋予新诗本身的活力。

① 张桃洲：《诗歌与社会：新的张力关系的建立》，《江海学刊》2009年第5期。

第二节

理想的新诗史应是一种“问题史”
——对话张洁宇

钟世华： 张教授好，感谢您接受访谈。据我了解，您的很多研究都是以新诗为对象的，那我的问题就从诗开始吧。新诗迄今已走过百年，有辉煌的成就，当然也存在不少问题。应如何看待新诗近百年的探索？如何评价新诗的整体成就？新诗最突出的问题是什么？请谈谈您的看法。

张洁宇： 我的确做了一些新诗史方面的研究，但我也一直都知道自己的研究还很不够。我只是就自己感兴趣的和力所能及的问题做过一些探讨，所以恐怕很难回答你关于“新诗百年的整体评价”这样的大问题。我就谈些自己的研究心得，供大家批评吧。

我觉得，新诗最重要的成绩就是成功创造了一种新的文体。这听起来像是一句废话，但我要强调的却正是这个意思。我认为新诗这个文体是被“创造”出来的。它看似脱胎于旧诗，是对旧诗的一种革命性的继承和改造，但从文体的角度说，新诗的创造远远大于它对旧诗的延续。换句话说，新诗不是旧诗发展的一个新阶段，而是一种具有创造性的新文体。它固然受到旧诗的影响，吸取了旧诗的养分，但就像它同样也受到其他传统的文学类型，甚至非文学的艺术门类的影响一样，它在创造自我的同时采纳了各种艺术资源，你不能说它因此就是其他艺术类型的延续。

新诗在百年实践中创建了自己的艺术方式、美学原则，确立了和旧诗迥然不同的新的美学。虽然这个文体的确还算年轻，也还在不断地变化和发展，但是它已经有了那么多优秀的作品，出现了那么多流派与风格，这都是了不起的成就。因此，我确实极不赞成以旧诗的标准去评价新诗，不赞成那种信口开河地说旧诗新诗孰难孰易、孰高孰低，我觉得那都是不负责任和没有意义的。

至于说到新诗存在什么问题，我个人认为没有什么大不了的问题。与那些尖锐的忧患的批评家相比，我是非常乐观的（也许是有些中庸的）。任何艺术门类都有自己的问题，新诗发展中的各种问题都应该可以在写作中不断地解决，我觉得没有人有权利以一种教导的口吻为新诗的发展指出什么方向。如果非要说有什么问题的话，我觉得更大的问题来自外界而非写作者自身。我觉得很多人对新诗太过苛刻，动不动就拿古诗或外国诗歌的经典来比较，对新诗的成就指指点点，好像谁都能对诗说三道四。说不出什么的就说“看不懂”，看不懂还不找自己的原因，理直气壮地觉得是诗人的错。有一两个烂诗人或烂作品出来，就马上全盘否定，认为“新诗”完蛋了。我觉得这些都很成问题，这些问题并不都出现在非专业的圈子里。所以如果说有问题，我觉得倒是应该由那些觉得自己理所当然有权评判新诗的人去好好反思。我觉得洪子诚老师有一句话说得特别好，就是要“学习对诗说话”，这话看似简单，其实非常深刻，对于专业和非专业的读者都有警示的作用。我现在就还处在“学习对诗说话”的过程中。

钟世华：您早期的研究较多地侧重于对诗人或诗人团体的关注，而近些年来则在研究视域层面有所扩展，但大的方向上，还是主要以 20 世纪 30 年代的诗歌为主，同时涉及了 20 世纪 40 年代的某些诗学现象，我想这与您自身的研究积累及在此基础上的不断拓展是紧密联系的。您选择“20 世纪 30 年代”这一时间段的价值在何处？在您看来，有没有较为理想的研究发展路径？一般性的学术研究需不需要遵循一定的研究“规律”？

张洁宇：我的研究是从20世纪30年代诗歌研究起步的，主要因为自己不够勤奋，所以后来的研究也一直没有什么明显的拓展。当初选择20世纪30年代这一段，也没有更多地比较过不同阶段的不同“价值”。任何一个阶段都有自己的价值，但对每个研究者的吸引力则是因人而异的，当然，这也要与研究者的把握能力相关。我最初之所以被20世纪30年代北平“前线诗人”吸引，主要还是因为他们那种艺术上的“先锋姿态”和类似“学院派”的一种从容独立的特殊美学。而且我选择“文化古城”时期的北平文坛，也与北京这个城市对我个人的吸引有关。历史上的北平，对于从小生活在北京高校校园里的我来说，有一种既神秘又亲切的感觉。

所以我理解你所说的个人的“理想的研究发展路径”，从我自己的经验和感受来说，我觉得就是要做与自己有关的题目。无论这个关系有多感性，或者多么的个人化，但它会构成一种持续的吸引力。就像我后来在台湾出版《荒原上的丁香》的修订版后记中说的：“文化研究也好，文学研究也罢，说到底是必须化入自己的思想与生命，方能转化为一种切实的力量，不仅推动继续的前行，甚而成为生命的一部分。唯有如此，历史的故纸堆才真正与我相关，历史上那些伟大的头脑与心灵，才真正能与我的心灵相互激荡。否则，我们的学问和工作就没有意义，还远不如修鞋补胎之类的手艺。”① 这话现在看来有点儿“矫情”，但意思大体还不错，我跟我的学生也说，选择与自己有关的题目，就不仅是做学问，同时也是在修炼自身。我真的不知道学术研究有什么一般性的“规律”。如果有，我可能也还算是没有摸到门径，我自己的研究纯粹是“任性”的，这个任性来自“吸引力”，这样说也许让人觉得有太大的偶然性，但我相信这个“偶然”也是在学习和研究中积累而成的。我相信有吸引

① 张洁宇：《“文化古城”与“京派”诗歌》下册，花木兰文化出版社，2012，第316页。

力的研究就能生长。

钟世华： 您曾对20世纪30年代北平的“前线诗人”有过深入的研究，并取得了丰硕的成果，这主要体现在您的著作《荒原上的丁香：20世纪30年代北平“前线诗人”诗歌研究》一书中。您在书中提到“20世纪30年代的北平处于‘传统’与‘现代’之间”，并指出北平处于以五四新文化为代表的现代文化与“旧”传统的深刻联系与冲突之中，而“传统/现代”问题在当下的新诗发展中也是存在的。请问一下，20世纪30年代的“传统/现代”与当前的“传统/现代”有没有不同之处？二者的不同是否反映出了新诗写作语境的某些变迁？当下的诗歌写作，如何解决“传统/现代”这个问题？

张洁宇：“传统/现代”的问题永远都存在，而且也绝不止存在于新诗当中。所以我现在不太敢用“传统/现代”这样的框架来谈问题，因为它可能已经失效了。必须更具体地深入问题之中，而不是把任何一个问题放在这样的框架里左看看右看看。

但是话说回来，在我讨论20世纪30年代北平“前线诗人”的时候，这个框架还是可以用来支撑我的讨论的。因为20世纪30年代“现代派”诗人确实是有意识地在处理这个问题。就是如何理解“传统”（包含旧诗的传统，新诗自己刚刚建立起来的一种传统，以及西方诗学的传统）。当时的语境决定了他们的写作和思考都要面对这个问题和这个框架结构。所以他们翻译艾略特的《传统与个人才能》，从中找寻自己的答案。他们重新讨论晚唐诗，包括站在一个世界诗学的高度去讨论新诗的格律问题，这些都是高度自觉的。

至于说到当下，其实有关“传统/现代”的讨论也一直都存在。但作为新诗自身的传统来说，其丰富和复杂性早已远远超过了20世纪30年代所谈论的新诗自身的“新传统”。如何更好地理清新诗自己的传统，这个问题比20世纪30年代复杂得多了。虽然也还是不断有人站在“传统”的角度上批评当下的写作，但真正有效的讨论可能是需要重新厘清“传统”的内涵与具体问题之间的关联的。同样，对于“现代”这个更为复杂的概念，更不可能再随意地使用和解释。如果说在20世纪30年代的语境里，“传统/现代”还可以被置换为中西古今的差异，那么，现在还这样看待二者的关系就已经不合适了。现在的诗人已经不再将“传统/现代”视为一种二元对立的关系了，他们考虑的问题要复杂和深入得多。

钟世华：同样是在《荒原上的丁香》一书中，您指出了“前线诗人”所具有的“先锋”姿态，并指明这种“先锋”本身具备的阶段性创新意义，这同时暗含了其与新时期以来的先锋诗歌所秉持的“先锋”姿态的不同。您认为北平“前线诗人”的“先锋”与“先锋诗歌”之“先锋”的主要不同点在什么地方？“前线诗人”的“先锋”之于新诗写作有何意义？

张洁宇：从姿态的角度说，其“先锋”性是一样的。整个中国新诗的一种核心精神就是这种“先锋姿态”。与任何其他文学体式相比，新诗的先锋性都是最强的，这种不断探索、不断自我反叛的态度大概也可以算是新诗一直被称为“新”的最具代表性的品质。但是，不同历史阶段的“先锋性”探索当然也各具不同的表现和特征。“前线诗人”的“先锋姿态”，最简单地说，主要体现为现代主义色彩和特征，这在20世纪30年代是“先锋”的，但随着新诗的不断探索和发展，这种“先锋姿态”是需要历史化地去认识和评价的。当年李健吾之所以称他们为“前线诗人”，就是要强调他们比“新诗人”更“新”，也就是我们所说的先锋性。李健吾的原话是说：“从《尝试集》到现在，例如《鱼目集》，不过短短的年月，然而竟有一个绝然的距离。彼此的来源不尽同，彼此的见解不尽同，而彼此感觉的样式更不尽同。我敢说，旧诗人不了解新诗人，便是新诗人也不见其了解这少数的前线诗人。我更敢说，新诗人了解旧诗人，或将甚于了解这批应运而生的青年。”[1]这话说得很重，他说胡适这样的“新诗人”与“前线诗人”的距离甚至都要大于他们与旧诗之间的距离，这真是太“先锋”了。批评家之所以会有这样的看法，是因为那批诗人在观念和写作上——也就是李健吾说的“来源”“见解”和“感觉的样式”——的探索确实是非常大胆和全面的，而且对诗坛形成了有力的冲击，引起了多场讨论甚至是争论。这样的“先锋姿态”是有生产性的，而不是个别标新立异的诗人的昙花一现，我觉得这一点同样也是“先锋”能够成为“先锋”的重要方面。

至于20世纪90年代以来的“先锋诗歌”，我个人的观察不周全，也没有研究，所以可能说得不对。我个人的理解是：20世纪90年代“先锋诗歌”在对“先锋”的理解上不同于“前线诗人”。他们的“先锋姿态”是自觉的，而卞之琳他们在一定程度上是“被命名”的。当代的先锋诗歌的探索性是高度自觉的，对主流诗坛的反叛姿态也是自觉的、鲜明的。因而他们的探索更是多方面的，在可能性上也就更加充分。此外，也许“先锋诗歌”的个人化色彩更突出吧，他们每个人都在探索自己的先锋性和个人风格，拒绝与他人相同，因而即便有流派和群体，其内部的差异也是很大的。这也就使得“先锋”的内部更加复杂，难以概括。不知道我这个感觉对不对。

钟世华：您在研究中曾指出，20世纪30年代的诗人在写作中出现了“纯诗”现象，这为当时固有的诗歌写作提供了新的写作维度。但就其本质而言，20世纪30年代诗人的“纯诗”有其特殊性，由西方而来的“纯诗”经过与中国的创作实践、传统诗学的结合而变得“不纯”，这在我看来是极为准确的。

---

①李健吾：《〈鱼目集〉——卞之琳先生作》，载郭宏安编《李健吾批评文集》，珠海出版社，1998，第108页。

因为彼时的时代语境更多地偏重于现实主义，纯诗的提倡与实践则与社会现实形成了某种意义上的间隔与悖离。在您看来，它本身代表了一种写作趣味，这种趣味之于当时的语境表现出哪些方面的作用？“纯”与“不纯”有没有相关的界线可供参考？此外，在您看来，20 世纪 20—30 年代的“纯诗”与新时期以来，尤其是 20 世纪 90 年代诗歌中“纯诗”写作的提倡有何不同？

张洁宇： 20 世纪 20—30 年代的确有过对“纯诗”理论的译介和提倡，但不能说出现了“纯诗”现象，比较准确的说法应该是像朱自清所说的那样：“抗战以前新诗的发展可以说是从散文化逐渐走向纯诗化的路。”

从理论提倡的出发点来看，中国“纯诗”论与西方“纯诗”论有很大的不同。中国诗人和理论家对“纯诗”的理解和提倡，最早建立在对诗歌“散文化”进行反拨的思想基础上。“纯诗”概念是作为散文化诗歌的对立面出现的，它的出现本身，就体现着对诗歌独立性的提倡和对诗歌本体的指认与确定。无论是对胡适“作诗须得如作文”诗歌观念的指责，还是对划清诗与散文分界线的正面提倡，其关注点都在于诗歌与散文截然不同的本质特征和审美原则。穆木天等“纯诗”提倡者们的针对性是明确的，他们以“纯诗”的概念否定的不仅是散文，更是那些穿着“韵文的衣裳”的“不伦不类的东西”。他们要求剥离的，也不仅是诗与散文，更是“纯粹诗歌”与那些不“纯”的“非诗”。寻找诗歌的独立性，划分诗与散文的界限，树立诗歌独特的审美原则，这是中国“纯诗”论者的初衷和思想基础①。事实上，他们整个的“纯诗”理论都在围绕着这个目的，因此，他们在内容与形式关系、语言文字、表达对象、传达方式等各个方面提出规定，规定诗歌应具有的独特特征和性质，也就是在实践中帮助诗歌寻找自我，寻找诗歌自律的原则，以摆脱散文化的

---

① 张洁宇：《20 世纪 40 年代与“纯诗”的综合化》，《南京师范大学文学院学报》2003 年第 4 期。

倾向[1]。在我看来，这是很重要的诗学观念，不能说只是某一种趣味。这种针对散文化倾向的立场，正是中国“纯诗”理论的核心与重要特色。因为，在西方“纯诗”论中，这种现实针对性事实上并不非常明显，其理论核心是对“音乐性”的追求而非对诗歌独立性的强调。西方“纯诗”论者眼中的“纯诗”问题，首先是哲学层面上的，也就是说，“纯诗”就意味着“为诗而诗”，“诗除了自身之外没有其他目的”。“诗的本质不过是，也仅仅是人类对一种最高的美的向往。”[2] 因此在这个意义上说，“纯诗”对自身的界定是不必以散文为对立面的，它本身就是一个自足的概念。这种“纯诗”强调的“音乐性”也是对音乐与“纯诗”在精神上的互通性的强调，而不是将音乐作为诗歌艺术表现的一种手法。而中国的“纯诗”理论则有所不同，其根本概念是与散文的对立，建立诗歌文体的独立性，因而其音乐性的问题也被更具体地落实为诗歌艺术表现的一种手段，体现在韵律、格律等形而下的层面。因此，与西方“纯诗”观念的哲学含义相比，中国的“纯诗”理论更多关注其美学层面，亦即语言、艺术效果、传达方式等方面[3]。此外，梁宗岱等人还有意识地从中国古典诗歌中整理（或建构）出一种“纯诗”传统，他们以陈子昂、李白等人为例，认为中国自古也有“纯诗”追求。这些都体现了他们对“纯诗”的理解，当然也造成了中国的“纯诗”理论和实践与西方“纯诗”之间的差异。

你提到“纯诗”的“不纯”的问题，一方面确实与诗人对现实的强烈关注有关，现代知识分子式的现实关怀对写作的题材、表达的方式等都有非常重

---

① 张洁宇：《20 世纪 40 年代与“纯诗”的综合化》，《南京师范大学文学院学报》2003 年第 4 期。

② 波德莱尔：《1846 年的沙龙：波德莱尔美学论文选》，郭宏安译，广西师范大学出版社，2002，第 182 页。

③ 张洁宇：《20 世纪 40 年代与“纯诗”的综合化》，《南京师范大学文学院学报》2003 年第 4 期。

要的影响。另一方面，所谓“不纯”也是中西诗学互动实践的一种必然。如果说西方“纯诗”理论所追求的本就是一个只能无限接近的“纯”的目标的话，那么中国新诗的“不纯”应该被看作是合理而且必然的。

20世纪90年代的“新纯诗”，在理论提倡的出发点上与20世纪20—30年代是有所不同的。他们的重点不在于抵制“散文化”，而在于对“非诗”甚至“非艺术”因素的拒绝，就像诗人们自己说的：诗到语言为止，或者，诗除了高贵，什么也不承担。不过，在我看来，“纯诗”这个概念更应该被看作是一种美学理论，而在写作实践中，不断地有意识地将“不纯”的东西融入“纯诗”写作，不断以“纯诗”写作本身去容纳和解决“不纯”的问题，这可能才是更好的更有创造性的状态吧。

钟世华：文本细读在您的批评方法中有着重要的地位，比如您在分析鲁迅的散文诗集《野草》时就采用了细读的方法。但我发现您的细读与英美新批评的细读之间存在区别，也可以说是在后者基础上的再发展，孙玉石先生称其为“开放性细读”。可否请您谈一下二者的区别在哪里？您的细读方法在当下的可行性主要体现在哪些方面？

张洁宇：你说得对，我在分析《野草》时使用的细读法不是封闭在文本之内的细读，而是强调兼顾作者在写作与生活方面的经历，尽可能还原作者写作时的语境，这个语境包括个人的生活经历，也兼顾与其有关的大时代的历史事件。通过这种力求全面的历史信息的收集，来考察各种影响写作的因素，同时也关注这些因素在写作中如何被文学地呈现出来。

我举个例子，比如在对《求乞者》的解读中，我联系到“兄弟失和”的事件。这个联系不是凭空瞎猜，而是根据鲁迅写作此篇前前后后的相关文字，比如九天之前的《〈俟堂专文杂集〉题记》，以及写作当天与李秉中的通信，当然更包括写于同一天的《影的告别》。把这些材料贯通了看，就能更深切地体会鲁迅内心的孤独、虚无与愤怒，这也是《求乞者》中流露出来的情绪。对做戏的乞儿的态度，其实就是鲁迅在兄弟失和问题上的态度：不妥协、不求和、不原谅，高贵的沉默和神圣的憎恶……我自己也说过：“也许，将《影的告别》与《求乞者》的写作与‘兄弟失和’事件连在一起考论带有一定的冒险性。然而，文本细读本应该和文本的写作时间、写作环境、之前或同时发生的事件等客观因素，以及与此有关而引起的思想、心理、情绪等主观因素联系着考察和论析。”我无意推翻以往对《求乞者》的解释和分析，我只是要追寻鲁迅的感情线索，希望更加接近此篇写作最初的动因。这样的“细读”，在鲁迅的作品中辨析各种“社会之痛”与“个人之伤”带来的或巨或细的影响，最终目的并不在于探究到底哪篇文章可以对应哪件具体的隐私，而是通过这些具体的人与事，看到鲁迅思想意识中的“问题”所在及其由来。了解鲁迅写作的动因与过程，不仅能够透过社会批判的锋芒去体会他内心的痛苦，同时也更能深深领会他在个人的痛苦体验中所提炼出来的那些带有普遍性和社会意义的深刻思想。

我举这个例子是想说明，我的所谓“细读”确实是有意识地开放了文本，将文本与更多的材料相勾连，也是有意识地贯通“个人的”与“时代的”经验。这种方式与文本内部的细读应该是一种相互补充、相辅相成的关系，各自从不同的角度和途径加深对于文本的理解。

钟世华：您在《独醒者与他的灯：鲁迅〈野草〉细读与研究》一书中再三强调了鲁迅“写作观”之于一般意义上的“纯文学”的区别，鲁迅的写作更多指向的是他本身的生命方式，或称之为“生命化”书写。写作《野草》时的鲁迅正处于文体转型的节点当中，在您看来，他的这种“生命化”书写在其文体转变过程中究竟起到了多大的作用？其时的社会环境正处于五四退潮后的思想分化期，而我们的新诗在发展过程中也有着多样的节点，鲁迅的处理方式之于新诗写作在面临转型问题时有何借鉴之处？还有，我们今天应如何全面和客观地评价鲁迅？

张洁宇： 我的确特别强调鲁迅的“写作”问题。尤其是《野草》，这是鲁迅自己有关“怎么写”问题的一次重要探索。《野草》中包含着多种写作实验，都是鲁迅对于自己“不得不说”但又“无从说”的那些思想和情感的实验性表达。换句话说，《野草》是鲁迅在“说”与“不说”、“写什么”与“怎么写”之间反复挣扎的产物，也是他在挣扎中有意识进行的一次写作尝试与突破。《野草》的写作体现了鲁迅在“写作”问题上的一个艰难的探索过程，同时也正是这个过程所造就的特殊成果。因此我非常看重《野草》在“写作”方面的自觉性问题，也特别强调从“文学”的角度去理解《野草》。

但与此同时，我也特别强调这个“写作”与“纯文学”意义上写作的不同，也就是你说的“生命化”书写。我没有使用过“生命化”书写这样的说法，我提炼了鲁迅自己的两个关键词：“活”与“行”。在我看来，这是鲁迅生命观与文学观的两个重要支点。麻木苟且的“生”不是“活”，只有“行”才是“活”的方式与证明。对鲁迅本人而言，这个“行”包含了写作、翻译、讲演、编刊等一系列与社会现实短兵相接的斗争实践，其中，写作则是最重要的部分。无论是“野草”式的自省还是杂文式的社会批判，其本质都是鲁迅用以肯定自我生命，并以此生命直接与现实环境相搏击的一种实际行动。我认为，从《野草》到杂文，鲁迅已经把“怎么写”的问题转化为“怎么活”的问题。表面看，从《野草》到杂文是一种“文体”的转换，但其内在有一种必然的逻辑。如果说《野草》的美学是一种“我只得走”（《过客》）和“我将烧完”（《死火》）的美学的话，那么，杂文的美学就是一种“转辗而生活于风沙中的瘢痕”（《〈华盖集〉题记》）的美学，这二者的一致性在于，都体现的是鲁迅执着于现实、用文学为“活人”的生命和历史时代“作证”的方式。因此，你若问我这对于鲁迅有多大的意义，我只能说，这本身就是鲁迅“为人生”的文学观的最重要的核心。

至于你说鲁迅的方式对新诗而言的借鉴意义何在，这个问题我真没有考虑过，但我想，同为中国现代知识分子和写作者，抱负与理念也多有相同，对于文学与生命和历史之间关系的理解也会有很多一致的地方。而且，中国作家大都多多少少受到鲁迅的影响，你说的借鉴意义一定会有吧。

其实“活”与“行”的问题，“怎么写”与“怎么活”的问题，我觉得不仅是在什么转型之类的节点上有意义，其实说到底这是每个时代每个作家都要遇到的问题。有很多作家，其实他们的“言”与“行”是分裂的，其所“写”与所“为”不一致甚至截然相悖的例子并不少见。在这一点上，也是应该认真反思鲁迅所给出的这一命题的。

钟世华： 除此之外，我还发现您关注新诗的格律问题，并把格律问题的关注点放在了20世纪30年代的梁宗岱、林庚等人的作品上，而非是20世纪20年代的徐志摩、闻一多等。20世纪30年代诗人对格律问题的重视也反映出他们在诗体形式建构层面的努力。能否请您谈下他们对格律问题的发现较之20世纪20年代的突破在何处？这种突破对于新诗的发展有何意义？

张洁宇： 格律问题也是我在研究20世纪30年代诗歌过程中注意到的问题。比如去看梁宗岱主编的《大公报·文艺·诗特刊》，就必然会注意到他们对于格律问题的重视和实践，也必然要讨论他们与20世纪20年代闻一多他们的格律主张之间的异同问题。我相对更多关注20世纪30年代的格律探索，并不意味着对20世纪20年代有所贬抑，两个阶段的探索确有不同，但各有各的贡献，并没有“后来者居上”的判断。所以我也从不敢用“超越”“突破”这样的判断。两者的不同，简单地说，第一是在理论出发点上，梁宗岱的“新格律”是建立在“纯诗”的“音乐性”理论基础上的，换句话说，他是因为先认可“纯诗”的“音乐性”追求，才强调音节与格律的意义和效用的；而闻一多等人则较少有“纯诗”意识，而是将新格律置于疗救新诗语言过于散文化的现实弊病的作用和意义之上，目的在于为新诗寻找一个新的规范，划清诗与散文之间的界限。第二个不同是在具体的理论阐释中，闻一多发明了著名的“三美”理论，提出了“音乐美”“绘画美”和“建筑美”，并且更强调“建筑美”的重要性；而梁宗岱不仅只强调“音乐”这一美，而且对闻一多对“建筑美”的侧重也表现了不以为然。他说：“我觉得新诗许多的韵都是排出来给眼看而不是押给耳听的。这实在和韵底原始功能相距太远了。固然我也很能了解波特莱尔底‘契合’（Correspondances）所引出来的官能交错说，而近代诗尤注重诗形底建筑美……但所谓‘契合’是要一首或一行诗同时并诉诸我们底五官，所谓建筑美亦即所以帮助这功效底放声，而断不是以目代耳或以耳代目。”[①] 也就是说，梁宗岱认为“建筑美”是诉诸形体和视觉的，它与诗歌音乐性的本质并不直接相关。第三个方面要说到梁宗岱的世界文学的眼光，这一点还是非常独特的。梁宗岱有个判断——自由诗和欧美近代的自由诗运动平行，或者干脆就是这运动的一个支流，就是说，西洋的悠长浩大的诗史中的一个支流的支流。他认为：“这是一条快捷方式，但也是一条无展望的绝径。”[②] 因而他认为新诗的出路在于“发见新音节和创造新格律”，充分认识和利用现代汉语的音乐性来创造自己的诗歌，用他的话说就是“发见”一种不同于旧诗语言的、现代汉语特有的“新节奏”，从而“创造”出符合现代汉语语言特征的、比“自由体”更具艺术性与永恒性的“新格律”。我称之为“世界诗歌观念与汉语写作立场”，我觉得对今天的写作都还是有借鉴意义的。

还有一个不能不提到的诗人就是林庚先生，他在格律方面的探索最值得关

① 张洁宇：《一场关于新诗格律的试验与讨论——梁宗岱与〈大公报·文艺·诗特刊〉》，《现代中文学刊》2011 年第 4 期。

② 梁宗岱：《新诗底十字路口》，《大公报·诗特刊》1935 年第 39 期。

注。我觉得他提出的“新诗格律与语言的诗化”的说法真正切中了格律问题的要害。虽然，格律并不直接等于语言的诗化，语言的诗化也不止格律一个方面，但二者之间的联系是被他一语道破了的。在林庚先生看来，格律的建设正是追求新诗语言诗化的一个重要途径，这是他的核心观念与基本立场。我认为，历史地看，格律主张的背后是关联着很多更深广的诗学问题的，所以，“要不要格律”或“要什么样的格律”不是问题的重点，最重要的是，我们需要通过格律这一独特角度来重新认识新诗史各个阶段对于“语言的诗化”的不同理解和多样尝试。

钟世华： 您曾发现了在20世纪30年代存在的“学院型文人”，他们之于当时的时代语境有其独特性，因为20世纪30年代的大多数诗人坚持着现实主义的写作倾向，更偏向于对社会、生存等现实问题的思考。在您看来，“学院型文人”在当时的发展过程中有何特殊的意义？其所提倡的“智性”与20世纪90年代“知识分子写作”所秉持的智性有没有相通之处？

张洁宇： “学院型文人”这个说法确实是我“杜撰”出来的，本来有个更通行的说法叫“学院派”，但我没有用，是因为我觉得中国至今为止都没有真正的“学院派”——就是那种有严格的学统传承、在精神上保持高度独立的“学院派”。所以我用了一个“学院型文人”的说法，指的不仅是有“学院”背景和身份的文人，也包括那些具有相关文学观念和美学追求的作家和理论家。我在2009年写的一篇文章中说：他们有别于中国传统文士的“修齐治平”的入仕追求，以“爱智”统领其学术思想与文学观念，以较为专注的“纯文学”与“纯学术”建设为理想，尝试一种新的文化生产方式和角度。

在他们身上体现着“自由”“知性”，以及积极继承传统等现代性的思想特征。事实上，我所谓的“学院型文人”与“京派”大体重合。我提出“学院型”的问题就是想要强调“京派”聚集的环境，与其说与北平这座城市有关，不如说更是与“文化古城”时期的北平的大学校园有关，就像卞之琳曾经说的：“与其称京派，不如称学院派。”

但要说明的是，所谓“纯文学”与“纯学术”并不是外在于时代与现实语境的那种“纯”。在我看来，他们是以文学和学术的方式间接参与了当时思想界的论争。他们的出现，既体现了五四以后知识分子阵营的分化，又体现了在不同时代条件下，不同知识分子群体对五四传统的继承、调整与发展。应该说，他们与左翼作家都是五四传统的分支，他们不仅与“革命文学”潮流一同分享了五四思想资源，同时更为五四传统在新时代背景下的衍生和发展做出了特殊的贡献。

至于他们与20世纪90年代“知识分子写作”之间是否相通的问题，我觉得整个历史的语境大不相同，要分析异同必须非常细致具体地进行讨论，简单地归纳没什么意义，这里就不谈了。

钟世华：挖掘当前诗歌史中“被遮蔽”的诗人及诗人团体，或是在已有研究基础上的再发现成为您学术研究的一个着力点，如对“前线诗人”“《雪朝》诗人群”“学院型文人”群等的发现以及重评“京派”等，这本身涉及的是诗歌史写作及研究向度的问题。当前的诗歌史中仍存在着许多被遮蔽的现象，洪子诚先生也指出20世纪90年代诗歌的工作之一便是对“被遮蔽”的诗人的挖掘。在您的观念中，怎样的诗歌史写作是较为理想的？将这些“被遮蔽”的诗人及团体挖掘出来，呈现诗歌史的丰富性是否就能够形成理想的诗歌史写作？

张洁宇：我其实并没有刻意去挖掘“被遮蔽”的诗人或团体。你举的例子其实不算是“发现”，只不过是对这些群体或现象重新找了个角度进行讨论。当然我明白你的意思，我也认为发掘“被遮蔽”的诗人是诗歌史研究的一个有意义的部分，但同时，我也不认同“为挖掘而挖掘”。说到底，历史有所遗忘、有所汰选，是有它的道理的，并不是重新挖掘出任何一个已被遗忘的作家都是有意义的。所以你的问题确实很好，是不是重现丰富和复杂就是理想的文学史？我个人认为不是。挖掘被遮蔽的历史，首先需要判断这种“遮蔽”的原因及其背后的问题，必须是问题本身有意义，这个挖掘才是有意义的。

这也就算回答你的前一个问题吧：在我的观念中，较为理想的诗歌史应该是一种“问题史”。在我看来，中国新诗不缺史，缺的是问题史。用“问题”来贯穿新诗的发展变化历程，或许能提炼出很多部角度不同的新诗史来，比如我们前面说到过的格律问题，就完全可以梳理出一部格律问题史，这也是我自己正打算做的工作。当然此外一定还有很多其他的角度和线索。我想，通过这些问题，我们不仅可以整理历史，同时也有可能连接当下，面向当下乃至今后的写作与批评的发展。

第三节

丝路文学：中国少数民族文学新的发展机遇

——对话石一宁

钟世华： 一宁老师好，感谢您在百忙之中抽出时间和我进行访谈。到 2017 年，中国新诗已走过整整 100 年的历程，那我们的访谈就先从诗歌开始吧，能否先谈谈中国当代少数民族诗歌的现状、问题和出路？

石一宁： 我不是诗人，也不是诗歌研究者，因此对这一问题缺乏深入的思考。但作为一个国家级少数民族文学期刊的办刊人，对这一问题多少有自己的看法。

中国少数民族诗歌是中国少数民族文学的重要组成部分。与中国当代文学的分期相一致，从 1949 年至今，是中国少数民族诗歌的当代时期。

中国少数民族诗歌在很长的历史阶段中，其主要形态是民间诗歌（包括民歌、民间长诗、民间说唱等），作家诗产生的时间比较晚。少数民族的作家诗有少数是秦汉以后出现的，而大多数是唐代以后产生的。1949 年中华人民共和国成立至今，中国少数民族诗歌进入了当代时期。由于我国实行大力扶持少数民族经济文化发展的政策，少数民族地区的经济文化发生了巨大的变化，少数民族文学获得长足发展。少数民族诗歌从自发到自觉，从以民间诗歌为主到以作家诗为主，产生作家诗的民族从少数到绝大多数，少数民族诗歌作品大量涌现。尤其是进入改革开放新时期近 40 年来，少数民族诗歌创作更为空前繁荣。中国作家协会会员中少数民族会员1000多人，中国少数民族作家学会会员2600多人，省级作家协会会员中少数民族会员5000多人，其中小说家和诗人人数最多。以少数民族的人口比例来看，这个阵容是庞大的。中国作家协会主办的“鲁迅文学奖”和“全国少数民族文学创作骏马奖”，对少数民族诗歌创作给予极大的奖掖。尤其是“全国少数民族文学创作骏马奖”，至今已进行了十一届评奖，每届都评选四至五部获奖诗集。中国作家协会编辑出版的《新中国成立60周年少数民族文学作品选》和《新时期中国少数民族文学作品选集》等大型丛书，都有诗歌卷。除了《民族文学》等少数民族文学期刊，全国各文学期刊的重点作者队伍中也有不少少数民族诗人。

总体来看，中国当代少数民族诗歌与当代汉族诗歌的发展是同步的。在语言形式方面，汉文新诗同样是当代少数民族诗歌的主流。同时，也有许多少数民族诗人以母语创作。铁衣甫江、韦其麟、柯岩、苗延秀、牛汉、金哲、阿尔泰、晓雪、饶阶巴桑、吉狄马加、胡昭、木斧、库尔班·阿里、汪成栋、包玉堂等一大批少数民族诗人在中国文坛享有盛誉。如果要指出少数民族诗歌与汉族诗歌的差异性的话，那么在题材与主题方面，歌颂祖国统一、维护民族团结，在少数民族诗歌中表现得更为明显和集中，如维吾尔族诗人铁衣甫江、尼米希依提和蒙古族诗人阿尔泰的诗歌。在诗歌的审美意象方面，则呈现着鲜明的民族特色，如彝族诗人吉狄马加发表于《人民文学》2014年第5期的长诗《我，雪豹……》，诗中拟人化的濒危动物主人公雪豹，反映了少数民族诗人对生态问题的敏感。又如藏族青年诗人阿顿·华多太发表于《民族文学》2015年第7期的诗歌《北京，北京》，“北京太大，以使我不能确定/站在哪里？才是北京/这个城市，广阔如草原/牛羊都带着滑轮，在奔跑/一个牧人骑着一匹老马/乘夜色到最近的邻里/借一瓶酒，都得走数十个站点/北京确实太大，以使我/怀疑自己，在北京/还是在北京的阑尾里/从天安门到圆明园的路程/在我家乡，可以把/山里的母牛赶回家/等着母亲挤奶/北京太大，声音也很大/玻璃窗离公路多么遥远/我的耳朵还能听见沙子/在每一个轮子下哀嚎/沙沙沙的哭泣/早已成为手工制造的/天籁之音/但北京的天空/非常小，犹如一顶牛毛帐篷/它毛茸茸的刺儿/扎我身子”①。这首诗中的想象与意象，显然只能出自草原地区的少数民族诗人。此外，少数民族诗人甘于寂寞，勤奋笔耕，他们创作态度的诚恳，情感的真挚，表达的敦厚，也都彰显当代少数民族诗歌的独特优势。当代少数民族诗歌，当之无愧地是中国当代文学的重要构成。

当下少数民族诗歌存在何种问题？答案见仁见智。我的看法是：就汉文新诗而论，少数民族诗歌流派较少，风格较为单一，偏向于抒情，以诗歌形式对生活与人性的深入开掘尚有不足，对诗歌语言探索的深度与广度也尚未达到理想的境界。

历史上，中国少数民族诗歌对中国文学乃至世界文学做出了伟大的贡献。中国的三大史诗均为少数民族诗歌，即藏族英雄史诗《格萨尔》、蒙古族英雄史诗《江格尔》和柯尔克孜族英雄史诗《玛纳斯》。《格萨尔》长达200万行，不仅是中国，也是世界最长的史诗。蒙古族英雄史诗《江格尔》近20万行，亦享誉世界。柯尔克孜族英雄史诗《玛纳斯》长达20多万行，同为世界名著。《格萨尔》和《玛纳斯》作为中国的非物质文化遗产，于2009年被联合国教科文组织列入“人类非物质文化遗产代表作名录”。有这份历史底气，中国当代少数民族诗歌走向更加辉煌的前景并非没有可能。少数民族诗歌今后在继续保持自己的优势与风格特色的同时，还应多方学习借鉴，在思想的深度、语言的广度追求上更多着力。相比汉族诗人，对于在本民族母语环境中成长的少数民族诗人来说，汉文诗歌创作是更有难度的，要想在语言上的探索比汉族诗人走得更远，需付出更多的艰辛。但既然是运用同一种语言创作，诗歌的审美评价

① 阿顿·华多太：《变焦（外二首）》，《民族文学》2015年第7期。

标准应是没有例外的。从另一个角度来看，有着母语背景的少数民族诗人的创作，也有可能给当代汉语注入新的活力、新的元素。因为汉语本来就是一种海纳百川的开放的语言体系。当然，少数民族诗歌要达到这样的境界，既需要创作者的主观努力，在客观上亦需假以时日。罗马不是一天建成的，文学的罗马也是如此。

钟世华： 对于少数民族诗歌您其实是有发言权的。无论是在《文艺报》工作，还是在现在的《民族文学》，您既是中国当代文学的参与者、见证者，同时又是叙述者。您在一次座谈会上谈到，多民族文学比少数民族文学的概念更为广泛。之前学界一直都是用"少数民族文学"这个概念，您觉得"多民族文学"的广泛性体现在哪里？这两者之间有什么联系和区别呢？

石一宁： 之所以说多民族文学比少数民族文学的概念更广泛，是因为在中国，多民族文学指的是56个民族的文学，也就是中华民族文学，而不是单纯指少数民族文学。可能有人会问："干脆说中国文学不就行了吗，制造这么多概念不是烦琐多余吗？"但细究起来，中国文学、多民族文学，这两个概念还是有差异的，这是因为它的侧重点是不同的，有的人在使用中国文学这一概念时，对少数民族文学未必予以太多注意。而使用多民族文学这一概念时就不一样了，语象、语义皆使人不得不关注、不得不容纳少数民族文学，这个概念更能体现文学平等与民主，其中没有大民族主义，也没有小民族的自卑。在这样平等与民主的语境中，我们更能理性和公正地谈论文学，谈论文学多样性，谈论各民族的文学成就和贡献。

钟世华： 那对于文化同一化和差异化问题，您有何深入的思考？

石一宁： 对于这个问题，我曾在《民族文学的活力之源——兼论中国少数民族文学发展的现状》一文中作了相关描述：全球化时代的到来使文化的演进处于双向作用，一个是文化的趋同，一个是文化的回归，也就是与文化同一化保持距离的文化差异化、多样化的选择。前者比如西方文化在全世界的广泛传播，比如好莱坞大片的东方题材乃至中国题材，如《功夫熊猫》《花木兰》等，体现的是一种文化趋同的态势。但全球经济和社会发展的不平衡，又使得这种文化趋同明显具有发达国家向发展中国家进行文化渗透和占领的色彩，文化趋同变成西方化、美国化，必然引起各发展中国家的警觉反应。而且这种文化的千篇一律并不符合人性的发展需求，最终将伤害人类的精神性和创造激情。因此民族文化的回归，即保护文化差异，保护文化多样性，也是一种高度的人类共识，并且已经成为很多国家的文化政策。在文学领域，二十世纪七八十年代从西方开始的，当代文学批评的文化学转向极大推动了性别话语、弱势话语、边缘话语和身份政治的崛起，可以说前所未有地刷新了世界文学的面貌，重绘了世界文学乃至整个人类文化的地图。很多作家开始重新思考自己的文化身份，开始自觉地探索和表现民族历史、文化和当代现实生活。很多国家也越来越重视制定平等的、注意保护少数民族权益的民族和宗教政策，以使各民族和睦共处，国家长治久安。中国少数民族所用语言多达 80 多种，方言 110 多种，次方言和土语多达几百种。55 个少数民族分布在祖国的五湖四海，在漫长的历史岁月和不同的地域环境中形成了各自独特的文化传统和风俗习惯，形成了多姿多彩的民族特色。这是很珍贵的文化多样性。而少数民族文学，承载着各民族的文化内涵、底蕴和色彩，既记录了民族文化的多样性，也是文化多样性本身，是中国文学多样性的重要呈现。我们无法想象没有少数民族文学的中国文学。正是因为有了少数民族文学，历史上和今天的中国文学才会这样色彩斑斓，才会这样风情万种。①

---

① 石一宁:《民族文学的活力之源——兼论中国少数民族文学发展的现状》,《文化与传播》2015 年第 3 期。

钟世华：这也是您认为丝路文学的复兴，将给中国少数民族文学带来新的发展机遇的重要原因，是吗？

石一宁：中国少数民族文学呈现着文化差异性和多样性，而丝路文学的复兴，实际上意味着文化差异性和多样性再次引起瞩目，中国少数民族文学的重要性再次得以凸显。

我曾在《丝路文学：少数民族文学新的发展机遇》一文中谈到：无论是北方丝路还是南方丝路，其地域乃多民族聚居地，丝绸之路与少数民族的经济和文化生活关系紧密。发展和繁荣丝路文学，给丝路地域的少数民族文学带来的机遇是不言而喻的。丝路文学固然各地域、各民族的作家都可以创作，然而，最了解、最熟悉和亲历亲受丝路地域历史文化与现实生活的，莫过于身处该地域的少数民族作家，丝路文学创作，应更多地寄望于他们。这里曾经诞生了中国三大史诗《格萨尔》《江格尔》《玛纳斯》，其中《格萨尔》《玛纳斯》已被列入“人类非物质文化遗产代表作名录”，《江格尔》的申遗也早已启动。丝路地域还孕育了麻赫穆德·喀什噶里、居素甫·玛玛依、仓央嘉措等文化与文学巨匠。深厚的底蕴，光辉的传统，使我们有理由相信，丝路文学的勃兴，使少数民族文学面临着一个巨大的发展机遇。①

钟世华：何为“丝路文学”？“丝路文学”有什么鲜明的特征吗？

石一宁：其实我早在2015年就对丝路文学的定义作了相关的阐述：丝路文学至少有两种含义，一是丝绸之路沿线国家和地区的文学，二是题材涉及丝绸之路的文学。目前大多研究者所使用的丝路文学概念，是将这两种含义都包括在里面的。但问题就来了，丝绸之路沿线国家和地区的文学，范围何其广，

---

① 石一宁：《丝路文学：少数民族文学新的发展机遇》，《人民日报》（海外版）2015年10月27日第7版。

题材更是千种万样，如何能用“丝路文学”统一概括？如果将我国丝路地域的文学、丝路沿线国家和地区的文学都统称为丝路文学，虽然直截了当、简单明快，但能否形成相关方的共识，是否具有可操作性？而且循着第一种定义，有的研究者将丝绸之路开辟之前的文学，也归入丝路文学，未免更不能令人信服。这样看来，丝路文学概念的泛化，将会带来学术上的不严肃、学理上的不严谨。我认为将丝路文学定义为“题材涉及丝绸之路的文学”更为科学。这一定义虽然将目前包罗万象的丝路文学缩小了，但它的内涵更为充实，外延也更为清晰。发生在丝路沿线国家和地区的非丝路题材的文学，并不因硬性将之归入丝路文学而更有意义，亦不因合理地将之排除于丝路文学之外而失去价值。丝路文学只是一种文学的分类，并不涉及价值评价和艺术评价。[①]

丝路是一条开放之路，发展之路，这决定了丝路文学的风格更多的是健朗刚劲、慷慨豪放的，如唐代的边塞诗。但丝路文学亦无太多必要将自己的光荣寄托于遥远的古代。丝路文学的辉煌，更在于当代新的创造。“一带一路”日益成为全球共同参与的宏图大业，相信越来越多的中外作家也会将丝路作为创作的重要题材。丝路文学的发展及其成就，不妨拭目以待。

钟世华：“一带一路”的提出，充分彰显了中华文化自信。您当时提出“丝路文学是少数民族文学发展的新机遇”的初衷是不是也想给少数民族作家树立一种文学自觉和文化自信？

石一宁：少数民族文学在21世纪迎来了新的高潮。尤其是中国作协实施的“中国少数民族文学发展工程”以体制机制的力量促进少数民族文学的发展繁荣。另一方面，不仅是《民族文学》等少数民族文学期刊，全国各名刊

---

① 石一宁：《丝路文学：少数民族文学新的发展机遇》，《人民日报》（海外版）2015年10月27日第7版。

大刊和出版社，也都很重视刊发和出版少数民族作家的作品。少数民族文学老中青作家创作活跃，新人辈出，作品大量涌现，这些都是十分可喜的局面。然而，当下少数民族文学创作的短板也是明显的，这就是不少作家尤其是青年作家因为经历、阅历所限，创作题材狭窄，往往局限于身边生活琐事，题材乃至内容“撞车”甚为常见，原创性严重不足。能够书写和驾驭重大题材、创作史诗性作品的少数民族作家还是甚少。而“一带一路”倡议，既是全球经济宏图，又何尝不是文化的一次回归和新变？回归，是因为“一带一路”唤起了深远的历史记忆和文化记忆，汉唐气象、大漠雄风，还有浩荡的航海船队……货物贸易、戍边卫疆、文化交流，丝绸之路的这些历史内容，该有多么宏富，多么厚重，值得作家去挖掘、钩沉、打捞，去回味、咀嚼和反思。新变，是因为今天的“一带一路”规模与意义已远远超越古代丝绸之路，“一带一路”是经济之路、民生之路，也是交流之路、和平之路；是发展中国之路，也是造福世界之路，是“新型全球化”，是全球发展的“中国方案”。其中，当有多少文化的新风貌、新内涵、新经验！少数民族作家多来自或生活在丝路地域，面对重新唤起的历史记忆，面对时代带来的发展机遇，确实需要深切体认，激活情感，开启想象，以深刻的文学自觉和文化自信迎接令人充满期待的未来。

钟世华：您在一篇文章中谈到：“然而，在改革开放中刚刚起步的新时期文学的语境，决定了作家们更多侧重于民间文化的鲜活经验和审美方式等层面，未曾达到对文化同一化和差异化问题的深入思考。”但在文中又强调“广西的民族文学还要再民间化”。这个问题能否展开谈谈？

石一宁：20 世纪 80 年代中期，新时期文学出现了一股从民间文化传统寻求活力以及与西方现代主义对话的历史文化资源的潮流，“寻根文学”的代表人物韩少功曾说，“文学有根，文学之根应深植于民族传统文化的土壤里”，作家应该“在立足现实的同时又对现实世界进行超越，去揭示一些决定民族发展和人类生存的谜”①。这两段话很能概括新时期文学初期语境中的“文学寻根”的目的与特征。20 世纪 80 年代中期的中国，全球化的浪潮尚未风起云涌，文化的同一性与差异性尚未形成明显的冲突，“寻根文学”的作家们更多思考的是民族民间文化的精华与糟粕问题，以及其对民族生存发展的促进或阻滞问题。而进入 21 世纪之后，积极加入经济全球化的中国于 2010 年一跃成为世界第二大经济体，在文化发展方面，当下中国面临的最大课题已不是优与劣的拣择，而是同与异的忧虑。正如尼采所认为，世界完全诞生于差异之中。福柯、德里达、德勒兹等西方思想家对文化差异也颇多肯定。因此，关注文化差异、保护文化多样性，日益成为人类共识。在这样的大背景下来观察广西文学的发展，“再民间化”是一个甚为自然的议题。广西是多民族聚居的地域，民族文化的多样性是一个得天独厚的优势，而从文学创作的层面探索、挖掘和保护民族文化的多样性，必然面临着“再民间化”的课题。对于少数民族作家而言，“民间化”还几乎是“民族化”的同义词。民族文化的根基在民间。“再民间化”不是要求作家去写民间文学，不是再回到民间文学模式，而是在全球化语境中，以新的目光去注视民间文化，以新的思考去审问民间文化，从中获得文化差异、文化多样性的新的发现，进而使自己的创作具有新的意蕴，呈现新的风貌。

钟世华：对“寻根文学”的评价，学界始终褒贬不一。从民族文化的角度来看，对于“寻根文学”，您是如何评价的？您认为文学真正的根是什么？

石一宁：“寻根文学”是新时期文学对民族文化传统的一次探寻，这种探寻其实在不同的“寻根派”作家那里，目的也是不同的。有的是为了继承，

① 韩少功：《文学的“根”》，《作家》1985 年第 4 期。

有的是为了批判。但无论是继承或批判，都有合理的依据，因为民族文化传统极为丰富和复杂，呈现正负两方面的意义。正面的需要阐扬，负面的必须摒弃。“寻根文学”是新时期文学发展的一个必然进程，“寻根文学”思潮及其作品具有积极的意义。文学真正的根是生活，这可能是一句大白话，但仔细分析，它又是很学术性的。生活包括现实生活与历史生活，现实生活与历史生活又是各族人民分别或共同创造的，其中贯穿着民族性。而民族性的创造已经进入文化的范畴了。

钟世华：那您觉得在创作中如何坚持现实和历史“两条腿”走路呢？

石一宁：这个问题可以从两方面来理解。从文学生态来说，现实题材和历史题材创作都很重要，也都很必要，因为生活是广阔的，读者的审美需求是多样的。从作家个人的创作来说，现实与历史都是必修的功课。无论是创作现实题材还是历史题材，作家都需要现实生活积累和历史知识储备，现实和历史两种维度都需要兼顾。“读史使人明智”，英国思想家和作家培根的这句名言，即使对现实题材创作者也是十分有益的启示。历史包含人类丰富的经验和深刻的教训，对现实题材创作同样可以起到借鉴和参考的作用。现实和历史都是时空结合体，现实是从历史中走来的，而历史是现实中的人所理解的历史。现实题材的作品应有历史感，历史题材的作品应有现实感。只有对现实与历史都有清醒和深刻的认识，一个作家的创作才有可能是成熟的、根基厚实的。

钟世华：创作和理论是文学的两翼，您既是作家，也是评论家，能否谈谈少数民族文学的批评现状、存在的问题以及您的一些建议？

石一宁：当下少数民族文学批评，应该说比前些年要可喜。中国作协2013年起实施的“中国少数民族文学发展工程”包括了对理论评论的扶持。相关一些少数民族文学理论评论专著这几年得以顺利出版。《文艺报》《民族文学》等报刊加大了刊发少数民族文学理论评论的力度，一些优秀的汉族理论评论家也加入其中。但从当前少数民族文学发展的态势来看，理论评论还是显得较为薄弱。相对于作家，理论评论家的入门门槛较高，而且有理论评论兴趣的也不多。而目前加入的一些汉族理论评论家，少数民族文学对他们来说只是一种兼顾的副业，将其当作主要研究和评论对象的甚少。所以少数民族文学理论评论队伍人数偏少，甚至青黄不接。另一方面，与当下中国文学批评整体状况一样，少数民族文学批评也存在一味地表扬，不敢像鲁迅所言的“坏处说坏，好处说好”的问题。此外，整体的批评素质也还有待提高。

加强少数民族文学理论评论建设，我认为要加大力度从体制机制方面进行扶持，要像对创作那样，以体制机制的力量促进少数民族文学批评的发展和繁荣。相关大专院校包括鲁迅文学院要重视培养少数民族文学理论评论人才。相关报刊应增加少数民族文学批评版面和篇幅，稿酬从优。少数民族文学批评家也要不断地提高批评素质，使自己的理论评论水平始终与整个中国当代文学批评保持同步。最后，少数民族文学批评家要勇于批评，在文学标准面前，各民族都应一视同仁，不能因为对象是少数民族作品就不敢批评，或者降低标准和要求。只要是善意的批评，我想批评对象最终都会接受，都会理解为这是对自己的创作真正起到提高作用的批评。

钟世华：一味说好话的确是当下文学的一大弊端。能否谈谈您的批评观？

石一宁：批评也是一种话语权。话语权如同现实中的其他权利一样，需要操持者战战兢兢、如履薄冰地慎重对待，理性运用。文学批评变成阿谀奉承，实质上是对话语权的滥用，直接导致了文学批评公信力的丧失。话语权被轻佻运用，其根源是受拜金主义，更是受站位、学养和勇气等因素的影响。

批评家首先需要解决自己的站位，即价值观和立场问题。辩证唯物论和人民立场是当代中国文学对批评家的站位和见识要求，也是批评家面对新世纪的文学创作能够履行和承担批评职责的前提。一些世界观和价值观有问题的作品被吹捧，首因即为批评家的站位不正确。做一个批评家又是辛苦的，需要深厚渊博的学养。做批评家还有一难，就是要有相当的勇气。与古代文学、现代文学研究不同的是，当代文学批评家面对的是活生生的人，是有喜怒哀乐的人。栽花令人喜，种刺惹人嫌，这一人性的弱点不断地考验着批评家的勇气。

批评家的勇气不是刚愎自用，而是来自正义感，来自对批评对象的善意。批评家要讲原则，要有底线，是非面前决不能动摇和失守。批评家要坚信在尊重作者精神劳动基础上的善意的批评，是对作者和文学生态有益的批评。恶意的批评，这是“骂杀”。而“捧杀”其实也是一种似善而非善的批评，它令创作故步自封、裹足不前，以“温水煮青蛙”的方式杀死“青蛙”。清代郑板桥有名句：“隔靴搔痒赞何益，入木三分骂亦精。”我觉得这也是创作与批评关系之真谛。所谓“入木三分”，不是酷评，更不是“骂杀”，而是真切、坚实和深刻，是“坏处说坏，好处说好”。

第四节

“在看似平常的地方发现诗意”
——对话石才夫①

一、写作自信

钟世华：《流水笺》收录了您六年时间创作的近200首诗歌，您的写作速度还是挺快的，我想问您这是诗兴大发呢，还是养精蓄锐的结果？

石才夫：事实上，这几年我写的诗远不止这些，收进集子里的大约只占一半。算是有点“厚积薄发”吧。不过，有一次我蹲在马桶上写了三首。

钟世华：这样写，会不会太随意了？还是灵感突爆？

石才夫：读者看一首诗，关注的是诗，而非作者写的“随不随意”。枯坐

① 访谈手记：2020年4月的某天，本人意外收到了广西文联副主席石才夫的信息，他告知我他的新诗集《流水笺》出版了，想给我寄一本。收到他的大作后，我陆陆续续地读完了他的这本诗集。总体感觉他的诗较之前变化还是挺大的：现在的诗多了一些反讽的意味，带着一些调侃的叙述和“好玩”的味道，表达更加简约和平白，看似“白开水”，但意味深长。翻阅《穿越诗的喀斯特 当代广西本土诗人访谈录》，我想起2015年和他在办公室的那次面对面的对话，总感觉意犹未尽。于是，我就提议和他在微信上再来一次对话。选择微信，主要是觉得这样可以有更多的思考空间和时间。从4月20日开始对话，直到5月15日才完成。这次访谈，我事先并没有拟定很多的提纲，而是边访谈，边思考问题，就这样，两个人在日常的“流水”中完成了这次访谈。

灯下一个晚上“硬写”出来的东西，未必一定就比十分钟一气呵成的强。当然，快并不是常态。所谓“十月怀胎，一朝分娩”，没有“十月”，哪里会有“一朝”？你提到灵感，这是每个写诗的人都会遇到的问题。写诗需要灵感吗？当然需要，但灵感这个东西可遇不可求。你首先要写，至少要想写，它才有可能造访你。坐在那里等，是等不来灵感的。有点像买彩票，你先要买，才有可能中（当然灵感来的概率会大大高于彩票中奖）。如果你从来也体会不到灵感这个东西，那可能你真的不是写诗的材料。这没有什么可丢人的，这世界上混得比诗人惨的没多少。

钟世华：一般是在什么状态下更容易激发您写诗的兴奋点呢？

石才夫：行走的路上，或者是阅读之后的思考阶段。

钟世华：《八桂颂》便是行走的成果？

石才夫：算是吧。但我在创作这批诗歌之前，曾经有过更高的期待。但后来因为时空所限（时间紧，有些地方未能深入），呈现出来的作品并未让我都满意——读者应该也是。

钟世华：针对这些“不满意”和“更高的期待”，您在后来的诗歌写作中如何做到“满意”？

石才夫：到现在也还是没达到“满意”——这是整体上，当然有一些作品自己是满意的。这是不断阅读、思考和坚持写作的结果。

钟世华：现在对于诗歌，您更多思考的是什么？

石才夫：诗歌的本质是什么？诗歌如何适应时代？老实说，这两个问题我一直在想，但至今也没有清晰的答案。和一切文学样式一样，诗歌的产生、发展，一定有它自己本质性的东西。如果以《诗经》为起点，中国诗歌已有两千多年历史了。古代诗歌先不说了，现代诗在一百年的发展过程中，出现了什么变化？有什么规律？好像完全没有共识。我个人只是选择一条我认为对的，并且适合我自己的路子在走。

钟世华：从《以水流的姿势》到《流水笺》，您的路子也越走越宽了，从“水流”到“流水”，似乎有点“逆流”的味道。

石才夫：这倒没有。书名刚开始也不是叫《流水笺》，到了出版社排版的时候才改的。集子里有一组诗是这标题。但风格基本没变。当然，《以水流的姿势》是二十多年前的作品占大部分，那时的写作实践和理论思考都不足，很多作品流于肤浅。到了《流水笺》，写作的自信已经完全不同了，表达起来也更加自由。但总体看，温暖、向上、光明这些基调应该是一致的。

钟世华：也多了一些反讽的意味，带着一些调侃的叙述和“好玩”的味道。

石才夫：是的，有的作品可以看出反讽。但态度还是严肃的，也涉及诸多可以称得上“重大主题”。比如《L型经济》是2016年写的。当时经济形势有些低迷，专家说叫作L型（不是V型也不是U型）。这是个很大的题目，普通人、老百姓怎样才能感知呢？我是通过写一个街边小店的日常，通过店主的促销方式来侧面表现。现在几年过去，实际上，那个店现在已经没有了，倒闭了。我们每个人也都清晰地感受到了生活的变化。

钟世华：您觉得反讽意味在您诗歌中起到了什么作用？

石才夫：可能会让读者在阅读的时候，受到的触动更大些，从而引发思考。但这是一厢情愿的事，而且不同的人有不同的解读。

钟世华： 语言的张力似乎会增强吗？

石才夫： 任何修辞手法，如果运用得当，应该都可以给语言赋予更多的内涵。

钟世华： 那如何给平白、通俗的语言增加张力呢？因为之前您的诗更多是抒情，现在加入了较多的叙事，而且表达更加简约和平白，看似“白开水”，但意味深长。

石才夫：“张力”最近有点火。我没研究过，但平白、通俗的语言应该本身也具有张力吧？不一定要深奥的语言才有。平淡从容，可能跟年岁渐长有关系。我推崇汪曾祺，他的文字极其从容，但表达反而更有力。年轻的时候写诗靠激情，现在靠发现。在生活中发现诗意。我在来宾的分享会上说过一句话，是套用某广告语：“我不是诗人，我只是诗歌的搬运工。”

钟世华： 为什么这么说呢？

石才夫： 打个比方而已。但“搬运”确实不是简单的力气活，需要敏锐的感知，独到的发现，然后用最好的方式呈现。

钟世华： 现在说自己是个诗人，应该没有之前那种歧视的眼光了吧？

石才夫：“你们全家都是诗人”其实也只是调侃，还达不到“歧视”。

钟世华： 但别人会用另外的眼光看你。

石才夫： 那是别人的事。我们喜欢诗歌，喜欢写诗这件事，那就该有认真做好这件事的态度。比如对世界的谦卑，对文字的敬畏。关于写诗的态度，记得我们几年前聊过一次，那时我说我信奉“文以载道”，现在还是。这个“道”当然不止道德、道义那么简单，它还是规律、公道等等，一切文学样式之所以能存在，自有规律。不同的样式，表现的方式也不同。同一个样式（比如诗歌），写法也千差万别。这取决于写作者的世界观和价值观，也包括个人性格喜好。

二、作家使命

钟世华： 当年您在广西民族大学读书期间，创办了“归去来”散文诗社，能谈谈成立文学社的情景吗？

石才夫： 当时是大二还是大三，不太记得了，鲁西（苏志伟）先生给我们讲散文诗，也鼓励我们写。我和黄伟、周龙三个同学因为都喜欢写作，就说干脆成立个诗社，于是就成立了。诗社那个“宣言”是黄伟执笔写的。当时广东有个《散文诗报》集中发表过我们“归去来”的作品，还发了编者按，说我们是“全国高校中第一个散文诗社”。

钟世华：“宣言”的内容主要有哪些？

石才夫： 具体内容现在很难找到了，大致就是为什么叫“归去来”，我们打算干什么这些。我是社长，唯一的。因为我们一毕业，诗社就散了。

钟世华： 除了这次的集中展示，你们还举办了一些别的活动吗？您那两位合伙人后来还写吗？

石才夫： 周龙写小说，黄伟写散文。我们当时在广西民族学院（现广西民族大学）文学协会的旗帜下开展活动，“归去来”主要就是写作。因为没有任何经费，没法开展活动。

钟世华： 看来大学时期的文学氛围对你们产生了深远的影响，而且你们三人现在既是作家，也是从政人员。

石才夫： 我们是先写作，后踏上仕途，并坚持业余创作。我这里讲的业余，不是指业余水平，而是指业余时间创作。因为我们都有本职工作，写作不是主业，更不是职业。但业余写作一定要有专业要求，力争达到专业认可的高标准，不能满足于“业余水平”，因为我们还有一个身份：中国作家协会会员。

钟世华： 不好意思，我刚提到的不是创作水平，而是身份。相对“专业作家”而言，业余作家的创作似乎更加自由和更有灵魂，因为没有写作任务，自由自在，想写就写。

石才夫： 因为不是专业作家，我不了解他们的感受和体会。就我个人而言，虽没有任务，但作家的使命所在，不写总觉得不踏实，会心虚。

钟世华： 什么时候开始有这种感觉的？

石才夫： 十几年前加入中国作协之后吧，加上工作关系，和作家们需要密切联系，互相也受影响。

钟世华： 当时加入中国作家协会对您而言，算不算是一个大梦想呢？

石才夫： 没觉得。当时出了第一本散文随笔集《坐看云起》(2007 年)，在报刊上也发了不少作品，加上工作关系（做文艺的宏观管理)，加入中国作协有利于开展工作，于是就申请了。

钟世华： 当时鲁西作为你们社的指导老师，有什么令您难忘的往事吗？从相思湖走出来，现在回过头来看，大学给予您更多的是什么？

石才夫： 鲁西先生是一个很纯粹的人，他对文学很虔诚，对学生很真诚。每个学生有作品发表，他都非常高兴。我离开学校已经三十多年，现在回忆，都很美好。中文系本科的专业课，我们那时学到的，现在还能记住的几乎没有了。但我学到了学习的方法，至今受益。

钟世华：之前你们社出过刊物吗？

石才夫：没有，我们连饭钱都紧张，哪有费用办刊？

钟世华：有过饥饿的记忆吗？

石才夫：当然，我们都从农村出来，家里都穷，有时候接济不上，不说吃肉了，连素菜都买不了，周末两餐当一餐都有过。

钟世华：那时更多的时间是不断地到图书馆读书吧？

石才夫：现在回过头看，去图书馆的时间还是少了，大部分时间都是在上课。

钟世华：您现在主要读哪方面的书？

石才夫：前几年开始，我的视力下降得比较厉害，现在离开（老花）眼镜已经无法阅读。戴眼镜看书，半小时眼睛就会疲劳。所以我的阅读不得不减少。文学方面，主要读一些获奖作品和年选，当然像《人民文学》《小说选刊》这样的刊物还是有浏览。

钟世华：阅读获奖作品、年选，有没有些少的启发？

石才夫：有啊。读到好的，击节赞叹；读到不好的（相对而言），则有“还不如我”之感叹。

三、写作发现

钟世华：刚才您提到作家的使命，那您认为作家有哪些使命？

石才夫：“二为”方向就是作家的使命。《在文艺工作座谈会上的讲话》中，习近平总书记对新时代作家的使命有明确的要求。具体讲，就是要用作品来记录和反映时代，为人民服务。讲好中国故事，为中华民族伟大复兴中国梦服务。

钟世华：如何讲好广西故事？

石才夫：热爱广西，了解广西，然后“扑下身子”去写广西。只是我写的还不够。这个不够有两个意思，一是写的还不够多，二是还不够好。广西值得写的太多，我们需要努力。

钟世华：您认为散文诗和诗有区别吗？

石才夫：散文诗在形式上靠近散文（不分行），精神上靠近诗（要求语言精炼，富于诗意）。

钟世华：您是在20世纪80年代开始写散文诗的吧？后来还写吗？

石才夫：就是大学那两年写，后来基本上不写了。但我近些年常给一些主题晚会、重大演出撰写串词，在文体上，其实可归入散文诗。

钟世华：对于一些大主题诗歌，您也能从小处入手，而且诗味也够，谈谈您这方面的写作经验。

石才夫：我有一次跟诗友交流，提过这个。我归纳为“小题大做，大题小做，无中生有”。意思是写小的东西，立足要高，以小见大。写大题材，则需要选择角度和切入点，滴水见太阳。无中生有就是在看似平常的地方发现诗意。

钟世华：比如说您写黄文秀的诗歌——《一滴水回到河流》，谈谈你的切入点和角度。

石才夫：我是在黄文秀殉职后不到三天就写了这首诗。当时她的事迹还不像现在这样广为人知。通过微信朋友圈、媒体的初步报道，知道她从家乡考到北京师范大学，读完研究生又回到家乡，而且是担任第一书记。一个正值青春的名校毕业生，义无反顾投入到家乡的脱贫攻坚战斗中。我想到两个点：一是她是因洪水而牺牲的，二是我们都说女人是水做的。于是这个标题就出来了，然后基本上是一气呵成。我想表达的是：一滴水是微小的，但回到河流，它就具有无穷的力量，也因此而永生。

钟世华：后来就有很多人加入，就有了写诗队伍。其中也有不少口号诗。那对于公众事件与诗歌书写，您是怎么看的?

石才夫：首先写作是每个人的权利，写得好不好是另一回事。大而无当、口号罗列、滥情的文字，其实称不上诗歌。古人早就说过，不能“为赋新词强说愁”。时间会淘洗、过滤掉那些无效文字。我也需要警惕。

钟世华：您曾在第三届花山诗会给广西诗歌“挑刺”，认为广西诗歌虽然空前活跃，但也存在着不少问题，广西诗歌存在同质化写作、偏执化写作、口水化写作、粗鄙化写作等问题，诗歌品质有待提升。那在同质化写作中，如何做到独特的自我?

石才夫：我不是专门研究诗歌的，这个问题只能说一点个人印象。广西的诗歌创作一直在进步，但相对于小说还是弱。表现在具有全国影响力的诗人不多。而影响力的形成，主要靠作品，然后才是各种机会的展示。同质化问题不独广西。写作者要时刻警惕，世界本来丰富多彩，不能到了我们的笔下，反而千篇一律。这里面有浮躁、急功近利的原因。各种大刊物的发表、各类奖项的评审，都会产生导向作用。

钟世华： 弱这个问题，曾有诗人说过，主要是我们平台少，难上大刊。但似乎自从奖励措施出来后，不少的诗人也开始冲锋大刊物，但呈现的好作品似乎还不够多。

石才夫： 客观原因有，但还是从主观上找。有些事可能急也没用。

钟世华： 的确是，不能达到立竿见影的效果，特别是写诗，我觉得还是有一个循序渐进的过程。

石才夫： 对。希望有更多的人加入到队伍中来。例如我们花山诗会就是一个平台，让大家可以在一起交流，促进思考。因为会邀请一些区外作者和刊物编辑参加，对广西作者的进步、扩大广西诗歌的影响有帮助。

钟世华： 现在的诗会似乎也少了一些火药味。

石才夫： 办诗会又不是为了吵架，火药味不是标准。我主张理性交流，都是文化人，不要搞得像泼妇吵架，斯文扫地。这不是追求一团和气，而是说写作观点可以不同，但讨论的风度要有。

钟世华： 我是说讨论的气氛和批评的力度。我也一直主张大家交流可以就作品进行批评，而不要进行人身攻击。

石才夫： 哈哈，可能大家觉得在会下“吵”过了，会上还是聊点开心的事好点。这里面有个心态问题。北方人有句话叫“瞧热闹不怕事儿大”，那是“瞧热闹”的人的心态。

四、写作高度

钟世华：广西有12个世居民族，每个民族都具有灿烂的文化和民间资源，但似乎在当下广西很多诗人的作品上都没有呈现。

石才夫：这要看怎么理解了。比如我是壮族，我写了那么多诗，但好像从来也没有直接以“壮族”为题的作品，你不能据此说我没有表现壮族，这是一个方面。另一个方面，12个世居民族，在文学发展上很不均衡。像京族，文学创作人才基本上断层了。但表现民族题材、民族元素，是一个综合性的创作话题。过去我们一写广西，就是“红水河、绣球、铜鼓、刘三姐”，都成俗套了。不是说这些特征不能写，但不能认为只有写到这些才体现地方和民族特色。还是要从精神上体现地域性。刚才说绣球啊等等那些东西是表征，可以用，但要为“灵魂”服务。

钟世华：作为土生土长的壮族人，您尝试过用母语写作吗？

石才夫：我会说壮话，但没学过壮文，这是个遗憾。

钟世华：自媒体时代，对您写诗有什么具体的影响吗？

石才夫：影响还是蛮大的，对我而言，是正面影响。一是方便阅读，二是方便写作，三是方便传播和交流。通过手机，每天都可以读到各种作品，包括古诗。我近年的大部分诗歌都是在手机上写的。我也常在网上和区内外的作家交流，区内的更多一些。

钟世华：主要交流哪方面的内容？有什么收获？

石才夫：网上交流五花八门。主要是了解诗坛动态和信息，也有诗歌方面的讨论，但是这些讨论一般大家都不会太深入。有些有价值的帖子（诗歌研究评论）也会转出来，读文章获得的信息可靠一些。网络是个鱼龙混杂的地方，信息量大，但要有选择。

钟世华： 20世纪90年代您远离了各种纷争，现在回过头来看，您更多思考的是什么？

石才夫： 时间会淘洗很多无价值的东西，包括写作。诗人最终还是要靠过硬的作品说话。文学史上，各种流派的纷争是一种客观存在。网络时代放大了这种争论，有时看上去像吵架。至于有没有积极的一面，反正它都发生了，文学也一直在发展。诗人作家还是要多写，浮躁是写作的大敌。能静下心专注去做事的人，很难得。

钟世华： 如果说有三把钥匙可以打开您的诗，那您认为是哪三把？

石才夫： 语言算一个吧，发现也是，还有我想提的是：情怀。家国情怀，在此之下，忧患、反思、批判，也包括讴歌、咏唱和记录。

钟世华： 家国情怀是大的方面。

石才夫： 是追求的目标。

五、写作表达

钟世华： 谈谈语言，您觉得较之之前，诗歌语言最大的变化是什么？

石才夫： 可能是从抒情书面语向日常口语的转变。"奇语易，常语难，此诗之重关也。"白居易说"诗者，根情，苗言，华声，实义"，把诗的关键都列出来了。语言是苗，思想（义）才是果实。一些文字之所以给人"口水"的印象，是因为它没有思想。所以，语言是为主题（思想）服务的。同时，语言本身要体现出韵律和美感。还有，必须干净。

钟世华： 嗯，有些诗人写得像脑筋急转弯，估计也是缺少您所说的义。

石才夫： 那样写，偶尔为之，得个“趣”字。一直这样写，人人都写（其实不可能），就变得了无生趣了。问你一个问题：你是搞文学研究的，包括诗歌，平时阅读时，有没有遇到过某些诗歌，是你完全读不懂的？

钟世华： 有，因为无从入手，不懂作者最终要表达什么。

石才夫： 我也有。

钟世华： 仅仅得“趣”，诗里没魂，我觉得也就是些分行文字，不能称为诗。

石才夫： 要允许这样的诗存在，因为它至少有趣。但不能把其他不一样的诗都视为“非诗”。就像古人也有“黑狗身上白，白狗身上肿”这样好玩的诗。

钟世华： 允许存在，只是表达自己的看法。我个人虽这么看，但这样的诗依然多。

石才夫： 从整个诗坛看，应该还是小众。

钟世华： 那对于传统，您认为是批判性地继承，还是有其他说法？

石才夫： 中国现代诗歌可以从传统里获得很多营养和启示，不能盲目崇洋。中国写诗的，看外国人的诗，恐怕绝大部分像我一样，看的也是中文译本。诗的语言不是说明文，变成另一种文字之后，极有可能味道完全不同了。因为觉得不对路子，我便很少再看洋诗人的作品。当然也有一些翻译得很好的作品，可参考，不迷信。这是我的态度。

钟世华：您的诗歌也曾被翻译成越语、泰语和俄语等，您觉得翻译过来的还是您原来的诗味吗？

石才夫：这个我就没有发言权了。但有一点，因为我的作品基本上是口语风格，应该属于好译的类型。我在前两年“中国·湄公河国家文学论坛”上有个发言，里面引用了《以水流的姿势》，后来参会的越南作家译成越文发在他们的报纸上，再后来有人把这个内容又译成中文发给我看，结果发现诗歌的味道已经不一样了。

钟世华：也许正因为翻译后不一样了，所以你就几乎不看外国人的作品了？

石才夫：也跟个人兴趣有关，反正大多数外国诗我都读不下去。

钟世华：您的诗从越文翻译过来，最大的变化是什么呢？

石才夫：意思还在，但诗味没有了。

钟世华：这是最关键的一点。

石才夫：我曾经打过比方，在重庆买正宗的火锅底料，回到家自己煮，怎么也没有在重庆当地吃的那个味道。更何况是诗歌的翻译。不过作品能多些海外读者也是件好事。相对而言，不同国家民族之间的文化交流，文学作品还是比较受欢迎的。

钟世华：这也是民族语言互动的效应。在您最近这几年的创作中，有什么印象深刻的事情吗？

石才夫：写时代楷模黄文秀的作品《一滴水回到河流》，受到各方好评。最近有记者到百坭村采访，发给我一张照片：这首诗被村委打印装裱，挂到了墙上。这个事让我很感动，也很受启发。

钟世华：受到哪些启发？

石才夫：诗人还是要关注现实，讴歌英雄，站稳人民立场。文学还是应该关注现实，多写现实题材作品。不能回避。

钟世华：《流水笺》里大概有多少篇幅是这方面的题材？

石才夫：没做过统计，应该有百分之九十以上。

钟世华：这么多？谈谈《药店》这首诗的创作过程。

石才夫：其实都写在诗里了。偶然走进药店，发现有很多东西卖。然后就想到，人的病，社会的病。这诗其实很好读，也容易明白。但这种现象太普遍了，很多人已经熟视无睹。我拿出来写，有点像拿根牙签在麻木的人身体上戳一下，唤醒痛感。

钟世华：诗集中有哪首是呈现特别现象的吗？

石才夫：蛮多啊，《路遇》《鸟》《L型经济》都是。

六、写作与生活

钟世华：在诗歌创作上主要受到谁的影响最大？

石才夫：说不上。如果一定要说有，那就是古代的那些优秀诗人，比如杜甫、苏轼、李商隐。

钟世华：之前谈到的鲁西呢？有没有从写作上对您有过指导？

石才夫：他是我的授业恩师啊，这是自然的事。鲁西先生是意象派，这方面受他影响。

钟世华：文学社以及相思湖作家群里的作家有没有对您有过影响？

石才夫：综合性的影响肯定有，但具体到写作上又说不上。容本镇老师对我影响也很大。主要是做人做事做学问的原则和态度。他对广西的文学事业，对广西的作家，都很关心，也贡献了自己的智慧。

钟世华：我也是得益于他的关心和帮助。

石才夫：对我的支持和厚爱，那就更多了。比如他专门为我的《八桂颂》写了评论文章，对我鼓励很大。

钟世华：《八桂颂》后来还获得了广西文艺创作铜鼓奖，当时第一感受是什么？

石才夫：获奖总归是让人高兴的事情。作为广西的作家，能获得自治区文艺创作最高奖是很高的荣誉。

钟世华：在《海外星云》杂志社工作这段经历对您的写作有什么重要影响吗？虽然这段时间您很少写诗。

石才夫：在那里工作14年，主要是做编辑，养成了良好的语言规范习惯。另外有机会阅读到大量港台和海外信息，拓宽了眼界。

钟世华：我觉得稳定的生活对诗人的创作还是有一定的影响的。

石才夫：人总会追求安定舒适的生活状态，所以作家深入生活才显得重要。

钟世华：对于“深入生活”，您是如何理解的？

石才夫：这个不难理解。作家不要把自己圈在书斋里，靠想象写作。

钟世华：小时候在乡下的生活，最深的体验是什么？

石才夫：童年在乡野的生活，既快乐又艰难。快乐的是根本没有任何上学的负担，和小伙伴们玩各种游戏趣味无穷；艰难的是那时粮食还不够吃，大部分时间吃粥和杂粮，大米饭和肉很少有。

钟世华：你的家乡新桃村有什么壮族风俗习惯现在还依然保留下来的吗？

石才夫：我们那一带的壮族与汉族杂居，除了语言，其他风俗比如节日，跟汉族差不多。但也有些独特的民间风俗，比如花婆崇拜、师公戏、唱欢等。现在，我的儿子已经不会讲壮话了。

七、文学传统

钟世华：新冠肺炎疫情发生后，您感觉您的生活发生了哪些变化？

石才夫：2020 年春节，我和全国人民一样，过了一个特别的年，全家人待在家里，哪都没去。后来慢慢生活恢复正常了。这次疫情确实让我思考了一些东西。生命除了脆弱，还很无常，有时还是无奈。也因为如此，文学的意义更加凸显，因为文学是关于生命和人心的。在地球上，能打败人类的只有人类自己。

钟世华：《逆流成河——写在庚子春节》是在什么状态下写出来的？

石才夫：当时武汉情况紧急，全国各地医护人员星夜驰援，场面感人，我把这个感受写了下来。

钟世华：对于疫情期间的诗歌抒写有什么看法？

石才夫：在这种情况下，诗人肯定不能缺位。由于体裁的优势，诗歌更能发挥短平快的作用。我们不能要求所有的作品都是精品，但一定要有鼓舞人心、团结民众的力量。

钟世华： 到今年，《广西文学》已举办了八届诗歌双年展了，对于年展，谈谈您的看法。

石才夫： 诗歌是文学的重要门类，广西诗歌也有很好的传统，一代代诗人创作了很多优秀作品。作为广西最重要的文学刊物，《广西文学》通过双年展的方式推出作品，发现新人，促进诗歌繁荣进步，很有意义。

钟世华： 您觉得广西诗歌最可贵的传统是什么？

石才夫： 本土特色、民族精神，还有其他吧，不专门研究，不一定对。

钟世华： 广西有壮、汉、瑶等 12 个世居民族，目前各个民族的文学发展状况也不一样，有个别民族的作家已出现断层，在前面我们也谈到的，像京族的文学创作人才基本上已经断层了。您觉得出现这种问题的主要原因是什么？

石才夫： 文学的发展存在不均衡问题，原因是多方面的。在文学层面，要通过采取多种措施，有针对性地加大人才培养工作力度来解决。

钟世华： 今年双年展的主题是“又见村庄”，您能对这个主题谈谈您的看法吗？

石才夫： 我自己都有些把握不住，前几天还专门与冯艳冰探讨。农村、村庄无疑是今日中国最重要的是存在，党中央做出实施乡村振兴的决策部署，是具有战略意义的。2020 年是全面建成小康社会的时间点，“村庄”作为极具象征意义的符号，值得书写。我觉得这个主题给了诗人很大的空间。

钟世华： 和前几年的“重返故乡”有类似。

石才夫： “又见”就是呼应了“重返”的。

第五节

“诗歌给予我的比我为它做的多得多”

——对话徐南鹏 ①

“诗是我生命中的一部分”

钟世华： 您曾说过“写诗对我来说很重要，是我的生命”。那您什么时候开始写诗的？第一首诗发表在哪里？这首处女作对您今后的写作产生了什么影响？除了诗的南鹏，您还有散文的南鹏和诗论的南鹏这两个身份，您最认可您的哪个身份？您觉得写诗论对您创作诗歌有帮助吗？

徐南鹏： 是的。写诗对我来说很重要，是我的生命。诗歌成为我生命中的一部分，说起来是有巧合的、有机缘的。必须先说个故事。高考时，我没落榜，但也并没有取得什么骄人成绩。收到了录取通知书，在乡亲们的眼里是跳了“龙门”，或者准确地说是“农门”，但其实没有什么好骄傲的，我被泉州师范高等专科学校（现泉州师范学院）地理系录取了。父亲原本是希望我读医

---

① 作为“70 后”的重要诗人，徐南鹏的诗歌写作历程清晰地呈现了一代人的诗歌写作史和精神成长史，他的诗歌写作在贴近日常平淡而繁芜的生存场景中擦拭掉浓重的时间浮尘和阴影，在语言的节制和诗思的精深中发现了另一种生存景观。徐南鹏的以悲悯情怀直面工业文明，对生命轨迹、自我的探寻，对存在的本质的探索，对永恒的向往、死亡的拷问，都引人深思。我们相信这些观点，对于当下诗歌的创作与发展，具有前瞻性的学术意义与创作的指导意义。

的。他是“老三届”高中生，回村里当过代课教师，后来又自学当了几年乡下颇有点小名气的“赤脚医生”，贫困让他在20世纪80年代初期就从乡下往城里去谋生，成为最早进城的农民之一。从这点上看，他的思想是够解放的。但是，他也是少数进城并不成功的人，是没能真正从泥里拔出腿的农民。从这点上看，他又是失败的。他心里一定有对中医学的绝对迷恋。所以给我高考报志愿时，从第一志愿的中国人民解放军第一军医大学（现南方医科大学）到最后一个，全是学医的专业。调剂志愿里，我自己做主写了泉州师专地理系。我的分数只够调剂。

父亲在我开学后不久，给我写了一封信，其中有一句话，大意是这样的，世界上永恒的东西只有两个，一个是艺术，一个是医术。医术对我此生来说已是失之交臂了，艺术这玩意儿可是随时随地可以玩两下子的。我上大学那会，正是中国人思想大解放的时代，也是诗歌为世人所追捧的时代。“诗人，穿拖鞋就能走遍全中国”，这是当时流行的语录。大学校园里，大多数学生都在有模有样地干两件事，一件是读诗，一件是读哲学。不写诗，又不会谈几句尼采、叔本华，在同学里是没有地位的。在这个环境下，我开始到图书馆借阅《圣经》《神曲》《浮士德》以及歌德的十四行诗、泰戈尔的诗作，还读中国现代的一些诗作以及《罪与罚》《巴黎圣母院》《九三年》《战争与和平》《静静的顿河》《白鲸》等一批大部头，没有人指导，也不分良莠，能拿到什么就读什么，唯一的标准就是看它是不是名著。我读得慢，头痛欲裂，师专两年里读了一批大部头。

这些非专业、非系统的零星阅读，后来逐渐在我的生命里发酵，散发出了惊人的力量。经典就是经典，读与不读完全不一样。那么多人在写诗，那么多当时学校里的诗歌“大腕”，终是雨打风吹去，倒是我始终坚持并且向前走了很远，我自己把这看作是得益于经典的推动力。也就是那个时候，我开始偷偷地躲在被窝里写诗——我并不真正理解什么是诗，怕写不好被人耻笑——又在夜深人静的时候，心虚地把稿件丢进投稿箱里，不久小诗变成了校报上的铅字。这应该是严格意义上我发表的第一首诗吧，好像没有我的名字，发表出来是类似于“佚名”还是什么的。当年我16岁。一个在学生会工作的同学替我去领回三块多钱稿费，我请他吃了碗面线糊。从此，我的生命里多了样东西，热爱又心虚。而现在看来，这诗歌对于我个人的重要性，其实还饱含着父亲与我的一种神秘的传承和约定。

命运是神秘的，命运的力量是巨大的。如果还要补上一点，我就要说，到我小弟考试时，父亲在志愿里只让他填报一个志愿，福建中医学院（现福建中医药大学），一副破釜沉舟的模样。还好，弟弟考上了，父亲的心愿也遂了。结果是，我写了点诗，小弟当上医生，父亲所谓永恒的东西似乎他的儿子都努力去做了。每个诗人无疑都是时代的产物。我也是。第一首诗，对我的意义就是，它在我身上打下烙印，让我成为这一个，而不是那一个。

我开始写散文，一方面是热爱，想要试验写作的另一种乐趣；另一方面是因为生活所迫。后面一种原因可能更多一些。20世纪90年代初，我从乡下中学调至省城一所高校，调动过程冗长、艰难而无趣，每个关节都要找人去疏通，但我能够找谁呢？很无奈，我没有顺利办成手续就到了高校，校方也没有办法，就让我当学校礼堂的保洁员，一个月九十元，当时生活费大约要三百元。我到社会上去找过临时工干，最终是被职业中介骗走了几十元的介绍费。我的长处还是写点东西，散文相对长一点，能够多拿几块钱稿费，就在那一段时间里，我写了不少散文，没有什么目的，就为了发表，为了拿点稿费。那些文章一小部分收录在后来成集的《大风吹过山巅》里，其中有些篇什写得还算大气，一些主题看得是比较远的，那时就抨击不合理的考试制度、无规划的城市建设等等。至于写诗论，怎么说呢？也许是非专业的缘故，我试着从经济学、社会学、神学等角度去解读一些作品，或者它完全不是作者本意，但结果是十分有趣的。为什么不能呢？诗歌给我们的乐趣完全不只是一种啊。很多看过我散文的朋友说我散文写得比诗好，很多看过我诗评的人说我诗评写得比诗歌好，但我自己还是喜欢诗歌，原因嘛，诗是我生命中的一部分。

“诗人，保持一颗童心是重要的”

钟世华：冰心曾说：“提到童年，总使人有些向往，不论童年生活是快乐，是悲哀，人们总觉得都是生活中最深刻的一段：有许多印象，许多习惯，深固地刻画在他的人格及气质上，而影响他的一生。”那么，童年经验对您的创作的主要影响有哪些呢?

徐南鹏：童年的记忆是深刻而丰富的。我写的不少诗作，就是对童年生活片段的复述。特别是诗人，保持一颗童心是重要的。而追忆童年比保持童心容易得多。诗人是敏感的，而这种敏感气质大多是童年里养成的。我会时常回忆起小时候黄昏里独自面对夕阳的情景，那是没有时间没有空间的巨大往事。更多的，诗人气质是与生俱来的。我的敏感，大概跟我的家庭环境有关系。

“诗歌给予我的，比我为诗歌做的多得多”

钟世华：雪莱说：“最为不幸的人被苦难抚育成了诗人，他们把从苦难中学到的东西用诗歌教给别人。”请问在创作中，您是如何把苦难写进你诗歌中的?您从乡村走到省城，再到北京，诗歌给您带来了哪些帮助?

徐南鹏：我吃过苦，那远远算不上苦难，所以我的诗歌总体是明亮的，对人世、对生命、对自然的爱，它们是我的主题和生命。当然，我也看到那些黑暗处，一些是人世的，一些是人性的，甚至自己也常常处在暗影里，我也试图让诗歌之光照亮那里，虽然结果仍是徒劳。生活已然不易，为什么还要拧着眉头教训人呢?

我自己走过的路，不算很容易，从偏僻的乡下中学走出来，到了省城，又到了首都，当过教师、记者、编辑、公务员，折腾得不行。说句实话，那期间许多变化真不是我个人想那么走的，是社会的发展和进步，给了我这个出身下层的人机会。或许也可以说其中有很多的是机缘吧，比如说与诗的机缘。我说："诗歌给予我的，比我为诗歌做的多得多"，因为写诗，别人认识到我的努力和能力，所以为我开了一扇门、拓了一条新路。而对我来说，每一次生活环境的变化都给我呈现一个更加辽阔的世界，更加激活我的思想，从而推动我的写作。对人生、对社会、对诗，我始终怀着感恩之情。从细部说，因为写作让我能够始终保持独立思考，从而也加深了我对社会、对人生的认识，这也是诗歌给予我的东西。

"诗，难以言说"

钟世华： 您曾在一篇题为《获救的石头》的诗歌评论中讲过这样一句话："谈论诗歌是危险的。"这句话如何理解?

徐南鹏： 记得好像是在评论福建诗人黄飞的作品时讲过这句话。每个论诗的人应该都有一种感受，即诗歌不可轻易评论。一首诗歌有无限的意义。我写诗评，力图挖掘别人看不到的东西，这有点像上瘾。作者看了诗评也说，他自己都没有想到这首诗还可以这样读。作为诗评，这是可以的。所以，谈论每一首诗，你看到的永远只是它的一个侧面，永远无法看到它的全部，你所言说的恰恰有一个相反的意义可以消解。

诗，难以言说。诗歌的神秘在于此。

"真正的诗人，是时代的良心和见证"

钟世华： 评论家谢有顺曾痛心疾呼："在今日的文学写作中，重申灵魂叙事，重塑一种健全的精神视野和心灵刻度，便显得迫在眉睫。"而您在一篇文章中也讲到当代诗歌缺少灵魂，缺乏现代性，严重地说，就是患了一种"病"。您所说的诗的"灵魂"主要指的是什么？当下诗人应该如何构建诗的灵魂，应该如何治“病”呢？

徐南鹏：说透彻一点，诗魂，不，艺术之魂，就是作品展示出来的创作者的独立人格，这就是艺术之所以成为艺术的独特魅力。真正的诗人，是时代的良心和见证。没有独立人格，也就不可能有清醒认知，不可能有临风而立的精神气象，其作品便会缺少生命力。诗人保持人格的独立，才能在精神上处于独立地位，才能真正切入一个时代，深刻领会和把握时代精神内核，从而写出不同凡响、对得起时代的诗歌。

中国的现代化已经走过了近百年的历程，但说句实在话，在推进现代化过程中，还是实用主义占据着主导地位，众人的关注点可能更多地放在如何改变中国积贫积弱的面貌上，搞实业兴国、技术兴国、军事兴国，而恰恰忽视了人的精神建构。近些年，中国大地上的建设大潮风起云涌，每个人或多或少地享受到了现代化建设带来的物质实惠。但是，谁也不敢说，我们是否有能力去避免一场道德灾难在这片土地上降临？

每每想及此，我都会有恐惧感。这一状况，根源在于忽视了作为社会主体的人。作为个体的智性的人，如何独立而有尊严，如何享受人的自由，这些问题在强大的物质主义面前完全被忽略了。技术的人生被扩大，艺术的人生被消解。基于此种现状，有人重提精神启蒙，力图普及人本主义思想，不是没有道理的。现代化的最终目标是实现人自由而全面的发展。核心问题就是人格是否独立，精神是否自由。诗人应当是先行者，更应当保持精神独立和心灵纯洁，这有点像鲁迅当年的一个人的战斗一样，孤绝而悲壮，难度可想而知。而当代一些所谓名诗人的作品，从文学的角度来说，是不错的，但从精神层面上看，精神的侏儒症候仍然十分之严重。

另一方面，诗人难以把握现代性的表象还在于对现实的麻木与逃避。当代诗歌需要面对的现实是什么？简而言之，就是工业文明。但是，当下有多少诗歌真正把握了这个时代的特征？带着对这个时代的深刻关怀？我们每一个人，以及几乎所有的当代诗人都在享受和消费着工业文明，从汽车、电话、飞机，一直到家里的电视、自来水、煤气、网络。但是，一个不争的事实摆在面前：当代诗歌几乎没有一件成功的作品是献给工业文明的，更谈不上能够用整体的诗歌力量去校正工业文明发展的方向。对社会发展方向的校正，是立足现实而从更高层面上的文化要求。如果诗人们连刻画这个时代基本特征的勇气和能力都缺乏，就更谈不上能够超拔于现实之上，指示时代的进步方向。有的人会说，这不是诗歌的功能；也有的人会说，工业时代缺乏诗意，城市文明缺乏诗意。我不这样看，诗意从来都隐藏于具象中，缺乏的恰恰是诗人发现诗意的眼光和能力。当下诗人把握不了的、发现不到的，必定有人会发现、会把握，会有深刻的诗歌作品流传。

当前，我们所阅读到的诗歌，从诗刊到网络，许多诗作堪称精致，但是细细品味起来，它们没有当代诗歌的魂，切入现实的力量相当微弱，缺乏对当下生命的起码良心，根本地说就是缺乏诗歌的现代性；严重地说，就是患了一种“病”，一种脱离现实、逃避现实的“病”。阅读当下大量的“返乡”作品，我们看到的是一群又一群当代诗人争先恐后地站在城市的霓虹灯下缅怀唐宋时的月亮，坐在空调房里简单地复制现代版的“桃花源”，这证明的恰恰不是诗歌的繁荣，而是在桃红李白中弥漫着的衰败的气息。其中暴露出的问题是，当代诗人对客观世界中过于繁杂的信息处理能力的严重不足，对现实问题的把握能力的严重缺失。如果诗人不能够觉悟，不能够真实地面对这个时代，去观照人生，去体验生命，还是运用农业文明的思维方式，保持农业文明的价值追求，这样即使诗歌中使用再多的钢铁洪流的词句，作品都不可能脱离农业文明的窠臼，改变不了流贯诗歌文本中的农业文明的气息，精神内核依然是苍白的、空洞的。那么，汉语诗歌就只能继续吮吸着旧时代的乳汁，在旧时代的摇篮里做梦。

“诗歌还要有点巫气，像预言”

钟世华：您有一篇文论名为《带着泥腿飞升的天使——关于好诗“标准”的讨论》，请简单谈谈您关于好诗的标准。

徐南鹏：那是在罗雨他们组织的首都师范大学读诗会上讨论整理出来的一篇文章，大略意思是这样的：诗之所以为诗，而不是散文，不是小说，仍然有其自身固有的特质，这些特质使诗与非诗、好诗与劣诗区别开来。这些特质与一首诗的时代背景、流传程度无关，与它是否被历史记忆无关。也就是说，考察一首诗的优劣，关键是对文本进行分析，而不是其他。一首广为流传的诗歌，并不一定就是好诗，也肯定有许多好诗淹没在历史的滚滚洪流中，当代同样有许多好诗被遮蔽、散佚。一首好诗，必须具备三要素：一是立足现实，二是情感真挚，三是语言简约。立足现实是从诗歌的立意方面进行审美，情感真挚是对诗歌质地上提出的要求，语言简约更多的是诗歌形式的反映。用一座建筑来比喻，大略可以等同于三个方面：第一是建筑的选址是否适当，第二是建筑素材是否合格，第三是建筑物的形状是否美观。

好诗必定要立足现实。在我的诗集《大地明亮》的序言《诗是一种暗》中，我写了这样一段话：“优秀的诗歌必定要站在尘土里，要被汗水和泪水浸过。歌唱那向上飞升的天使，也要看到裙摆下藏匿的那双泥脚。”任何艺术都是客观世界在艺术家心中的呈现，立足现实是对艺术的基本要求。诗歌是一门艺术，脱离现实，就会失去它的根基和生命力。一首好诗，必定是面对现实、把握现实、表现现实的，它流淌着时代的热血，携带着时代的体温，反映着时代的精神。

好诗必定要情感真挚。抒情是诗歌的本质。但是，诗歌不拒绝叙事，叙事是更高层次上的抒情。一首好诗，必定是诗人真性情的流露。正如西班牙诗人、诺贝尔文学奖获得者希梅内斯所言：“真正的诗歌就在于那深刻的感情。”

在一个泥沙俱下的社会，诗歌也同样混杂了浓重的功利主义色彩。在一些作品中，细心的读者还是能够嗅出其中“伪情”的霉味。真正的好诗，必须不受任何功利和非心灵因素的影响，而是真正显示了诗人的真性情。所谓的赤子之心，以及柏拉图的“诗人是神的代言人”，当是指此。好诗不是作出来的，而是从诗人的心底流淌出来的。有诗人曾说，一首诗的诞生是诗神的一次眷顾。我信。好诗总是汁液饱满，情感浓郁，就像一座火山，总是在它该爆发的时候才爆发。就如智利当代诗人聂鲁达说过的一句话：“我总是在内心感受到不能不动笔的情况下才写诗。”

好诗必定要语言简约。诗歌是语言的艺术，正像色彩光暗是美术的生命一样。一首好诗，对语言的要求是很严格的，甚至可以说是苛刻的。好诗的语言富有张力。语言的张力在于能够为阅读者提供想象的空间，这是由语词的多义性决定的。好的诗，总是在运用语言这个特性方面有所作为，能够在特定的语境中提供多种阅读的可能。比如，刘松林老师评论我写的《月光》：“他呈现给我们的，是披着一层朦胧神秘之岚的‘彻骨’的相熟相知。”在一次去北京外国语大学开讲座的时候，我讲了好诗必须具备的特性，主要是8个字：担当、切入、玄奥、神性。“担当”好理解，就是诗歌要更好地体现民众的共同理想，体现共同的精神指向，从而催生一个伟大的时代。“切入”就是有切开社会“坚硬的椰子外壳”的能力，真正看清内部的一切，而不止于推论和猜想。特别是面对工业时代的诸多特征，诗人要能够“收起飞翔的诗歌翅膀，自觉地栖落于城市层层叠叠的高楼大厦间，真诚地思考工业文明的复杂性与可能性，中国当代汉诗才能迎来曙光”。“玄奥”就是诗歌还要有点巫气，像预言。诗人的冥想，使作品与现实分离出来，用语言建立了一个崭新的世界，那是终极的世界，体现了人类社会的美好愿景。“神性”接近于信仰，诗里要有敬畏，或者说是惧，那是对众生的关爱与悲悯。

“诗歌能与更多的传播方式相结合”

钟世华：您在随笔集《诗的思》中提到过一个“立体诗歌”的概念，请问何为“立体诗歌”？

徐南鹏：提出这个设想的时候，我还在福州，当时很想把诗歌“忽悠”起来，把诗人集结起来。我第一步是举行诗歌朗诵会，举行了一次，后来就没有精力再做下去了。初期设想是诗歌能与更多的传播方式相结合，比如与歌词、朗诵、歌剧影视、书法绘画等结合，让诗歌与我们的生活贴得更近些，成为生活中易于接受的一种方式。当时设想是这样的一个诗歌外部性的问题，当然，要把“立体诗歌”引申为诗歌内部性的问题，亦无不可。

“诗人关心的是诗歌文本，而不是其他的”

钟世华：记得您曾说过这样一段话：“诗歌语言有着自己的密码，它与是否书面语无关，与是否口语无关，创造陌生语言，是诗人的重要职责之一。”您这里所说的“密码”主要指的是什么？您怎样看待诗人和语言的关系？在您的诗集《大地明亮》中，感觉受当下口语化写作的影响较大。

徐南鹏：诗歌语言有它自己的生长方式，就像生命靠着它的遗传基因生长为这个而不是那一个。诗歌也一样，有自己的遗传基因，诗之所以为诗，就是语言所产生的诗意。这就是诗歌语言的“密码”。按照中国诗歌传统，这个密码的代号是“抒情”。诗人与语言的关系，用不恰当的比喻就是赛车与司机的关系。这个司机应该是赛车选手，而不是一般的司机，一般的司机就是一般的言说者。当然，选手驾驭的也不是一般意义上的汽车，而是赛车。其间是有区别的。赛手在运动场是一次冒险，诗歌创作上也是一次冒险，赛手要驾驭赛车得到好成绩，诗人要通过语言的创造表现他的情感。我们使用的中国汉字是象形字，本身就是富有诗意的。在运用汉语写诗时，能够把握语言中的语词构架、意境营造和语言节奏，这也是一首好诗必须具有的品质。好诗所表现的个人感受，已经不是一己的感受，而是表达了整个人类情感的共同部分。

《大地明亮》是我于2005年出版的诗集。我其实不关心那些所谓的论争，也不关心口语写作还是什么写作，这些真的并不重要，所以不管是什么形式对我来说都没有区别。历史是由一个一个事件连接而成的，但诗歌史是由一首一首好诗砌起来的。诗人关心的是诗歌文本，而不是其他的东西。

“传统是过往的现代，现代是传统的延续和传承”

钟世华：诗人安琪对您的诗曾有这样的评价：“南鹏的诗是具有古典情怀的。”的确，我在阅读您的诗时，感觉到您的诗既富有时代气息，又洋溢着古典浪漫情怀，比如《夜晚》等诗。能否谈谈中国古典诗词对您的影响，以及如何看待传统与现代的关系？

徐南鹏：安琪明显是对我的褒扬，我还够不着“情怀”二字。在我眼里，古典情怀是沉静、旷达、幽雅。我的心里还有浮躁和功利。但是，我比较崇尚古典。经过时间的过滤，只有生命力极端旺盛的东西才能为人们公认，并且得以保留下来，那就是唯美。在这个“诗的国度”里，没有一个人不读过古诗词，不是或多或少受过中国古典诗词的教育和熏陶的。

我也不可能例外。我最早接触的是唐诗，比如父亲口授的“日照香炉生紫烟”“床前明月光”什么的。长大后，我非常喜欢《诗经》的那份纯粹之美。我感觉它像是人类孩童时的东西。这可能是对我创作影响最大的作品了。至于传统和现代的关系，我认为传统是过往的现代，现代是传统的延续和传承。改变的是景致，人的终极追求其实从来未曾改变。儿子有一天对我说，真正有意义的只是时间，过去与现在，只有时间贯穿其中，直到永恒，而时间中构成历史的一切事件、人物，都是可以替换的。这是一个初中生对时间的理解。把它套用到诗歌上来，可以说诗歌唯美的本质也是不变的，改变的只是它抒情的对象和形式。这是我对传统与现代的理解。

“真正的诗歌能让我们感受到美”

钟世华： 您曾说过：“诗歌给予我们短暂却又完全的快乐。”这句话如何解释？

徐南鹏： 其实这句话并无多少深意。对于任何一个人来说，真正与诗歌相处的时间并不多，更多的是为生存而奔走。记得多年前，我和山东诗人孙磊谈过类似的问题。对于诗人来说，首先是照顾好自己的生活，然后才能照顾好诗歌。诗人也好，爱好诗歌的人也好，一生中真正坐下来读诗的时间并不太多，所以我说它是短暂的。同时，真正的诗歌能让我们感受到美，那是不带一丁点功利性的东西，是一种可以超越世俗的感受，是人生的至美境界，所以我认为它是完全的快乐。

“必须反对一种伪担当”

钟世华： 您曾经在一个座谈会上谈及诗人要有担当意识，您自己在创作中是如何秉持的？

徐南鹏： 中国有句俗话，叫“眼到，口到，心到，手到”。意识引导行动。一个诗人，只要他意识到了自己该做什么，他的作品就会将这些信息传递出来，所以并不必刻意寻求什么途径来实现。

必须反对一种伪担当。有些诗人喜欢围绕一些大事件写作，这本身无可厚非。但是如果诗人不了解其中的真意，写出来的东西都是伪情诗，就谈不上有任何价值。正如汶川大地震，那是人类的一场共同灾难，当时也是诗歌创作的一次大爆发。以诗歌的方式表达一种平常人的情感，这完全可以理解。但如果诗人也仅仅停留在这个层面上，不了解、不思考灾难的真正含义，那就是诗歌的悲哀。

第六节

“我们”散文诗圆桌[1]

——对话五人

钟世华：“我们”散文诗群是在什么背景下诞生的？它的意义与价值有哪些？

周庆荣：到2008年下半年，散文诗在中国现代文学史上已有90余年的发展历史。几代人从理论、创作，到实际的社会活动，都付出了大量辛勤劳动。但关于散文诗文体文本的争论以及被“边缘化”的感觉似乎从未停止。

我们觉得，一方面散文诗人要敞开胸怀，选择交流与学习，在吸取营养中进一步获得自信；另一方面要对历史的、现代的问题进行反思。抒情的方式要丰富起来，写作的重心要与生活及生命发生关系。因而，“我们”在讨论诗群

---

①“我们”散文诗群的诞生，自2009年以来便引起了中国诗坛不小的反响，让至今为止被诗坛边缘化的散文诗，一下成为人们不得不关注与议论的诗歌体裁。2010年，我在一所大学学报担任编辑，顿感这是近年来最值得关注的诗坛新气象，有必要对此进行一次深度访谈。为此，我阅读了“我们”以及与当代散文诗有关的大量资料，拟定了15个问题，并以“圆桌”的形式，选择了周庆荣、灵焚、亚楠、章闻哲、李仕淦五个人作为访谈的对象进行网上访谈。选择这五位作者出于以下的考量：首先，周庆荣、灵焚、亚楠是“我们”散文诗群的发起人中最主要的三位组织者；其次，“我们”的骨干成员中，章闻哲、李仕淦两位无论是理论还是创作，都是最具实力的作者。只有这样访谈才有说服力。从他们关于“我们”的诞生以及对于散文诗相关问题的对谈中，我们了解到“我们”散文诗群的基本理念、艺术视野、美学追求，以及“我们”对于新时期散文诗创作的一些前瞻性思考。

的态度时，既倡导现实的批判，又强调人性的关怀，凸显写作者的情怀意识。一句话：散文诗是否有格局，主要在于写作者自身是否有格局。格局不是装腔作势的假大空，而是生命的高度。

关于“我们”诗群的意义与价值，我自己觉得尚无总结的必要。热爱散文诗，更要知道怎样热爱她。极端的自恋容易自狂，我们态度朴素，因为我们坚信散文诗会是文学大场景下不可或缺的一员。

灵焚：庆荣在金钱上一直很大方，而在文字上却很“抠门”。他的散文诗写作如此，在散文诗理论上更是如此，多余的话一句不说。他不多说，我只好多说一些。即使存在着篇幅问题，在这里仍然介绍一下促成“我们”诞生的最主要的历史与现实的背景。

散文诗最初在中国的诞生，只是一种朦胧的自觉写作，并不是很明确的文体追求。而到了鲁迅的《野草》，他把自己所谓的“小感触”，权且称之为“散文诗”，其中的创作散文诗自觉就显得更为模糊。然而，在这种状态下写成的《野草》，却成为中国现代文学史上散文诗作品的一座里程碑。90 多年来，凡是谈到散文诗，除了《野草》，似乎就再没有值得一提的作品了。而在新中国成立之后，20 世纪 50 年代至 70 年代末这段颂歌年代，虽然有像柯蓝、郭风这样颇具影响的作家从事散文诗创作实践和散文诗创作的倡导，然而，其作品对于散文诗的文本建树甚微。当然，不可否认，正由于这些前辈们的文体坚持，催生了三位极其重要的作者——耿林莽、李耕、许淇，以及两位散文诗发表阵地的拓荒者——邹岳汉、海梦，从而带来了 20 世纪 80 年代中期以来当代散文诗创作的“繁荣”，散文诗作者与读者群也日益壮大。由邹岳汉创办的《散文诗》和海梦创办的《散文诗世界》两家专门刊登散文诗的杂志，其发行量也十分大。到了 2007 年，由王幅明主编的《中国散文诗 90 年（1918—2007）》(上下卷)，对中国散文诗 90 年的发展成就进行了一次历史性的总结。

按理说，这是一件可喜的事情，是值得散文诗作者们欣慰的成果。可是，当我们面对这些成果的时候，不得不承认，其中的绝大多数散文诗作品，仍然停留在横的相互复制与纵的表现手法的移植模仿之上，称得上探索性的作品很少，让许多作者总在感叹，《野草》之后，中国的散文诗没有大手笔，不再有里程碑式的作品。所以，散文诗在中国除了那些写散文诗的作者，主流文学中散文诗的话语权基本缺失，作为一种文学体裁，散文诗长期以来不被有美学高度的作者以及高明的读者所接受。在分行新诗中早也没有人再提到胡适的《尝试集》、郭沫若的《女神》了，而散文诗却仍然停留在《野草》的辉煌与阴影里说话，以此确认自身的存在。没有《野草》，似乎中国再也没有可以走进大文学的散文诗作品了。从分行新诗来看，20 世纪 70 年代末以来，全国各地诗群辈出，各种探索层出不穷，取得了举世瞩目的创作成就。正是因为那些大胆而前卫的探索者对于传统的解构与重建，使中国的分行新诗创作引领着时代的审美走向，甚至一次又一次引领着社会思潮，不仅在国内，而且在国际上也引起了巨大的反响。而散文诗呢？ 90 多年来就连一个由散文诗作者组成的探索群体都没有出现过，更谈不上什么群体纷呈的美学探索实践了。

我们不能否认，几十年来，中国散文诗作者满足于把一只老虎当作猫来圈养。散文诗作者不愿离开自己的领地，不敢走到大文学的前沿，不敢与文学的左邻右舍对话、交流、碰撞、提高，更不用说与分行新诗的作者切磋，向他们学习，共同探索促进自身发展的问题了。散文诗作者只满足于在自己划定的“散文诗”这个领域里，互相加冕，论资排辈，满足个人可怜的虚荣心。因此，中国散文诗诞生至今虽然已经走过了 90 多年的历史，却只能一直处于一种相对封闭的发展状态，死水一潭，没有什么微澜泛起。

“我们”散文诗群的结成，首先是要打破这样一种几十年来一成不变的局面，希望以此为契机能够引爆一场当代散文诗艺术的探索、发展的美学实践运动。所以“我们”大胆地让散文诗走出散文诗的小圈子，向当代文学的左邻右舍虚心学习，并吸纳一些新生的散文诗创作的探索性力量，推动散文诗艺术走向真正的繁荣，而不是满足于表面上人数增加的所谓“繁荣”。我们更希望通过“我们”群体出现的刺激，让迄今为止安于现状的散文诗作者们也能根据各自的美学倾向、审美理想，结成一些与“我们”一样的探索群体，各自都以群体的力量，探索属于自己的写作风格，促进散文诗坛多元美学倾向共存时代的到来。

以上是从散文诗发展的历史与现状的简单勾勒来谈“我们”诞生的背景。而另外一个方面也是“我们”诞生不可或缺的原因，那就是我们对于散文诗这种体裁自身的认识，促成了我们组织群体探索的决心。由于这个问题与后面的问题相关，具体的内容留到后面的各个问题中展开，这里只简单讲讲结论：从散文诗自身的审美可能性来看，它是一个兼容所有文学体裁的表现手法于一身的最自由的诗歌表现形式，它如一面检验诗人才华的镜子，让诗人们通过散文诗创作反照自身，认识自身作为诗人发展的可能性。“我们”可以吸纳一些具有挑战精神的诗歌作者参与散文诗创作实践，使他们转变迄今为止对于散文诗的偏颇认识，走出长期以来狭隘的诗歌观念，从更为广泛的意义上认识现代汉诗发展的可能性，从而让散文诗这只山中的百兽之王，不再只是一种圈养在家中的小宠物，而是回归文学自然界。

至于“我们”散文诗诞生的意义和价值，这不是“我们”自己可以评价的问题，我觉得现在谈这个问题还为时过早，它是一个历史问题，应该是未来文学史谈论的话题。

亚楠： 关于“我们”散文诗群诞生的背景问题，庆荣、灵焚二位已经谈得很到位了。他们从历史与审美的高度，阐明了“我们”散文诗群诞生的使命和原因，令人非常感动。中国散文诗经历了一个漫长的发展过程。早在二十世纪二三十年代，以鲁迅等人为代表的作家就写出了许多优秀的散文诗作品，应该说已经形成了一个不容小觑的巅峰。之后，虽然也有不少散文诗佳作问世，但与其他文体相比总体水平并不高。新时期以来，散文诗队伍空前发展，大量的作品在各类报刊发表，形成了一种繁荣局面。但我认为，这种繁荣是表象的，缺少必要的支撑。近几年，一些散文诗中坚以及新生力量开始觉醒，他们不断探索，努力跳出传统的思维定式，试图寻找散文诗发展新的突破口。我觉得，“我们”散文诗群的诞生正是基于这样的背景。

它的意义在于，通过一种有别于传统的思维创新，打破散文诗写作的封闭模式，就像新诗写作那样，不断借鉴各种艺术手法和思想成果，使散文诗写作具有无限可能性。因此，“我们”的价值也就体现在这些方面。

李仕淦：我是第一批加入“我们”散文诗群的成员，诗群始创的具体情况我不清楚，灵焚在有关诗群大事记的文字中有着翔实的记录。从散文诗发展的历史、现实状况和对散文诗文体、文本及审美的自身认识等方面，以上三位已比较全面地回答了有关“我们”散文诗群诞生的背景问题。我想说的是大背景，即这个时代我们生存所感受到的某种威慑、逼迫与一种来自不远未来的强烈呼唤。

我们很难对 20 世纪的人类存在作出一个完整而简洁的评判，为它描述出一个确切而清晰的表情。从哲学到自然科学，细分与切割，有太多的思潮与主义，导致我们生存在文明的废墟与碎片中。市场经济对复利机制的发现和利益最大化的追求，让我们丧失了许多，尤其是传统经典中的崇高与圣洁，人类精神一直处于危机中。互联网的出现，则是这个时代最可喜的成就，时空巨变带来我们生活方式与生存方式的彻底革命，地球缩小而世界扩大，人类交流与沟通进入前所未有的一种可能，让我们依稀看到不同传统与文明可互相理解、容纳的某种契机与值得期待的融合前景。这就是我们当下生存的时代大背景，文学艺术自然面临着一种前所未有的历史格局与流变，“我们”散文诗群在此大背景下诞生，它的意义与价值首先是历史对它的选择和它对历史选择的应验，其次是它对散文诗作为文学艺术清醒的使命意识和完成使命的一种理智果决的态度。

章闻哲： 这个问题最有资格回答的应该是灵焚兄和周庆荣兄。我很赞同庆荣兄提出的写作者自身的格局要有“生命的高度”这一观点。

实际上20世纪以来文艺有一个主要发展方向，即人本主义。李仕淦关于“大背景”的解释——“某种威慑、逼迫与一种来自不远未来的强烈呼唤”也正是“人本主义”的隐喻。当今世界一切与环保相关的主题，包括能源开发、转基因等问题其实都在围绕“人”而展开，因此，在未来很长的时间里乃至无穷远的将来，文学对生命的关怀始终是一个终极的真理级的问题。因此，这也是“我们”的意义和价值必须要兑现的问题。我的看法与灵焚兄的许多观点比较一致，譬如“我们”的诞生应该是缘于现已停滞不前、阻碍散文诗发展的当今散文诗格局。我想，但凡一个新的群体诞生，必是奔着某种向往、某种观念、某种抛弃旧世界创造新世界的责任而去。举个例子，就像周恩来他们当年成立觉悟社一样。周恩来对“觉悟”的解释是：“因自己的觉悟，得以寻着真‘人’的生活。由己及人，渐渐可以达到人人‘觉悟’的境界。从‘觉悟’中生出来的效果，必定是不满意现状，去另辟一条新道，接续不断地往前走，去求无穷的进化。纵横起来说，横性的‘觉悟’，是利己利人，永无边境；纵性的‘觉悟’，是解放改造、破坏建设，永无止境。”“我们”散文诗群的起源以及它的意义和价值也应当就包含在这些东西里面。灵焚所说的“促进多元美学的发展”就是一种解放性的全局性的愿景，而不单单是“我们”群体的理想。亚楠兄的“打破散文诗写作的封闭模式”亦同此理。在“我们”成立之前，散文诗面临的问题诸如灵焚曾言及的“圈养”问题，散文诗在中国长期以来仅限于小圈子，不是把自身融入整个文学当中，而是一种带有“独门独户，自给自足”的封闭而狭隘的“小农经济”模式，这样的模式，最终导致其文本上的止步不前。我们看到小说、戏剧、狭义上的诗歌等文学体裁，几乎在每个时期都有其发展和变化，但散文诗自从20世纪初由西方引入中国以来，至今几乎无甚大的变化。有一种致命的误区是散文诗受困而止步不前的关键根源：人们一直把散文诗与散文、小品文之类混为一谈，长期以来，散文诗实际上一直以一种含混的面目存在着，从读者的角度来讲，它大部分时候并未真正在文本的结构上显示其独立性的一面。相对于这一情况，“我们”散文诗群成立的宗旨，首先当是要强调这种文体，并指出它应该是怎样的、不应该是怎样的，或者指出它应该往这个方向发展，而不是相反，以显示其不可混淆性，即独立性。其次，“我们”的功能不仅在于让散文诗从其狭小的空间中走出来，建立其大文学坐标，也在于让散文诗获得一种相对来说具有专门性的研究支持和实践，从而使文体获得健康发展。最后一点殊为重要，“我们”应当在文本的当代性建构上作出其最大限度的承担。这也是“我们”的当务之急，我认为做好这一点，将是最能体现“我们”价值和意义的地方。

钟世华：“我们”诞生至今将近两年，它对现当代散文诗的发展有哪些推动作用？

灵焚：谈到“我们”的诞生，还有两个重要的作者是不能被忘记的，那就是阿毛（毛国聪）和宓月。“我们”最初是由五个人讨论、组织、酝酿，最终在北京的其他十几位诗人热烈响应之下，于2009年3月14日的一次在京诗人们的“北土城”聚会中诞生的。从这时间来看，至今已经一年零八个多月了。这一年多来，“我们”进行过几次重要的散文诗作品的展示。2009年4月17日，在周庆荣的搜狐博客“北京老风”上发布了“我们——北土城散文诗群的态度”一文，这算是“我们”散文诗群正式挂牌了。同年6月在《诗潮》上第一次推出“我们散文诗群”的亮相作品，7月在《诗选刊》、9月在《中国诗人》、12月在《新世纪文学选刊》等杂志上，连续推出了“我们”成员的作品大展。而从2010年开始，分别在《青年文学》(上半月版)、《诗刊》(下半月版）上开辟《我们散文诗档案》和《散文诗》专栏，《诗林》也在2010年6月号上专门推出了“我们六人行”，《黄河诗报》在同年12月推出的《中国当代诗群回顾与年度大展》中，也把“我们”与其他诗群一起收入大展的作品之列，推出了十八位“我们”作者的作品，等等。由“我们”编选的散文诗作品一年多来陆续与作者和广大诗歌读者见面，不仅仅在散文诗界，在当代诗坛也引起了广泛的关注。一年的时间内，来自全国、海外的160多名作者纷纷来信来稿，希望加入“我们”，从而造成了“我们”不得不在灵焚的新浪博客上贴出停止吸收新成员的通知。而最值得一提的是，在2009年底，“我们”与吉狄马加、王久辛、高兴、树才、楚天舒、潇潇等引领的“中国诗人俱乐部”合作，编选了中国现代文学史上第一本分行新诗和散文诗合集《大诗歌》一书，该书在2010年1月由中国青年出版社出版发行，在当代诗歌界产生了不小的反响，因此，促成了一些原来只写分行新诗的作者开始尝试散文诗创作。

“我们”的出现，甚至可以夸大一点说，由于“我们”的崛起，让长期以来安于现状的当代散文诗坛，不再故步自封，开始产生危机感。比如，有些原来一直觉得自己写得还不错的作者，当他们看到“我们”推出的一些作品之后，意识到自己的不足，便开始寻求突破的路径，出现了一些自觉探索性的追求。而一些原来看不起散文诗的新诗作者，通过“我们”推出的作品，看到了散文诗的艺术可能性，开始尝试散文诗写作，从而发现其实散文诗并不是自己原来所认为的一种很好写的体裁。相反，他们感到散文诗比分行新诗更难以驾驭，认识到要写好散文诗，需要坚实的思想基础和艺术积累，也因此为自己找到了新的探索的路径。甚至有一些作者因此发现，其实散文诗才是更为适合自己的诗歌表现形式，只有在散文诗中，自己才能找到展现创作潜力的巨大可能性。就这样，由原来认为散文诗只是亚文学，转变为意识到散文诗是一种更为立体的诗歌文学，一时间，“我也写散文诗”成为许多诗歌作者在每一次聚会时谈论最多的共同话题。

上述散文诗作者的危机意识与新诗作者的认识转变、踊跃加盟，对于现当代散文诗创作的发展所起的推动作用是不言而喻的。

至少可以说，“我们”的出现，让当代诗歌界逐渐认识到，长期以来现代汉诗的发展是有缺陷的，忽视散文诗这种诗歌体裁，对于现代汉诗的建设是不完整的，现代汉诗应该包括分行新诗和不分行散文诗，按照邹岳汉前辈的观点，它们是新诗的左右两翼。可是，长期以来，现代汉诗只是拖着一边的翅膀在飞翔，这样失衡的飞翔，其所能到达的高度是有限的。那么，“我们”的出现，通过“我们”推介的散文诗作品，已经初步让一部分人认识到这种“两翼说”的合理性。而如果最终能够完全唤醒当代诗坛的这种认识，不仅仅对于当代散文诗的发展，就是对于当代新诗的整体发展，其推动性作用也是不可低估的。

亚楠：其实，这个问题我在前一问中也已经涉及了。正如灵焚所谈的那样，2009 年春天，“我们”散文诗群在北京诞生以来，做了大量工作，也出现了不少佳作。无疑，它对中国散文诗发展的贡献及推动作用有目共睹。这里应该特别一提的是，仅从思维方式和写作手法等方面考察，“我们”群体中的作者创新意识普遍较强。尤其是一些“70 后”“80 后”作者，摆脱各种束缚，锐意创新，他们的作品给中国散文诗带来了独特的视角和全新的气象，这无疑就是中国散文诗的未来和希望。

李仕淦：“我们”诞生的近两年时间里，无论从创作的视野、心灵的境界、审美与思想的高度，还是阅读与批评的普及性、关注度来看，它对现当代散文诗的发展产生作用与影响都是显而易见的。

这期间，对历史与现实的反省及对当下散文诗创作整体格局的危机意识，使散文诗发展发生了比较重大的思想变革与转折，对散文诗发展过程中所遭遇的曲解和不公正予以了辨析和清算，从而使散文诗作为一种独立文体得以正名与确立，出现了散文诗发展与新诗发展并驾齐驱和在 21 世纪第一个十年散文诗创作兴旺的局面。我相信此影响会贯穿在很长的一段历史时期里，但要作为一场文学运动而兴起，真正意义上推动散文诗的发展，两年时间显然太短，我们可以期待，并且要付出巨大的努力。

章闻哲：灵焚兄所引用并展开说明的邹岳汉前辈的“两翼说”是一个比较新的说法，“我们”之于促进散文诗与狭义诗歌的同步发展，当既是任务和方向也是作为一种在场的证明，这种“两翼”动力不仅正在纠正诗坛对散文诗的偏见，也在改变每位诗写者的创作格局。亚楠兄和仕淦兄从文本实践的角度证明了人们对于散文诗的认识已经取得进步。不过我依然觉得现在谈“推动”这个词还为时过早。一种文体的发展起码要经过数十年才能看出其跌宕的发展态势。不过眼下，你要说一点作用也没有，那也不客观，我所看到的最近产生的“功效”起码是：更多的作者正在参与到散文诗这一文学事件中来，包括狭义上的诗写者和文学评论家。另外，通过“我们”对审美的把握和引导，具有新的美学意义的文本正在不断地涌现，这一点尤其可喜，照此以往，文本的当代性建构离功成之日将不会久远。最后一点，亦是重点——诸多文学刊物参与了“我们”这场关于散文诗的运动。这并非一时兴起的现象，我相信，只要散文诗走在向前发展的道路上，那么刊物作为文体发展中的重要媒介，将毫无疑问在历史的舞台上发挥它们的作用，承担起它们应当承担的对于散文诗的责任和义务，其中最要紧的是，它们必须要拥有一种接纳先锋文本的眼光和胸怀。

钟世华：如何看待“大诗歌”的“大”和散文诗文体自身的“小”？散文诗该如何体现其“大”？如何揭示其所具备“大”的特质？

灵焚：自从《大诗歌》一书问世以来，一直存在一个误解，那就是有一些人把“大诗歌”等同于“散文诗”的别称，所以有一些散文诗作者担心“我们”正在企图用“大诗歌”替代“散文诗”。这些人没有学会认真阅读或者倾听别人在讲什么，总是抓住问题的一鳞半爪，断章取义习惯了，很可悲。“我们”所说的“大诗歌”，首先是从诗歌文学出发而言的，那就是说长期以来，人们习惯于狭义的诗歌理解，认为现代诗歌文学就是那些分行的新诗，即现代汉诗等于分行新诗，而忽略了散文诗也是现代汉诗的一个组成部分。从文学的体裁大分类来说，应该有小说、诗歌、散文、剧本，就如散文中包括杂文、随笔等，小说中包括各种传奇故事、人物传记等，剧本中包括相声、小品等一样，现代诗歌文学中包括分行新诗、散文诗、现代格律诗等，这些诗歌文本都属于广义的诗歌文学范畴。为了克服长期以来人们对于诗歌文学的狭义认识，“我们”采用了“大诗歌”这个概念让散文诗与分行新诗等一起，在诗歌文学中平等共存。我想，无论是谁，无论其如何强调分行新诗的优越性，或者另一些人强调散文诗的体裁独立性，都不可能，更没有权利否定散文诗属于一种诗歌文学。

这是从体裁意义上阐述关于“大”的问题。其次从作品本身来说，“大诗歌”之“大”，主要应表现在诗歌作品中所揭示和体现的思想、情怀、审美、境界之“大”的问题，而绝不是从作品的长短、题材、词藻等大小问题而言的。至于散文诗的“小”之说，这个问题最初就是错误的认识，人们认为散文诗的“小”，可能受到了诸如鲁迅的“小感触”、柯蓝的“以小见大”之类话语的影响，从而把散文诗作为“小文学”体裁来看待。鲁迅的“小感触”只是一种谦虚的表现，他的《野草》哪一篇是“小”的?《墓碣文》《影的告别》《过客》等，这些作品虽然短小，但其思想、审美含量绝不输于他的那些小说。而一些前辈的肤浅误读，并且不自量力地企图规范散文诗的美学特征，甚至规定作品字数的肤浅言论，正是散文诗长期以来被人误解，始终走不进中国文学的大殿堂的症结之所在。散文诗除了其篇幅的表象上相对地小于散文、小说等，其思想、艺术的感染力，作品的审美、情怀的承载能力等根本就不会“小”于这些体裁。

当然，散文诗因为篇幅较“小”，要在作品中体现其“大”，需要通过作者的思想、情怀、境界、审美表现能力来实现。要达到其所具备的“大”的特质，必须能够把小说的叙事和情节，散文的细节和抒情，剧本的对话和独白等，通过诗歌语言的凝练、寓意、抽象、意象性表现等技巧进行审美架构，通过最大限度的语言意味性挖掘，从而让有限的语言突破语言意义的限定性，突破语言的确指，让语言的意义得以衍生，使散文诗作品所揭示的思想、情感、审美力得到最大限度的立体审美的内涵繁殖，这样一来，其“大”就会自然生成。

亚楠：这个问题灵焚谈得很深刻。我以为，从诗歌品质的角度而言，“大诗歌”首先应该具备开阔的视野、宽广的胸襟、悲悯的情怀和澄澈的心灵。“大”就是指灵魂的高度。我以为庆荣说的“散文诗是否有格局，主要在写作者自身是否有格局。格局不是装腔作势的假大空，而是生命的高度”应该就是对这一话题的最好注脚。当然，不管文体形式上是否分行，这个“大”，必然也应该涵盖包括散文诗在内的所有具备诗歌内在品质的作品。散文诗的源头在法国，不论是波德莱尔、兰波，还是当代诗人弗朗西斯·蓬热、勒内·夏尔、米歌尔·德吉，他们的作品无论是否分行，都充分体现了诗歌创作实际意义上的“大”。

至于当前散文诗文体自身的“小”，这主要反映在立意平庸、手法陈旧、境界肤浅、缺乏独创性等方面。故步自封的状态，必将导致散文诗的边缘化结局。我一向认为，灵魂的高度决定了作品的深度和广度。

李仕淦：散文诗作为一种独立文体，应与其他文体等同视之，不存在“大”与“小”之分，所谓“小题材、小感触”是历史的局限或误解。无论是“大诗歌”的“大”，还是散文诗的“大”，我的理解是与形式无关，其本质决定于作品的思想容量和境界的高低。换一种说法也可以这样讲：“大”取决于创作者的想象力、思考力和对世界整体把握的能力。

散文诗要体现其“大”，从历史沿革而言首先必须消除“小题材、小感触”的自我画地为牢和面对其他文体的自卑感，并直接触及、深入和表现我们生存的大主题。事实上，散文诗在形式与技法上的自由度，使它几乎可以容纳、借用其他文体表现方式与技巧的特质，让它更有条件把握和处理大主题。

章闻哲：大家对“大”“小”的看法基本一致，这一点我在对《大诗歌》的作品评论中也已谈到，何为“大”？应为思想之重，为脱胎之新，为新的文本构筑的新的文学气象，务扫却陈腐，必含有为这个时代的文学承担一定责任和义务的勇气，至少具备超越这个时代的信心和豪气的文本。甚至，“大”可以是一个动词，为“开拓、壮大”之意。散文诗“小”吗？如果我们已经把它当成大文学，它自然是不屑于以体积论大小的。亚楠兄所谈到的“小”实际上在别的文体中照样存在，我比较认同仕淦兄的说法，决定其“大”的还是内容，而不是形式。我想今天我们对“大小”的看法基本可以肃清灵焚兄所谈到的那些历史遗留的问题。

钟世华：“大诗歌”究竟追求一种怎样的诗歌写作？它的美学定位有哪些？

周庆荣：散文诗就是散文诗，“大诗歌”不是给散文诗改个名字。新诗、散文诗、旧体诗，三者的灵魂都离不开诗。三者的共同繁荣必须首先彼此平等，不论哪一种诗歌文体，只要写得好，有深度、有意味，读者共鸣感强烈，我觉得都是对诗歌的贡献。大诗歌从文体上讲，解决了散文诗的诗性的归属；从社会学意义上讲，让散文诗人的价值与尊严得到体现；从哲学上讲，又需要我们努力通过新的创作实践，主动自觉地使诗歌“大”起来。有些同仁总担心倡导大诗歌会使散文诗失去自身的独立性。其实，在封闭中独立只会越来越影响散文诗的生命力，这一情形下的所谓独立只会给予散文诗病态的尊严，路会越来越窄，只有与别的文体兼容，博采众长，才会丰富自身，才会最终实现从容与自信。

灵焚：其实，这是一个很难回答也可以说无法回答的问题。因为如果自己给予自己的诗歌写作一种过于明确的理论框架定位，那样就会由于理论先行而影响鲜活的诗歌写作，所有的好作品都不会是靠理论指导出来的。理论往往是在文本的基础上总结出来的，先有理论后有文本是不可能出好作品的。我历来反对什么“写作入门”之类的书籍，每一个人的生命体验不同，情感律动不一样，其写作也都是不一样的，没有什么同一性规律可循。

但是，前面讲到了“大诗歌”与写作者的思想、情怀、境界的关系，那么“大诗歌”所追求的诗歌写作，基本理念还是需要的。“大诗歌”的追求一定不会属于那些“小我”的情感、低俗的情绪垃圾宣泄，甚至无病呻吟的所谓抒情。“大诗歌”要达到作品“大”的审美，其作品中的抒情、叙事等就不会仅仅始于“我”而终于“我”。始于“我”写作容易把读者带进作品，这是写作者比较普遍的经验。然而，在作品中的“我”一定要上升到“我们”，进而扩展到“你们”，抵达“他们”的世界，最终是作为人的情怀审视世界。也就是说，你不能只是停留在自己的世界中写作，你必须与他者一起，共同抵达一个通过你这个个体来审视的这个世界，这个世界应该是人类存在、思考、境遇等生命境界与状态的把握与呈现。

诗歌文学最初始于吟诵文化，其诞生于人类在集体劳动过程中为了统一集体的呼吸与节奏而编造的劳动号子。由于贴近生命的自然状态、顺应呼吸的韵律节奏而易于吟唱，所以，它在人类的文字出现之前的漫长历史过程中，逐渐演变成人类保存、传承族群的历史、文化、精神等的最重要的记忆工具，而不仅仅只是审美需要。所以，“大诗歌”理念对于诗歌的要求是一定要拒绝诗歌的文字游戏，无生命词藻装饰，要尽最大可能让诗歌回归生命本身的自然律动，寻求为人类生命最初的鲜活律动自由回归而写作。

亚楠：这个问题好像前面我已经有所涉及。灵焚从理论的角度作了一些阐释，不失为一种新颖、独到的见解。我也很赞成庆荣说的“散文诗就是散文诗，‘大诗歌’不是给散文诗改个名字”这一观点。至于它的美学定位问题，我想应该留给理论家们去思考。

李仕淦：对于“大诗歌”的理解，我曾经说过“它是探索人类起源性综合史诗要素回归的诗歌美学追求”，现在我依然这么认为。诗歌的起源、诗歌的本质与诗歌的意义决定诗歌写作是为生命存在而抒情，人类起源性史诗最大限度地包容和集合了人类生命于天地宇宙和万物共存的存在体验和真实情感，而我们离天地人神共处的时代已经非常遥远，我们几乎遗忘了这种最初的体验和情感。生命寻根、返回家园，我们首先必须回溯源头，找回那最初的感受，对于诗歌首先就要找回那失落和遗忘已久的人类起源性综合史诗要素，唯其如此，我们才可以重新言说和歌唱。返回经典、返回源初，追寻生命最初的圣洁和人类生命历程中那散失的崇高与神性，在天地人神的大时空宇宙背景中重新审视和面对我们的现时存在。我想，这是“大诗歌”所应追求的一种写作和美学方向。

章闻哲：我觉得关于“大”的解释已经足够回答《大诗歌》的美学定位。但我还是想重申：所谓“大”，如果没有思想的支撑，那这种“大”是否有点“自大”？所以思想肯定是第一位的。其次，是在美学意义上的突破；再次是从整个世界文学的视野来审视在这个文本中是否具有其文学和时代的承担及分量，这一点需从历时性和共时性两个方面来比较考察。当然，这或许有点难度。周庆荣兄所言及的可以看成是“大”的含义补充，就是在文本内容方面解决“大”义之外，还需在与外围环境的融合过程中涵养一种文体自身的气度，即庆荣兄所说的从容与自信。在独立中确实要警惕矫枉过正，走向自身的狭隘。

钟世华：什么是“意义化写作”的根本意义？

周庆荣：90多年来，尽管散文诗不乏佳作，因源头上总与“小感触”有染，后来强调灵动、美及抒情，在形式上的追求多了些。一些情绪能否升华为情怀，一些个人的体验能否跃升为众人的感动，生活中的一些日常性与历史的纵深和思想的厚重能否联结。说白了，就是我们写出的作品到底有无意义？散文诗写作要走出热抒情，走出简单的描摹，要有灵魂的重量。

灵焚：“意义化写作”是庆荣最初提出来的关于“大诗歌”写作理念的一个重要组成部分。根据我的理解，所谓的“意义化”，就是指写作者的“担当意识”“责任意识”“审美意识”的结合，让作品抵达某种生存意义的志向、指向。比如，一束鲜花，其必须作为某种礼物赠送给自己祝福、钦羡的人的时候，这束鲜花才能体现出它的意义。一块砖头，它要作为某种建筑物的一部分的时候，或者发挥某种存在功能的时候才能成为其存在的意义，等等。这是这里所谓的“意义”的一个层面。而更深的层面则是，我们能够从鲜花、砖头的某种状态中获得自身的某种状态、命运、审美等对应性觉醒、定力性启迪，从而让自己的生命获得更为丰富的体验。诗歌作品也一样，每一首（章）作品，都必然是由于某种“意义”的需要而问世的。虽然在这后现代社会中，谁也启蒙不了谁，诗歌文学乃至一切创作已经不再具备传统的社会启蒙功能，诗歌不再需要去承担启蒙的使命。然而，诗歌一旦作为作品公之于世，它的话语功能总是携带着某种责任，对于社会的一般大众来说，仍然具有某种导向的作用。这种作品就是其“意义”之所在。而这种“意义”的产生，正是诗歌文学之所以成为社会存在的理由。那么，作为诗歌写作者不能只是追求自己的感官快感，或者自我表现欲的满足，不能一味地在作品中倒自己的情绪垃圾，成为低俗的“暴露癖患者”；诗歌仍然必须具备生命的审美意识，必须对自己的话语具备担当的、责任的意识。不能忘记人之所以为人的情怀、审美。所以，我认为“意义化写作”的提倡，不仅仅只是一种担当、责任意识的坚持，还是对于近年来诗坛出现的诗歌写作的庸俗化、低俗化的一种自我提醒与审美理想的自卫。

亚楠：这个话题灵焚已经说透了。而庆荣提出的“散文诗写作要走出热抒情，走出简单的描摹，要有灵魂的重量”则是一种高度。从散文诗写作的另一个层面上看，仅就创作个体而言，我理解“意义化写作”无疑是独特性与创造性的一种呈现。它的根本意义在于，倡导每个作者创作时应该具有自己清醒的思索和选择，也要具备澄澈的心灵与广阔的情怀。这是我们避免作品雷同化倾向的一种行之有效的手段。

李仕淦：对于诗歌而言，“意义化写作”的根本意义之所在就是生命抒情。我确信，或者说我追求写下的每一个字都有明晰而确切的所指。

章闻哲：这个问题我要搬出丹纳的艺术哲学来说明：艺术反映事物本质。文学当然也是。既然是有目的的（即反映本质），那么当然是有意义的书写。换言之，意义化写作是文学的根本。我想迄今为止，那些不知道自己在写什么，却被另外的人解释成什么的作品，只能算是某种运气或者严格地说是读者的再创作活动，它被赋予的意义与原作者半点关系也没有。出于某种僵死的狭隘的唯物主义，或者费尔巴哈式的人本主义，也许，会把这种后来者赋予的意义无条件地送给原作者。我觉得灵焚兄所言的关于低俗写作中的“暴露癖患者”一词值得斟酌和探讨，我这次在《第三空间的现实主义书写》中曾提及“真实性”这个概念，有些人可能会误解这两者是相同的概念，不妨在这里说明一下，我提及的“真实性”乃指人性的真实，而不是那些违背文学和艺术原则的泛美主义倾向的泛艺术观，也即把生活中的一切都当成艺术的审美范畴来对待的谬误。灵焚兄的三个“意识”提得好，我觉得这是“意义化写作”之所以需要意义化的关键。周庆荣兄所说的“走出热抒情，走出简单的描摹，要有灵魂的重量”，以及仕淦兄的“生命抒情”，都是极好的建言，我感到我们在一些重要的问题上基本观点一致。不过我对亚楠兄所言“要具备澄澈的心灵与广阔的情怀”心存疑虑，在文本的审美过程中，是否只有体现出这种“广阔的情怀”者才是出色的文本？当然，我国传统文论中曾言及“文以气为主”，“气”者，以养风骨也。我觉得亚楠兄的“情怀与心灵”一说比较接近传统的审美观。在现当代审美领域中，可能还需要进行一些除此之外的补充。

钟世华：散文诗发展到今天走过了90多年，你们觉得散文诗的局限性有哪些？当代散文诗面临的最主要的难题是什么？

灵焚：90多年来的散文诗的局限性，一个方面表现在散文诗过于缺少应有的探索精神，以及人们对于这种诗歌体裁缺少应有的美学价值的认识。所以，缺少更多好的作品作为其成为一种独立诗体而存在的支撑。另一个方面，对于已经存在的散文诗作品，长期以来人们把散文诗矮小化，也就是我说过的“把老虎当作猫来养”。一些关于散文诗的言论也总在误导人们的正确认识。这些误导削弱了许多散文诗作者的自信，从而使散文诗作者群的写作水平良莠不齐，思想高度、审美境界、写作情怀都与其他体裁的作者有所差距。长期以来，散文诗领域几乎退化为一些沽名钓誉的写作者获得文学身份的栖息地。

当代散文诗面临的最主要的难题有两个方面：其一是如何提高散文诗作者群的整体文学素养和提高他们的审美辨别能力，至少要能够看得懂哪些作品是好作品，从而认识到自己的不足，探索自己突破的途径。之所以说这是难题，那是因为许多人对于自己已经形成的审美定式，还充满肤浅的自信，他们不愿面对现实，甚至抵制一些探索者的探索性作品。其二是如何让当代诗坛的新诗作者们认识到散文诗所具备的巨大美学可能性，促成他们积极参与散文诗创作的美学实践，让他们成为改变当代散文诗现状的新生而有力的审美力量，从而对故步自封的散文诗坛构成冲击力、爆破力。这看起来容易，其实相当困难，因为几十年来形成的“偏见”绝非短时间内能够改变的，加上散文诗的“合法公民权”尚未获得，在急功近利成为社会大趋势的今天，这就更加困难了。

为此，如何让散文诗创作者写出站得住脚、具有说服力和审美高度的好作品，成为“我们”的当务之急。散文诗只能靠自己的文本说话，任何空洞的鼓吹、自我标榜都是没有意义的。这就是“我们”一年多来致力于推介、编选可以向分行新诗学习、切磋、交流的散文诗作品，在各种刊物上亮相的理由。虽然取得了一些成果，最主要的是得到了一些新诗作者的认同，而吸收了一些新诗作者转向散文诗写作，但这些是远远不够的，这只是刚刚开始。一块坚硬的岩石只是出现了一道裂缝，终于可以往岩石里面吹进一股清新的空气，仅此而已。

亚楠：对于灵焚的这些观点我很赞成。不过，我觉得真正优秀的散文诗不应该有什么局限性，正如真正好的诗歌也不应该具有局限性一样。眼下，我认为散文诗创作的难题在于当今中国具有创新和忧患意识的散文诗作家并不多。

李仕淦：主要表现在两个方面：散文诗走过90年，时至今日作为一种独立文体，其美学特性缺乏理论的定位与引导，此乃其一；其二，还是作品思想、境界的问题，创作想象力、思考力和对世界整体把握能力的问题。而对这两个方面的突破与超越正是当下散文诗创作发展的难题。

章闻哲：赞同亚楠兄关于“忧患意识”的提醒，散文诗在这方面其实是可以抵达的。但是很奇怪，我们的作者很少涉及，大部分来说还是过于陷入自我的狭小境地。灵焚兄对散文诗处境的判断好像有些过于悲观，但我想，或许这种悲观正是散文诗冲破樊篱与束缚的希望所在。以我的陋见，散文诗的局限来自写作者本身（这个说法跟亚楠兄的“局限论”略有所同）。我把散文诗一直看成是狭义诗歌的开拓，它打破了狭义诗歌的牢笼，意图获得新的飞跃，可是人为的拘束却浪费了它本性自由的材质。它的难题都是人为的。但是，任何一种形式一旦形成，都是有束缚力的，如写狭义诗歌的人，如果不能写散文诗，那就说明他正在被狭义上的诗歌形式所束缚，散文诗人同样如此。如果要说局限，我觉得就在这里。它的难题也在这里，不肯接受新的改变而囿于旧的审美、旧的观念。我认为仕淦兄所说的“对世界整体把握能力的问题”既是对散文诗新文本建构的挑战，也是文本建设的方法和途径。

钟世华：与分行新诗、散文等文体相比，你们认为散文诗作为一种文学体裁的长处究竟在哪里？

灵焚：长期以来，有一种关于散文诗这种文体的偏见，有人认为散文诗是分行新诗与散文的结合，既可以吸收诗歌的优点，也可以吸收散文的优点，是如“混血儿”一般优生的存在，由于这种“1+1=2”，所以，无论与两者哪一种相比，都显得大且丰富。我认为这是一种极其简单的线性思考，散文诗这一文体的诞生如果就这么简单的话，那么其必然如余光中所言，只能属于“非驴非马”的文学“杂种”。散文诗应该是一种可以综合小说、诗歌、散文、戏剧、美术、音乐等文学艺术的一切可以吸收的表现、表象手法，它可以成为一种具备立体审美的诗歌体裁。有一种说法认为，诗歌是“戴着镣铐跳舞”，散文是一种散步，如果按照这种划分法，那么散文诗既然属于诗歌文学，又比分行新诗来得自由，那么自然属于“没有镣铐地跳舞”了。但我觉得把诗歌比作“戴着镣铐跳舞”只适合于古典诗词，现代的分行新诗应该属于“没有镣铐地跳舞”，也就是说比古典诗词来得自由。而把散文比作散步有些过于诗意了，因为在文体分类中，包括一张借条、几句留言都可以归入散文。所以，用走路来比喻散文更为贴切。而散步恰恰适合于用来比喻散文诗。也就是说，散步比跳舞来得自由，比走路来得富有诗意。为此，散文诗作为一种文学体裁，其最大的长处应该在于其“自由”的灵魂，如散步，可以放松身心，在从容的状态中展开思考、体现审美。正是因为“自由”，散文诗才可以吸收其他所有文学、艺术体裁的长处，为我所用，这是“散步者”才能做到的。但是，正如“自由”是建立在“自律”的基础之上一样，散文诗的这种自由，需要其丰富的情感、敏锐的悟性、深邃的思想、高度的审美能力才能真正懂得其中的难度，才能真正拥有“散步”之从容。

亚楠：灵焚不愧为哲学博士。这个话题能够说得这么深刻、透彻，实在让人佩服。这个问题我考虑得不多。不过，从我自己的创作实践来看，我还是认为散文诗的优势应该在于其既有分行新诗的灵魂和品质，又具备了散文的自由品格与内在气韵。

李仕淦： 在我看来，节奏是决定文体本质的内在机制，散文诗的节奏有着一种独特的“自由度”，这种“自由度”使散文诗从整体结构把握、情境营造到意象性语言的展开收放自如而有章可循。事实上，它能够最大限度地适应和满足我们生命本能的原始抒情需要，它是我们的心跳和血的流速。这种“自由度”达成了散文诗创作抒情与叙事展开的无限可能与制约边界的某种契合，开放与封闭、舒张与收缩对立统一，矛盾和解，散文诗作为一种文学体裁的长处正在于此。

章闻哲：“散步”论很贴切，而仕淦兄的“自由”论与我不谋而合。我也始终觉得散文诗最大的优势就是自由。因为自由它可以包罗万象。比较而言，对于散文，我们讲得最多的是“形散神不散”，它是受到逻辑限制的。而分行新诗，它受到外部形式的限制，就像围了栅栏一样，比起散文诗，它也显得矜持多了。因此，可以这么说，对于散文诗的这种自由，我们到此为止的所有文本究其实，都还未充分地运用起这种自由。亚楠的说法同样是“自由”的具体解释之一。

钟世华： 你们对当下散文诗的批评怎么看？当前散文诗批评最需要克服的问题有哪些？

周庆荣： 仅就散文诗本身而开展的批评一定是没有前途的。多年来，一些理论总在为散文诗的“合法性”立论，出现了各种各样对散文诗的定义，其实，波德莱尔只觉得这样写更适合他的准确表达，泰戈尔也没有先建立理论系统然后再创作《吉檀迦利》。散文诗与其他诗歌文体的比较性研究基本缺失，对历史的追溯远远超过对当下创作文本的梳理，我觉得这是某些批评家的懒惰使然。不少以批评见长的学者拒绝当下阅读，总是不负责任地讲目前没有好作品。好作品一定有，只是永远需要超越，批评家应该善于发现，并加以指引，强化写作者的自觉意识。任何功利性的批评都应该走远。

灵焚：我赞同庆荣的观点。长期以来，大多数散文诗作者甚至一些以散文诗理论见长的学者，主要精力都放在散文诗的文体独立性的吁请之上，缺少扎实的文本研究作为这种吁请的理论支撑，从散文诗的文体研究、文本研究入手的研究仍显得相对薄弱，说服力不够。

造成其说服力欠缺的一个主要原因，就是大多数研究只停留在历史文本的研究之上，而这些历史文本本来只是散文诗的萌芽期作品，作为散文诗的标准文本本身就缺少说服力，所以，他们总在抱怨没有好的文本。其实，他们如果把目光的一部分放到当下不断出现的、富有探索性的新文本上（而不是那些从本来就不成熟的传统散文诗手法复制而来的新文本），从这些新文本中分析、阐述散文诗的美学可能性，那么，当代的散文诗批评应该会取得一定的成就。遗憾的是，这种研究很少。还有，散文诗的批评不能只停留在散文诗一种文体之上，必须与文学的左邻右舍进行比较研究，指出散文诗作为文体差异性的美学之所在，只有这样，才能让散文诗的批评具备散文诗作为独立文体的建构性意义。也就是说，应该把散文诗与分行新诗、散文甚至其他文学体裁的美学特征进行比较研究，从而凸显出散文诗作为独立文体的美学特质以及指出其应有的文体美学建构。然而，当代的散文诗批评中，这种研究几乎可以说是空白的。

所以，我认为当前散文诗批评最需要克服的问题有三点：第一，抛弃偏见，不再把散文诗当作亚文学对待，充分相信散文诗所具备的巨大美学可能性。第二，不盲目相信权威，学会自觉地挖掘、发现当代优秀的文本，而不是总是停留在从传统的所谓经典文本上来看待散文诗。第三，确立散文诗的独立文体信心，相信“现代正是散文诗的时代”，必须从数千年的文体发展的历史来认识当代社会之所以诞生散文诗的必然趋势。

亚楠：与小说、诗歌相比，当下散文诗批评的缺失是非常严重的。灵焚所提的需要克服的这三点问题正是当下散文诗批评的瓶颈所在。当前，需要理论家们对散文诗给予真诚而持久的关注，所作的批评也应该是客观公正的。一切伪批评都必将会对散文诗的发展造成另一种伤害。

李仕淦：由于长期以来散文诗生存的边缘化，它没有获得应有的批评关注，但我更愿意和倾向于从散文诗创作与有没有好的文本上找原因。相对于散文诗发展历史而言，当下散文诗批评缺失与不公正的状况正在改变。我相信批评的作用和力量，当然指的是富于创造性和前瞻性的批评。散文诗作为一种独立文体的美学探讨必须形成气候与声势，以引导当下方兴未艾的散文诗创作局面，我以为这是当前散文诗批评最应关注的，也是当前散文诗创作与阅读最需要的批评。

章闻哲：灵焚兄之“批评的批评”可谓入木三分，而亚楠和仕淦的批评也是相当严峻，老实说，我听了都有点不敢吱声了，颇有“如履薄冰”之感。过于严厉的批评是否也会导致今后无人再愿为散文诗抛砖引玉啊。这是我对诸位兄长的意见。至于本人对散文诗批评的看法如下：散文诗批评还没有体现出散文诗的立场来，另外，由于经典的散文诗历史文本并不多，所以，相对来说它当下的批评就显得视域狭窄，局限于文本的此在性，以及贫乏的解释，缺少对新文本的理论性发现。这是个难题，也许需要我们穷其一生地钻研和努力，也许“我们”中的哪位一夜之间就解决了这个难题也未可知。

钟世华：长期以来，大家一直在散文诗的文体定位和地位上争论不休。这些争论和不确定性，给散文诗带来更多的是什么？是发展还是阻碍？

灵焚：20 世纪初，散文诗刚刚引入中国，大家还不了解这种体裁，那么，这种关于其文体定位以及文学中的存在地位的讨论是有必要的。然而，遗憾的是这种争论持续了 90 多年，到了现在仍然如此，这就显得极其可悲了。这一方面说明散文诗一直还没有在文学国度中获得合法的公民权；另一方面，正是这种争论让文学界难以承认散文诗的独立存在地位。所以，我认为这种争论不仅不利于散文诗的发展，而且大大阻碍了散文诗的健康发展，使散文诗作者因此回避大文学而自我圈地，拒绝在与其他文体的交流和学习中提高与发展散文诗，从而使散文诗成为一些人孤芳自赏的温床。

到了今天，这种文体已经存在于中外文学之中，没有必要总在进行身份的确认，只要从那些以散文诗的身份出现的文本中，研究其作为一种区别于其他文体的美学特征就行了。而散文诗作者更没有必要总在呼吁人们对于自己的身份认可，只要努力写出自己的文本，只要自觉地进行散文诗的创作，就已经足够了。散文诗作者应该关注的是自己“写什么”与“怎么写”，而不是把精力放在“是什么”的问题之上。

亚楠：对于“散文诗作者应该关注的是自己‘写什么’与‘怎么写’，而不是把精力放在‘是什么’的问题之上”的观点我深有同感。我以为，凡是真正热爱散文诗并愿意持之以恒为之坚守的人，肯定不会在这些问题上喋喋不休。好像法国的那些大诗人在写作诗或者散文诗的时候并不思考这些一样。默默地走自己的路，让别人去说吧。

李仕淦：真理越辩越明，发展是硬道理。

章闻哲：确实，这样的争论好像让散文诗始终停留在这个原始的位置上，止步不前。然而，从另一方面来说，也正是因为不清楚，所以才争论不休，谁都想把这个问题理清楚，只是一直还未出现一个让人信服的说法。但是不去争论，就意味着逃避，不面对，就更无法解决。这种争论，也正是散文诗发展过程中的一个现象，它应该是良性的。任何进步，都需要过程。虽然，我们有时会觉得，老是在同一个问题上理论于事无补，似乎也是愚蠢的，但只要翻看一下文学史，就会看到这样的争论历来都存在。比如在宋代，就有关于诗歌的议论化、哲理化、散文化的争论，而这些争论逐渐转变为对文本的探索，最终使宋诗打破唐风，创建了宋调。虽然历来的理论家都说其影响和成就不如唐代，但终究是向前迈了一步。然而，最终还是要回到文本的建设上来。所以大家的说法都有道理。不过我比较倾向于仕淦兄的观点。辩是必要的，正如我们当下进行着的谈话，而这个谈话的内容恰好进入了这个话题，它参与发展，没有阻碍的企图。

钟世华：灵焚在一篇文章中提到“现在，中国的散文诗发展迎来了关键时期，真正迎来了她的发展机遇与巨大挑战的时候”，你们认为这种机遇和挑战主要有哪些？

灵焚：我所说的“关键时期”，指的就是21世纪初的现在，中国散文诗诞生90多年来迎来了未曾有的“机遇和挑战”的时期。

如果单从“机遇”来说，20世纪初的中国社会现状也是散文诗的一种“机遇”时期，这个机遇时期促成了散文诗在中国的诞生。因为散文诗这种文体最适合于表现人的心灵细密的感觉以及对于生命实存状态的沉潜性思考。那个时代，正是中国社会处于极度的苦闷与彷徨、人的生命触须最敏感的时期，那么，与分行新诗随着新文化运动应运而生一起，散文诗自然也就从那个时代的土壤中破土而出。正因为那样的时代更适合用散文诗来表现，所以，最初出现的新诗集《尝试集》，其艺术成就远远逊色于第一本散文诗集《野草》。当时虽有机遇，却不需要面对挑战性因素对其存在构成的威胁。然而，21世纪初的现在，我们迎来了全球化思潮的全新历史时期。特别是中国，随着20世纪90年代市场经济的导入，整个社会朝着世俗化、商品化的方向倾斜。原有的伦理、道德、价值观、人生观等都面临着前所未有的多元观念的冲突与自我更新的挑战，这就需要个人通过独立思考来完成自我定位。更进一步地说，中国人在商品经济状态下生存，始终必须面对物化的诱惑与反物化之精神性坚守的矛盾与冲突，心灵由于一直处于紧张与撕裂状态中从而变得极端敏感与细腻，这种状态最适合散文诗的写作。我始终认为，在全球化问题日益蔓延、商品经济空气般充满着社会与生活的每个缝隙的今天，散文诗迎来了发展的大机遇。

除此之外，还有一个中国文学发展的现状所带来的机遇。中国的分行新诗发展近百年来取得了辉煌的成就，特别是近30年来，几乎成为中国当代思潮的风向标，凡是要研究当代中国思想史的人，必然需要涉及研究这个时期的中国新诗。然而，自从20世纪80年代末开始，特别是90年代以后，分行新诗自发地走下圣殿，逐渐朝着口语化、散文化方向发展，不再追求经典诗歌所坚持的意象经营中语言与审美的品位、修养，而是肆意地寻求反意象经营中口语的观念意味，甚至出现极端的反审美倾向，把某件事情的日常叙述，任意截取其中一段或者一节，通过电脑的回车键进行分行，以此作为分行新诗，从而造成了读者的反感。诗歌文学从当下社会的思想文化中心逐渐退向边缘，读者们等待着后现代生存中回归诗歌的“抒情”功能，期待着经典审美的当下文本，这对于散文诗的发展来说是一个极好的发展机遇，这就需要散文诗诗人能够写出让读者们满意的、审美所期待的作品。而更为重要的是，许多分行新诗的作者，也在苦苦寻求着新的突破路径，这就让他们不得不开始关注一直以来自己不曾关注过的散文诗这一诗歌表现形式。

可是这种“机遇”也隐含着巨大的挑战。因为散文诗长期以来都没有获得过“合理”的文学身份，再加上散文诗的经典文本薄弱，这就决定了其作为独立诗歌体裁的脆弱性。当许多分行新诗越来越往散文化方向倾斜的时候，那些作品就会被读者甚至一些作者误认为是散文诗，或者他们索性认为散文诗根本就不需要作为一种体裁独立存在。本来散文诗就不应该是通过分行新诗的散文化而产生的文体，却由于这样的作品出现，加上这些作品的作者掌握着更多的、更为前沿的话语平台，所以，这些作品就会被一些读者当作散文诗，或者一些作者固执地坚持只有分行新诗而没有所谓的散文诗，以此削弱散文诗作为一种诗歌体裁的独立存在意义。所以，当代中国散文诗作者当务之急就是尽快写出更多的具备高水准的文本，以区别于那些肆意性的分行新诗的变体。不然，这场百年一遇的散文诗发展的良机就会与散文诗失之交臂。更为严重的是，散文诗甚至会在分行新诗的散文化倾斜所带来的挑战中进一步失去其独立性的意义。这就是我说的“关键”的意义之所在。

不过，必须声明，在这里，我当然不是一定要为散文诗的身份问题而立论，将来中国诗歌文学的发展应该是走向这两种诗歌体裁的自然融合，从而成为一种具备“大诗歌”的艺术技巧、格局、境界、审美的现代汉诗。但是在现阶段，现代汉诗的发展才经过一百年的历史，还是很不成熟的，这种时期还远远未及融合，这就需要分行新诗与散文诗并存发展（不然只能让现代汉诗停留在狭义的诗歌理解之中），只有这样，才能促进现代汉诗健全的艺术建构，任何一方弱化都是不可取的。所以，我们才需要强调散文诗在当前阶段作为一种诗歌体裁的独立性意义。

亚楠：灵焚的这种判断是准确而诚恳的。当前，一些散文诗人正在觉醒，他们意识到散文诗只有融入“大诗歌”，才会获得全新的发展契机，也才有可能对中国散文诗的现状实现突破。语言表达方式及写作手法的进一步创新，也会给散文诗发展注入活力。特别是当前一批从事新诗写作的年轻人加入“我们”散文诗群，使散文诗写作从单一走向复合，这必然会给中国散文诗增添亮色。挑战方面主要体现在传统的思维模式依旧很顽固。总体而言，散文诗界创新能力薄弱，自怨自艾或者自我陶醉都是散文诗发展的瓶颈。

李仕淦：这个问题实际上灵焚在他以前的专题文章和相关的一些文字中已经作出了回答。我理解他所说的机遇和关键时期，既是人类历史延续再度给予文学艺术全新的活力，也是我们生活时代大背景下对于文学艺术的重新呼唤，当然也是中国散文诗发展寂寞走过90年，迎来春暖花开的季节嬗变。如果散文诗作为一种独立文体被正名而走向当下文学艺术前沿，并肩负起对“现时”

（历史、现实、未来）存在言说与抒写使命的话，它需要挑战的还有很多，而我以为最主要的挑战在于散文诗创作者对于散文诗的热爱与忠诚，在于真正的散文诗人对于文学艺术与散文诗事业的信仰和奉献。

章闻哲：灵焚兄的苦心可以理解，但恕我直言，我觉得灵焚兄在散文诗的“身份和地位”问题上似乎有些陷入困境？我不认为在这方面的强调会给散文诗带来任何发展的契机。我所理解的机遇就是抒情时代的到来正好与散文诗的抒情美学搭上链了。为什么说抒情时代到来了呢？这个需要经过长篇大论来论证，但你或者可以通过王德威的《抒情传统与中国现代性》来找到答案。而我所理解的最大的挑战应该来自散文诗本身，散文诗必须实现其思想、内容、视野的厚重与宏阔，而不是简单地抒情。另外，我不希望老是在所谓的薄弱环节上纠缠不休，给人的印象好像我们永远也不能甩脱这种缺陷一样。

钟世华：*灵焚在一篇文章中提出“散文诗，作为一场新的文学运动被历史传承的可能性”，你们认为这种可能性主要表现在哪里？*

灵焚：我所说的“可能性”是从中国诗歌文学的发展历史来立论的。由于没有时间，我无法进行一次详细的历史性分析来论述这个问题，在这里我只能谈谈简单的思考。

回顾中国的诗歌发展历史，每一个时代都有适合那个时代的主流诗歌文学，如《诗经》《离骚》《九歌》，汉赋、骈文、唐诗、宋词、元曲小令等，这些不同时代的不同诗歌文学究竟为什么会产生，为什么成为那个时代的审美主流，这些都是需要我们思考的。在20世纪初发生的新文化运动中，古典诗歌文学中的诗赋词令无一幸免，人们转向新的审美需求，选择白话诗。白话诗中本来应该包含分行新诗与不分行散文诗，然而，几十年来人们更为青睐分行新诗，他们把这种诗歌表现形式作为古典汉诗向现代汉诗演变的正统继承者。散文诗虽然与此同时诞生，但除了最初几年有所发展，随着时间的推移，它就慢慢地淡出了主流文学的视线。这有一点像唐代的诗与词的关系，唐代也有词存在，可是唐代的主流是诗而不是词。然而到了宋代，这种主流却让位给了词，为什么？这是非常值得研究与探讨的问题。那么，随着时代的发展，人们的心灵审美需求根据社会的变化而变化，在寻求民族解放与独立的时期，在一个被颂歌笼罩的时代，当然应该是节奏明快、易吟易颂易歌的分行新诗首先被人们接受；而随着现代社会分工的细化、虚拟世界被打开、快餐文化流行，可读性、可思性、叙事性、抒情性、场景性、细节性、情节性等可以集多种文体要素于一身的散文诗，是否会被越来越多的人所接受、所需求呢？我的答案是肯定的。所以，我预感我们现在所进行的一切关于散文诗的美学探索实践，对于中国乃至世界文学史，都具有一种拓荒性与建设性的意义。

亚楠：除此之外，我认为这种可能性首先还体现在当前一些散文诗人创新意识的觉醒上。试想，当一群散文诗人在创作道路上迈开大步，具有广泛影响力的厚重作品不断问世，并形成一种强大冲击波的时候，“散文诗，作为一场新的文学运动被历史传承的可能性”还会引起人们的怀疑吗？很显然，随着时间的推移，散文诗也必将与其他文体一样，在中国文学发展史上赢得属于自己的荣耀和位置。

李仕淦：文学史经验告诉我们，一场文学运动的形成起码要具备这样几个条件：颠覆或开创文学历史的某种核心思想和价值观念，推动一场运动的主张和纲领，创作流派与领袖人物，足以支撑创作主张和体现核心思想价值观的作品。而能否被历史传承，取决于一场运动是否产生了伟大的作品，伟大的作品必然进入人类思想精神的经典序列，作为一种文化与文明的基因流传后世而产生深远的影响。

由此来看，当下散文诗发展具备了形成一场文学运动的一些客观条件，而离一场文学运动的真正兴起还有很长的道路要走。如果说可以形成一场文学运动，并且有可能被历史传承，这种可能性目前我所能感受到的是我们正逢一个世纪转折之后的伟大时代，其余都必须由时间来发言。

章闻哲：大家都谈到了历史经验，确实，从历史的直径与剖面上，我们可以清晰地看到一种文体的得失成就及其演变与传承。这无疑是一种鼓舞和提醒。我的意见与仕淦兄比较接近，我以为：可能性即在运动本身。黑格尔曾说过把握世界本质的三种方式是散文的、诗的、哲学的。散文诗正好可以把这三种方式都囊括进去。如果说文学反映世界，那么散文诗就是最好的反映载体。如果这场运动能够在这三种方式中进行得比较顺利的话，那么，它必然成为，而不是可能成为历史的传承。换言之，即仕淦在上面提到的（传承的可能性）“取决于一场运动是否产生了伟大的作品”。

钟世华：散文诗的难度写作应不应该提倡？

周庆荣：何谓难度？写作中，任何一种生命责任的担当都是一种难度，我们不能把难度仅看作是结构或语言方式的追求。事实上，中国的文字表达足以表现任何复杂的感受，当然，我们同时要吸收借鉴国外诗歌的诸多新表现，这是我们丰富散文诗内容的必然之路。没有意义主旨的渲染，只会是没有深度和意义的难度。梦呓留在自己的梦里，发泄留在无人处。写作者写出的作品，别人能读懂，但别人可能想不到或者不愿意费神去想，这本身便是写作的难度。

灵焚：庆荣兄的回答很精彩：“写作者写出的作品，别人能读懂，但别人可能想不到或者不愿意费神去想，这本身便是写作者的难度。”“难度”确实不应该在语言或者结构的追求上，如何让最多的人读懂作品，这应该是最大的难度。

其实，文学艺术无论是哪一种，只要属于文学艺术，其写作或者创作都是有难度的，既不可能简单到可以用说话、呼叫、随手涂抹来实现，又不能只是自言自语，除了自己没有人知道你在说什么、表现什么。所以，创作始终是与难度如影随形的。因此，我觉得这个问题的立论首先是有问题的。“难度”问题不是需要提倡的问题，而是作者作为作者必须具备的最起码的自觉问题。

当然，这种提倡或者说提出可能是针对“散文诗好写”的肤浅广告言论而来的。然而，一个有高度有追求的作者，难道值得在意那些不攻自破的肤浅言论吗？

亚楠：这个问题我真的没有思考过。

李仕淦：我不知道这个“难度”何指，庆荣兄的立论很独特，发人深思。我以为所有写作都具有难度，没有轻而易举的写作，所以不存在提倡不提倡的问题。

如果散文诗的难度写作，指的是对生命和人类整体存在等大主题的宏观把握和深度言说而消除无病呻吟的伪抒情，那么它是值得提倡的。

章闻哲：再次表示赞同仕淦兄。什么是难度写作？一种文体需要突破陈腐的传统时，难度写作便产生了。难度写作其实是任何文体发展过程中必经的阶段，不仅仅对散文诗而言。所以，“提倡”一词的提法显然是不恰当的。而庆荣兄从作者与读者的关系中谈到“难度”问题是很深刻的问题，值得我们重视。

钟世华：如何看待散文诗的抒情性？散文诗中的情感与生活中我们体验到的情感有何不同？

灵焚：所有诗歌文学都必须具备抒情性特征，不仅仅是散文诗。当然散文诗应该是更加适合在叙事中展现、完成其诗的抒情性的文体，这个与分行新诗在意象的差转与审美的跳跃节奏中完成的抒情性的特征是有区别的。至于散文诗中的情感，与生活中的情感当然是不一样的。不仅仅是散文诗，文学作品中的情感都一样，那是经过提炼的，从个体上升为集体、群体的情感。而生活中的情感往往只是局限于某一个体的生命经验，但作品中的情感必须是某个时代、某一种人群的共同生命经验。为此，这些情感一般必须上升到情怀的高度来展开。即使是一种情绪，也必须在情怀里展开，属于一种既个性又共性的表现。

亚楠：我觉得你怎样看待诗的抒情性，就应该怎样看待散文诗的抒情性；你感受到诗中的情感与生活中我们体验到的情感有何不同，也就应该感受到散文诗中的情感与生活中我们体验到的情感有何不同。在抒情性这一层面上，我认为诗与散文诗之间没太大区别。

李仕淦：诗歌的本质就在于抒情，散文诗也不例外。散文诗中意象性细节的展开和非抒情性元素的使用，其目的还是为了抒情。

散文诗中的情感与生活中我们体验到的情感在我这里没有什么不同，对于真正的诗人而言生活即艺术，美国自白派女诗人普拉斯说："死亡，是一种艺术。"其实这只不过是一个艺术真实与生活真实关系的古老问题。

章闻哲：它应该是如灵焚所说的"既有个性亦有共性"的抒情。譬如灵焚的《第一个女人》及其《女神》等的主体意象都是个性与共性的结合体。此外我的意见是：如果说散文诗要丢弃什么，抒情性恰是它不可丢弃的部分。它永远是抒情的，因为它的自由、它的不羁的立场。无论是灵魂叙事还是物质叙事，如果脱离了抒情性，它肯定不再是散文诗。实际上，散文诗并不需要时刻提醒自己回到抒情轨道，它的本质就是抒情的，或者说，它天性如此。散文诗的情感与生活中的情感有何不同？这个问题就是"文学和现实世界有何不同"的翻版，简言之：它来自生活，但不等同于生活。仕淦所提到的相同性只是一种"约等于"的关系，它们之间还是有距离的。

钟世华：你们认为散文诗的使命是什么？

灵焚：散文诗的使命与其他文体一样，让人类曾经的在场生命得以传承。既要喊出时代的疼痛，又要唤醒社会的良知。在构建一个时代的审美经验的同时，为历史提供一种沉沦与救赎。

亚楠：我赞成灵焚的说法。从文学自身的意义上看，它的使命应该与其他所有门类的文学作品一样。

李仕淦：言说与歌唱，作为诗人的一种生存方式，与诗人一同完成诗歌的艺术抵达，在这个意义上讲，也可以理解为散文诗的使命即散文诗人的使命。相对于上面所提到的"大诗歌"而言，散文诗因其文体的独特性与"自由度"的长处，应担当着对"大诗歌"的吁请、呼唤和自身向"大诗歌"蜕变的阶段性历史使命。在这个意义上讲，我把散文诗直接看成"大诗歌"。

章闻哲：使命？大致如三位所说的那样，但我还要提出：人性的解放和书写的解放。大家觉得这个任务或者愿景如何？

钟世华：当下的散文诗应该如何"突围"？它未来的发展前景是怎样的？

灵焚：这个问题我在 1987 年 6 月的一篇题为《审视，然后突围》的文章中就已经提出来了，其实，在前面几个问题中也都涉及了与"如何突围"有关的问题，这里不再重复。我当年提出"突围"问题，主要有两个方面的原因。当时的散文诗坛在柯蓝的引领下出现了空前的"繁荣"，散文诗学会创办的《中国散文诗报》在全国兴起了一股散文诗创作热。可是，综观那些发表的作品，几乎都是让人不堪卒读的。而由于散文诗作者的整体创作水平不高，这样的"繁荣"只能让人更感到"荒凉"，此乃其一。其二是，从自己散文诗的创作经验出发，我深感散文诗这种诗歌表现形式大有可为，它比分行新诗更为自由和丰富，内在的思想和艺术含量更大，从文学的发展历史来看，将来的分行新诗会逐渐被散文诗所替代，从而把中国诗歌文学推向新的高峰。然而，像这样具有无限的将来可能性的体裁，却总让写新诗的作者们看不起，周围的诗友们除了承认我的散文诗（他们认为我写的就是新诗，不是散文诗），都固执地认为其他的散文诗作品都是中小学生作文。我当时血气方刚，总要为了这种言论据理力争，可每一次孤军作战的我都是失败的。为了证明自己的观点，当务之急就是创作出比分行新诗的思想容量更大的作品，所以，我就尝试着用散文诗驾驭人类命运和生存境遇的大题材，《飘移》《房子》《异乡人》就是在这种思考与心情状态下写出来的。写出来之后，着实让那些诗友们狠狠“刮目相看”了一阵。(后来过不久我就出国了。)

同时，我深感中国散文诗如果不进行一场彻底的美学突围，那是没有希望的。至于如何突围，我当时还年轻，只能根据自己的阅读和创作经验，提出了以下三点：第一，散文诗创作必须有文化背景的关注与呈现，让作品超越作品本身，达到人类普遍意义的暗示力量。第二，提高作者的整体素质是关键，因为作者的素质决定作品的质量。第三，至于如何提高素质问题，我提出了“拓展思维空间，树立哲学意义上的平等观念，用整个生命与世界相遇”的创作要求。并进一步指出要做到这一点，改变观照世界的方式，树立文化的自觉意识成为关键所在①。现在看来，20多年前提出来的这些问题，现在虽然有些已经有所改观，而其最主要的问题仍然没有解决。

也许正是因为自己的这种无法克服的“散文诗情结”，造成了时过20多年，人到中年，在每天忙得找不到北的日子里，我还要跟一群散文诗的朝圣者们一起，发起、组织“我们”散文诗群，进行着这样一场散文诗美学“突围”的大实践。

亚楠：确实，散文诗怎样突围的话题前面都已经涉及了。对于散文诗的发展前景，我始终持乐观态度。

李仕淦：灵焚“突围”的最初情形至今我依然记忆犹新（灵焚当时在福建三明地区工作，他和我都是其时“大浪潮”诗群的重要成员之一）。当时，诗

① 灵焚：《审视然后突围——当代散文诗创作的省思与展望》，载《灵焚的散文诗》，花城出版社，2008，第170—172页。

群中写散文诗的就他一个人，他始终坚持认为散文诗是新诗发展的必然趋势，散文诗会成为未来社会的主流文学，每一次聚会他都要与大家争得面红耳赤，按诗人萧春雷在后来的一篇回忆文章中所说，灵焚当时总是“舌战群儒”。“突围”这个命题就是灵焚在当时，也就是20世纪80年代中期提出来的，而在过去的20多年时间里，可以说，我一直都在关注灵焚对“突围”的不懈坚持，灵焚就是按照他自己的预感和信念走过来的。20多年过去了，我觉得灵焚已经有了关于“突围”的答案，当我知道他在北京要组织成立“我们”散文诗群的时候，第一反应就是与他的“突围”战略存在着某种关联。

我想，对于今天散文诗的局势而言，灵焚一定比我更清晰地意识到：与其说“突围”，毋宁说是“战略转移”，那就是如何推动散文诗发展成为一场能够被历史传承的文学运动，完成散文诗之所以作为散文诗的历史使命而最终成就“大诗歌”。这既是方向，也是未来发展的前景。

章闻哲：也许任何一个时代的文学或文化突围事件，都是以集体的形式进行的，而极少以个体赢得历史。无疑，依靠集体的力量，将加速新美学意义上的文本构建。我以为，在具体的发展过程中，理论方面应该同步加强。宏观的理论建设可能还容易些，难度主要是微观方面的，这关系到一个新文本的具体性运营及其生存和发展的基本，我们需要一种带有鲜明倾向性的观点——是这样，而非那样。至于前景，一种文体的前景仍旧要以文本来解释，我以为，没有一批好的经典作品，是无法谈论“前景”的。前景不在于散文诗如何受到大众的欢迎，如何成为时代的宠儿，更不在于写作散文诗人数的多少。但是，前景可以在这种“受宠”的情况下展现其辉煌性，这个辉煌当然指产生了一批技艺精湛的、无愧于时代的散文诗文本。一切都要以文本来说话，包括灵焚和周庆荣所提出的对“大文学”的愿景，也终究要在文本中去实现。“我们”蓝皮书中所提到的“认同平民生存的人格理想、价值理想、审美理想”同样是一个文本实践的问题。然而我很认同灵焚在其他文章中谈到的一个观点："反对总是强调里程碑式的作品的诞生、要求大手笔作者出现等等言论。"里程碑式的人物和作品来得越迟，散文诗之路就越有其坚实的脚印和无限发展的可能，包括"大文学"的造就。

第五章

整合历史资源

第一节

韦其麟研究综述

韦其麟是一位优秀的壮族诗人。自二十世纪五十年代发表《玫瑰花的故事》《百鸟衣》等叙事诗开始，他的诗歌便以其独特的民族性表达及多元的民族形式再现为学界所接纳。在随后的写作中，他先后出版了长诗《凤凰歌》，诗集《寻找太阳的母亲》《含羞草》《苦果》，散文诗集《童心集》《梦的森林》《依然梦在人间》，诗文集《广西当代作家丛书·韦其麟卷》等，以其出色的创作实绩和鲜明的民族、地域色彩，在当代诗歌史（尤其是当代少数民族诗歌史）中，逐渐占据了重要位置。学界一直保持着对他的持续关注，从陶阳的《读长诗〈百鸟衣〉》(《民间文学》1955 年第 7 期）开始，学界或对其诗歌作品进行分析与解读，或对其诗学思想进行归纳与总结，随着研究的不断深入，还出现了对其诗歌创作及诗学成就进行综合研究的文章。可以说，目前的韦其麟研究取得了较为丰硕的成果。从创作历程来看，韦其麟的诗歌写作有其具体的阶段性，而学界的研究也呈现出了一定程度的阶段性特征。

一

二十世纪五六十年代，韦其麟发表了《玫瑰花的故事》《百鸟衣》《凤凰歌》等叙事诗，其中又以《百鸟衣》影响最大。因此，这一时期学界的研究大都围绕《百鸟衣》展开。陶阳的《读长诗〈百鸟衣〉》认为《百鸟衣》是“富有人民性和美学价值的诗篇”[①]，他从主要人物形象和艺术分析两个层面对该诗进行分析，一方面指明了诗歌所反映的反封建主题，另一方面强调了作品所展现出的民族特色。尽管从今天的眼光看，陶文没有摆脱一般的作家作品论调，但作为评论韦其麟诗歌的第一篇文章，其在学术层面的开拓意义不容忽视。随后，苏联评论家奇施柯夫的《李准和韦其麟》一文则通过对《百鸟衣》的主题思想、人物形象以及艺术技巧的品评，指出了韦其麟的重要地位——“居住在中国境内的少数民族中天才的代表人物登上了全国文坛”[②]，这也使《百鸟衣》的重要价值得以凸显。

学界在二十世纪五六十年代对《百鸟衣》的研究主要包括以下几方面。

第一，思想内容上，学界认识到《百鸟衣》主要反映了以古卡、依娌为代表的劳动人民与以地主、土司为代表的封建统治势力之间的矛盾与斗争。这方面的文章主要包括贾芝的《诗篇〈百鸟衣〉》(《文艺报》1956 年第 1 期)、刘家骥的《论〈百鸟衣〉》等。

第二，人物形象上，学界认为《百鸟衣》主要塑造了拥有勇敢、勤劳、善良等美好品质的古卡与依娌，以及代表着野蛮、残暴与罪恶的地主、土司等人物形象。刘家骥指出：“古卡与依娌这两个形象，无疑的是壮族人民那种热爱劳动、追求幸福、勇于和压迫者作斗争的思想品质诗意的形象的概括。”[③] 他们与地主、土司的形象形成了鲜明对比。刘元树的《诗章〈百鸟衣〉》则以分析“勤劳、勇敢的古卡”与“聪明、美丽的依娌”的人物形象为出发点，重点强调了二者在“压迫”环境下所表现出的不屈不挠的斗争形象。该文还对

① 陶阳：《读长诗〈百鸟衣〉》，《民间文学》1955 年第 7 期。

② 奇施柯夫：《李准和韦其麟》，杨华译，《长江文艺》1956 年第 5 期。

③ 刘家骥：《论〈百鸟衣〉》，载马春亭、刘家骥《当代文章选讲》，河南人民出版社，1960，第 152 页。

作品思想内容、艺术特征等层面进行分析，对民族地域特色进行了解读。

第三，学界在论述《百鸟衣》的语言时，除通常的艺术层面分析外，还注意到了作品语言与其所表现出的民族特色相互结合。论者普遍意识到了《百鸟衣》语言的民族性，如贾芝指出："学习群众的言语，又向民歌学习，这就是'百鸟衣'的作者在他的诗的语言上所走的道路。"[①] 在论述《百鸟衣》的民族特色时，评论者并非空谈，而是意识到了民族特色的具体承载点，即语言表达、艺术形式和作品所再现的壮族生活等富有民族色彩的展示，其中对语言民族性的阐释成为重点。如李冰指出："正因为诗的语言格调富有民族色彩，故而这首诗（《百鸟衣》）的形式风格是清新活泼的，富有民族特色的。"[②]

第四，学界还注意到了韦其麟对民间传说的改编。贾芝认为："他（韦其麟，笔者注）并不是漫不经心地在讲述一个古老的故事，而是作为参加集体创作的一员，放进自己的心血来塑造劳动人民中的英雄人物；在诗里再现一个比较完美的故事，让人物、禽兽、山水和花卉都活起来，借以努力传达原传说的精神，把自己作为劳动人民的代言人。"与贾芝所认识到的"再现性"相比，沙鸥则看到了韦其麟的创造性："韦其麟在人民创作中汲取这一对英雄形象，但并没有像摄影师似的按原来的样子照了下来，而是大胆地重新作了创造……使得原来传说中还有些缺陷的人物成了光辉灿烂的可爱形象，成了人民理想的化身。"[③] 此外，沙鸥还解读了《百鸟衣》的浪漫主义特色，并指出了这一特色的具体内涵："对自由与幸福的渴望，对主人公倾注了那么深厚的感情，故事的神奇性，浓烈迷人的气氛，诗人所表现的丰富的想象及出色的夸张手法。"[④] 这种解读在二十世纪五六十年代具有新颖性，可谓是跳出了一般化的作家作品论的尝试。

---

① 贾芝：《诗篇"百鸟衣"》，《文艺报》1956 年第 1 期。

② 李冰：《谈〈百鸟衣〉》，《长江文艺》1955 年第 12 期。

③ 沙鸥：《试谈〈百鸟衣〉的浪漫主义特色》，《长江文艺》1956 年第 11 期。

④ 沙鸥：《试谈〈百鸟衣〉的浪漫主义特色》，《长江文艺》1956 年第 11 期。

同时，沙鸥在论述时还注意到了浪漫主义与现实主义的结合，使其评论更具针对性。

随着《百鸟衣》影响力的不断扩大，有关它的评论逐渐进入了由文学史编辑室、高等院校编著的文学史，如《广西壮族文学·初稿》（广西壮族文学史编辑室、广西师范学院中文系编著，广西人民出版社，1961）、《广西壮族文学》《十年来的新中国文学》（中国科学院文学研究所《十年来的新中国文学》编写组编写，北京作家出版社，1963）等。这反映了《百鸟衣》所具有的文学史价值与意义，但从另一角度来看，其地域性较为突出——主要集中在广西，凸显其影响的局限性，表明其价值还有待进一步挖掘与呈现。值得肯定的是，这一时期的研究中，陶阳、李冰、贾芝、刘家骥等看到了《百鸟衣》在主题、语言、人物的思想性格等层面的不足之处，笔者认为这是论者在肯定其价值意义基础上的再审视，由此体现出了评论的真实性、客观性与全面性。

总体来看，二十世纪五六十年代学界将主要关注点放在了对《百鸟衣》的评说与论述上。当韦其麟另一部重要的长篇叙事诗——《凤凰歌》(《长江文艺》1964 年第 1 期）发表后，因受制于社会环境，尤其是作者自身及评价机制等因素的限制，学界并未呈现出对《凤凰歌》的关注浪潮，就笔者目前所掌握的资料来看，仅有涂世馨的《〈凤凰歌〉》(《广西日报》1964 年 2 月 20 日）一文。这种局面有待新时期的研究来逐渐改善。

二

新时期以来，韦其麟重新拿起笔来进行创作，取得了一定的创作实绩。他相继出版了《寻找太阳的母亲》（广西民族出版社，1984）、《含羞草》（湖南文艺出版社，1987）、《童心集》（漓江出版社，1987）、《梦的森林》（广西民族出版社，1990）、《中国少数民族作家作品大系·苦果》(广西民族出版社，1994）、《依然梦在人间》(广西民族出版社,2008）等，同时，他还出版了研究专著《壮族民间文学概观》（广西人民出版社，1988）以及文集《纪念与回忆》（广西师范大学出版社，2012）等。就诗歌而言，无论是从作品所表达的思想内容、语言艺术，还是从作品所展现的民族特质与地域特征来看，韦其麟在新时期的创作较之二十世纪五六十年代呈现出了明显的多元化与丰富性。与此相应，随着社会语境的不断开放，以及研究理论、方法等层面的不断深入，学界对韦其麟的研究在数量与质量层面均呈现出了崭新的面貌。在这些研究成果中，学界对《百鸟衣》仍保持了较大的关注度，这充分反映出诗作自身独特的诗学价值与重要的史学意义。此外，学界对《凤凰歌》的研究也得到了进一步的拓展。

与二十世纪五六十年代相比，此时期的学界尽管对《百鸟衣》的研究仍包括了思想内容、人物形象等方面的分析，但其中呈现出了新的生长点。如莫奇的《重读〈百鸟衣〉》一文中涉及了对《百鸟衣》所表现出的“音乐美”的分析，他指出作品在展示欢快劳动情调的过程中，“似乎不是一幅幅迷人的劳动场景在我们眼前交替，而是一曲曲动人的劳动歌声在我们心际回荡。这些重叠、反复的诗句适如琴弦上回旋的乐曲一阵阵加剧了我们为之激动的心情”[①]。杨长勋则将《百鸟衣》作为“再造神话”的典型来看待，他以不断演变的批评姿态，通过对作品所包含的原型批评，民族性、地域性、叙事与抒情的结合以及艺术价值等层面的分析，得出了精到的见解：韦其麟的叙事长诗《百鸟衣》以思想家的敏锐和艺术家的精炼，远远地超越了传说故事的艺术原型，以现代诗歌的艺术方式，再造了民族的和艺术的神话。[②]张畅将《百鸟衣》作为“爱情诗”来解读，他的论述涵盖了作品所包含的爱情文化、思想内容的爱情因素、爱情艺术等，如其所言：“韦其麟的《百鸟衣》是完全可以作为一首纯

---

① 莫奇：《重读〈百鸟衣〉》，《广西民族学院学报》（哲学社会科学版）1979 年第 3 期。

② 杨长勋：《神话与再造神话——韦其麟〈百鸟衣〉新评》，《广西师范学院学报》（哲学社会科学版）1991 年第 4 期。

粹的爱情诗的。它从壮族同胞的文化背景出发，来源于生活，且高于生活，符合壮族的爱情文化背景，且符合爱情自身的规律，即符合爱情三要素，又能顺应爱情逻辑自身的发展。”①方焓则在分析《百鸟衣》故事情节的基础上，肯定了作品所包含的浓郁的中国南方少数民族风韵及美学内涵，同时，他还在“人鸟婚媾观念”原型的话语系统中，通过对“百鸟衣系列作品”的梳理，指出了《百鸟衣》所具备的“补阙探讨少数民族文学在民族风情、民族精神、伦理教化中注入生命气象”②的优秀品质。

值得一提的是，二十世纪五六十年代的研究中尽管也存在着对语言艺术的探讨，但李济中的《〈百鸟衣〉的修辞艺术》一文则立足于修辞学角度，重点分析了《百鸟衣》所包含的多元修辞艺术，如比喻、起兴、比拟、对偶、排比、对比等，为学界对《百鸟衣》的研究打开了新的视野与空间。与李济中相比，黄懿陆的《〈百鸟衣〉漫议》尽管也涉及了对《百鸟衣》语言艺术方面的研究，但与之前的研究保持了类似的审视维度。而黄文的突破之处在于“对‘公鸡变少女’的管见”部分，他指出：“《百鸟衣》中公鸡变成少女的幻想，是可信的，这是壮族文化形式标新立异，有别于汉族传统文化形式的地方。”③黄懿陆的研究突出地呈现出了批评文章所应具备的“对话性”特征，由此更能增强问题本身的研究深度。此外，这一时期的研究中还出现了宋尤兴对《百鸟衣》作为“创作抑或整理”问题的探讨，以此回应肖云儒提出的“《百鸟衣》(韦其麟整理)”④的观点。他明确指出：“《百鸟衣》完完全全不是根据民间原有的长诗整理出来的产物，而是韦其麟以民间故事为题材所创

---

① 张畅：《爱情〈百鸟衣〉》，《文学教育》(上半月) 2008 年第 10 期。

② 方焓：《叙事长诗〈百鸟衣〉的美学探微——兼谈少数民族文学作品的创作出路》，《现代企业教育》2013 年第 12 期。

③ 黄懿陆：《〈百鸟衣〉漫议》，《楚雄师专学报》(社会科学版) 1994 年第 1 期。

④ 肖云儒：《西部文艺的三次高潮》，《中国文艺家》2000 年第 5 期。

作的一部长诗。"[1] 这种回应也从研究理论本身丰富了学界对《百鸟衣》的探究。

新时期以来，《百鸟衣》的文学史书写也突破了广西地域，而逐渐向"当代文学史"层面拓展。包括以《百鸟衣》作为章节及介绍《百鸟衣》的文章，开始进入《中国当代文学史稿·1949—1965·大陆部分》（林曼叔、海枫、程海著，巴黎第七大学东亚出版中心，1978）、《当代文学概观》（张钟等编著，北京大学出版社，1980）、《中国当代文学史初稿·上册》（冯刚等编，人民文学出版社，1980）、《高等学校文科教材·中国当代文学》第一册（华中师范大学《中国当代文学》编写组编，上海文艺出版社，1983）、《中国少数民族文学》（杨亮才、陶立璠、邓敏文著，人民出版社，1985）、《中国当代民族文学概观》（吴重阳著，中央民族学院出版社，1986）等当代文学史中，这种情况持续到了20世纪90年代以及21世纪的文学史写作中。值得一提的是，在这些评论文章中，论者还将《百鸟衣》与《阿诗玛》《格萨尔王传》等带有鲜明民族性特征的长篇叙事诗并置起来[2]，将其置于少数民族叙事长诗的写作谱系中进行审视，在相互的比较研究中更凸显出了其重要的价值意义。

除《百鸟衣》外，此时期学界对《凤凰歌》的研究较之二十世纪五六十年代更为丰富。黄桂秋的《论〈凤凰歌〉的民族特色》认为，"《凤凰歌》是作者

---

① 宋尤兴：《韦其麟的长诗〈百鸟衣〉究竟是创作还是整理》，《广西经贸》2000年第11期。

② 主要文章有孔凡青、吴正南、吴悦：《〈阿诗玛〉和〈百鸟衣〉》，载《中国当代文学十讲》，辽宁大学出版社，1986；高文升、单占生主编《〈阿诗玛〉〈百鸟衣〉等民间叙事诗》，载《中国当代文学史稿》上册，河南人民出版社，1989；刘文田、周相海、敦文静：《〈百鸟衣〉〈阿诗玛〉〈格萨尔王传〉等叙事诗》，载《当代中国文学史》，河北大学出版社，1991；黄子建、余德银、周晓风：《叙事长诗〈阿诗玛〉和〈百鸟衣〉》，载《中国当代新诗发展史》，成都科技大学出版社，1993；谭伟平、龙长吟：《重拾与再造：〈百鸟衣〉〈阿诗玛〉等南方少数民族叙事长诗》，载《现代中国文学教程》，高等教育出版社，2011等。

在民族文学创作上的新成绩，是一曲优美动人的民族颂歌”[①]，凸显出了作品自身鲜明的民族特色。这种特色不仅体现在韦其麟所塑造的人物形象上，还反映在作品所包含的广西壮族人民生活及民族形式之中。黄绍清重点分析了《凤凰歌》在“安排故事情节、刻画人物”“运用民歌形式”以及表现手法等层面所表现的艺术特色，同时，也看到了作为“作者（韦其麟）在诗歌创作道路上新探索的作品”所呈现出的不足之处[②]。晓雪则将《凤凰歌》视为“壮族人民英勇斗争的颂歌”，指出了作品在诗体形式、思想内容及语言运用上所表现的强烈的民族色彩。同时，该文还将《凤凰歌》与《百鸟衣》相互对比，尽管她认为前者并未达到或超过后者的水平，“但《凤凰歌》毕竟是诗人近年来取得的新成就，它的意义，它在思想内容上的开拓和艺术形式上的探索，它所表现的新的人物、新的生活斗争和新的精神世界，是值得重视的，是《百鸟衣》所不能替代的”[③]。

三

随着韦其麟诗集的不断出版，学界出现了较多对其诗集进行品评的文章。如王溶岩的《谈韦其麟的〈含羞草〉》一文，剖析了诗集《含羞草》的思想内容、艺术表现手法、语言特色及作品构思特征等，表明了诗集所具备的艺术内涵：“渗透和融化了诗人多年的社会生活的体验和观察，无论是对丑恶、黑暗的鞭挞，还是对美善、光明的讴歌，都透视出了作者思想上的深刻、犀利及感

① 黄桂秋：《论〈凤凰歌〉的民族特色》，《广西师范学院学报》（哲学社会科学版）1982 年第 4 期。

② 黄绍清：《略论〈凤凰歌〉的艺术特色》，《广西师范学院学报》（哲学社会科学版）1983 年第 2 期。

③ 晓雪：《壮族人民英勇斗争的颂歌——读〈凤凰歌〉》，《文学报》1982 年第 5 期。

情上的真挚、深沉。"[1] 陈卫的《读韦其麟〈梦的森林〉》则解读了散文诗集《梦的森林》，他通过分析"丑陋、邪恶的梦"与"清澈、明净、闪耀美的辉光的梦"，表明了韦其麟所具备的社会责任感与历史使命感，他指出："《梦的森林》中篇篇诗都是观照人性善恶美丑的明澈的诗镜，都是深有感触而发，乃至充满'不平则鸣'的声音。"[2] 陈肖人的《灵魂的呐喊　时代的清音——读韦其麟散文诗集〈依然梦在人间〉》[3] 与梁肇佐的《寻梦者的歌吟——读韦其麟诗集〈依然梦在人间〉》，则是对韦其麟诗集《依然梦在人间》的评论，陈文指出该诗集所具备的忧患意识、悲悯情怀、道德激情、求真勇气及个体尊严等品格；梁文则看到诗人韦其麟所具备的担当意识与使命感，并涉及对诗集所具备的文字思辨力、诗体形式及地域民族特色的读解。

除评论《百鸟衣》《凤凰歌》等诗集外，学界对韦其麟所创作的叙事诗、散文诗都表现出了浓厚的兴趣。在对叙事诗的研究中，学界既有对其叙事诗创作历程的宏观勾勒，又有对具体诗歌文本的细读式分析，同时还不乏通过其叙事诗创作透视作家创作与民间文学之间关系的文章。如叶橹的《韦其麟的叙事诗创作》，以韦其麟作品的发表与出版时间为线索，依次解读了《玫瑰花的故事》《百鸟衣》《凤凰歌》等叙事诗，较为客观地呈现了韦其麟叙事诗创作的演变历程，分析韦其麟对"本民族的民间传说"进行再创作的成功探索，与"广泛流传于民间口头上的人们所熟悉的、所热爱的人物形象"的深刻再现[4]。马维廷则将韦其麟叙事诗的创作历程作为"探索者的足迹"来进行解读，他认为："从试步诗坛的《玫瑰花的故事》始，作者就以独异而坚定的步伐不停

① 王溶岩：《谈韦其麟的〈含羞草〉》，《南方文坛》1988 年第 5 期。

② 陈卫：《读韦其麟〈梦的森林〉》，《诗刊》1993 年第 6 期。

③ 陈肖人：《灵魂的呐喊　时代的清音——读韦其麟散文诗集〈依然梦在人间〉》，《出版广角》2009 年第 2 期。

④ 叶橹：《韦其麟的叙事诗创作》，《广西文学论丛》1982 年第 2 期。

向前跋涉，三十多年来，韦其麟终于踩出了一条满是蹄花的探索之路。”[①]该文从宏观角度考察了韦其麟的叙事诗，论及其诗所表现出的独特性与忧郁色彩与韦其麟自身的精神世界、感情世界之间的关系，其中还涉及对其叙事诗的美学流变及所展现出的浪漫主义色彩的分析。

肖远新与李玩彬分析了韦其麟叙事诗创作成功塑造了壮族普通劳动者的形象与土司丑恶的形象，抓住神话和民间传说的片段进行铺陈，注重题材内容与艺术构思的多样性，总结其叙事诗创作的艺术特点是：“一方面坚持向民歌和我国古典诗词学习，吸收其中的营养，继承和发扬我国诗歌的优良传统；一方面又立足于改革和创新，力图寻找一种同表现崇高与美相适应的艺术形式，执着地追求诗歌的美。”[②]丘振声则通过韦其麟的叙事诗解读“作家与民间文学”之间的关系，认识到二者在相互结合中所表现出的意识统一、源与流及体裁变换等问题，由此凸显出其叙事诗创作的重要意义：“韦其麟以民间故事传说为基础的叙事诗的成功创作，是对中国诗坛的独特贡献！引起人们对民族民间文学的重视。”[③]

除叙事诗外，这一时期学界还出现了对韦其麟散文诗的研究。敏岐的《读韦其麟的散文诗五章》[④]主要对其五首散文诗（《卵石》《谎言》《廉耻》《橡胶树》《梦的森林》）进行了印象式简论。陈祖君的《论韦其麟的散文诗》则对韦其麟散文诗创作进行了系统全面的解读，指出《童心集》“借助童真的呓语

---

① 马维廷：《探索者的足迹——论韦其麟叙事诗创作》，《广西师院学报》（哲学社会科学版）1986年第4期。

② 肖远新、李玩彬：《崇高与美的追求——谈韦其麟同志近年来的叙事诗》，《广西民族学院学报》（哲学社会科学版）1987年第3期。

③ 丘振声：《从韦其麟的叙事诗创作看作家与民间文学的关系》，载广西民族文学学会、广西社会科学院文学研究所编《花山文学漫笔——广西民族文学研讨会优秀论文集》，广西民族出版社，1990，第61页。

④ 敏岐：《读韦其麟的散文诗五章》，《阅读与写作》1997年第9期。

和迷矇的梦境，把这种歌唱（指歌唱真善美、批判虚伪与丑恶——笔者注）与辩驳熔铸于‘灵魂的冲突’中”；《梦的森林》和《依然梦在人间》受到“鲁迅的《野草》及古今中外的寓言”的影响，同时分析了寓言方式本身所具备的重要作用[①]。此外，当韦其麟的文集《纪念与回忆》（广西师范大学出版社，2012）出版后，学界出现了多篇关于该文集的评论文章[②]，这同时反映出了该文集所具备的深厚影响力。

四

随着研究的不断深入，学界还出现了对韦其麟本人及其创作进行综合性研究的文章。杨长勋的《朝圣者的沉思：论壮族诗人韦其麟》一文将韦其麟作为“民族的朝圣者”，认为其创作“是真正意义上的民族文化的寻根”[③]。他以叙事诗和抒情诗为韦其麟创作的两翼，分析了作者“从朝圣走向沉思”的基本历程。同时，杨长勋还论及了新时期以来韦其麟所认识到的“文体变革的迫切性”，从而走向散文诗写作这一寻找文体写作的经历，客观评述了韦其麟的历史地位。缪俊杰的《韦其麟，真诚的壮族歌者》则将韦其麟视为“壮族歌者”，认为他“是一个能经受历史检验的诗人”[④]。该文重点剖析了韦其麟诗歌所表现出的乡土情结、真善美的题材取向，永恒的主题以及独特的语言风格与魅力，韦其麟的“壮族歌者”的形象由此得以凸显。孙代文、梁海的《韦其

---

① 陈祖君：《论韦其麟的散文诗》，《南方文坛》2010 年第 1 期。

② 主要文章有刘硕良：《珍贵的历史印痕　动人的散文佳作——〈纪念与回忆〉序》，《广西文史》2012 年第 3 期；韦国华：《人生坎坷也是诗——韦其麟〈纪念与回忆〉读后》，《柳州日报》2012 年 10 月 12 日，第 10 版；潘大林：《文坛前辈的那些事——读韦其麟〈纪念与回忆〉》，《广西日报》2013 年 9 月 17 日，第 11 版；梁超然：《人间要真情　人间要善良——读〈纪念与回忆〉的杂感与杂忆》，《广西文史》2015 年第 3 期等。

③ 杨长勋：《朝圣者的沉思：论壮族诗人韦其麟》，《民族文学研究》1992 年第 2 期。

④ 缪俊杰：《韦其麟，真诚的壮族歌者》，《南方文坛》2010 年第 1 期。

麟诗歌的美学探求》以《百鸟衣》《凤凰歌》《寻找太阳的母亲》为基础，重点剖析了韦其麟诗歌所具备的“深情讴歌故乡绮丽多彩的风光及朴实、善良的人民，多层次，多角度着力挖掘壮民族熠熠闪光的人性美、人情美”写作基调，与“力求做到思想内容与艺术形式完美地统一”的写作追求。该文认为，韦其麟的诗歌“流贯着对理想、爱情、事业，美与善的不断认识和赞颂，这一稳定的特色显示了诗人执着的美学追求”。同时，该文还表现出对韦其麟未来的诗歌创作的期许。[①] 单昕重点审视了韦其麟的创作所体现的“民族文学基于文化身份自觉对民族形式的坚守”与“意识形态影响下面对现代转型的焦虑”，他从宏观视角指出了“韦其麟的创作折射出了20世纪中国少数民族文学所走过的曲折历程”，借此提供了极具建构力的解读方式[②]。钟世华则将韦其麟视为“民族气质的寻根者”“地域文化的守护者”与“民族形式的创新者”，通过对韦其麟诗歌所表现出的身份认同、原生情怀及艺术元素的解读，指出了韦其麟之于当代少数民族诗歌发展的重要作用：“韦其麟诗歌的民族化探索不仅可以作为考察少数民族诗歌在当代中国发展的文本，同时也从独特的角度反映出了少数民族文学在新中国成立后不断发展与壮阔的文学事实。”[③] 从文章标题看，钟世华有意于对韦其麟诗歌进行系列研究，保持跟进式的批评。

此外，王敏之着力于展现韦其麟的创作道路，在梳理韦其麟自1953年以来的创作历程的同时，对其重要作品及创作形态进行了评说，并给予了高度评价：“这些诗作，深刻而丰满地反映了壮族的民族历史和性格，其笔锋处处充满着壮族的情感和特色，从而在世界诗的艺术领域独树一帜，传颂于国内

---

① 孙代文、梁海：《韦其麟诗歌的美学探求》，《甘肃社会科学》1986年第3期。

② 单昕：《民族形式及其现代转型——以壮族作家韦其麟的创作为例》，《民族文学研究》2014年第4期。

③ 钟世华：《壮族身份认同中的民族寻根与文化守护——韦其麟诗歌研究之一》，《南方文坛》2016年第6期。

外。"[1] 在对韦其麟本人的论述过程中，有论者还将其和包玉堂、莎红、汪承栋等诗人并置起来[2]，在相互比较中寻找韦其麟的独特性。

五

当前，韦其麟的创作已基本处于结集整理阶段。尽管学界对他的研究取得了丰硕成果，但其中单篇的研究文章占据了主要部分，尚未出现专门的研究专著。尽管在有关韦其麟的研究著作中，周作秋编的《周民震　韦其麟　莎红研究合集》（漓江出版社，1984）与杨长勋的《话语的边缘》（接力出版社，1997）分别设有"韦其麟研究专辑"部分与"朝圣者的沉思"部分，但这并不是针对韦其麟所作的专门研究，而是"研究合集"的形式。因此，相对于韦其麟丰富的创作经历与厚重的创作实绩，当前学界对他的研究还是远远不够的，特别是对其诗歌成就和特色缺乏系统的整体研究。

笔者认为，当下对韦其麟的研究应推出诸如创作年谱、作品与研究文章索引以及研究文选等综合性的研究专著，这样一方面有助于更好地梳理、挖掘与反映韦其麟的创作实绩与文学价值，对韦其麟的创作状况有更为清晰全面的了解；另一方面也为韦其麟的后续研究提供资料上的便利，为韦其麟作品的诗学价值与史学意义的进一步呈现做好铺垫。

---

① 王敏之:《评说壮族诗人韦其麟的创作道路》,《广西师范学院学报》(哲学社会科学报）2005年第1期。

② 主要文章有中南民族学院《中国当代少数民族文学史稿》编写组:《韦其麟、莎红等壮族诗人的诗歌》，载《中国当代少数民族文学史稿》，长江文艺出版社,1986；特・赛音巴雅尔主编《韦其麟、包玉堂的诗歌》，载《中国当代文学史》上册，民族出版社，1999；张炯主编《韦其麟、汪承栋与叙事长诗》，载《中华文学发展史・近世史》，长江文艺出版社，2003等。

第二节

周民震研究的回顾与思考

周民震的创作生涯开始于20世纪50年代中期，并在随后（特别是新时期以来）有着持续生长的态势。自1955年发表《一件棉衣》起，周民震的创作至今已有近70年，其在漫长的历程中积累了丰富的成果。周民震的作品主要以电影剧本、戏剧剧本为主，此外他还尝试了小说、散文等多种文体，同时还发表了诸多关于电影创作、喜剧创作的理论文章，逐步建构出了自身的创作观，这些作品以及理论思考有力地塑造出了周民震多元的创作身份。从20世纪80年代开始，周民震陆续进入壮族文学史、广西当代文学史、中国少数民族文学史、中国当代文学史等多种文学史[①]之中，这充分显示出其在广西当代文学乃至中国当代文学中的重要地位，同时也为学界提供了多元的研究空间。

---

① 代表性的文学史有胡仲实：《壮族文学概论》，广西人民出版社，1982；中南民族学院《中国当代少数民族文学史稿》编写组：《中国当代少数民族文学史稿》，长江文艺出版社，1986；吴重阳：《中国当代民族文学概观》，中央民族学院出版社，1986；梁庭望、农学冠：《壮族文学概要》，广西民族出版社，1991；黄绍清：《壮族当代文学引论》，广西师范大学出版社，1993；特·赛音巴雅尔主编《中国少数民族当代文学史》，漓江出版社，1993；特·赛音巴雅尔主编《中国当代文学史》上册，民族出版社，1999；李鸿然：《中国当代少数民族文学史论（上下）》，云南教育出版社，2004；李建平、王敏之、王绍辉等：《广西文学50年》，漓江出版社，2005；雷税主编《壮族文学现代化的历程》，民族出版社，2008等。

一、对周民震代表性剧作的观察

周民震以剧作家（包括电影剧本、戏剧剧本等）的身份闻名文坛，早在20世纪50年代便创作有《双仇记》《苗家儿女》《三朵小红花》等剧本，新时期以来又陆续创作了《甜蜜的事业》《真是烦死人》《顾此失彼》《春晖》《心泉》《远方》等，这使得作为剧作家的周民震受到了学界的重点关注，并在不同的历史时期呈现出了多样的面貌。就研究内容来说，学界对剧作家周民震的观察主要集中在了主题思想、人物形象、文本结构等层面。由于周民震所作剧本众多，加之研究成果的水平不一，笔者将选取有关周民震几部代表性作品的研究来进行回顾，以窥探学界对其剧作的接受状况。

根据现有资料，周民震的《苗家儿女》最先受到学界的关注，顾工的《谈谈〈苗家儿女〉——给剧作者的一封信》[①]则是第一篇关于周民震作品的研究性文章。该文主要就《苗家儿女》的主题内容进行谈论，认为它“表现了建设家乡的激情”，不仅感情丰富，而且融入了作者丰富的内心语言。该文还分析了《苗家儿女》塑造的人物形象，为学界对周民震的研究提供了可供参考的范式。随后，剑熏的《评〈苗家儿女〉》[②]认为《苗家儿女》有力地呈现了苗族人民的生活图景，反映了激烈的矛盾斗争，这使其具备深刻的现实意义。同时，剑熏还观察到该剧本的缺点，表现为人物性格的损害、主要人物思想转变不深等。可以看出，在20世纪50年代，学界较多地以批评的眼光来探察《苗家儿女》，并未对其进行深入研究。到了20世纪60年代，学界尽管也有着对周民震的彩调《小糊涂遇险记》《春雨惊雷》《三朵小红花》等以及京剧《瑶山春》

① 顾工：《谈谈〈苗家儿女〉——给剧作者的一封信》，载周作秋编《周民震　韦其麟　莎红研究合集》，漓江出版社，1984。

② 剑熏：《评〈苗家儿女〉》，《广西日报》1959年3月16日。

的评论[①]，但更多地集中在对这些作品之主题思想、人物形象、艺术特色等内容的分析，并且囿于外部社会语境的影响，表现出了较强的阶级论思想，因此并未出现有影响力的研究成果。

新时期以来，周民震的剧本创作迎来“爆发期”，学界对其剧作的研究也进入新的阶段，其中最为关键的是摆脱了“十七年文学”时期外部社会语境的拘囿，较多地融入了个性化的批评意识。最先进入学界视野的是周民震的《甜蜜的事业》，如吴荫循从戏剧冲突的角度出发，将该剧概括为“甩掉帮规、不落俗套”。具体来说，吴荫循认为该剧的戏剧冲突符合生活逻辑，主要呈现为三个特色——包括抛弃公式化的写作、着力于性格冲突的展现、冲突的发展曲折多变。[②]丁海鹏看到《甜蜜的事业》所带来的新颖题材打破了“四人帮”时期的创作禁区，指出其注重对生活侧面的铺叙，同时还以喜剧的形式展开了对新生活的细致描写。[③]另外，关山和张世纯以“琐谈”的形式肯定了《甜蜜的事业》对于电影事业的重要贡献，意识到它经由喜剧形式的表达，触及了群众关心的主题。[④]朱天、宫军以及许寅和政森则通过“观后感”的形式，赞扬了《甜蜜的事业》所具备的现实教育意义，并认识到这种意义建立在社会主义

---

① 如丘振声:《培养共产主义的接班人——彩调〈小糊涂遇险记〉》,《广西日报》1964 年 6 月 12 日；惠子:《好一声春雷——评彩调〈春雷惊狮〉》,《南宁晚报》1964 年 6 月 27 日；曹秀刚:《谨防“蛀木虫”——评彩调〈三朵小红花〉》,《羊城晚报》1965 年 7 月 8 日；一兵:《一场引人深思的“争夺战”——评〈三朵小红花〉》,《南方日报》1965 年 7 月 13 日；梁信:《喜看京剧〈苗山颂〉》,《羊城晚报》1965 年 8 月 4 日；许世芳:《强烈的政治主题　精湛的京剧艺术——评〈苗山颂〉》,《南宁晚报》1965 年 9 月 11 日；张有方:《传统艺术在〈苗山颂〉里的运用》,《南宁晚报》1965 年 9 月 14 日等。

② 吴荫循:《甩掉帮规不落俗套——谈话剧〈甜蜜的事业〉的戏剧冲突》,《广西日报》1978 年 6 月 17 日。

③ 丁海鹏:《一股甘美的气息》,《光明日报》1978 年 12 月 8 日。

④ 关山、张世纯:《影片〈甜蜜的事业〉琐谈》,《光明日报》1979 年 9 月 2 日。

建设的总体背景之中。[①]

“学生三部曲”(包括《春晖》《心泉》《远方》)是周民震新时期以来在电影剧本领域的力作，因此得到了学界的重点关注。就具体内容而言，学界主要从人物形象、心理空间、艺术手法等层面对“学生三部曲”进行了观看。如在对《春晖》的观察中，凌老师形象成为学者们着力的关键点。晓帆认为《春晖》是“人民教师的颂歌”，主要歌颂的是凌老师为学生呕心沥血的光辉形象，真实地反映了中年教师的生活。[②] 张宁将《春晖》视为“园丁颂”，重点分析了其所塑造的凌老师形象。[③] 谷凡从知识分子形象的角度，肯定了凌老师这一典型人物，特别赞颂了其植根现实的艺术形象。[④] 秦裕权亦从人物刻画的角度，分析了《春晖》所再现的师生关系，指明该影片为中国当代电影画廊增添了新形象。[⑤] 与上述学者的观点相反，邓祝仁则认为《春晖》中凌老师的艺术形象存在缺欠，其献身精神有些脱离生活真实，因此造成艺术感染力不强。[⑥] 祥文对此进行了反驳，指出邓祝仁的批评不符合实际，这是由于作者并非意在塑造凌老师的“高大完美”形象，而是充分立足于社会现实之中，呈现出了真实感人的特质。[⑦] 可以看到，学者们在认识凌老师形象时尽管出现了批评的声音，但这并未影响他们对其园丁形象与奉献精神的肯定，据此形成的“批评对话”则成为周民震研究过程中

---

① 参见朱天:《少看娃娃，多产甘蔗(喜看〈甜蜜的事业〉)》,《大众电影》1979 年第 7 期; 宫军:《请你边笑边思量——喜剧影片〈甜蜜的事业〉观后》,《解放军报》1979 年 9 月 4 日; 许寅、政森:《开开心心　甜甜蜜蜜——〈甜蜜的事业〉观后》,《解放日报》1979 年 9 月 14 日。

② 晓帆:《人民教师的颂歌　美好的心灵教材——赞影片〈春晖〉》,《电影介绍》1982 年第 2 期。

③ 张宁:《银花一朵颂园丁——喜看故事片〈春晖〉》,《新电影》1983 年第 6 期。

④ 谷凡:《可敬的知识分子形象——看影片〈春晖〉》,《桂林日报》1983 年 1 月 8 日。

⑤ 秦裕权:《为电影画廊增添了新形象——谈影片〈春晖〉的人物刻划》,《影剧艺术》1983 年第 2 期。

⑥ 邓祝仁:《凌老师形象的缺欠——观电影〈春晖〉》,《桂林日报》1983 年 2 月 4 日。

⑦ 祥文:《影评要从实际出发——也谈凌老师形象》,《桂林日报》1983 年 2 月 19 日。

的有趣现象。另外,《春晖》所再现的中学生活也作为重要的关注点，这方面以成志伟、晓喻、顾乐真、玉君等人的批评文章为代表，他们大多肯定了《春晖》对于当代中学生活的真实再现，指出这种再现不仅增添了剧作自身的现实感，而且最为关键的是使其具备了强烈的社会意义。[①]

与《春晖》相比，学界对于《心泉》的研究主要集中在人物内在心理的分析上，这更加符合该剧本所着力呈现的内容。如邵凡把《心泉》看作是“心灵上的拨乱反正”，认为其表现了社会的积极向上以及对心灵创伤的安慰。[②] 缪林和潘健则主要讨论了《心泉》所蕴含的矛盾冲突，前者认为作者以人物内心矛盾冲突的开端、发展、高潮、结局为顺序来安排情节，运用了传统结构的艺术手法；[③] 后者则认识到人物内心矛盾冲突的表现有助于深化该剧的主题思想。[④] 而在剧作《远方》的探讨上，学界的着力点在于对其艺术结构的挖掘。如霍人午肯定了《远方》较之周民震前期剧作的“深度与厚度”，主要体现为结构布局上的多元探索。[⑤] 李宁和南垅则指出,《远方》在剧本结构上的特色是“突破戏剧结构”的构思，其探索正立足于广西这片真实的土地之上。[⑥] 顾乐真同样肯定了《远方》所具有的崭新艺术构思以及深刻的艺术魅力。[⑦] 从本质上看，学界之所以在观看《远方》时更多地着眼于艺术结构，主要是受到了

---

① 参见成志伟:《献给中学师生的一份礼物》,《半月谈》1982 年第 24 期；晓喻:《〈春晖〉在校园里的回响》,《大众电影》1983 年第 1 期；顾乐真:《一首动人的教育诗——评周民震的电影文学剧本〈春晖〉》,《广西日报》1983 年 3 月 23 日；玉君:《心灵美的赞歌——彩色故事片〈春晖〉观后》,《甘肃教育》1983 年第 6 期。

② 邵凡:《心灵上的拨乱反正——看影片〈心泉〉》,《南宁晚报》1982 年 8 月 12 日。

③ 缪林:《浅谈〈心泉〉的艺术结构》,《电影评介》1982 年第 6 期。

④ 潘健:《谈〈心泉〉对矛盾的揭示》,《影视艺术》1982 年第 6 期。

⑤ 霍人午:《向深度和厚度的掘进——〈远乡〉读后》,《影剧艺术》1984 年第 3 期。

⑥ 李宁、南垅:《探索　要立足于我们这块土地——〈远方〉编剧谈〈远方〉》,《电影评介》1985 年第 6 期。

⑦ 顾乐真:《〈远方〉的美》,《南宁晚报》1985 年 6 月 28 日。

其时社会语境的影响。因为到了20世纪80年代中期，随着“先锋文学”的酝酿与兴起，文学创作领域不再囿于前期（特别是“十七年文学”时期）的主题内容、思想情感、意识形态等层面，而是致力于“先锋”艺术形式的探索。在此影响下，学界开始以新的眼光来审视周民震的剧作，同时也对其之后的创作提出了新的要求。

二、周民震创作综论

在早期有关周民震的研究中，学界较多地着眼于单部作品的观察，这不仅是由于周民震的创作尚处于“初期”的基本现实，而且更重要的是其时文学研究观念的限制。进入新时期后，随着周民震创作的逐步积累，加之文学研究观念的不断发展，学界出现了关于周民震创作的综论，既包括了对其创作经历的回顾与总结，又包含了对其创作内容与形式的梳理。这种研究在拓展学界关于周民震创作之总体认识的同时，也塑构出了其多元的创作身份。

学界最早形成的周民震创作综论集中在对其电影剧本、戏剧剧本等内容的观察上，这同时构成了此种研究的重心。赵文炘最先表达了对周民震喜剧作品的综合性认识，他以《甜蜜的事业》《真是烦死人》《顾此失彼》等文本为中心，分析了周民震喜剧创作的特色，包括现实主义的表达，注重发掘人物关系中的喜剧因素、结构精巧、讽刺手段的运用等。[1]胡惠玲通过周民震的几部喜剧来探寻其创作路径，指出他的喜剧创作来源于生活现实，带有“新、美、深”的艺术风格。[2]郑盛丰认识到周民震的电影创作来自对现实生活场景的借鉴，这与胡惠玲的认识相一致。此外，他还肯定了周民震创作中的试验态度，并指

---

① 赵文炘：《繁技新翠——电影剧作家周民震及其喜剧的特色》，《电影画报》1981年第2期。

② 胡惠玲：《怎样催开朵朵心花》，《电影剧本园地》1982年第6期。

出“甜蜜文学”影片具备深刻的社会影响。[1]林士良和覃伊平观察到周民震喜剧在社会主义喜剧发展过程中的重要价值，二者在梳理其社会主义喜剧作品的基础上，分析了作品对思想和主题的开掘、人物喜剧性格的描写、结构线索的多元以及生活细节的展示等内容，这使其蕴含着更多的学术意义。[2]周鉴铭致力于对周民震电影文学创作的分析，认为作者善于从生活中发现和捕捉创作热点。值得肯定的是，周鉴铭细致地观看了周民震自20世纪50年代中期至80年代的创作经历，将其电影创作分为了“20世纪50年代中期至70年代”“20世纪70年代末至80年代初”“1981年以后”三个阶段，为学界系统认识周民震的电影创作提供了基础。[3]与之相应，王敏之同样以三个阶段来概括周民震的电影创作，并指出其创作的突出特征——正确处理党的工作需求与创作关系，摆正艺术追求。王敏之还指出了周民震的三个创作秘诀，即生活积累、哲学思想和民族特色。[4]雷猛发主要探析了周民震的喜剧电影理论，认识到其理论的完整性以及对喜剧电影理论的若干突破，如拨乱反正的思想、有分寸地嘲讽正面人物、独特的喜剧构思等。[5]

进入20世纪90年代后，学界对周民震剧作的研究有了新的突破，尤其表现为审美意识的汇入。如柴立阳从美学的角度，重点分析了周民震喜剧的美学意蕴，并指明美学意蕴的具体内涵——喜剧样式偏于讽刺和幽默、喜剧语言独特以及误会手法等。[6]王敏之将周民震的戏剧创作特征概括为“情与理在戏剧冲突中的和谐统一”，指出“情与理”是不可分割的审美体系，同时也是戏剧美学

---

①郑盛丰：《在时代的起跑线上》，《丑小鸭》1982年第12期。

②林士良、覃伊平：《评周民震的喜剧电影文学创作》，《广西民族学院学报（哲学社会科学版）》1982年第4期。

③周鉴铭：《从生活中发现和捕捉——周民震电影文学试论》，《民族文学研究》1985年第4期。

④王敏之：《探索者勇，勇在必胜——周民震电影文学创作概况》，《民族艺术》1986年第1期。

⑤雷猛发：《天在峰峦缺明处——周民震喜剧电影理论初探》，《影剧艺术》1987年第1期。

⑥柴立阳：《论周民震喜剧的美学意蕴》，《南方文坛》1991年第1期。

生命的重要支柱。[①] 此外，张国凡以周民震的戏剧创作为中心，强调了其戏剧创作形式的多样性，包括话剧剧本、戏曲剧本、彩调剧剧本、木偶剧剧本等。[②] 陈运祐认为周民震的戏剧创作体现了时代精神与审美理想的融合，而这种融合具备“生活作为源泉”“人物传统文化心理、性格转变与思想升华”“真善美的追求”等艺术特点。[③] 周保旺从周民震的戏剧创作现象入手，探讨了其戏剧创作成功的三大因素——高度责任感驱使下的产物、善于捕捉题材及赋予作品灵魂、成功运用表现形式。[④]

除剧本创作外，周民震的小说创作也得到了学界的关注。如肖远新看到了周民震小说的讽刺特色，认为其小说用敏锐犀利、明快机智的风格，来揭示官场的腐败现象，赞扬新上任的副省长清白无私的品格。周民震小说还运用了对比的表现手法，达到了强化讽刺的艺术效果。[⑤] 蔚华同样将目光聚焦于周民震的“官场系列小说”上（主要包括《副省长上任》《局长的公文皮包》《升官之道》《后台老板》等），认为这些小说蕴含着社会人生的新体味，表达了作家的责任感、正义感和胆量。[⑥]

21 世纪以来，学界对周民震的散文创作表现出了浓厚的兴趣，主要体现在了对其散文选的品评上。如徐治平和邱贤以《周民震散文选》为文本，指出周

---

① 王敏之：《情与理：戏剧美学生命的支柱——谈周民震戏剧创作的一个特色》，《民族艺术》1991 年第 1 期。

② 张国凡：《略论周民震的戏剧创作》，《民族艺术》1991 年第 1 期。

③ 陈运祐：《时代精神与审美理想的融合——谈周民震的戏剧创作》，《民族艺术》1991 年第 1 期。

④ 周保旺：《周民震戏剧创作现象浅析》，《民族艺术》1991 年第 3 期。

⑤ 肖远新：《论壮族作家周民震小说的讽刺特色》，《广西民族学院学报（哲学社会科学版）》1995 年第 3 期。

⑥ 蔚华：《社会人生的新体味——读周民震的“官场系列小说”》，《广西日报》1996 年 2 月 19 日。

民震散文题材的多样性，主要有再现少数民族生活、对革命战争时期的怀旧、反映“四化”建设、展示自然风光和世俗人情、记叙出国见闻和异国风情等内容。[①] 丘行也以评价《周民震散文选》为契机，谈到了周民震散文的艺术特色，其中既有着人性的战斗激情、生活化的幽默感和乐观精神的描写，又包含了多样的民族风情的展示，由此具备现实的深度。[②] 唐珂则看到周民震散文构思巧妙，情景事理浑融，并指出其散文语言的优雅清新、自然流畅与幽默浪漫的特质，其中蕴含着深刻的民族情感与爱国情怀。[③]

三、周民震作品之民族性的挖掘

在中国当代文学史上，周民震通常作为少数民族作家被认识。换言之，周民震是当代少数民族作家的重要代表，该身份在中国文学史以及少数民族文学史中得到集中书写。究其原因，这不仅是由于周民震本身是壮族作家，而且更重要的是其在漫长的创作经历中始终坚守着民族性的表达与再现，由此具备了鲜明的民族特质。因此，对周民震作品中所蕴含的民族性特质的挖掘，自然成为学界在研究周民震作品时不可忽视的一部分，民族性也作为重要维度贯穿到了周民震研究之中。

较早涉及周民震作品之民族性挖掘的是学界对于京剧《瑶山春》的观看，梁信、冯云清等人在品评该剧时强调了其所展现的民族色彩，但由于外部社会语境的限制，这里的“民族性”更多地带有意识形态的特质，倾向于对民族政策的赞美与歌颂。新时期以来，随着社会语境的逐步开放，学界对周民震作品之民族性的理解渐趋回归了本质内涵，较有代表性的是对剧作《远方》所蕴含

---

① 徐治平、邱贤：《多彩人生，真我性情——评〈周民震散文选〉》，《广西文学》2006 年第 11 期。

② 丘行：《月光隧道与历史隧道的交汇——评〈周民震散文选〉》，《南方文坛》2007 年第 4 期。

③ 唐珂：《豪华落尽见真淳》，《民族文学》2009 年第 11 期。

的民族特色的呈现。[①] 比如顾绍柏认识到《远方》是一部“反映少数民族生活的影片”，其民族特色主要表现为对苗族热情以及纯朴民族生活习俗的描写，而苗山形象的塑造则有力地增强了影片的民族色彩。[②] 吴座看到了《远方》所描绘的大苗山旖旎风光与民族风情，肯定了其对新一代苗族大学生思想精神面貌的再现，以及对苗乡纯朴美好人情的赞美。[③] 张国凡和路燕则以“学生三部曲”为核心，呈现了周民震对少数民族情感与生活的集中书写，前者指出“学生三部曲”真实地反映了少数民族人民在历史洪流中向前迈进的生活实况，表现出了质朴美的艺术特质；[④] 后者重点指明了“学生三部曲”所再现的独特民族风格以及民族情感，这种风格与情感标志着周民震的剧本创作走向成熟。[⑤]

民族性的挖掘还体现在学界对周民震作品的综论上。如肖逊将周民震 1985 年以前的电影剧本创作分为“两个高峰”（即“1958—1965 年”和“1977—1985 年”两个阶段），特别肯定了其创作根植民族文化的土壤，吸收外民族文化资源进行再创造的做法，同时认为他在 1985 年后的创作处于“第三个高峰”阶段。[⑥] 曲六乙在回顾周民震戏剧创作的基础上，指出其本身是一位“创作的多面手”，并重点分析了其少数民族题材的戏剧创作与电影文学，认识到这些作品具

① 参见梁信：《喜看京剧〈苗山颂〉》，《羊城晚报》1965 年 8 月 4 日；冯云清：《红太阳光辉照瑶山——京剧〈瑶山春〉观后》，《北京日报》1974 年 9 月 22 日。

② 顾绍柏：《炽热的感情鲜明的特点——评彩色故事片〈远方〉》，《广西日报》1985 年 6 月 11 日。

③ 吴座：《远方的召唤——看影片〈远方〉随感》，《广影新片》1985 年 2 月 17 日。

④ 张国凡：《美存在于正确反映生活——简评周民震的学生三部曲》，《民族艺术》1987 年第 2 期。

⑤ 路燕：《让镜头伸向一个新的天地——试论周民震的〈学生三部曲〉》，《民族文学》1988 年第 4 期。

⑥ 肖逊：《期待着第三个高峰期——壮族电影剧作家周民震》，《民族艺术》1988 年第 4 期。

有“浓郁的地方特色”与“鲜明的民族特色”。[①] 丘振声将目光聚焦于周民震所创作的少数民族题材影视剧，认为这些作品集中体现了民族性与时代性的统一。他指出，周民震的影视剧创作通过民族风情与人物描写的结合、审美价值与教化关系的处理以及对革命现实主义创作原则的坚持，表达了对少数民族未来的希望和对美的执着追求。[②] 值得注意的还有特·赛音巴雅尔的《周民震和他的电影文学创作》，该文在回顾周民震创作经历以及自身与周民震交往经历的基础上，肯定了周民震在壮族作家以及少数民族作家中的重要地位，并对其创作成功的原因进行了分析，强调了山歌、民间故事、神话传说等民间资源的重要影响。[③]

可以看出，学界关于周民震作品之民族性的挖掘有其特殊的阶段历程，即从最初的囿于社会语境的意识形态观察，逐步回归到民族性本质的艺术探寻，这不仅呈现了学界文学研究观念的阶段性发展，更为重要的是塑构出了作为少数民族优秀作家的周民震，为当代少数民族文学研究增添了新的空间。

综上所述，近 60 年来，学界对周民震的研究成果十分丰富，其中既有着对其代表性作品的观察，又有着对其创作总体经历的综论，还不乏对其作品之民族性的挖掘，这在呈现“多面手”周民震的同时，为当代少数民族文学乃至中国当代文学的发展做出了贡献。然而就学界目前的研究状况而言，其中还存在着可以进一步开拓的空间，特别是周民震研究资料的编选还不完善。尽管现在已有《周民震 韦其麟 莎红研究合集》（周作秋编，漓江出版社，1984）、《周民震电影剧作评论集》（顾乐真、王敏之编，广西民族出版社，1991）、《周民震戏剧评论集》（广西艺术研究所编，广西民族出版社，1992）等几部代表性资料，

---

① 曲六乙：《多面手的这一面——〈周民震戏剧剧本选〉序》，《民族艺术》1990 年第 1 期。

② 丘振声：《民族性与时代性的统一及其他——周民震同志的少数民族题材影剧作品观后》，《民族艺术》1991 年第 1 期。

③ 特·赛音巴雅尔：《周民震和他的电影文学创作》，《南方文坛》2014 年第 3 期。

但由于某些编选观念较为陈旧以及选文质量参差不齐，所以导致目前选本的整体水平不高。基于此种现状，需要后续的研究者编选更为完善与精细的周民震研究资料，以及在熟练掌握研究资料基础上进行持续深入的研究。

第三节

东西创作研究述要（1988—2020）

一、研究缘起

东西不仅是文学桂军的领军人物，而且“东西现象”也引起了诸多批评家的关注，他的小说以《耳光响亮》《没有语言的生活》《后悔录》《篡改的命》等为代表。小说之外，东西还创作有影视剧、散文等作品，正如有学者所看到的，东西不仅可以“称得上是一位短篇、中篇和长篇及散文、随笔都擅长的作家”，而且还“曾几度‘触电’，写作多部电影、电视剧本……”[①]多种文体的尝试正建构了东西多元的作家身份。在诸种文体之中，东西的小说创作最值得称道，其小说以对历史记忆的深刻反思、富于先锋性的语言探索和荒诞幽默的叙述风格，为中国当代小说（尤其是先锋小说）的发展做出贡献。

小说家的主体身份，以及影视剧、散文等多种文体的触及，为学界对东西的研究提供了丰富的资源，也使得研究本身呈现出了纷繁多样的状态。自1988年的《介绍田代琳》[②]一文开始，学界开展关于东西的研究已有三十余年，其中既包括了对其小说的主题思想、语言特质、叙述方式等内容的批评与解

① 张学昕：《无法“篡改”的叙述——东西小说论》，《扬子江文学评论》2020年第2期。

② 韦启良：《介绍田代琳》，《河池日报》1988年10月29日第3版。

读，又包含了对他在中国当代文学史（特别是“先锋文学史”）上的价值与地位的认识。与此同时，学界对他参编影视剧的分析以及散文创作的观看也形成了理解东西的特殊向度，促进了其多元的身份建构。纵览这三十余年的研究，成果虽然丰富，但其中也存在着不少重复与误读，因此笔者将采用择取要点的方式，来综论当前学界对东西创作的研究和接受状况。

二、东西几部重要小说的批评与研究

东西在 20 世纪 80 年代末以小说家的身份登上文坛。根据现有资料，第一篇关于东西的评介性文章是韦启良的《介绍田代琳》[①]，该文试图塑造出东西作为小说家的艺术形象，其创作得到了作者的肯定与赞许。随后，《河池学院学报》首次开启了学界集中观看东西小说的先例，其在 1993 年第 1 期刊载了张柱林和陶莉霖的两篇评论。从内容上看，这两篇评论均是针对东西 1992 年小说创作的漫读式批评。张柱林主要评述了东西在 1992 年所创作的几篇小说（包括《祖先》《事故之后的故事》《地喘气》等），认为它们显示了东西对土地历史、人类生存事实、桂西北乡村生活等现实问题的观察[②]；陶莉霖则以《事故之后的故事》为中心，重点阐释了东西小说“苍凉”的叙述方式。[③]总体上说，这两篇评论可以作为学界认识东西小说创作的起点。而随着东西小说创作及发表的不断增多，学界对其小说的研究也日趋丰富，逐步建构出了作为小说家的东西。笔者将首先以东西发表的几部重要小说为线索，通过梳理学界对这些小说的研究，呈现东西小说的创作历程。

---

① 之所以称为评介性文章，是因为《介绍田代琳》一文的重点是对田代琳（东西原名）早期创作状况及作品（主要包括《我母》《醉山》《好人祭》等）的介绍。

② 张柱林：《大地的喘息及其他——东西一九九二年小说漫评》，《河池学院学报》1993 年第 1 期。

③ 陶莉霖：《淡化了的苍凉——〈事故之后的故事〉读后》，《河池学院学报》1993 年第 1 期。

学界较早集中关注的是东西1994年发表的小说《商品》[①]，如张柱林看到了《商品》文本所具有的“后现代”品质[②]；阮冰同样认识到了东西小说所包含的后现代主义意识，认为《商品》表现出了“元小说”的探索和尝试[③]……可以看出，《商品》所具有的后现代主义特质成为其时学界批评的重心，这同时呈现出了东西早期小说创作中所带有的鲜明的后现代特征。

《商品》之后，东西在1997年发表的首部长篇小说《耳光响亮》[④]受到学界的重点关注，其叙述策略、主题思想、时代文化内涵等内容则成为解读重心。如马树春用“东拉西扯”来概括《耳光响亮》的叙述策略，并指出这种策略具体表现为“富有创意的拼贴式的结构营造”和“集幽默与讽刺于一体的反讽式、夸张性语言”[⑤]；洪治纲看到了《耳光响亮》所表达的记忆与经验的双重叙事，同时指明了它在话语运用上的独特性[⑥]；朱潇同样观察到了《耳光响亮》所持有的双重叙述视角，在此影响下，东西运用了一种“异彩纷呈、具有反讽意味和特定的时代感的语言”[⑦]；贾忠良则把目光聚焦在《耳光响亮》所包含的时代和文化暗示上，指出这种暗示表达了东西对理想主义的警惕和对世俗化的批判[⑧]。与探究《商品》时较为单一的后现代主义视角相比，学界对《耳光响亮》的研究呈现出了丰富性。

---

① 东西：《商品》，《作家》1994年第5期。

② 张柱林：《东西和〈商品〉》，《文学自由谈》1995年第1期。

③ 阮冰：《东西小说〈商品〉的元小说解读》，《南方文坛》1995年第2期。

④ 东西：《耳光响亮》，《花城》1997年第6期。

⑤ 马树春：《东拉西扯：〈耳光响亮〉的叙述策略》，《广西师范大学学报（哲学社会科学版）》1998年第A3期。

⑥ 洪治纲：《苦难记忆的现时回访——评东西的长篇新作〈耳光响亮〉》，《当代作家评论》1998年第3期。

⑦ 朱潇：《对东西〈耳光响亮〉的一次阅读》，《南方文坛》1998年第5期。

⑧ 贾忠良：《〈耳光响亮〉的时代及文化暗示》，《齐齐哈尔社会科学》1999年第1期。

1998年，东西的中篇小说《没有语言的生活》[1]获得首届“鲁迅文学奖”。按照当前的逻辑，“鲁迅文学奖”的获得不仅肯定了该小说的价值与意义，而且会引发学界的批评热潮。然而悖论的是，《没有语言的生活》在当时并未得到学界的普遍关注。尚未评奖前，石一宁撰写的《失语：苦难与尊严——读东西小说〈没有语言的生活〉》是第一篇评论该小说的文章，他注意到了该小说所讲述的“生动而凝练的故事”，以及故事背后所蕴藏的意蕴空间，并指明了其所呈现的“失语的苦难与尊严的双重命题”[2]；同年，徐肖楠认识到了该小说对于语言的独特思考[3]。随后几年中，尽管王育松、廖学新、唐韧等人从传统继承、生存隐喻等方面解读了《没有语言的生活》[4]，但他们并未关注到获得“鲁迅文学奖”的特殊价值。究其原因，这一方面与《没有语言的生活》获得的是首届“鲁迅文学奖”，大家认识不足有关，另一方面则是因为其时的大众传媒还处在发展初期，相对限制了“鲁迅文学奖”的传播与影响力。

最早引发学界批评热潮的是东西在2005年发表的小说《后悔录》（人民文学出版社，2005）。《南方文坛》2005年第4期刊载了陈晓明、谢有顺、南帆、郜元宝四位重量级批评家针对《后悔录》所作的分析与解读，同时也拉开了重要期刊开设“东西研究专辑”的序幕，使得东西借助名家名刊的“宣传”来扩大自身影响力的方式成为可能。就具体的研究来说，主题内容、叙事方式、

---

① 东西：《没有语言的生活》，《收获》1996年第1期。

② 石一宁：《失语：苦难与尊严——读东西小说〈没有语言的生活〉》，载《石一宁自选集·评论集》，文化艺术出版社，2011，第77—79页。

③ 徐肖楠：《晚生的现实主义——东西〈没有语言的生活〉的语言思考》，《河池师专学报》（社会科学版）1997年第4期。

④ 主要文章有王育松：《对传统的继承和超越——评东西的中篇小说〈没有语言的生活〉》，《写作》1999年第1期；廖学新：《生存体验的隐喻话语——东西〈没有语言的生活〉之惊鸿一瞥》，《河池师专学报》（社会科学版）2000年第1期；唐韧：《当作家对自己挑战的时候——解读〈没有语言的生活〉》，《名作欣赏》2003年第3期等。

语言表达等方面是学界批评与研究《后悔录》的重心。如在主题内容层面，陈晓明认为《后悔录》既有着对身体的批判，又有着对“自我/历史”的双重嘲讽。同时，该小说还通过描写特殊的历史情境，有力地再现了中国式的创伤[①]；南帆看到了《后悔录》在故事选择上的独特性，特别是在小说的前半部分中，性与成长、政治规训等内容所形成的纠缠，使得小说本身具备了广阔的阐释空间[②]；与南帆相呼应，郜元宝也将目光聚焦在《后悔录》所描摹的“性”与“性禁忌”上，但他认为该内容并非小说的写作重点，其重点是“有关性和性禁忌背后人类智慧的责任”[③]；张柱林将《后悔录》看作是一部“在心理上用力”的小说，指出它为我们理解生命提供了新的视野[④]；张燕玲认识到《后悔录》通过荒诞性的表达与精神探索，向读者展示了“人心的后悔录”[⑤]。此外，周景雷在中国文学之苦难写作的大背景下解读了《后悔录》，认为它表现出了以苦难为中心的想象，在描写苦难与展示荒诞情境的同时，呈现出了对苦难的宽宏大量[⑥]；胡传吉认为《后悔录》的写作重点在于“修复历史记忆”与“还原身体经验”[⑦]。

《后悔录》的叙事方式成为学界关注的另一个重心。谢有顺以《后悔录》为核心，在以历史的眼光观看中国传统与现代、当代小说中所包含的叙事伦理

---

① 陈晓明：《身体穿过历史的荒诞现场——评东西的长篇〈后悔录〉》，《南方文坛》2005 年第 4 期。

② 南帆：《诱惑和恐惧——读东西的〈后悔录〉》，《南方文坛》2005 年第 4 期。

③ 郜元宝：《可笑的智慧——读东西的长篇新作〈后悔录〉》，《南方文坛》2005 年第 4 期。

④ 张柱林：《〈后悔录〉：穿越现实的心灵欲火》，《小说评论》2005 年第 6 期。

⑤ 张燕玲：《东西长篇小说〈后悔录〉——人心的后悔录》，《文艺报》2005 年 12 月 13 日。

⑥ 周景雷：《苦难、荒诞与我们的度量——评东西的〈后悔录〉》，《当代作家评论》2006 年第 1 期。

⑦ 胡传吉：《修复历史记忆　还原身体经验——论东西的长篇小说〈后悔录〉》，《南方文坛》2006 年第 4 期。

问题的基础上，认为该小说具备重建叙事伦理的可能性[①]；胡群慧关注到了《后悔录》所运用的“如果”句式，指出该句式为小说的历史讲述与文本叙述创造了空间[②]；另外，柳应明看到了《后悔录》在语言表达上的反讽修辞，这种修辞促进了作者对荒谬时代的展示与人性悖论的书写[③]。可以看出，学界对《后悔录》的批评虽然也集中在主题内容、叙事方式等层面，但较之《商品》《没有语言的生活》《耳光响亮》等小说的研究来说，学界在对《后悔录》的理解深度与认识广度上均得到了拓展。

与《后悔录》的接受方式相类似，《篡改的命》（上海文艺出版社，2015）也得到了重要期刊的重点关注，并且在期刊数量上呈现出由单一向多元发展的趋势[④]，这在充分展示期刊、报纸等媒介在作品传播过程中具有重要作用的同时，客观地呈现了东西小说在当下小说发展中的重要性。而从批评队伍上说，对《篡改的命》的研究不仅有专门的批评家，而且一些知名作家（如余华、双雪涛、田耳等）也参与到对《篡改的命》的批评与解读中[⑤]，后者所具备的“作家视野”为东西小说的研究带来了新的活力。

命运、苦难、反抗绝望等内容成为学界探究《篡改的命》的关键词。如吴义勤认识到了《篡改的命》所包含的关注“反抗与改变底层命运”的可能与方

① 谢有顺：《中国小说的叙事伦理——兼谈东西的〈后悔录〉》，《南方文坛》2005 年第 4 期。

② 胡群慧：《后悔的“述”与“录”——关于东西的小说〈后悔录〉》，《小说评论》2008 年第 3 期。

③ 柳应明：《荒谬时代的人性悖论——论小说〈后悔录〉的反讽修辞》，《盐城工学院学报》（社会科学版）2011 年第 4 期。

④《后悔录》出版后，只有《南方文坛》以“专辑”形式展开批评。而到了小说《篡改的命》，不仅有《当代作家评论》和《广西民族大学学报》（哲学社会科学版）等重要期刊开辟“专辑”，而且有关它的评论文章还刊发在了《人民日报》《光明日报》等权威报纸上。

⑤ 主要文章有余华：《〈篡改的命〉：生机勃勃的语言》，《中国周刊》2018 年第 8 期；双雪涛：《誓不退下阵地的子弹：评东西〈篡改的命〉》，《作家》2015 年第 8 期；田耳：《东西：历练之后的平和》，《广西民族大学学报》（哲学社会科学版）2014 年第 2 期等。

式，指出它通过书写“一个普通农民家庭故事”，回应了当时有关农民（或社会底层）问题的思考[①]；谢有顺把《篡改的命》放置在20世纪80年代以来的小说脉络中进行解读，认为它经由苦难的底层叙事，再现了包含着喜剧精神的悲剧[②]；张晓琴将《篡改的命》视为“极端的命运之书”，重点关注到了它对社会转型期底层人物命运的描写，以及从乡村到城市的文化空间的再现[③]；饶翔同样注意到《篡改的命》对宿命的书写，认为这种书写展现了真实与荒诞之间的社会现实[④]。另外，徐刚和唐诗人均把“苦难”作为理解《篡改的命》的关键词，前者关注到小说的“苦难”叙事，认为其重点展示了边缘群体的生存状态，紧扣了当下严峻的社会现实[⑤]；后者重点解读了小说直面苦难的书写方式，包括对苦难的直观再现、精神蜕变之痛的表达以及“希望/绝望”的展示等[⑥]。徐勇则认识到了《篡改的命》对农民身份问题的思考，认为全球化节奏的“快”与文化认同的“慢”之间存在悖论[⑦]。值得一提的是，学者奥·彼·罗季奥诺娃将《篡改的命》视为由“现代梦”所引发的“社会伦理变形”，认为该小说是“打工文学与底层文学的里程碑”，主要呈现了现代语境下的社会伦理问题[⑧]。

关键词之外，《篡改的命》所包含的叙事方式与结构也成为学界批评的重心。如张清华以《篡改的命》为切入点，论述了东西小说的叙事方式。他将东

---

① 吴义勤：《绝望的反抗》，《南方文坛》2015年第6期。

② 谢有顺：《有喜剧精神的悲剧——读东西的〈篡改的命〉》，《当代作家评论》2016年第1期。

③ 张晓琴：《极端的命运之书——论东西的〈篡改的命〉》，《当代作家评论》2016年第1期。

④ 饶翔：《在真实与荒诞之间——读东西〈篡改的命〉》，《小说评论》2016年第1期。

⑤ 徐刚：《绝望感，或虚妄的激情——东西〈篡改的命〉的“苦难叙事”》，《小说评论》2016年第1期。

⑥ 唐诗人：《直面苦难的书写》，《小说评论》2016年第1期。

⑦ 徐勇：《快与慢的辩证法——论东西的长篇新作〈篡改的命〉》，《广西民族大学学报》（哲学社会科学版）2016年第3期。

⑧ 奥·彼·罗季奥诺娃：《现代梦引发的社会伦理变形——论东西的长篇小说〈篡改的命〉》，李春雨译，《作家》2018年第11期。

西小说的叙事看作是对先锋叙事的“延续”与“变种”，并指出了其小说叙事的艺术特质。此外，他还看到了东西小说的荒诞性，认为这种荒诞加深了东西作为“加缪的追随者”形象[①]；杨庆祥从自我憎厌与血统论的角度，挖掘了《篡改的命》蕴含的潜在内结构，正是该结构使得人物行动获得了合法性[②]。此外，施秀娟从人物形象的角度，认识到《篡改的命》的主人公汪长尺“既有中国文化传统，又与世界文学血脉相连 ”，在中西方文化语境下对汪长尺形象进行了剖析[③]；姚刚则聚焦于对《篡改的命》中另一个人物贺小文的解读上，认为她是“改命悲剧的牺牲品”[④]。

从上述有关东西几部重要小说的研究中可以看到，学界对东西小说的认识存在着逐步“累积”的过程，研究深度与广度在不断拓展。而随着期刊、报纸等媒介的不断汇入，东西小说的传播与影响力得以持续增长。特别是在大众传媒高速发展的今天，如何更好地利用传媒来挖掘与呈现东西小说的特质，及其在中国当代小说史上的重要价值与地位，不仅构成了学界研究东西小说的特殊视角，更为大众文化与传统文学传播与接受方式之对话问题的思考提供了必要的空间。

三、东西小说创作综论

除了关于东西几部重要小说的批评与研究，学界还有着对东西小说创作的综论，从而更加有力地建构出了东西的小说家形象。早期的综论主要集中在叙

① 张清华:《在命运的万壑千沟之间——论东西，以长篇小说〈篡改的命〉为切入点》,《当代作家评论》2016 年第 1 期。

② 杨庆祥:《主动篡改与自我处刑》,《南方文坛》2015 年第 6 期。

③ 施秀娟:《迷失了自我的天真求仕者——论东西〈篡改的命〉主人公汪长尺形象》,《广西民族大学学报》(哲学社会科学版) 2016 年第 3 期。

④ 姚刚:《论〈篡改的命〉中改命悲剧牺牲品形象》,《湖北经济学院学报》(人文社会科学版) 2016 年第 12 期。

述技巧与语言策略层面，较多指向的是东西小说叙述中所运用的先锋实验、后现代主义等技巧。究其根本，这主要归因于东西在创作初期所受到的先锋思潮的影响，同时表明东西的小说创作与其时社会语境之间的紧密对话关系。温存超较早地谈到东西小说的创作技巧，指出其中包含着鲜明的“先锋派”味道，他还通过解读东西小说的叙述方式、象征手法的运用、对语言的执着追求等，将其定位为一位“技巧型作家”①；雷体沛也将视点聚焦在东西小说的叙述策略上，认为东西小说通过话语的解构、中心偏离、主体意识消退等形式文本策略，呈现出了鲜明的后现代特征②。

当然，叙述技巧、语言策略的批评并不限于早期的综论，其在进入21世纪以来的研究中也普遍存在，这种研究似乎构成了读者认识东西小说的一种重要标识。比较典型的如黄伟林看到东西在小说中运用了后现代的语言寓言，表达了他对后现代精神的独特理解③；罗传清致力于对东西小说语言的解读，不仅指出了其小说中所包含的幽默、含蓄、原生态的语言风格，而且还有着对东西所运用的反讽修辞、断片化和拼贴化的标题策略、感官叙事等内容的解读，较为细致地剖析了东西小说的语言策略④。可以看出，这些文章与罗传清的硕士论文《东西小说的语言风格研究》⑤之间有着紧密的关联，二者正形成了某

---

① 温存超：《论东西小说的创作技巧》，《河池师专学报》1994年第4期。

② 雷体沛：《在解构中回望——东西小说文本策略中的纠结》，《作家》1994年第5期。

③ 黄伟林：《一种后现代：语言寓言——兼论东西的小说》，《海南师范学院学报》（社会科学版）2004年第4期。

④ 主要文章有《论东西小说中幽默的语言风格》，《时代文学》（双月上半月）2009年第2期；《论东西小说语言的含蓄风格》，《长城》2009年第6期；《荒草一样的文字：论东西小说中原生态的语言风格》，《河池学院学报》2009年第3期；《在荒诞中寻找出路：论东西小说中的反讽》，《作家》2009年第10期；《后现代话语：论东西小说标题的修辞策略》，《山花》2009年第10期；《危机中的突围与自救：论东西小说的感官世界》，《河池学院学报》2010年第4期等。

⑤ 罗传清：《东西小说的语言风格研究》，硕士学位论文，暨南大学文学院，2010。

种意义上的“对读”；陈舒劼同样认识到了东西小说对语言问题的重视，指明他在不同叙述环境中试验语言行为的能量，有力地揭示出了时代精神状况与人的生存痛感[①]。另外还有一些硕士论文分析与解读了东西小说的叙事策略、语言风格等。如韦茂斌运用叙事学的原理，以东西具体文本的分析与研究为出发点，探讨了东西小说的叙事技巧与策略，并指明这种技巧和策略包括幽默荒诞的叙事风格、超越传统与当下创作精神向度的叙事伦理、东拉西扯的叙事语言、东拼西贴的叙事结构、东张西望的叙事视角等[②]；陈凤霞认为东西的小说中有一种“极端性”的书写方式，特别是在“叙事的极端”方面，其小说采用了时空营造的荒诞、诡谲虚妄的结局、奇异转换的视角与精巧运用的拼贴等方式，这种“极端性”书写在表达理想与现实碰撞的同时，展现了文学与现实之间的紧张关系[③]。

随着学界对东西小说认识程度的不断加深，在研究中也逐步加入了新颖的视角，“文化地理学”即是此方面的重要代表。东西生活在桂西北这一带有独特地理风貌的地区，他在小说写作中自觉地建构出了特殊的文化地理景观，这为学界从文化地理学的角度对其小说的认识提供了可能性。其实早在20世纪90年代中期，张柱林在分析东西小说的“乡土人情”时，就包含着文化地理学的因素[④]；随后黄伟林所看到的东西小说语言的“南方特质”、王敦所认识到的东西小说的“南方”书写、黎春晓所发现的东西乡土小说的独特桂西北

---

① 陈舒劼：《言语的能量：以东西的小说为中心》，《社会科学论坛》2012年第12期。

② 韦茂斌：《论东西小说的叙事策略》，硕士学位论文，福建师范大学文学院，2008。

③ 陈凤霞：《论东西小说的“极端性”书写》，硕士学位论文，浙江师范大学人文学院，2018。

④ 张柱林：《东西与乡土人情》，《河池师专学报》1995年第3期。

气息等[1]，均不同程度地涉及了文化地理学的视角，只不过他们并未明确提出文化地理学的理论。较早以文化地理学视角来解读东西小说的是欧阳钦，他从地域文化的角度观看了东西小说的创作风格及其成因，指出这些作品通过对岭南民族文化的回顾，在本土与世界、传统与现代甚至后现代的互动辩证间完成了对现代人心灵处境的真诚关照[2]；徐勇进一步确立了东西小说研究的文化地理学视野，他认为东西明确提出的“走出南方”与其小说中经常出现的“南方故乡”构成了一种矛盾，但这种矛盾可以从具体和抽象两个方面进行理解。事实表明，“东西的小说大都背景模糊，其故事展开的空间并不具有特别的意义”，正是这种写作创造出了独特的文学地理风貌[3]；郭钰琼则从文化地理学的角度，解读了东西城乡题材的小说，一方面分析了东西小说中“文学地景”的勾勒方式，另一方面探讨了城乡小说空间的建构方式以及现代人与现代世界关系的呈现状态[4]。

从时间层面看，东西的小说创作存在着一个逐渐积累的过程，这为学界对其小说的整体观照创造了条件。因为时间因素的特殊性，所以这种整体观照在近几年的研究中才渐趋出现。这里首先要特别提到的是张柱林在2011年出版的《小说的边界——东西论》一书，该书可以视为对东西小说的最有代表性的

---

① 主要文章有黄伟林：《“拨开他们像荒草一样的文字”——论东西的小说》，《文艺争鸣》2008年第8期；王敦：《焦灼叙事：张承志与东西小说创作民间审美比较》，《青海民族研究》2010年第4期；黎春晓：《独特的桂西北气息——论东西的乡土小说》，硕士学位论文，东北师范大学文学院，2009）。

② 欧阳钦：《从地域文化看东西小说的创作风格》，《桂林师范高等专科学校学报》2011年第1期。

③ 徐勇：《“走出南方”的南方写作——论东西小说的文学地理景观》，《广西民族大学学报》（哲学社会科学版）2014年第2期。

④ 郭钰琼：《东西、鬼子城乡题材创作的文化地理学解读》，硕士学位论文，广西民族大学文学院，2016。

综论。张柱林在书中不仅对东西小说进行了细致的分析与解读，而且在研究东西小说时运用了综合性的视角，即重在分析小说文本得以出现的时代背景与生产机制，通过对作家成长的环境、作家接受的文学教育、其在文学场的位置及创作观念等的考察，探讨其文本中的核心意象、结构模式等[①]。尽管早在2006年，温存超就出版有《秘密地带的解读——东西小说论》[②]一书，但从内容上看，该书重在对东西小说创作中特殊理论与质素的解读，以及单独文本的分析与论述，并且由于时间（2006年）的影响，东西小说还未形成历时性的发展脉络，因此尚不具有“综论”的条件。而胡群慧在2007年出版的《我读东西：时空境遇里的身心言说》[③]则更多地带有“传记”的性质。因此与这两本书相比，张柱林的《小说的边界——东西论》具备了“东西小说综论”的可能性。

专著之外，对东西小说进行综论的文章更多以硕士论文的形式出现。秦宇从东西近三十年的创作历程出发，探讨了其小说的主题内涵与艺术特征，同时指明东西对小说内在深度的挖掘，以及对小说语言的重视为当代文坛的发展带来了启示意义[④]；刘明桂则以东西写作的发生为焦点，主要探究了小说的母题与艺术特征，表现出了对东西小说创作的整体观照[⑤]；伍坤堰将研究重点放在东西近三十年创作过程中所发生的两次转型上，指出这两次转型分别表现为从苦难乡村到欲望城市的空间位移、从城乡对比中的批判到荒诞叙事中的生命思考[⑥]；与伍坤堰相类似，唐霞关注到了东西近三十年的小说在主题层面的两次变化，分别是从乡村到城市、从城乡到现代人的内心世界与心灵探索，同时对

① 张柱林：《小说的边界——东西论》，广西师范大学出版社，2011，导言第7页。

② 温存超：《秘密地带的解读——东西小说论》，台海出版社，2006。

③ 胡群慧：《我读东西：时空境遇里的身心言说》，武汉大学出版社，2007。

④ 秦宇：《东西小说创作论》，硕士学位论文，南京大学文学院，2013。

⑤ 刘明桂：《东西小说创作论》，硕士学位论文，江西师范大学文学院，2014。

⑥ 伍坤堰：《乡村与城市书写的变奏曲——论东西小说创作的两次转型》，硕士学位论文，西南大学文学院，2014。

这种变化的原因进行了分析与思考[①]。

值得一提的是，《扬子江文学评论》2020年第2期和《当代文坛》2020年第4期均设有“东西专辑”，表现出了对东西小说创作的整体关注。如韩少功以《篡改的命》为出发点，谈到了他阅读东西小说的主体印象[②]；王尧发掘出了东西小说所蕴含的“九十年代”色彩，指出作为整体的“九十年代”可以理解为对“八十年代”后半期的显影和生长。同时，他还认为“没有语言的生活”是对九十年代以来的社会时代的深刻命名，东西在写作小说的过程中不断反思着自身的语言和生活[③]；张清华和杨希帅主要解读了东西长篇小说的三个重要面向，包括及物的历史叙事、荒诞的命运书写与极端化的叙述策略[④]；张学昕和刘潇萌通过重读《耳光响亮》，窥探了该小说所呈现的“历史和人性的纠葛与悖论，及其在时间和历史的发酵中爬梳出人性和灵魂深层的‘意味’”[⑤]；张柱林则重点思考了东西小说的叙述语言问题，认为“沉默与追问”在他的小说中构成相反相成的基调，表达了作家见证时代的内在诉求[⑥]。

总体而言，学界对东西小说创作的综论表现出由单维视角到综合性视域的转变，在挖掘出东西小说丰富的主题内容、多元的叙事技巧以及特殊地域文化展示的同时，也从方法论层面为学界当前的作家作品研究提供了可供参考的范式。当然，东西的小说创作还在持续行进中，目前远未达到对其小说进行

---

① 唐霞：《论东西小说的主题变化》，硕士学位论文，广西民族大学文学院，2015。

② 韩少功：《指心明道，何问西东——作家东西印象》，《扬子江文学评论》2020年第2期。

③ 王尧：《发现和直面“没有语言的生活”——关于东西的片面解读》，《当代文坛》2020年第4期。

④ 张清华、杨希帅：《命运书、荒诞剧与历史的变身记——论东西的长篇小说创作》，《当代文坛》2020年第4期。

⑤ 张学昕、刘潇萌：《人性、伦理和记忆的历史回声——重读东西长篇小说〈耳光响亮〉》，《当代文坛》2020年第4期。

⑥ 张柱林：《小说家何为——东西写作中的沉默与追问》，《当代文坛》2020年第4期。

"综论"的条件，所以学界对其小说的观察与研究仍处于"发生中"的状态。

四、比较视野下的东西创作研究

在广西当代（尤其是新时期以来）文坛上，东西的名字经常以"群体"的形式出现在学界的视野中，"广西三剑客""新桂军"等命名成为这方面的代表。此种语境下，学界对东西的研究通常包含了鲜明的比较视野，即在对群体创作的观察中呈现东西创作的独特性。除群体研究外，学界的比较视野还表现为将东西与中国现代、当代文学中的作家进行对比研究，在表明东西与时代语境进行对话的过程中，阐释出了东西创作的重要价值与意义。整体上说，比较视野下的东西创作研究正为东西作家身份的确立提供了特殊的视域空间。

"广西三剑客"这一名号在东西的创作生涯中占有重要的位置，甚至成为其挺进文坛的"准入机制"。根据现有资料，马相武较早地将东西拉入到"三剑客"的行列之中，只不过他的命名是"南国三剑客"。比较可贵的是马相武并未将三人的创作进行"统一化"的理解，而是看到了个体的差异，这种差异正构成了"三剑客"的复杂性[①]。同一时段，朱小如的《"挑战"广西三剑客》[②]和黄伟林的《论广西三剑客——解读李冯、鬼子、东西的小说》[③]两篇文章为东西进入"广西三剑客"的行列做出确认。尤其在黄伟林看来，"广西三剑客"与"河北三驾马车"是20世纪90年代中后期中国文坛上最引人注目的两个地域性文学创作群落，这为"广西三剑客"进入文学史创造了可能性。随后，陈晓明进一步推进了"广西三剑客"的研究，他在标明"广西三剑客"崛起的基础上，认为在他们的小说文本中能够读到一种"直接现实主义"的

① 马相武：《造势当下的南国三剑客》，《南方文坛》1998年第1期。

② 朱小如：《"挑战"广西三剑客》，《南方文坛》1998年第1期。

③ 黄伟林：《论广西三剑客——解读李冯、鬼子、东西的小说》，《南方文坛》1998年第1期。

美学力量。陈晓明把东西看作是“在绝望处欢乐的笑面刺客”，通过解读《耳光响亮》这一作品，展示了东西小说的昂扬热情与机智叙事[①]。而在《又见广西三剑客》一文中，陈晓明重点解读了“三剑客”作品的地域性意义，指出与鬼子、李冯相比，东西的小说最重要的特质是“把乡土中国的生存困境放在叙述语言的情境中，这使得他的叙述力量压制了对苦难的单纯呈现”[②]。可以说，经由马相武、朱小如、黄伟林、陈晓明等人的推介，东西作为“广西三剑客”之重要成员的身份得到了集中确认。

除了“广西三剑客”，“新桂军”的命名也值得关注。比较典型的是梁复明和秦延良从广西地域文化的角度出发，通过探讨以东西、鬼子为代表的“新桂军”小说创作，阐释了“新桂军”群体创作之“忧郁叙事”的现代性内涵[③]。而近年来，在张利群、黄伟林、张燕玲、容本镇、李建平等批评家所提出的“文学桂军”的概念中，东西也作为其中一员，但由于这些批评家更多地着眼于对“文学桂军”这一群体性概念的批评与解读，东西小说创作的特殊地位并没有得到集中认识，因此需要今后的批评家对此进行持续关注与研究。

另外，学界还将东西与余华、凡一平、鬼子、杨映川、张承志等作家个体进行比较，从而呈现了东西小说创作的独特性。东西较早的比较对象是凡一平，卯书从主题特色、题材处理、叙述技巧、文化心理结构四个层面比较了二者的中篇小说，指出东西更多地趋向于对命运、历史、人类生活等内容的书写[④]；余淑雯也将二者进行了对比，只不过其所分析的对象是东西的《耳光响亮》与凡一平的《顺口溜》，重点观看了两部作品在描写都市人物形象时的相

① 陈晓明：《直接现实主义：广西三剑客的崛起》，《南方文坛》1998 年第 2 期。

② 陈晓明：《又见广西三剑客》，《南方文坛》2000 年第 2 期。

③ 梁复明、秦延良：《“新桂军”小说“忧郁叙事”的现代性内涵》，《时代文学》（下半月）2008 年第 1 期。

④ 卯书：《关于凡一平　东西中篇小说的一般论述》，《南方文坛》1994 年第 1 期。

似性[①]。

东西与鬼子之间的比较成为学界关注的重心，这一方面归因于二者有着大致相同的写作经历，另一方面则是由于二者作为“广西三剑客”的成员，其作品存在着某种共通之处。值得一提的是，这种关注较多地以硕士论文的形式出现。如黄颖观看到了东西和鬼子笔下的“弱势群体”，从创作心态、主题内涵、哲学意义三个方面展现了二者弱势群体题材小说的异同[②]；肖百容认识到东西和鬼子的小说中共同充斥着的对空间的恐惧，认为这种恐惧与广西少数民族的历史及其所处的地理环境相关联，同时还引入了周边地区少数民族作家沈从文的作品进行对比，以呈现东西和鬼子特殊的审美风格[③]；于莉萍着眼于东西和鬼子在叙写内容、审美追求等层面的相似性，探讨了二者潜在的创作意图及创作价值[④]；王彬从东西和鬼子笔下的“小人物”形象出发，探究了“小人物”的生存镜像、精神困境、结局宿命等问题，指出这种写作表达了东西对个体生命的关注以及特殊的人本主义情怀[⑤]。

此外，有学者在观看东西小说的民间审美时，认识到了他的写作与张承志之间的相似性，特别是在小说叙事方式与姿态上有着共同的价值取向，进而认为二者“站在主流文化的边缘，以民间的审美立场，展示了在主流文化笼罩下

---

① 余淑雯：《小说〈耳光响亮〉和〈顺口溜〉的都市人物研究》，硕士学位论文，广西大学文学院，2012。

② 黄颖：《东西与鬼子笔下的“弱势群体”比较》，《广西民族学院学报》（哲学社会科学版）2004 年第 S2 期。

③ 肖百容：《逼仄、苦难的空间意识——鬼子、东西小说新论》，《中国文学研究》2009 年第 3 期。

④ 于莉萍：《幸福的追寻　人性的叩问——鬼子、东西小说论》，硕士学位论文，苏州大学文学院，2008。

⑤ 王彬：《爱与痛的边缘——论鬼子和东西笔下的“小人物”形象》，硕士学位论文，湖南师范大学文学院，2013。

非主流话语的言说状态：以生命解释的偏执理想主义色彩和居于民间底层视角对主流社会与文化的批判与理解，背弃与接纳。”[①]还有学者在论述东西小说的创作时，谈到了以余华为代表的先锋思潮的影响，其中存在着某种程度的比较意识。比较典型的如肖庆国在中国当代先锋文学思潮的大背景下分析了“东西现象”问题，思考了“东西现象”给中国当代文学史的“历史认识”所带来的重要启示[②]；张学昕则通过东西的《篡改的命》与余华的《活着》《第七天》等小说的对读，呈现出了前者在文本叙事结构上的独特性[③]。这些研究中，余华及其所代表的先锋思潮大多作为一种创作背景，被纳入了东西小说的创作历程。

需要指明的是，学界的比较视野还体现在东西的小说与影视剧的对比分析上，但这方面的研究成果相对较少，总体质量也有待提升。比较有代表性的是王一川的观察，他从媒介文化的角度出发，针对由东西小说《没有语言的生活》改编而来的《天上的恋人》进行了有意味的分析。在他看来，由杂志媒介到电影媒介之间的转换是必要的，这种转换包含着大众文化对高雅文化的置换。接着，王一川从人物、场景、事件、情调等方面对这种转换进行了细致解读，认为“《天上的恋人》从小说到影片的形成过程，为理解当前我国大众文化对高雅文化的置换以及两者间复杂关系提供了一个有意义的范本”[④]。整体来看，这种比较研究更多地为东西多元的身份建构提供了可能性，使其文学形象变得“不确定”，这同时反映出了其创作的丰富与多样。在大众传媒高度发达的今天，此种现象成为作家所具备的优秀品质，因为与小说、诗歌或散文等单

---

① 王敦：《焦灼叙述：张承志与东西小说创作民间审美比较》，《青海民族研究》2010 年第 4 期。

② 肖庆国：《“东西现象”——中国当代文学史中的“错位”“差异”与“悬置”》，《南方文坛》2019 年第 5 期。

③ 张学昕：《无法“篡改”的叙述——东西小说论》，《扬子江文学评论》2020 年第 2 期。

④ 王一川：《从无声挽歌到视觉动画——兼谈大众文化对高雅文化的置换》，《当代电影》2003 年第 1 期。

一文体创作相比，多元的创作不仅更能激发作家自身的创作热情，而且也为学界的研究提供了持续的活力。如当下比较热门的“诗人散文”研究，即回应了创作界的这种趋势。但这种交叉文体创作研究的价值与意义，是否确如研究者所强调的那么重要？这有待于进一步确认。

总体上看，在东西创作生涯不断推进的过程中，学界对其创作的研究呈现出了由单一视角到多维视域、从简单评介到深入探究的发展趋势。随着文化地理学、媒介传播学等理论知识的不断加入，学界的研究已不再拘囿于作品的平面化解读，而是在诸多理论的交流与互动中逐步探索出了立体化、多样化的研究方法，这不仅为东西的研究开拓了新的视野，而且也为改善传统作家作品论的单维视角做出了积极贡献。当然，东西的创作还在进行之中，学界当前对东西创作的研究还只是一个“丰富的开始”。

第六章

重构文化视野

第一节

少数民族戏剧文化生态保护区媒介建构

关于非物质文化遗产的保护，2011 年颁布的《中华人民共和国非物质文化遗产法》就非遗“整体性保护”作出了明确规定，对那些有代表性、项目集中、特色鲜明、形式和内涵保持完整的特定区域，通过制定专项保护规划，实行区域性整体保护。这是从法律层面明确整体性保护是非遗保护工作的重要原则，其中最重要的推进机制就是要建立国家级文化生态保护区。为此，《关于加强国家级文化生态保护区建设的指导意见》的出台，进一步明确了建设国家级文化生态保护区的核心就是保护非物质文化遗产，并对历史文化积淀丰厚、存续状态良好，具有重要价值和鲜明特色的文化形态进行整体性保护。以保护非物质文化遗产为核心的文化生态保护区建设，其整体性的保护必须从文化整体性与生态整体性两个方面整合实施，既要保护非遗，也要保护与非遗密切相关的物态遗产，尤其要保护好非遗所处的自然环境与人文社会环境。

中国少数民族传统戏剧是中华文明的灿烂瑰宝，是人类非物质文化遗产的重要组成部分。在联合国教科文组织于 2000 年起实施的“人类口头和非物质文化遗产代表作”项目申报中，中国的昆曲（2001 年入选）、新疆维吾尔木卡姆艺术（2005 年入选）、蒙古族长调民歌（与蒙古国联合申报，2005 年入选）、藏戏（2009 年入选）等传统戏剧或与戏剧表演艺术有密切关系的项目先后入选。戏剧被称为人类原始文明的活化石，集文学、歌舞、杂技、建筑、表演于一体，特别是少数民族传统戏剧，根植于少数民族历史文化与社会发展变迁之中，其传承价值和影响力更大。为更好地保护少数民族传统戏剧，人们应当在传统戏剧历史文化积淀深厚、特色鲜明、存续良好的地区建设少数民族传统戏剧文化生态保护区。在当前的社会环境下，文化生态保护区的建设需要依托相应的媒介体系，本文拟从媒介建设的角度对我国少数民族传统戏剧文化生态保护区的建设作一探讨。

一、文化媒介与中国少数民族传统戏剧文化遗产保护

传播学所指的“媒介”，是指借助传播渠道扩大并延伸信息传递的工具，具体来说这一媒介范畴指传输信息的载体，在新闻传播领域里，更多指的是新闻信息传输的载体。加拿大学者麦克卢汉认为：万物皆媒介，媒介即讯息。“我们的感觉器官和神经系统凭借各种媒介而得以延伸。”① 从文化媒介的角度看，人际传播、舞台、博物馆、展览馆等固定文化场所传播以及实物传播都是重要的“文化媒介”。熊高在《文化媒介学》一书中提出文化媒介“三要素”，即由“文化传者”“通过‘物’承载文化”“到达受众”三要素构成信息传输链。② 本文认为，少数民族非物质文化遗产文化信息的承载并不都能简单归结为“物”，比如少数民族传统戏剧的传承就特别注重口耳相传、表演、游艺等行为、组织、活动的承载与传递。基于这一理解，少数民族非遗保护与传承中的文化信息媒介可视作由“文化主体”“‘多形态’介质”“传达受众”三要素构成。非遗保护传承中的文化媒介，其载体包括能记录、反映、传播非遗文化特质、经典作品、审美思维等各种形态的媒介。少数民族传统戏剧生存空间受

① 马歇尔·麦克卢汉：《理解媒介——论人的延伸》，何道宽译，商务印书馆，2000，第 20 页。
② 熊高、卢有泉等：《文化媒介学》，武汉大学出版社，2013，第 6 页。

到现代社会多元文化的不断挤压和冲击，在保护非遗文化的过程中如果忽略文化信息媒介的影响力及其传播方式，不但不能在当前媒介环境下有效吸引现代社会对少数民族传统戏剧的深度关注，其文化信息的误传误用还可能脱离文化内涵，导致其丧失存续、发展的内在基础与动力。

1. 传统戏剧存续、发展亟须重视媒介建构

据不完全统计，目前全国有少数民族传统戏剧剧种 30 多个。由于历史及人们认知原因，少数民族传统戏剧的系统整理及研究还有待加强，对少数民族传统戏剧的作用和地位也认识不足，特别是以地方性代表剧种为核心的少数民族传统戏剧尚未建立基于文化保护的生态特区。联合国教科文组织对非物质文化遗产有明确的界定，非物质文化遗产包括各种实践、表演、表现形式、知识体系和技能及其有关的工具、实物、工艺品和文化场所。非物质文化遗产要保护的核心应该是其“文化内涵”，文化内涵是“无形”的，它必须依托“有形”的媒介承载其文化信息、内涵及呈现方式，也就是说当前非遗保护工作必须重视“媒介建构”。少数民族传统戏剧文化信息的承载介质包括其赖以生存及发展的自然生态环境、一定区域的生产生活场所、记载的相关文献、资料、传统戏班、现代剧团、与其相关的各种民俗活动、衍生的文化产品等等。少数民族戏剧的文化信息通过这些“各种形态的媒介”完整保存，现代社会中的人们也可以借助这些“媒介”去认识、了解少数民族传统戏剧，因此少数民族传统戏剧保护与传承过程中媒介建构的重要性不言而喻。

2. 传统戏剧的文化信息传播须重视媒介建构

2014 年 10 月 15 日，习近平总书记在文艺工作座谈会上发表重要讲话并指出，文学、戏剧、电影、电视、音乐、舞蹈、美术、摄影、书法、曲艺、杂技以及民间文艺、群众文艺等各领域都要跟上时代发展、把握人民需求，以充沛的激情、生动的笔触、优美的旋律、感人的形象创作生产出人民喜闻乐见的优秀作品，让人民精神文化生活不断迈上新台阶。在当前的媒介环境下，少数

民族传统戏剧如何推陈出新、与时俱进，不断丰富人民精神文化生活？这是传统戏剧进行文化信息传播时亟须思考的议题。因此，少数民族戏剧的保护与传承，须建构符合其文化特质、凸显其影响力、扩展其传播效果的媒介体系。

3. 少数民族传统戏剧文化保护须依托媒介建构

根据《关于加强国家级文化生态保护区建设的指导意见》，国家级文化生态保护区建设要以保护非物质文化遗产为核心，并对非遗的文化形态进行整体性保护，也就是说文化生态保护区建设应当围绕非物质文化遗产的文化形态进行整体性的保护，这三个关键点相互联系，密不可分。在这一意见的指导下，以少数民族传统戏剧为核心建设文化生态保护区，要围绕少数民族传统戏剧所特有的文化价值和内涵，突出少数民族传统戏剧文化信息的特点，同时，注重运用多种形态的文化媒介进行遗产保护，尤其要注重与传统戏剧紧密相关的有形文化、无形文化、生态环境以及社会人文环境的整体性保护。在当前媒介环境下，必须重视文化生态保护区的媒介建构，才能真正实现少数民族传统戏剧的整体性保护。

二、少数民族传统戏剧文化媒介结构分析

少数民族传统戏剧是少数民族历史文化的珍贵积淀与独特表现，是中华戏剧宝库的重要组成部分，具有鲜明而独特的少数民族文化特色和重要的文化价值。以文化媒介的视角分析少数民族传统戏剧，有助于我们对少数民族传统戏剧的媒介属性及结构进行科学辨析，进一步明确少数民族传统戏剧文化遗产本身、传承脉络体系以及衍生的文化产品等。这将进一步打牢少数民族传统戏剧文化生态保护区的建设基础，也是进一步推进少数民族传统戏剧文化遗产保护与传播工作的重要动力。

1. 物质文化层

少数民族传统戏剧的保护与传承需要一定的“物”，即“文化形态”性的

媒介作为工具和依托，这些组成了少数民族传统戏剧的物质文化层，它包括记载少数民族戏剧珍贵的文献资料，表演所需的舞台、道具、服饰、乐器以及与传统戏剧相关的仪式举办、活动开展的场所等。这些“物”的形态不但凝聚着少数民族传统戏剧的历史底蕴，还承载并生动反映着其文化内涵。可以说物质文化层是少数民族戏剧文化传播的重要物态基础。

2. 社会文化层

显然，文化遗产之所以要保护，就在于其包含的“文化内涵”有独特的传承价值。王鸣明从民族学的视角对少数民族传统戏剧的文化内涵进行分析，认为从本质上说少数民族戏剧不仅包括现代人所欣赏的审美艺术，更主要的是作为民族文化手段，作为包括民间生活在内的一种文化手段，它表现出交际、仪式、教化、解释、传承民族文化等功能，有其特定的文化内涵[①]。朱恒夫通过对少数民族传统戏剧的产生和发展，戏剧的组织与表演者，戏剧演出中的程序、仪式等论证，认为少数民族传统戏剧的重要特征之一，就是其原本是宗教活动，是人们用戏剧的方式来进行祭祀神灵的宗教活动[②]。由此可见，少数民族传统戏剧不是普通意义上的戏剧，它产生、发展的社会根基存在于少数民族的日常生产生活中，在其文化媒介结构中最能体现其社会功能、艺术审美、文化价值的层面应该是社会文化层。少数民族传统戏剧的社会文化层，其主体应当是少数民族戏剧表演本身，同时还应包括与之密切相连的宗教信仰、活动仪式、互通交流、信息传递以及少数民族历史文脉延续、教化等功能。应当说社会文化层是少数民族传统戏剧生存的社会根基，是少数民族传统戏剧文化传承发展的重要内驱动力。

---

① 王鸣明:《民族学视野中的少数民族戏剧》,《内蒙古大学艺术学院学报》2005 年第 1 期。

② 朱恒夫:《论中国少数民族戏剧的特征》,《中央民族大学学报》(哲学社会科学版) 2009 年第 5 期。

3. 心理意识层

少数民族传统戏剧的本质特征之一是来源于少数民族祭祀神灵的宗教活动，在特定的自然、经济、政治、文化等多种因素的相互影响、作用下，这一文化心理不断形成、发展、变迁，并深深根植于少数民族民众的社会生活之中。少数民族传统戏剧通过描写本民族日常生活中的人、事和物，表达民族特有的喜好和风尚，反映出本民族的精神世界与信仰认同，是少数民族社会生活与心理意识的深刻体现。可以说少数民族传统戏剧是少数民族物质文化和精神文化的重要载体与象征，心理意识层是少数民族传统戏剧文化媒介结构中重要的内核。

三、少数民族传统戏剧文化生态保护区的媒介建构

1. 基于以非遗为核心的媒介呈现

文化生态保护区的建设要以非遗保护为核心，在这一基本原则指导下，少数民族传统戏剧文化生态保护区的建设同样要正确认识、处理少数民族戏剧这一非物质文化遗产与其相关“媒介”之间的关系，充分运用各种形态的“文化媒介”对非遗文化信息及少数民族传统戏剧文化、艺术、功能进行真实记录、充分呈现，以更好地促进少数民族传统戏剧文化遗产的传播，为少数民族传统戏剧的传承与保护构筑优良的文化生态环境。

2. 传统文化与现代文化的融合

少数民族传统戏剧在其传承发展过程中，不断与其他地区戏剧艺术相互交流、借鉴，正如同传播学理论中的传播流：一种是为了维护社会有机体一般水平的运转，另一种是为了应对社会有机体遭遇到的挑战和严重问题所需[①]。少

---

① 威尔伯·施拉姆、威廉·波特：《传播学概论》(第二版)，何道宽译，中国人民大学出版社，2010，第 102 页。

数民族传统戏剧文化传播的过程也体现了这样两个范畴，即文化向心趋势与文化离心趋势，前者是文化事项本身主体内的文化整合与认同，后者是在面对外来文化冲击所体现的文化离心趋势。这两种力量往往同时运作，在某种程度上其中一种为另一种的补充[①]。少数民族戏剧文化传播主要是通过戏班与表演者，通过人际传播和群体传播等方式，采用口耳相传、互教互学等途径得到有效传承。在民族文化传承和传播过程中，少数民族戏剧体现出其独有的传播功能，既促进了民众间传统的经贸交流和社会交往，也通过戏剧的大众性提升了民族的文化认同。而在现代社会中，传播方式和渠道变得更为丰富和多样，如组织传播和大众传播的迅猛发展，这必然会冲击到少数民族传统戏剧的文化传播环境——古老剧种以传统方式很难在当代受众中引发广泛的关注，而少数民族新兴剧种在传承、发展、壮大的途径与方式上也是困难重重。因此，少数民族传统戏剧文化生态保护区的建设，首要工作是对传统传承方式、传承人、传承内容的保护，即关注“文化向心趋势”中的价值，同时要合理利用“文化离心趋势”，注重利用大众传媒、新媒体等媒介“为非遗保护所用”，通过完善两个范畴来促进少数民族戏剧文化在现代社会中不断融合并焕发生机。

3. 文化的有效传承与传播

少数民族传统戏剧文化要实现有效的传承和传播，一是对文化信息的有效保护，二是文化模式的构建与完善，三是文化自觉意识的提升。

（1）文化信息的有效保护。对少数民族传统戏剧文化信息进行有效保护和传播，是建设文化生态保护区的基础工作。建设文化生态保护区，重要的目的之一就是服务于非物质文化遗产的传承需求，而要达成这一目的必须良好保存并保护记载有少数民族传统戏剧的历史文献、赖以生存的生态环境、展示艺术

---

① 丹尼斯・麦奎尔：《麦奎尔大众传播理论》（第五版），崔保国、李琨译，清华大学出版社，2010，第72页。

特质的表演场所以及戏班、表演者等，这些文化媒介记录着少数民族戏剧丰厚的历史底蕴和文化信息，同时也是少数民族传统戏剧社会功能得以体现的重要方式与手段，是文化生态保护区建设重要的物态基础，更成为少数民族传统戏剧文化遗产保护与传承的重要基础。

（2）文化模式的构建与完善。在广义媒介的语境下，以符合少数民族戏剧文化内涵，并且符合当前媒介环境的文化模式，进一步推进少数民族传统戏剧文化遗产的保护、传承与发展，不断完善少数民族传统戏剧保护传承的社会文化语境，为少数民族戏剧营造良好的发展空间。少数民族传统戏剧文化生态保护区的建设，要重视文化行为模式的培育，提高民众的自觉意识及行为参与，促使其融入少数民族传统戏剧文化的传播链中，并在此过程中逐步赋予传统戏剧文化以现代社会生活的文化意义。少数民族戏剧是少数民族艺术文化的复合体，不仅体现出少数民族的审美艺术，更主要的是其在少数民族生产生活中体现出的宗教仪式、沟通交流、文化教化与传承等功能，其特有的文化模式能够在民族地区有效地维护日常生产生活秩序、保障社会稳定。文化模式的构建与完善还要求文化遗产保护在实践中应加强“合理设计”，紧密围绕与少数民族传统戏剧相关的文化、活动、产品等内容进行深入挖掘，不断创新，促进人们关注传统戏剧文化的保护与传承，让每一个人都行动起来，增强少数民族戏剧保护与文化传播内在动力，提升人民保护传统戏剧文化的意识。

（3）文化自觉意识的提升。少数民族戏剧文化资源保护与传承，其根本在于人们文化自觉意识的提升。在现代社会快速发展的今天，文化自觉意识的提升根植于文化主体对本民族文化强烈的自信心，根植于对本民族文化价值的高度认同，进而促进本民族文化在当今社会的有效传播。少数民族戏剧在当前社会环境下须保护传统剧目，同时也要积极进行新剧目的创作，既要保持少数民族戏剧的民族性、独特性，更要在剧目创作中展现时代性。这就要求少数民族戏剧的创作者以及策划人秉承文化自觉的责任感，深入挖掘并合理利用少数民族多样化的文化资源，灵活运用现代媒介手段，进行传统戏剧的创新，开展现代戏剧与传统戏剧的对话，更好地推动少数民族传统戏剧文化在现代社会的传播。

4. 构建媒介体系

（1）完善信息数据库。文化信息是文化遗产最具体、最直观的承载与呈现，在构建少数民族传统戏剧文化生态保护区的实践中，要重视相关文化信息数据库的不断完善，包括利用文本、图片、影音以及多媒体传播等多样化媒介手段全面呈现并涵盖涉及少数民族传统戏剧文化的自然环境与社会历史文化，突出少数民族戏剧所具有的独特的文化价值和内涵。这些重要文化遗产信息的保存能够为少数民族传统戏剧文化产品的开发提供完善、准确、详尽的资料信息。

（2）拓展文化场所。对于少数民族戏剧来说，其文化场所主要是指戏剧表演活动组织进行的场所，这些文化场所是少数民族戏剧文化展现的必要条件。少数民族戏剧的表演场所包括传统表演场所与现代文化场所。传统的表演场所主要是在不固定的田间地头，而这些地方是少数民族戏剧传统的“精神家园”，业余剧团大都在农闲时分、喜庆节日或民俗活动中，在传统的“精神家园”临时组班搭台演出，深受广大农村群众的喜爱。而专业剧团则占领省、地、县各级城市舞台。① 因此少数民族戏剧文化生态保护区的文化场所，既指传统文化场所的保护，也包括现代文化场所的建设，传统文化场所是少数民族戏剧文化展演的基础场所，它能够覆盖到农村偏远地区，满足广大农村民众的需求。而后者是指现代文化场所建设，如功能较齐全的戏剧表演舞台，满足大众精神需求的各种大型文化广场，包罗多元文化的戏剧展示馆，文化旅游实景演出场地，以及以地方戏剧为专题的专门博物馆等等。这部分场所是少数民族

---

① 李悦：《中国少数民族戏剧剧种与少数民族戏剧题材探析》，《民族艺术研究》2013 年第 6 期。

戏剧表演艺术展现的重要场所，具有提升少数民族戏剧舞台表演质量、拓展现代社会影响力与传播范围的重要作用。少数民族传统戏剧文化生态保护区建设要重视协调传统活动场所的保护和现代活动场所的拓展，在积极保护传统文化场所的生态环境、人文环境的同时，还要与时俱进不断拓展现代文化场所，传统与现代形成有机结合，才能不断满足人们在艺术欣赏、文化交流、民众娱乐等方面的精神需求。

（3）调动大众传媒的积极性。大众传媒在非遗保护和传承中有着独特的信息渗透功能，少数民族戏剧保护工作应当充分调动各种媒体的信息传递功能，对少数民族戏剧文化生态保护区建设进行全方位、多角度的信息渗透，在节目创编中积极融合少数民族戏剧文化资源，通过有效的议程设置、传播渠道的合理运用，不断丰富报道形式，增加少数民族戏剧文化信息量，构建起多媒介融合的立体化传播体系，提高少数民族戏剧剧目以及表演艺术家的知名度，为少数民族戏剧传承发展的文化生态营造良好的环境，促进其可持续发展。

（4）促进民众的文化参与。在非物质文化遗产保护及传播中，人及人类活动是核心，拉尔夫·林顿对此有深刻的阐释：现代社会的“文化参与”与原始的简单社会吸纳个体进行文化传递不同，现代社会是由地方社区行使这一功能，并通过社会里不同组织体系对体系内不同位置的人赋予某些文化模式——即文化参与实现这一文化传递。[①] 传统戏剧的传播路径主要靠人际传播、群体传播，而促进民众的文化参与则成为少数民族戏剧文化生态保护区媒介体系中的核心内容。戏剧文化参与的方式主要就是表演、观看、欣赏。当前，随着非物质文化遗产保护工作不断深入，在少数民族戏剧文化生态保护区应当推进分层设计：在少数民族传统戏剧文化生态保护区核心部分，以传统的文化参与设

---

① 拉尔夫·林顿：《人格的文化背景：文化、社会与个体关系之研究》，于闽梅、陈学晶译，广西师范大学出版社，2007。

计为主，这样可以满足文化主体保护、传承少数民族戏剧核心文化内涵的需要；同时，少数民族戏剧的保护与传承须特别重视对年轻人的教育，可以在尊重少数民族传统戏剧文化内核的基础上，对其表现形式、教育培训活动进行设计，如戏剧工作坊、戏剧进校园等，并适当融入相关艺术表现手段创新培训内容以及方式；也要不断推进少数民族戏剧相关文化产品的研发、宣传、拓展，通过深挖其表演、艺术审美、服饰、工艺品、游艺、民俗旅游等方面的价值，并合理将其与数字化工程相结合，提升民众参与少数民族戏剧文化活动的积极性，通过构建立体式的民众参与模式，促进民众对少数民族传统戏剧文化的主动融入，把少数民族戏剧的影响力渗透至大众文化中。

（5）提升大众文化遗产保护传承的自觉意识。文化遗产的保护最根本的动力在于大众文化保护自觉意识的提升。少数民族传统戏剧文化生态保护区的媒介构建，一是可以很好地保存与少数民族传统戏剧相关的文化信息及资源，有利于相关文化信息的传播与普及；二是能够以现代媒介之力唤起大众对少数民族传统戏剧文化价值的正确认识，增强对少数民族文化的自信心和责任感；三是可以促进民众积极参与到少数民族传统戏剧文化的保护与传承中，只有民众提升保护与传承的自觉意识，少数民族戏剧文化遗产才能真正体现其传承价值。

四、结语

作为少数民族文化的重要载体，少数民族传统戏剧与少数民族生产生活密切相关，凝聚着独具特色的少数民族文化。在当前媒介环境下，作为非物质文化遗产的少数民族戏剧的传承与保护，当务之急是建设以非遗为核心的少数民族传统戏剧文化生态保护区，传统戏剧文化生态保护区的建设要特别重视对戏剧文化的民族性、地域性及整体性形成保护。通过建构健康、科学、有效的文化信息媒介，少数民族传统戏剧文化生态保护区建设将稳步推进，少数民族传统戏剧文化将在被完整保护的基础上获得良性、持久发展。

第二节

潇贺古道：“一带一路”背景下的文化价值

2017年8月26日至29日，由广西壮族自治区党委原副书记潘琦，广西桂学研究会副会长容本镇、黄德昌、黄祖松等专家学者组成的潇贺古道文化调研组一行十余人，到贺州市开展潇贺古道文化调研。调研组先后考察了临贺故城遗址，参观了富川潇贺古道博物馆，深入富川朝东镇秀水村、岔山村、福溪村等潇贺古道故地，采用实地调研、查阅历史资料文献和专家座谈等形式，搜集到了大量的古道史料和地方文献，为进一步研究提供了文献基础。

8月26日下午，调研组一行来到贺州市八步区贺街镇，考察了临贺故城遗址。临贺故城遗址内有大量富于地方特色的古建筑，包括寺庙、祠堂、捕厅、衙门、义仓、会馆、文庙、石板街道、古井、民居、码头及水门等。故城历史脉络清楚，延续时间长，文化内涵丰富，是广西已发现的西汉四大城址中唯一保存完好的历史古城，被国务院批准列入第五批全国重点文物保护单位名单。

8月27日，调研组一行来到富川，先后参观了富川潇贺古道博物馆，富川朝东镇的岔山村、秀水村和福溪村。岔山村位于富川与湖南的交界处，被誉为“潇贺古道入桂第一村”，在地理位置上有着得天独厚的历史意义。秀水村毗邻岔山，亦是地处秦汉时建在潇贺古道上的中国历史文化名村，自唐开元年间经宋，至今立村建寨已有1300多年的历史。自唐朝以来，在富川县志中记载的34名历代科举进士名录中，秀水村就有27名，其中一名为宋开禧元年（1205年）科状元毛自知，因此秀水村又被称为“状元村”。秀水的古建筑群保存完好，素有“小桂林”和“广西周庄”的美誉，又可称为“多朝代古民居露天博物馆”。福溪村位于潇贺古道旁，是古道边历史最悠久的古村落，历史上是“一脚踏两省，风俗通湘桂”的边陲文化重地，也是“中国历史文化名村”和“中国传统村落”。

8月28日上午，广西桂学研究会与贺州市、富川瑶族自治县的有关专家召开了“广西桂学研究会潇贺古道文化考察研究会”。下午，桂学研究会一行来到建于明朝开国皇帝朱元璋时期，潇贺古道上保存最完好的古代军事城池富阳镇古明城，以及冯乘县县城遗址之一的秀山村等地进行考察调研。

8月29日上午，桂学研究会一行来到黄姚古镇进行调研，先后考察了中共广西省工委旧址、古戏台、鲤鱼街等。调研组了解到古镇工作人员在有规划地开发黄姚古镇的同时，还注重保护景区内外的景观，并按照“修旧如旧”的原则，对破旧的建筑或景观妥善地进行修复，尽量恢复其原来的面貌。

调研组一行认为，位于广西贺州境内的潇贺古道，是中国古代沟通中原和岭南的主要通道，亦是中国古代海上丝绸之路和陆上丝绸之路的重要对接通道之一，在历史上有着非常重要的战略意义。据考证，古道于秦汉初期已颇具规模，兴盛于汉唐时期。潇贺古道连接了海陆两条丝绸之路，是中国古代丝绸、茶叶、瓷器、玉器等物品与亚非欧国家进行商贸活动的重要连接通道。潇贺古道对岭南一带的经济、文化起着重要的推动作用，积淀着丰富的文化内涵，也是区域发展繁荣的历史见证，考察其文化内涵和区位价值，对推动“一带一路”建设有着重要的意义。

一、潇贺古道文化研究的目的和意义

潇贺古道是重要的非物质文化遗产，其历史价值具有不可替代性，研究潇贺古道文化，目的在于保护传统文化和古道文明，传承、修复并利用好文化遗产的人文资源和生态景观，助推区域文化旅游繁荣发展，对接国家“一带一路”建设。此次对潇贺古道的文化调研和实地考察，其作用和意义在于：

其一，做好非物质文化遗产的活态文化的展示和推广。有人认为，非物质文化遗产很多属于博物馆文化，即只能在博物馆中看到留存的样本。其实，非物质文化遗产的形式和样态非常丰富，比如古道文化就是活生生的实体文化，做好这类活态文化具有更为直观的审美教育意义。潇贺古道文化就是非常好的活态文化，它记载了本地的历史故事，传承着文化的厚重。加强对潇贺古道的挖掘和宣传，可以把文化中优秀的元素留存下来，通过对古代文化的搜寻找到中华文明的根，找到中华文明的源，这是我们开展文化传承工作要做的重要工作。

其二，增强并坚定本土文化的自信心。文化自信源于对中华民族传统文化的深入理解，而传统文化必定依附于一定的载体，通过文化载体来了解我们文化的过去、现在和将来。潇贺古道文化是我们本土的文化，其中承载着非常丰富且有特色的建筑文化、民俗文化、饮食文化等，通过对潇贺古道文化的研究，可以了解我们本土文化中的特殊文化价值，继而增强对我们本土文化的自信和自觉。

其三，充分挖掘和用好中华民族的国土文化资源。国土文化资源属中华民族传统文化中非常重要的一部分，国土文化资源不像博物馆文化资源，集中在一处，可以长时间留存、展示，国土文化资源散落在祖国的四面八方，这就需要我们去挖掘、去整理、去搜集，以此来保护好国土文化资源。潇贺古道文化研究也是如此，对它进行挖掘和保护，充分发挥它在民族文化中的教育启示作用，把文化资源用好来，用活来，这是传承和弘扬中华民族文化的重要工作。

其四，助推广西融入“一带一路”建设。“一带一路”倡议的实施，对广西而言，其意义非常重大。独特的区位优势越来越凸显广西对外开放的地位和作用，广西要发挥自己的地理优势，以便更好地融入“一带一路”建设。潇贺古道曾经是海上丝路的对接通道，历史上曾发挥着重要的对外交流功能，今天，在“一带一路”倡议的背景下对潇贺古道的研究挖掘，可以助推广西在“一带一路”建设中发挥重要作用。

二、对潇贺古道文化的价值认识

潇贺古道不像丝绸之路、茶马古道等被人熟知，那么，潇贺古道的独特性体现在哪？潇贺古道又有什么文化价值呢？

从秦至汉以后，潇贺古道经过历朝历代，被不断修筑、巩固、拓展，先是打基础，后来得以巩固和拓展。这是一条从道州沿潇水南下，分东西两路，是富川由水陆直达贺州的古代交通道路；是历史上楚越沟通交流的主要通道；是最早的海上丝绸之路和陆上丝绸之路的对接通道。潇贺古道开创了湘粤桂交通的历史新纪元。

（一）潇贺古道是最早的联结中原与岭南的重要通道

早在《史记》中就有记载，舜帝南巡时“崩于苍梧之野，葬于江南九嶷，是为零陵”。其中提到的九嶷山属五岭山系，是岭南重要的山脉，其山大部分分布于湖南，小部分分布于广西的贺州；其中还提到了苍梧，苍梧是当时古代百越民族中一个部落之称，也是古代岭南地区的行政区划名称，早在秦汉时期就已设立苍梧郡。这说明岭南的苍梧区域很早就与中原地区有着经济文化交往。可见，潇贺古道至今已有四千多年的历史了，汉朝时期就已成为沟通中原内地与岭南的重要通道，并且此时古道已颇具规模。虽然唐代之后，又开辟了联结中原与岭南的新通道，但潇贺古道的文化功能依然明显，特别是在沟通中原与岭南的交往中依然起到十分重要的作用。

（二）潇贺古道是一条民族交融和文化交流的文明之路

岭南最早的民族交融，可追溯到舜帝南巡之事迹。舜帝南巡时，随行有一批大臣跟随，而舜帝在考察的途中死于南方，又葬于南方，随行人员就留了下来，并与本地居民通婚繁衍，很自然地成为了当地的一分子。当然，中原与岭南出现大规模民族交融，应是秦时期，秦始皇平定南越之后，南北融合趋势越来越明显，大量人员迁入岭南。《资治通鉴》就曾记载，秦始皇稳定南方后，“发诸尝逋亡人、赘婿、贾人为兵，略取南越陆梁地，置桂林、南海、象郡；以谪徙民五十万人戍五岭，与越杂处”。讲的就是秦始皇平定南越后的五十万大军，留下驻守岭南，维护地方安全，那些年轻士兵先后与当地女子通婚，繁衍生子，逐渐融入岭南的社会文化。此后，大量的北方流民为躲避战乱，涌至岭南，其中有官员，有名士，有商贾，潇贺古道成为当时岭南与中原沟通的重要通道。现在岭南一带广泛分布着的客家人，其实就是南北民族交往交流交融的结果。南北交往交流交融下的民族大家庭，对岭南的开发建设做出了重要贡献，也维系着国家的团结与统一。

（三）潇贺古道是南北经济贸易交流的重要通道

商周时期，通过潇贺古道，中原与岭南就有了贸易往来。到了秦汉，岭南被正式纳入中国的版图，北方移民大量迁徙到岭南，人员的流动带来了生产科学技术的交流，促进了岭南经济的快速发展。汉代之后，虽然历经战乱，但南北经济贸易交流并没有隔断，而且因为潇贺古道的特殊区位，也促进了北方、南方与沿海及海外的经济贸易交流。如广州、合浦等港口，古代也是南方与海外贸易的大港口之一。潇贺古道北沿湘江过洞庭进入长江，南下贺江入珠江到广州入海，又从西江上溯到广西的西南部，既是南北经济贸易交流的重要通道，也是中国与海外的商业贸易之路，一度被誉为“海上丝绸之路”的关键陆上交通节点。商贸的往来，带动了沿道、沿海地区的经济发展。

（四）潇贺古道促进了南方与中原文化的交融

潇贺古道往北，借湘江联接了中原，往南则有贺江直达广州，向西则沿西江直通西南及东南亚一带，中原先进的文化借古道南下，并与南方文化交融，不断促进南方经济的发展。远古时期，岭南一带本是古越族人的生活居住地，这些原住民“百越杂处，各有种姓”，处于一种无组织的社会状态。舜帝南巡后，开启了岭南的道德文明之风。至秦始皇统一岭南，设置桂林、象郡、南海三郡，岭南地区从无君的原始聚落形态进入正式的郡县管辖，南方文化与中原文化出现了大规模的交往交流交融。如贺州市龙中岩出土的战国麒麟神兽尊和铜甑，既受到中原青铜文化的影响，又融合了南方文化代表的楚文化的特点，还结合了当地文化的特色，形成了独特的岭南青铜文化。除此之外，农耕技术、制造技术、文化教育等方面，因受中原文化的影响也有了长足的发展。

（五）潇贺古道是研究岭南文化的活态“博物馆”

潇贺古道所经之处，保存着丰富的人文景观和生态景观，可以称之为活态“博物馆”。其中留存有很多有价值的文物，一些区域还成为国家级保护单位，如古道经过的永州江永县上甘棠古民居群和周围的文物点以及富川朝东镇福溪村的百柱庙，都是全国重点文物保护单位，朝东镇的秀水村为全国历史文化名村。三地所距不远，却拥有多处国家级的文物保护单位，这种现象就很值得去探究。又如江华县古道上的凉亭均为木石结构，且大部分刻有对联，而道县、江永县的凉亭均为砖木结构，少有楹联，冷水铺镇高家村建有风格独特的文昌阁、五通庙，等等。这些独特的文化记录，见证了古道的历史兴衰，成为了研究岭南文化的重要而珍贵的原始资料。

三、潇贺古道文化研究现状及问题

经过考察，我们发现对潇贺古道开展研究，在“一带一路”倡议背景下，其价值愈发彰显，但与潇贺古道的区位优势相较，现有研究和开发还相对滞后。

（一）潇贺古道保护和研究的现状

潇贺古道是广西非常丰富和珍贵的历史文化资源，也是广西的一张文化名片，它的一些现状值得关注。一是对其功能的再认识。随着今天各种路网的完善和现代化，潇贺古道的传统功能在慢慢衰退，在“一带一路”倡议背景下，如何重新开发和创新潇贺古道的文化价值是值得重视的。二是对潇贺古道的保护和修复。虽然已经做了很多的工作，但是在考察中还是发现很多问题值得重视。比如说古道的破坏研究，修路乱挖的破坏现象，珍贵文物的遗弃，现存的古代文物建筑修缮不及时，旅游开发的无序、无度等，这些问题不解决，就会对潇贺古道保护和研究带来负面影响。三是对潇贺古道的再利用。潇贺古道是一种活态文化，其实体是可触可感的，承载着民族传统文化的记忆，但今天我们对其功能的再利用还不够，甚至一些珍贵的建筑房屋、古道桥梁等文物还被转作他用或被破坏，其教育价值、文化功能没有得到最大化的利用。四是对潇贺古道的学术研究亟待加强。虽然也有部分本土学者关注潇贺古道、研究潇贺古道，但总体的研究队伍还较薄弱，成果产出不多，影响力有限，古道文化资源挖掘和利用不够，这些方面的短处对助推广西融入“一带一路”倡议是有影响的。

（二）潇贺古道研究存在的问题

潇贺古道价值的研究和利用过程中还存在很多问题，特别是广西境内路段，其中原因很多，需要我们重点关注的有：

一是贺州的区位优势尚待提升。以广东为例，其区位影响力就非常明显，广东作为海上丝绸之路的重要枢纽，无论学界还是政界，都给予了广泛支持，其中广州、深圳、汕头等都较早地纳入了“一带一路”的规划。再如湖南境内的潇贺古道，是全国重点文物保护单位。贺州作为湘桂粤的联结点，在“一带一路”倡议背景下，区位优势日益明显，但现在提升不足，从而也影响了区域内众多非物质文化遗产的研究和保护。

二是潇贺古道缺乏品牌影响力。虽然贺州市无论官方还是民间，很早就有对潇贺古道文化的考察、研究和推广，但研究缺乏规划，开发没有系统性，研究团队力量不强，研究成果不多，缺乏有区域影响力的文化品牌，成果影响力有限。另外，对古道历史文化保护挖掘、现存文化遗存调研、重要遗址考古等方面也重视不够，投入不足，潇贺古道文化的价值未受到充分挖掘，影响了对外宣传和推广。

三是需要弥补潇贺古道自身的短板。由于文字史料的缺乏，潇贺古道的传播影响力不够，影响了人们对潇贺古道的价值认识。潇贺古道本身也存在着短板，如古道的走向、分布等已难做出准确描绘，一些关键节点也不够清晰，影响了潇贺古道的整体性规划。

四、潇贺古道文化研究的对策和建议

潇贺古道文化价值非常明显，作为古代海上丝绸之路和陆上丝绸之路的通道，既促进了南方政治、经济和社会的繁荣发展，也承载着多元厚重的民族文化。在今天“一带一路”倡议背景下，如何传承和保护这段源远流长的历史文化，如何提升潇贺古道的文化品牌影响力？具体建议如下：

（一）要对潇贺古道的开发利用、保护研究进行整体性规划。对非物质文化遗产的传承和保护需要整体性地规划，不能想到什么就规划什么，这里面涉及经济投入、文化传承、资源保护等多方面因素，如果缺乏系统性、科学性的开发和利用，就有可能造成相反的效果。如果可能的话，要积极推动政府部门以立法的形式加以规范，用法律来保证开发，规范资金投入，保护研究开发利用的规范化。出台的规划方案也要经过专家论证，让科学、合理的规划来指导开发利用，避免开发利用的无序和无度。

（二）重视潇贺古道的文化考察和资料收集。通过考察调研，探究潇贺古道的文化价值，加深对其功能价值的再认识，同时去发现、挖掘珍贵的文化遗产，让有特色价值的文物得到展示和再现。在古文化资料收集方面，首先，可以主动接触经历丰富的原住民老人，以口述方式记录历史事迹和文化记忆；其次，搜集散落民间的书稿、碑文、石刻等资料，做好文字保存和记录；再次，重视古道实物的保护，让其发挥正常的文化功能。

（三）建设潇贺古道的研究团队。把区内外对潇贺古道感兴趣的学者组织起来，系统性地开展对潇贺古道的研究。通过对潇贺古道全面地考察、梳理、研究，运用现代文化理论来建构潇贺古道的学术体系，探究潇贺古道文化在“一带一路”倡议下的独特价值，让潇贺古道的文化魅力得到再现，同时也让潇贺古道文化研究涌现更多有影响力的学术成果。

（四）重视古道文化的保护和修复。潇贺古道沿线保存有大量的古代文物、建筑、桥梁、庙宇、村落、城墙等遗址，这是古道留存下来的珍贵古迹，经过时间的洗礼，这些古迹遗址需要进行保护和修复。比如贺州的地方民居，其中有两百多个保存比较完好的古村落，带有浓厚的本地特色和文化，对这些村落的保护和开发就需要进行合理规划和论证，特别是进行新农村建设时，如何保护和传承老村落就需要我们进行科学规划和论证，要把保护传统文化和对接现代文明结合起来。只有保住遗址，文化才可以利用。

（五）建设好便捷的交通路网。无论是旅游开发还是文化交流，都需要便捷的交通路网来保障，因此，当地基础设施的建设非常关键。高速公路方面，推动贺州—来宾、信都—梧州、梧州—桂林、广州—贺州等路线的建设与完善；高速铁路方面，积极推动柳（州）韶（关）铁路、永（州）贺（州）高速建成通车，进一步完善洛（阳）湛（江）铁路、贵（阳）广（州）高速铁路的功能，同时还可考虑当地机场、航运方面的建设，使贺州成为广西连接中西部地区和东部地区的交通枢纽，成为便捷的出海、出境通道。

（六）把潇贺古道融入“一带一路”建设中发展。做好潇贺古道的整体规划、合理规划，解决管理无序、资源浪费、生态失衡等问题，特别是要做好一体化建设的规划，把环境保护、旅游开发、文化考察有机结合起来，并使之融入“一带一路”建设中发展。要把贺州打造为“中国—东盟”经贸交流的战略要道，成为泛珠三角区域多维合作的重要枢纽。

第三节

重塑乡村文化生态的目标与进路

中共中央、国务院于2018年9月26日印发的《乡村振兴战略规划（2018—2022年）》文件，把繁荣发展乡村文化作为重点推进的任务，重塑乡村文化生态成为乡村振兴的关键举措之一。当前，农村正在实现重要的战略转移，脱贫攻坚任务已经胜利完成，接下来将转向乡村振兴的战略发展，在乡村产业经济得到快速发展的同时，乡村文化建设将是重点任务。受区域发展的不均衡性影响，目前乡村地区的发展仍存在诸多问题亟待梳理，如发展模式较单一、环境生态保护不力、非遗资源利用效果欠佳等问题。这些问题的最终解决，还需要关注文化因素的影响。由于乡村比较滞后的发展观念，乡村优秀的传统文化得不到有效的挖掘和开发，乡村文化生态难以形成可持续发展模式。基于此，只有重塑乡村文化生态，才能为乡村产业、人才、环境、组织等带来内在的精神动力，带动乡村建设快速发展，为乡村振兴注入思想活力。

一、乡村振兴背景下重塑乡村文化生态的意义

（一）乡村振兴需要文化生态建设的激活。我国精准扶贫的政策取得了显著的成效，乡村振兴将是未来农村地区重要的战略聚焦，乡村经济、文化及教育等领域将得到长足的发展。但现在乡村仍存在发展模式单一、文化资源开发

过度、环境生态保护不力、非遗资源利用效果欠佳等问题。究其根源所在，主要在于乡村在发展过程中创新性观念不足，地方特色资源得不到充分利用，传承渠道较单一，优秀传统文化得不到有效挖掘[①]。基于此，唯有重塑乡村文化生态，才能创新发展理念，将乡村特色文化、民族文化与乡村建设相融合，为乡村振兴激活内在的发展动力。

（二）乡村振兴需要基于文化生态凝聚合力。乡村文化生态建设，一方面能够促进村民物质生活水平的提升，为村民解决物质生活问题提供了重要的精神保障；另一方面，以文化生活作为抓手，能够持续提升村民的精神追求和品德情操。乡村文化生态建设旨在留住历史的记忆，让优秀的传统文化重塑乡村的文化生态，让当地的老百姓更加热爱自己的家乡，发挥乡村文化特有的艺术影响力，把村民参与乡村振兴的自觉意识激发出来，提升村民的文化自豪感，凝聚共建家园的合力，让乡村振兴成为每一个村民的使命担当。

（三）通过文化生态重塑来保障乡村文化多样性。文化生态系统是由多样化的文化元素构成的，正是多样化的文化要素特点，使得文化生态系统更为稳定。村落文化也有这样的特点，其多样性表现在既有丰富的人文元素，也有不同形态的空间布局，还存在着多元的民族文化艺术。文化要素和生态环境是一个统一体，相互融合后呈现出乡村特有的村落文化特征。因而，村落文化生态系统的多样性主要体现在两个方面：其一是文化要素，其二是村落空间形态[②]。保障乡村文化多样性，既是有序建设新农村的重要前提，也是保护村落特色文化的基础，能够保证本土文化健康、创新地持续发展，甚至还能够有效融合外来文化，体现文化生态系统的包容性和稳定性。

---

① 赵羲：《乡村振兴中的文化生态建设》，《人民论坛》2019 年第 8 期。

② 刘奇：《构建乡村新型文化生态》，《中国发展观察》2021 年第 11 期。

二、重塑乡村文化生态的核心目标

（一）乡村自然生态的修复与维护

农村地区自然生态与人文环境的关系非常密切，如日常的生活秩序、居住空间及衣食住行等，都与本地的气候特征、地形地貌、水源耕地等相关联，对乡村传统村落的生态环境和空间布局有着很大的影响。如我国南方少数民族聚居的山区，房屋基本上是木式结构，通过砍伐周边树木搭建而成，猪舍牛栏也是如此。这样的房舍布局都是就近利用资源来构建，并与乡村本身的生态环境形成了一个和谐的整体。乡村传统村落的生态环境是一种特有的文化生态系统，不同的地区呈现出不同的特点，体现出文化的多样性和细节化，既有视觉上的愉悦，也有精神上的享受。因此，基于文化的多样性和传承性，对乡村村落的生态环境和人文资源需加以整体性的保护，保障乡村自然生态和文化系统的可持续发展。同时，本着与时俱进的理念，对不利于乡村振兴的因素加以梳理和整治，维持村落文化的优势和特色，提高乡村自然生态的综合文化价值。

（二）乡村空间生态的保护与利用

乡村可持续发展的一个重要特点就是留存下了村落的传统记忆，村落传统记忆一个物化的特征就是物态空间的存在。如何保护和利用传统村落的物态空间，是一个需要重视的生态问题。对此，我国通过政策支持等方式开展了整体性保护措施，如实施了“全国重点文物保护单位和省级文物保护单位集中成片传统村落保护工程”，其中获批的首批“国保省保单位集中成片传统村落”共有51个，这些村落的传统文化特色鲜明，具有较强的典型性和代表性，对乡村空间生态的保护与利用有着重要的意义。除此之外，还可以通过设立专项资金开展专项保护，如对将要废弃的乡村建筑进行价值评估，若确有保护和利用的价值，可通过申请专项资金来扶持开发和盘活使用，如建成民俗文化博物馆、传统工艺传习所、乡村文化活动室等，将传统废旧建筑修复利用，充分发挥空间文化的教育功能，留存下村落的传统记忆。

（三）乡村文旅市场生态的激活与发展

随着乡村振兴战略的持续推进，乡村传统农业受到巨大挑战，产业转型成为非常迫切的问题。而传统的手工艺产品也面临着冲击，乡村的经济发展需要对接新型业态，才能实现乡村经济建设的可持续发展。文化与旅游的有机融合，是当下乡村经济建设的重要契机，乡村振兴不仅要消除经济上的城乡二元对立，也需要实现文化生态与产业经济的有效联动。文化与产业的协同联动，是因为二者在乡村振兴战略上有着共同的价值目标。基于此，激活乡村文旅市场生态是关键，而乡村文旅市场发展的关键是有特色。如激活乡村手工艺产业，可以与乡村文化旅游深度融合；完善非遗文化传承人保护制度，可以与中小学的校园文化课程共建联动；打造乡村健康休闲产业，可以通过购买第三方服务，促进其可持续发展。

（四）乡村人文生态的共建与共享

乡村人文生态的建设离不开每一个村民。当前，乡村人文生态建设中存在的一个重要问题是人才短缺，这也是乡村落后于城市发展的一个重要原因。乡村人文生态的共建，可考虑外部主体和村民主体的融合，以此形成新型的乡村文化建设生态系统。外部支持可以给乡村振兴和发展带来技术、资金和文化，村民主体则提供劳动力、资源和环境，内外部力量构成了乡村建设的发展共同体。乡村振兴亟须打破传统偏隅而治的封闭式社区系统，构建多元主体共治的开放式乡村人文生态，乡村人才队伍建设也需要聚集社会英才来补给和充实，培育具有新时代乡村情怀的新型乡村人才。一方面，可以通过举办乡村振兴专题论坛，邀请各领域专家共商乡村发展大计，吸引优秀人才参与乡村建设；通过建立研学、实训等乡村实践基地，组织大中小学校师生到基地体验和学习，增强乡土文化意识。另一方面，创新乡村文化建设激励机制，激发村民共建家园的文化认同，培养本土的管理者和建设者，强化村民主体在乡村振兴中的文化使命和社会责任感。

四、乡村振兴背景下乡村文化生态重塑的对策建议

（一）以人才体系为基础，重塑现代乡村文化主体

乡村振兴的重要任务之一就是乡村文化的振兴。随着城镇化的快速推进，传统的乡村文化主体受到冲击，如传统的乡镇文化站，由于人手不够、资金不足、条件简陋等现实问题，一直以来运行艰难，已经难以承载乡村文化振兴的重任。当前，乡村文化主体建设是基层人才队伍建设的重中之重，成为了改变当下乡村文化存在问题的关键环节，通过建构新型的乡村文化社群，担当起乡村文化振兴的重任。一是建立共生发展、层次多样的文化人才体系。通过吸引优秀创作者成为驻村作家，创造条件为驻村作家深入乡村体验生活提供便利并创作以乡村振兴为主题的优秀作品；通过建立乡村文化体验志愿者基地，为青年文化学者提供社会主义先进文化进村、进家的舞台，为大中小学生提供文化体验的实践基地；通过培训原住村民的文学爱好者，培养稳定的乡创人员。二是创新基层文化组织的用人机制，激活基层文化生态。政府考虑出台倾斜性政策，在职级、编制、职称、福利等方面向基层工作者倾斜，让基层文化工作者安心工作。三是激活人才培育机制，引导公益组织、社群组织建立乡村人才小高地，吸引优秀文化人才以乡村为阵地参与文化生态建设，通过与农民的良性互动及融入乡村建设，改善乡村文化生态氛围，形成可持续发展的文化机制。

（二）以特色发展为目标，重塑现代乡村文化空间

中国乡村文化资源非常丰富，区域特色非常明显，无论是村容村貌、建筑理念，还是乡风民俗、节庆礼仪，南北方文化都是交相辉映，相得益彰。其中，空间文化对乡村潜移默化的影响不应忽视，新时期乡村文化振兴需要在空间文化上充分发挥特色的文化育人功能。乡村的文化空间重点关注两个层面：

一是村民的居住空间，二是乡村的公共空间。重塑现代乡村文化空间，即是在居住空间和公共空间保持本色、突显特色。充分利用乡村的公共空间来对乡村传统文化进行挖掘、保护和利用，使其文化价值得到充分彰显，发挥文化空间在淳化民风、教化群众、凝聚人心方面的价值功能，为乡村振兴创造坚实的思想基础。居住空间方面，内部条件体现适用、舒适的现代化理念，外部形式则可以体现特色化的审美追求，使得民居建筑既有现代化的生活追求，又体现出传承传统优秀文化的特点。大众空间方面，传统的祠堂、礼堂等可以保留传统格局和特色，加强这些公共空间的保护性利用；广场和图书馆等作为新农村规划建设的重要元素，重在弘扬具有当代价值的中国文化精神，让积极向上的精神追求、健康文明的生活方式成为乡村时尚。

（三）以特色产业为重点，重塑乡村文旅产业体系

农村传统经济结构由传统产业向现代产业转变是乡村振兴的一大标志。当前，传统的养殖业、种植业正在实现现代转型，文化创意农业、生态农业成为当下乡村经济的热点。聚焦乡村特色产业发展，乡村振兴需要城乡一体的融合发展，并优化城乡资源配置，考虑各种生产要素与农村的各种资源有效结合，因为只有资源的充分利用和有效融合才能真正形成产业。《乡村振兴战略规划（2018—2022年）》也提出，应结合特色小镇、美丽乡村建设，充分挖掘具有乡村特点的文化资源，打造地方品牌，把体现民族特点、区域特色的文化资源挖掘出来。因而，各地应着力体现区域特色，形成有地方品牌优势的产业，农村经济需要创新产业结构，需要农业、制造业、旅游业、物流业等一体发展，通过产业集群来带动乡村产业体系重建，形成有核心竞争力的乡村文化综合体，挖掘地方文化的时代价值。如各地的民俗特色小镇、历史文化古镇的开发保护，就是文化生态与文旅产业结合的典型例子。再如对非物质文化遗产进行保护与适当开发，将文化资源转化为生产力，把非物质文化遗产保护、商品销售、旅游业三者结合，为文化生态建设成果寻找消费市场，赋予非遗资源现代

价值。

（四）以治理转型为核心，重塑乡村良性文化生态

重塑乡村良性文化生态，需要进一步完善乡村治理体系，这是乡村文化振兴的基础和保障。同样，乡村文化振兴也会促进乡村发展和治理转型，二者是辩证统一的、相辅相成的关系。进一步完善乡村治理体系，需要改革乡村现有治理体系，首先，“法治”是基础，以法为基础来规范乡村治理，提高乡村社会的法治化水平。其次，“德治”是核心，乡村文化生态建设需要形成良性的道德规范和治理思想，这样才能激活乡村文化生态治理的内生动力。实现乡村文化治理的现代转型，才能为乡村文化振兴的健康发展和有序推进提供制度保障。具体思路如下：一是充分发挥乡村基层管理者动能，激励乡村文化主体积极参与和主动建设，基于法治基础重构乡规民约，重建乡村道德规范，保障乡村文化有序发展，健全完善“自治、法治、德治”相结合的治理体系。二是基于现代社会“法理原则”改变传统乡村社会的“情理法则”，通过法治手段改变乡村社会的不正之风，树立新型的乡村风貌。三是强化村民的主体建设，提升村民参与乡村文化治理的自治能力，充分发挥村民的主体能动性和创造性，从而汇聚起乡村振兴及重塑乡村良性文化生态的中坚力量。

（五）以数字技术为抓手，重塑乡村文化传播渠道

随着乡村数字网络的不断完善，乡村文化传播渠道也需要与时俱进，改变传统乡村社会“信息孤岛”的隔绝状态迫在眉睫。大数据时代，现代信息技术正在消解城乡二元结构社会，互联网视听、全景摄影、AI 技术等领域的普遍应用，正在不断消解城乡之间的差距，新型数字技术为传播带来便捷的渠道，乡村文化生态建设成果的宣传路径有了更多的呈现手段。具体措施如下：一是建立数字展览馆、文化馆、博物馆等静态和动态相结合的物理空间，将民族艺术、非遗资源等通过矩阵全景、虚拟游览等方式呈现，丰富乡村文化传播的形式和手段。二是通过平台直播、网络点播的方式，带动乡村文旅产品的

网络销售，对民俗节日、地方文艺作品等进行展演和传播，宣传乡村文化建设的最新成果。三是通过建立自媒体公众号，聘请专业人士进行策划、推广及运营，定期推送乡村文化建设的丰富成果，图文并茂地展现乡村文化的新气象、新面貌和新格局。

总之，乡村振兴不能没有文化的精神支撑，文化是乡村振兴的精神动力和生存灵魂，也是乡村是否振兴的重要标志。通过文化生态重塑来保障乡村文化多样性，既是有序建设新农村的重要前提，也是保护村落特色文化的基础。这一举措能够保证本土文化健康、创新地持续发展，甚至还能够有效融合外来文化，体现文化生态系统的包容性和稳定性。

第四节

激发少数民族戏剧发展活力

习近平总书记指出："我们要善于把弘扬优秀传统文化和发展现实文化有机统一起来，紧密结合起来，在继承中发展，在发展中继承。"当前，振兴少数民族戏剧文化是一项需要重点关注的文化使命。少数民族戏剧文化的一大特点就是通过乡音乡情来守住民族之魂，这是少数民族文化发展的重要源泉。振兴少数民族戏剧文化的关键就是守住文化之根，留存民族文化之魂，更好延续中华优秀传统文化的命脉，这也是振兴少数民族戏剧文化的重要使命。通过讴歌新时代的民族精神，实现民族文化的复兴发展。

一、推动民族戏剧文化创新发展

广西拥有丰富的民族戏剧文化资源，目前有 21 个地方戏曲剧种，如壮剧、桂剧、粤剧、邕剧、侗戏、毛南戏、仫佬剧等。在传统戏剧、曲艺类非遗名录建设工作以及文艺惠民工程的不断推进下，广西少数民族戏剧文化保护与传承取得长足发展。2021 年，广西优秀舞台艺术作品展演暨第十一届广西剧展等系列活动，呈现了 65 台新创、复排的优秀大型剧目，演出场次达到 150 余场，现场观众超过 10 万人次。此次展演还开通了在线平台，线上观演人数达到 50 万人次、网上互动量超百万次。此外，2021 年彩调剧《新刘三姐》、壮剧《百色起义》、民族歌剧《扶贫路上》等4部作品入选庆祝中国共产党成立100周年舞台艺术精品创作工程；采茶戏《情暖北仑河》、彩调剧《真话英雄》、京剧《孙悟空三借芭蕉扇》、壮剧《黄文秀》等作品入选全国舞蹈展演、中国歌剧节、全国采茶戏汇演、中国京剧节、中国戏剧节等。通过全国性艺术展演活动，广西民族戏剧的影响力正在不断扩大。

当前，时代变化和社会变迁给广西少数民族戏剧文化振兴带来新机遇的同时，也提出了新问题、新挑战。少数民族戏剧精品——特别是反映党的十八大以来伟大成就的现实题材精品还不够多，选题策划、创作引导力度还不够。新时代少数民族戏剧市场培育与文化空间拓展亟待加强，市场活力尚需激活，相应机制应该完善。少数民族戏剧后继乏人的困境尚未得到根本改善，要深度挖掘和整合少数民族戏剧人才资源，加强少数民族戏剧对青少年的吸引力，使大量的优秀戏剧创作人才和优秀剧本能够满足新时期的发展需求。同时，亟须提升新媒体时代少数民族戏剧创新传播的意识与能力。少数民族戏剧应以文化自信、文化自觉为指导，保持“深入生活、扎根人民”的基础，积极推进构建新时期民族戏剧文化价值，拓展民族戏剧文化创新性发展的深度与广度。

二、创新传承与保护方式

振兴少数民族戏剧文化需要创新方式方法，推动少数民族戏剧文化的健康发展，大力支持少数民族戏剧文化演出，不断改善少数民族戏剧文化的生产条件。一方面，将少数民族戏剧文化演出逐步纳入各级基本公共文化服务目录，使少数民族戏剧文化更有保障。如通过政府购买服务等途径，使已经有成熟演出经验的少数民族戏剧文化表演团体经常到基层一线为各族群众演出，让少数民族戏剧的“演”与“看”均得到保障。这既能守住基层一线的农村市场，也能守住少数民族戏剧文化的基本阵地，增大少数民族戏剧文化演出团队的演出空间，满足基层少数民族群众日益增长的戏剧文化需求。另一方面，提供全方位、广覆盖的支持环境，从新戏台建设到古戏台保护都要落实到位，有效发挥群艺馆、文化馆（站）的功能，不断扩大少数民族戏剧文化剧场的演出聚集区。政府部门要提前谋划、优化条件，通过政策支持、补贴帮扶等多种形式保证少数民族戏剧文化演出的正常开展，做到“还戏于民”。

少数民族戏剧文化既是历史的，又是当下的。少数民族戏剧文化若要永葆旺盛的生命力，就需要关注民族文化的活态特点，通过创新传承与保护的方式，呈现给观众高品质的作品，带给观众更多的审美熏陶和享受。这就需要我们抓住观众的艺术欣赏习惯，以传统民族戏剧积累的经验为基础，聚焦古今剧场环境的差异性，探索少数民族戏剧文化最佳的当代表达方式。现在，越来越多的人对少数民族戏剧文化价值有着越来越深刻的认同。当观众对少数民族戏剧文化演出给予热情的回应、对那些守护少数民族戏剧文化的优秀演员给予拥戴时，这将成为对少数民族戏剧文化传统最直接的肯定，也是肯定少数民族戏剧文化价值与生命力的最好证明。

信息技术飞速发展，做好少数民族文化与科技融合，是推进少数民族文化创新的重要途径。这就需要加强少数民族戏剧文化的数字化研发，提升少数民族戏剧文化产品创新力。少数民族戏剧文化创新需要不断健全以企业为主体、面向市场的产学研有效结合，形成科学、有效的创新体系，研发更多群众喜爱、拥有自主知识产权、有较高市场份额和较强核心竞争力的少数民族戏剧文化产品。一方面，可运用现代科技与科学的生产方式，优化传统戏剧文化产业，不断推动少数民族戏剧文化产业转型升级，使具有特色优势的少数民族戏剧产业得到更好发展。另一方面，通过科技手段增强少数民族戏剧文化产品生产力，逐步健全和共享少数民族戏剧文化资源数据库、素材库以及信息库，分步、逐级推出少数民族戏剧文化和科技融合示范基地，建设一批高水平的少数民族戏剧文化创意示范区，打造一批具有优势的少数民族戏剧文化产业集群。

三、民族传统戏剧如何永葆活力

基层表演服务各族群众，是少数民族戏剧文化生命力的重要体现。有生命力的剧种，通常都诞生在民间、活跃在民间、变革在民间。少数民族戏剧要不断沉下去、经常演起来，才能赢得更多基层群众的支持。既然是服务基层群众，就要将舞台搭建在民间，不能远离群众。少数民族戏剧文化工作者也要深入民间，找到少数民族戏剧文化的创作源头，为群众写戏、为群众演戏，把各族群众喜欢看的好剧写出来、演出来。尤其要弘扬少数民族戏剧文化“接地气”“重生活”的特点，不断深入生活、提高技艺，满足群众的艺术审美需求，确保民族传统戏剧常演常新、永葆活力。

戏剧创作更是如此，需要从少数民族群众的日常生活中找素材、找灵感，把少数民族群众中优秀的传统故事加以提升，与社会主义核心价值观相结合，提炼主题，催发少数民族戏剧文化旺盛的生命力。戏剧选题方面，要注意处理好“雅”与“俗”两者的关系，两者相互依存、相互影响，少数民族戏剧的创作及演出最好能做到雅中有俗、俗中有雅、雅俗共赏。另外，要不断提升少数民族戏剧的服务意识，深入基层、服务群众始终是第一要务。

人才培养是少数民族戏剧发展的根基。少数民族戏剧人才缺乏的现象有目共睹，培养和补缺少数民族戏剧人才迫在眉睫。少数民族戏剧文化人才培养有其独特性，因戏剧文化具有多元性且地域分布广，培养相关人才会出现周期长、相关门类多的困境，是一个综合性极强、涉及面极广的系统工程。在学校培养方面，根据少数民族戏剧发展需要，科学制订有关少数民族戏剧文化人才培养中长期规划，与高校、文化研究机构等部门协同开展艺术人才培养，不断优化少数民族戏剧文化人才培养结构，将名家、名角的培养与各行当、各方面少数民族戏剧文化的培养相结合，培养一批德艺双馨、结构合理、门类齐全的少数民族戏剧人才。除此之外，民间的师徒传承也可以有效利用。通过多样化的人才培养方式，少数民族戏剧的活态性才能得到有效传承，民间戏剧艺人的唱腔风格、表演绝活才可长久继承与发展下去。

传统文化犹如百花园，少数民族戏剧文化是百花园中的独特之花，值得珍惜和守护。“只有民族的，才是世界的。”少数民族戏剧文化在传承中创新发展并形成自己的特色，可以为中华优秀传统文化走向世界增光添彩。

后　记

终于修改完最后一个字了，此时已是乙巳年的春节，立春过后，大地生机勃勃，草长莺飞。这本书也似乎是多年前就“埋下”的种子，今天也终于“发芽”了。此刻的我，满怀感恩之心。

这本书写作的时间比较长，前后跨越十余载时光。沧海拾遗，聚沙成塔，在时光里慢慢地行走，终于有了这本著作。全书共六章三十四节，既有对民族作家作品中民族精神的挖掘，也有对诗歌地理思想图景的绘制，更有对文本现场的解析与对话，最终以整合历史资源、重构文化视野的高度回应文学发展问题。从某种意义上来说，这是我的一本专著，但也不是一部严格意义上的专著：它是一部介于专著和论文集之间的著作——每一章虽然都相对独立，都是对某个特定问题的深入探讨，但章节之间实际上存在着某些内在的联系，有一条显在的线索贯穿其中。与其说这是一本漫溯于民族、思想、文本、对话、历史、文化等元素之中的文学随笔，毋宁说是一本立足于当下文坛的观察笔记，特别是其中有很多篇幅呈现出对广西文坛的一些思考，真实地记录了这些年的心路历程，笔触间流淌着对这片土地文学发展的关怀与思考。关于这本书的主要内容，马兵教授在序言中作了独到的分析，在此不一一赘述。

无论是短评还是长篇，无一不是我沉浸其中、认真打磨的产物。其中已有大部分章节在《南方文坛》《当代文坛》《光明日报》《民族文学研究》《人民论坛》《中国当代文学研究》《民族文学》《文艺报》等期刊杂志和报纸上发表，在此感谢张燕玲主编、杨青主编、石一宁主编、刘大先副主编、崔庆蕾主编和黄尚恩编辑等。此外，青年才俊张凯成、安忆萱、陈坤浩、潘怿晗也参与了本书其中一两个章节的写作，由我们共同完成，在此一一表示感谢。

此外，还需衷心感谢山东大学文学院博士生导师马兵教授拨冗为本书赐序，马教授在百忙之中不吝赐稿，其精辟见解与独到评析为拙作增色良多，令本书更显光彩；感谢郑春、张光芒、贺仲明、张桃洲、张洁宇、吴义勤、徐可、石一宁、张丽军、容本镇、张燕玲、陈学璞、曾攀、颜同林、从新强、周根红、史建国、杨进红、陆晓芹等老师在学术上给予的关心和支持，以及为本书提出的宝贵意见和建议。

作为一名诗歌爱好者，我对诗歌怀有难以言喻的深情。无论是青春年少时的诗歌创作，还是不惑之年后的诗歌批评，诗歌始终是我心灵的归宿与精神的寄托。感谢诗歌，它让我的生命变得丰盈而充满喜悦。写作的过程也是一种享受，不论是诗歌创作还是文学评论，我始终守望着文学现场。于我而言，这本书的出版不仅是一个里程碑，更是另一个梦想的起点。未来，我将继续走在思想漫溯的道路上……

钟世华

2025 年 2 月